LES ANNALES DE LA COMPAGNIE NOIRE 1

La Companie noire

Du même auteur
aux Éditions J'ai lu

Les annales de la Compagnie noire :
1 - La Compagnie noire, *J'ai lu* 7371
2 - Le château noir, *J'ai lu* 7591
3 - La Rose Blanche, *J'ai lu* 7750
4 - Jeux d'ombres, *J'ai lu* 7971
5 - Rêves d'acier, *J'ai lu* 8141
6 - La pointe d'argent, *J'ai lu* 8305
7 - Saisons funestes, *J'ai lu* 8617

Garrett, détective privé:
1 - La belle aux bleus d'argent, *J'ai lu* 8687

GLEN COOK

LES ANNALES DE LA COMPAGNIE NOIRE **1**

La Compagnie noire

Traduit de l'américain
par Patrick Couton

J'AI LU

Titre original :
THE BLACK COMPANY

Ce livre est dédié aux membres de la Société de science-fiction de Saint Louis. Je vous embrasse tous.

1

LE LÉGAT

Les prodiges et les présages n'ont pas manqué, s'il faut en croire Qu'un-Œil. C'est de notre faute si nous les avons mal interprétés. Le handicap de Qu'un-Œil ne diminue en rien son talent merveilleux de visionnaire *a posteriori*.

La foudre était tombée d'un ciel dégagé sur la Colline nécropolitaine. Un seul éclair avait frappé la plaque de bronze qui scellait la tombe des forvalakas et aboli pour moitié le sortilège de réclusion. Il avait plu des pierres. Des statues avaient saigné. Des prêtres de plusieurs temples avaient signalé des victimes sacrificielles sans cœur ni foie. L'une d'elles s'était échappée après qu'on lui avait ouvert les entrailles et n'avait jamais été rattrapée. À la caserne de la Fourche, cantonnement des cohortes urbaines, l'image de Teux s'était complètement retournée. Neuf soirs d'affilée, dix vautours noirs avaient volé en cercle autour du Bastion. Puis l'un d'eux avait expulsé l'aigle qui occupait le sommet de la tour de Papier.

Les astrologues avaient refusé toute interprétation, craignant pour leur vie. Un devin fou avait parcouru les rues en annonçant la fin imminente du monde. Au Bastion, non seulement l'aigle avait pris le large, mais le lierre des remparts extérieurs s'était flétri pour céder le terrain à une plante grimpante, noire d'aspect, sauf à la lumière intense du soleil.

Mais c'est tous les ans la même chose. Les imbéciles voient des présages dans n'importe quoi, après coup.

Nous aurions dû davantage nous méfier. Nous disposions de quatre sorciers moyennement doués pour nous prévenir contre les lendemains ravageurs – mais pas compétents, loin de là, au point de savoir lire l'avenir dans des entrailles de mouton.

Les meilleurs augures restent quand même ceux qui lisent dans les présages du passé. Ils accumulent des masses phénoménales d'archives.

Béryl, perpétuellement chancelante, menace à tout moment de basculer dans un précipice de chaos. La reine des Cités Précieuses est vieille, décadente, démente, elle empeste la dégénérescence et la pourriture morale. Seul un imbécile s'étonnerait de tout ce qu'on voit se faufiler la nuit dans ses rues.

J'avais ouvert en grand tous les volets en priant pour recevoir un souffle d'air du port, quitte à ce qu'il sente le poisson pourri et le reste. Il n'y avait pas assez de vent pour agiter une toile d'araignée. Je me suis épongé la figure et j'ai grimacé à l'adresse de mon premier patient. « Encore des morpions, Frisé ? »

Il a souri faiblement. Il était tout pâle. « C'est le ventre, Toubib. » Frisé a le crâne comme un œuf d'autruche poli. D'où son nom. J'ai consulté les tours de garde et le tableau de service. Aucune corvée à laquelle il chercherait à se soustraire. « C'est grave, Toubib. Vraiment.

— Hum. » J'ai adopté une attitude toute professionnelle, sûr de mon diagnostic. Il avait la peau moite et froide malgré la chaleur. « T'as mangé ailleurs qu'à la cantine ces derniers temps, Frisé ? » Une mouche s'est posée sur sa tête, s'est pavanée comme en terrain conquis. Il ne l'a pas remarquée.

« Ouais. Trois, quatre fois.

— Hum. » J'ai préparé une mixture laiteuse au goût abominable. « Bois ça. Cul sec. »

Toute sa figure s'est plissée à la première gorgée. « Écoute, Toubib, je... »

La seule odeur de la mixture me révoltait. « Bois, mon ami. Deux gars sont morts avant que je trouve ce remède-là. Ensuite Mitard l'a pris et il a survécu. » La nouvelle s'en était répandue.

Il a bu.

« Tu veux dire que c'est du poison ? Ces salauds de Bleus m'ont refilé quelque chose ?

— Doucement. Ça ira. Ouais. On le dirait bien. » J'avais dû ouvrir Vairon et Bruce le Dingue pour découvrir la vérité. Il s'agissait d'un poison subtil. « Va t'allonger sur le lit de camp, le vent va te rafraîchir – si jamais le salopard se lève. Et tiens-toi tranquille. Laisse agir le remède. » Je l'ai installé.

« Dis-moi ce que t'as mangé dehors. » J'ai pris un crayon et un tableau punaisé sur une planchette. J'avais fait de même avec Mitard, comme avec Bruce le Dingue avant qu'il meure, et j'avais demandé à l'adjudant de Vairon de me rendre compte de ses déplacements antérieurs. J'étais sûr que le poison provenait d'un des bouges voisins que fréquentait la garnison du Bastion.

Les renseignements de Frisé cadraient avec ceux déjà notés. « Gagné ! Maintenant, on les tient, les salauds.

— Qui c'est ? » Il était prêt à aller régler ses comptes lui-même.

« Toi, tu te reposes. Je vais voir le capitaine. » Je lui ai tapoté l'épaule et j'ai jeté un coup d'œil dans la salle voisine. Pas d'autres consultants que Frisé, ce matin.

J'ai fait le grand tour par le mur de Tréjan qui surplombe le port de Béryl. À mi-chemin je me suis arrêté, j'ai regardé vers le nord, vers la mer des Tourments au-delà de la digue, du phare et de l'île de la Forteresse. Les eaux d'un gris-brun lugubre se mouchetaient des voiles bariolées des boutres côtiers qui cinglaient vers le réseau de routes maritimes reliant les Cités Précieuses. Les couches supérieures de l'atmosphère étaient immobiles, lourdes et brumeuses. On ne distinguait pas l'horizon. Pourtant l'air circulait au-dessus de l'eau. Un petit vent soufflait en permanence autour de l'île, mais il évitait le littoral comme s'il craignait d'attraper la lèpre. Plus près, les mouettes qui tournaient en cercle étaient aussi revêches et indolentes que nous-mêmes le serions bientôt presque tous par une journée pareille.

Encore un été au service du syndic de Béryl, un été de sueur et de crasse à protéger l'ingrat de ses rivaux politiques et de ses troupes indigènes indisciplinées. Encore un été à se remuer le cul pour se retrouver récompensés comme Frisé. La paye était bonne, mais pas en espèces gratifiantes pour l'esprit. Nos frères d'antan auraient honte de nous voir aussi diminués.

Béryl, quoique ancienne et fascinante, c'est de la détresse en caillebotte. Son histoire, c'est un puits abyssal d'eau sombre. Je m'amuse à sonder ses profondeurs obscures, j'essaye de séparer le fait réel de la fiction, de la légende et du mythe. Une tâche délicate car les premiers historiens de la cité écrivaient en vue de plaire aux puissants de l'époque.

La période la plus intéressante, pour moi, reste celle de l'antique royaume, la moins bien chroniquée. C'est à cette époque, sous le règne de Niam, que sont apparus les forvalakas, qu'on les a vaincus après dix années de terreur et enfermés dans leur tombeau de ténèbres au sommet de la Colline nécropolitaine. Des échos de cette terreur persistent dans le folklore et dans les réprimandes des mères envers les enfants turbulents. Personne ne se rappelle ce qu'étaient les forvalakas, aujourd'hui.

J'ai repris ma marche, désespérant de triompher de la chaleur. Les sentinelles, dans l'ombre de leurs guérites, portaient des serviettes drapées autour du cou.

Une petite brise m'a fait sursauter. Je me suis tourné face au port. Un bateau doublait l'île, une grosse bête pesante qui écrasait de sa masse les boutres et les felouques. Un crâne argenté se bombait au centre de sa voile noire gonflée à bloc. Un crâne dont les yeux rouges luisaient. Des feux tremblotaient derrière ses dents cassées. Un cercle argenté scintillant l'entourait.

« Merde, c'est quoi, ça ? a demandé une sentinelle.

— Aucune idée, Blanchet. » La taille du bateau m'impressionnait davantage que sa voile tape-à-l'œil. Les quatre petits sorciers que nous avions à la Compagnie faisaient aussi bien, question mise en scène. Mais je n'avais jamais vu de galère arborer cinq rangs de rames.

Je me suis rappelé ma mission.

J'ai frappé à la porte du capitaine. Pas de réponse. Je me suis permis d'entrer et l'ai trouvé en train de ronfler dans son grand fauteuil de bois. « Ho ! ai-je beuglé. Au feu ! Des émeutes à la Plainte ! Danseur à la porte de l'Aube ! » Danseur, c'est un général d'autrefois qui a failli détruire Béryl. Les habitants frissonnent encore à son seul nom.

Le capitaine a du sang-froid. Il ne s'est fendu ni d'un battement de cils ni d'un sourire. « Tu es présomptueux, Toubib. Quand est-ce que tu apprendras à suivre la filière ? » Par filière, il entendait casser d'abord les pieds au lieutenant. Ne pas interrompre sa sieste, à moins que les Bleus n'envahissent le Bastion.

Je lui ai parlé de Frisé et de mon tableau.

Il a balancé les jambes à bas de son bureau. « Un boulot pour Miséricorde, on dirait. » Sa voix était dure. La Compagnie noire ne tolère pas qu'on porte atteinte à ses hommes.

Miséricorde, c'était notre adjudant le plus vachard. D'après lui, une douzaine d'hommes suffisaient, mais il nous a autorisés, Silence et moi, à les suivre. Je pourrais rafistoler les blessés. Silence, lui, serait utile si les Bleus devenaient méchants. Silence nous a retardés une demi-journée, le temps pour lui de faire un petit tour rapide dans les bois.

« À quoi tu joues, merde ? » lui ai-je demandé lorsqu'il est revenu en traînant un sac à l'air miteux.

Il s'est contenté de sourire. Silence il s'appelle, le silence il observe.

Le bouge s'appelait « Taverne de la Digue ». Une tanière douillette. J'y avais passé plus d'une soirée. Miséricorde a placé trois hommes à la porte de derrière et deux à chacune des deux fenêtres. Il en a envoyé encore deux autres sur le toit. À Béryl, chaque bâtiment possède une trappe sur le toit. Les habitants dorment à l'étage supérieur durant l'été.

À la tête du reste de la troupe, il a pénétré dans la taverne par la porte de devant.

Miséricorde était un type plutôt petit, suffisant, porté sur les attitudes théâtrales. Il n'aurait pas dédaigné qu'une fanfare annonce son entrée.

La masse des consommateurs s'est figée devant nos boucliers, nos lames au clair et nos figures lugubres dont on ne distinguait que des fragments de peau par des ouvertures dans nos masques protecteurs. « Vérus ! a crié Miséricorde. Amène ton cul par ici ! »

Le grand-père de la famille du patron est apparu. Il s'est faufilé jusqu'à nous comme un corniaud craignant de recevoir un coup de pied. Les clients se sont mis à murmurer. « La ferme ! » a grondé Miséricorde. Il pouvait tirer de véritables rugissements de son corps chétif.

« Que peut-on pour votre service, mes bons messieurs ? a demandé le vieux.

— Tu peux faire venir tes fils et tes petits-fils, Bleu. »

Des chaises ont grincé. Un soldat a abattu sa lame sur une table.

« Restez tranquillement assis, a dit Miséricorde. Vous déjeunez, c'est très bien. Dans une heure, on vous relâche. »

Le vieux s'est mis à trembler. « Je comprends pas, monsieur. Qu'est-ce qu'on a fait ? »

Miséricorde s'est fendu d'un sourire mauvais. « Il joue bien l'innocence. S'agit de meurtre, Vérus. Deux inculpations de meurtre par empoisonnement. Plus deux de tentative de meurtre par empoisonnement. Les juges ordonnent le châtiment des esclaves. » Il s'amusait.

Je n'appréciais guère Miséricorde. Il n'avait jamais cessé d'être le gamin qui arrache les ailes aux mouches.

Le châtiment des esclaves consistait à abandonner le condamné aux oiseaux charognards après une crucifixion publique. À Béryl, seuls les criminels sont enterrés sans être incinérés, ou ne sont pas enterrés du tout.

Un tumulte s'est élevé dans la cuisine. On tentait de sortir par-derrière. Nos hommes n'étaient pas d'accord. La salle de la taverne a explosé. Une marée humaine hérissée de dagues nous a déferlé dessus.

On nous a repoussés jusqu'à la porte. Les innocents avaient manifestement peur de se faire condamner en même temps que les coupables. La justice de Béryl est expéditive, sommaire, cruelle et donne rarement à l'accusé l'occasion de se disculper.

Une dague a passé un bouclier. Un de nos hommes s'est écroulé. Je ne suis pas un grand combattant, mais j'ai pris sa place. Miséricorde m'a lancé un quolibet que je n'ai pas compris. « T'as perdu toute chance de passer à la postérité, ai-je riposté. T'es définitivement rayé des Annales.

— Des conneries. Tu notes tout. »

Une douzaine d'hommes étaient tombés. Des flaques de sang se formaient dans des creux par terre. Des spectateurs s'étaient rassemblés dehors. Un téméraire n'allait pas tarder à nous attaquer dans le dos.

Une dague a entaillé Miséricorde. Il a perdu patience. « Silence ! »

Silence s'était déjà mis à la tâche, mais il était Silence. Ce qui voulait dire sans bruit, ni éclat ni rage.

Les clients de la Digue ont commencé à s'envoyer des claques sur la figure et à brasser l'air sans plus s'occuper de nous. Ils sautillaient et dansaient sur place, s'attrapaient le dos et le derrière, piaillaient et hurlaient pitoyablement. Plusieurs se sont écroulés.

« Qu'est-ce que t'as fait ? » ai-je demandé.

Silence a souri, dévoilant des dents pointues. Sa patte basanée m'est passée devant les yeux. J'ai vu la Digue sous une perspective légèrement différente.

Le sac qu'il avait ramené de la campagne contenait un de ces nids de frelons sur lesquels les malchanceux risquent de tomber dans les bois au sud de Béryl. De ceux qui abritent les monstres comme des bourdons que les paysans appellent des frelons à tête chauve. Ils ont un sale caractère sans équivalent dans la nature. Ils ont vite flanqué la frousse aux clients de la Digue sans inquiéter nos gars.

« Beau boulot, Silence », a commenté Miséricorde après avoir déchargé sa rage sur plusieurs habitués infortunés. Il a conduit les survivants dans la rue.

J'ai examiné notre frère touché pendant que le soldat indemne achevait les blessés. Miséricorde appelait ça économiser au syndic les frais d'un procès et d'un bourreau. Silence observait la scène sans cesser de sourire. Lui non plus n'est pas un tendre, même s'il ne participe que rarement aux opérations.

Nous avons fait davantage de prisonniers que prévu. « Y en avait un paquet. » Les yeux de Miséricorde pétillaient. « Merci, Silence. » Leur colonne s'étirait sur un pâté de maisons.

La fatalité est une garce volage. Elle nous avait conduits à la Taverne de la Digue à un moment crucial. Notre sorcier, en furetant à droite à gauche, avait déniché le gros lot, un groupe d'individus terrés dans une cachette sous la cave. Parmi eux se trouvaient certains des Bleus les plus connus.

Miséricorde s'est mis à jacasser ; il se demandait tout haut à combien s'élèverait la récompense de notre indicateur. Un tel indicateur n'existait pas. Il voulait par là empêcher nos sorciers de service de devenir des cibles prioritaires. Nos ennemis allaient cavaler dans tous les coins à la recherche d'espions fantômes.

« Sortez-les », a ordonné Miséricorde. Sans cesser de sourire il a mesuré du regard la foule renfrognée. « Vont tenter quelque chose, à ton avis ? » Ils n'ont rien tenté. Son extrême confiance refroidissait ceux qui avaient des idées derrière la tête.

Nous avons suivi un dédale de rues sinueuses moitié aussi vieilles que le monde ; nos prisonniers traînaient des pieds avec apathie. J'étais bouche bée. Le passé laisse mes camarades indifférents, mais moi je ne peux pas m'empêcher d'éprouver du respect – et parfois de la crainte – devant les profondeurs où plonge l'histoire de Béryl.

Miséricorde a ordonné une halte imprévue. Nous étions arrivés à l'avenue des Syndics, laquelle serpente de la maison des Douanes au nord jusqu'à la porte principale du Bastion. Une procession défilait dans l'avenue. Bien que le premier au croisement, Miséricorde a cédé la priorité.

La procession consistait en une centaine d'hommes en armes. Ils avaient l'air plus coriaces que tout le monde à Béryl en dehors de nous. À leur tête chevauchait une silhouette sombre sur le plus grand étalon noir que j'avais jamais vu. Le cavalier était petit, d'une minceur efféminée, et vêtu de cuir noir élimé. Il portait un morion noir qui lui masquait entièrement la tête. Des gants noirs lui dissimulaient les mains. Il paraissait sans armes.

« Bon sang », a murmuré Miséricorde.

J'étais troublé. Ce cavalier me faisait froid dans le dos. Un instinct primitif, tout au fond de moi, me poussait à courir. Mais la curiosité me tenaillait davantage. Qui était-ce ? Avait-il débarqué de ce bateau singulier dans le port ? Que faisait-il ici ?

Le regard sans yeux du cavalier nous a balayés avec indifférence, comme s'il passait en revue un troupeau de moutons. Puis il est revenu brusquement en arrière pour se fixer sur Silence.

Silence l'a soutenu sans montrer de crainte. Et pourtant il avait l'air comme diminué.

La colonne a défilé d'un pas ferme et discipliné. Secoué, Miséricorde a remis notre troupe en branle. Nous sommes entrés dans le Bastion quelques pas seulement derrière les étrangers.

Nous avions arrêté la plupart des chefs Bleus les plus conservateurs. Lorsque la nouvelle du raid s'est répandue, les têtes brûlées locales ont décidé de se donner de l'exercice. Et ont déclenché une pagaïe gigantesque.

Le temps perpétuellement corrosif agit sur la raison des hommes. La populace de Béryl est violente. Des émeutes se déclarent quasiment sans provocation. Lorsqu'elles tournent mal, les morts se chiffrent par milliers. Cette fois, c'était une des plus mauvaises.

L'armée, c'est la moitié du problème. Une succession de syndics faibles, aux mandats courts, avait sapé la discipline. Les troupes échappaient désormais à toute autorité. Mais elles prenaient cependant des mesures contre les émeutes. Elles voyaient dans leur répression un droit au pillage.

Le pire est arrivé. Trois cohortes de la caserne de la Fourche ont réclamé une prime spéciale avant d'accepter de rétablir l'ordre. Le syndic a refusé de payer.

Les cohortes se sont mutinées.

La section de Miséricorde a établi en hâte une position près de la porte des Décombres et tenu les trois cohortes à distance. La plupart de nos hommes sont morts mais aucun n'a pris la fuite. Miséricorde lui-même a perdu un œil, un doigt, a reçu une blessure à l'épaule et à la hanche ; il avait son bouclier percé de plus d'une centaine de trous à l'arrivée des secours. On me l'a ramené plus mort que vif.

À la fin, les mutinés ont préféré se disperser plutôt qu'affronter le reste de la Compagnie noire.

Les pires émeutes de mémoire d'homme. Nous avons perdu près d'une centaine de frères d'armes en voulant les réprimer. Nous pouvions difficilement nous permettre la perte d'un seul. À la Plainte, les cadavres tapissaient les rues. Les rats se sont engraissés. Des nuées de vautours et de corbeaux ont migré de la campagne.

Le capitaine a donné l'ordre à la Compagnie de se retirer au Bastion. « Laissons l'affaire suivre son cours, a-t-il dit. On en a assez fait comme ça. » Son humeur avait dépassé le stade de l'amertume et du dégoût. « Notre contrat ne nous oblige pas à nous suicider. »

Quelqu'un a lancé, en manière de plaisanterie, que nous pourrions trébucher sur nos épées.

« C'est ce qu'attend le syndic, on dirait. »

Béryl nous avait sapé le moral, mais le plus désenchanté c'était le capitaine. Il se reprochait nos pertes. Pour tout dire, il a même voulu démissionner.

La populace grincheuse tâchait, de mauvaise grâce et sans méthode, d'entretenir le chaos, s'opposait à toute tentative de combattre les incendies ou d'empêcher le pillage, mais sinon elle se contentait de traîner dans les rues. Les cohortes mutinées, grossies de déserteurs d'autres unités, systématisaient le meurtre et le saccage.

Le troisième soir, j'étais de faction au mur de Tréjan, sous les étoiles qui me serinaient que seuls les imbéciles se portent volontaires. La ville était étrangement silencieuse. J'aurais pu m'inquiéter davantage si je n'avais pas été aussi fatigué. C'était tout ce que je pouvais faire pour me tenir éveillé.

Tam-tam s'est approché. « Qu'est-ce que tu fiches là, Toubib ?

— Je fais un remplacement.

— T'as l'air d'un cadavre ambulant. Va te reposer.

— T'as pas l'air en forme non plus, l'avorton. »

Il a haussé les épaules. « Comment il va, Miséricorde ?

— Pas encore tiré d'affaire. » J'avais en vérité peu d'espoir de le sauver. J'ai pointé le doigt. « Tu sais ce qui se passe, là-bas ? » Un cri isolé a retenti au loin. Il avait un accent qui le distinguait de ceux qui l'avaient précédé. Des cris qui avaient exprimé la douleur, la rage et la peur. Celui-là évoquait quelque chose de plus sinistre.

Tam-tam a bredouillé, manie qu'il partage avec son frère Qu'un-Œil. Quand on ne sait pas, ils se figurent qu'il s'agit d'un secret qu'il vaut mieux garder pour eux. Ah, ces sorciers ! « Le bruit court que les mutins ont brisé les sceaux de la tombe des forvalakas pendant qu'ils pillaient la Colline nécropolitaine.

— Hein ? Ces machins sont en liberté ?

— C'est ce que pense le syndic. Le capitaine ne prend pas ça au sérieux. »

Moi non plus, même si Tam-tam paraissait soucieux. « Ils avaient l'air coriaces. Les mutins de l'autre jour.

— On aurait dû les recruter », dit-il, de la tristesse dans la voix. Qu'un-Œil et lui sont dans la Compagnie depuis longtemps. Ils ont assisté à une grande partie de son déclin.

« Ils voulaient quoi ? »

Il a haussé les épaules. « Repose-toi, Toubib. Va pas te tuer. Ça changera rien, en fin de compte. » Il est reparti d'un pas tranquille, perdu dans l'immensité de ses pensées.

J'ai levé un sourcil. Il était drôlement déprimé. Je suis revenu vers les feux, les lumières et l'absence troublante de raffut. Mes yeux n'arrêtaient pas de loucher, ma vue de s'obscurcir. Tam-tam avait raison. J'avais besoin de dormir.

Des ténèbres s'est échappé un autre de ces étranges cris désespérés. Plus proche, cette fois.

« Debout, Toubib. » Pas aimable, le lieutenant. « Le capitaine veut te voir au mess. »

J'ai gémi. Juré. L'ai menacé des pires calamités. Il a souri, m'a pincé le nerf du coude, m'a fait rouler par terre. « Je suis déjà debout, ai-je grommelé en cherchant autour de moi mes bottes à tâtons. Qu'est-ce qui se passe ? »

Il était parti.

« Est-ce que Miséricorde va s'en sortir, Toubib ? a demandé le capitaine.

— Ça m'étonnerait mais on a vu des miracles plus étonnants. »

Tous les officiers et sous-officiers étaient là. « Vous voulez savoir ce qui se passe, dit le capitaine. Le visiteur de l'autre jour était un envoyé de l'étranger. Il a offert une alliance. Les ressources militaires du Nord en échange du soutien des flottes de Béryl. Ça m'a paru raisonnable. Mais le syndic est têtu. Il ne digère pas la conquête d'Opale. Je lui ai suggéré davantage de souplesse. Si ces Nordistes sont des bandits, alors la solution de l'alliance est peut-être un moindre mal. Mieux vaut être allié que tributaire. Un seul problème : qu'est-ce qu'on décide si le légat fait pression sur nous ?

— S'il nous dit de nous battre contre ces Nordistes, on doit refuser ? a demandé Candi.

— Peut-être. Nous battre contre un sorcier peut signifier notre destruction. »

Bang ! La porte du mess s'est ouverte à la volée. Un homme petit, noueux, au teint mat, précédé d'un nez comme un grand bec bossu, est entré en coup de vent. Le capitaine s'est levé d'un bond et a claqué des talons. « Syndic. »

Notre visiteur a abattu les deux poings sur la table. « Vous avez donné l'ordre à vos hommes de se retirer dans le Bastion. Je ne vous paye pas pour que vous vous cachiez comme des chiens battus.

— Ni pour faire de nous des martyrs, a répliqué le capitaine de son ton pour raisonner les fous. On est une garde personnelle, pas une police. Maintenir l'ordre, c'est le rôle des cohortes urbaines. »

Le syndic était fatigué, affolé, effrayé, sur le point de lâcher nerveusement. Comme tout le monde.

« Soyez raisonnable, a conseillé le capitaine. Béryl a dépassé le point de non-retour. Le chaos règne dans les rues. La moindre tentative pour ramener l'ordre est condamnée d'avance. Le remède ne vaut pas mieux que la maladie. »

Ça, ça me plaisait. Béryl commençait à me sortir par les yeux.

Le syndic s'est ratatiné sur lui-même. « Il reste encore les forvalakas. Et ce vautour du Nord qui attend au large de l'île. »

Tam-tam a émergé d'un demi-sommeil. « Au large de l'île, vous dites ?

— Il attend que je le supplie.

— Intéressant. » Le petit sorcier a replongé dans son demi-sommeil.

Le capitaine et le syndic se sont chamaillés sur les termes de nos engagements. J'ai présenté notre exemplaire du contrat. Le syndic a essayé de jouer sur le libellé des clauses avec des « oui, mais ». Visiblement, il voulait se battre si le légat commençait à jouer l'important.

Elmo s'est mis à ronfler. Le capitaine nous a congédiés et a repris sa discussion avec notre employeur.

J'imagine que sept heures comptent pour une nuit de sommeil. Je n'ai pas étranglé Tam-tam lorsqu'il m'a réveillé. Mais j'ai râlé et rouspété jusqu'à ce qu'il menace de me changer en âne et de me laisser braire à la porte de l'Aube. Je me suis habillé, nous avons rejoint une douzaine de compagnons, et alors seulement je me suis aperçu que je n'avais pas la moindre idée de ce qui se passait.

« On va visiter une tombe, m'a renseigné Tam-tam.

— Hein ? » Je ne suis pas très vif certains matins.

« On va à la Colline nécropolitaine jeter un œil au tombeau des forvalakas.

— Hé, attends...

— Trouillard ? Je m'en suis toujours douté, Toubib.

— De quoi tu parles ?

— T'en fais pas. T'auras trois sorciers de haut niveau avec toi qu'auront rien d'autre à faire que veiller sur ton cul. Qu'un-Œil serait bien venu avec nous, mais le capitaine veut l'avoir près de lui.

— Je veux savoir pourquoi on va là-bas.

— Pour découvrir si les vampires sont réels. C'est peut-être un coup monté du bateau espion, là-bas.

— Astucieux. On aurait dû y penser. » La menace des forvalakas avait réussi ce qu'aucune force armée ne pouvait accomplir : mettre fin aux émeutes.

Tam-tam a hoché la tête. Il a passé les doigts sur le petit tambour auquel il devait son nom. J'ai changé de sujet. Il est pire que son frère quand il s'agit de reconnaître ses points faibles.

La ville était aussi calme qu'un champ de bataille après les combats. Comme un champ de bataille, elle n'était que puanteur, mouches, charognards et cadavres. On n'entendait d'autre bruit que le claquement de nos bottes et, en une occasion, le cri déchirant d'un chien éploré qui montait la garde sur son maître étendu par terre. « Le prix de l'ordre », ai-je marmonné. J'ai essayé de faire partir le chien. Il a refusé de bouger.

« Le coût du chaos », a riposté Tam-tam. Bong sur son tambour. « Pas tout à fait pareil, Toubib. »

La Colline nécropolitaine est plus élevée que la hauteur où se dresse le Bastion. Depuis l'enceinte supérieure, là où se trouvent les mausolées des nantis, je voyais le bateau nordiste.

« Il est là qui attend, a fait Tam-tam. Comme l'a dit le syndic.

— Pourquoi ils ne viennent pas ? Qui pourrait les en empêcher ? »

Tam-tam a haussé les épaules. Personne d'autre n'a donné son avis.

Nous sommes arrivés devant le tombeau à étages. Il ressemblait à ce qu'en disaient la rumeur et la légende. Il était très, très vieux, la foudre était tombée dessus, pas de doute, et il portait des marques d'outils. Une épaisse porte de chêne avait volé en miettes. Des cure-dents et des éclats gisaient éparpillés sur une dizaine de pas alentour.

Gobelin, Tam-tam et Silence ont rapproché leurs têtes les unes des autres. Quelqu'un a lancé une blague, qu'ils pourraient se partager un même cerveau. Gobelin et Silence ont alors pris position de chaque côté de la porte, à quelques pas en arrière. Tam-tam lui a fait face de front. Il a frotté des pieds par terre ici et là comme un taureau sur le point de charger, a trouvé la bonne place, s'est laissé tomber à croupetons, les bras curieusement levés, l'air de parodier un maître en arts martiaux.

« Et si vous ouvriez la porte, espèces d'idiots ? a-t-il grondé. Des crétins. L'a fallu que j'amène des crétins. » *Bong-bong* sur le tambour. « Restent là, les doigts dans le nez. »

Deux d'entre nous ont empoigné la porte démantibulée et ont soulevé. Elle était trop gauchie pour résister longtemps. Tam-tam a gratté son tambour, poussé un cri affreux et bondi à l'intérieur. Gobelin s'est précipité vers l'entrée à sa suite. Silence s'est déplacé d'un glissement rapide.

Dans le tombeau, Tam-tam a lâché un couinement de rat et s'est mis à éternuer. Il est ressorti en titubant, les yeux larmoyants, en se frottant le nez du gras des mains. On aurait dit qu'il avait un méchant rhume lorsqu'il a expliqué : « C'était pas une astuce. » Sa peau d'ébène avait viré au gris.

« Comment ça ? » ai-je demandé.

Il a fait un geste sec du pouce en direction du tombeau. Gobelin et Silence étaient maintenant à l'intérieur. Ils se sont mis à éternuer à leur tour.

Je me suis glissé jusqu'à l'entrée pour jeter un coup d'œil. On n'y voyait goutte. Que de la poussière épaisse à la lumière du soleil devant mes pieds. Puis je suis passé à l'intérieur. Mes yeux se sont habitués à l'obscurité.

Il y avait des os partout. Des os en tas, des os en piles, des os soigneusement rangés par un esprit malade. C'étaient des os étranges, semblables aux os humains, mais aux proportions bizarres à mes yeux de docteur. Il avait dû y avoir une cinquantaine de corps au départ. On les avait littéralement entassés, à l'époque. Sûrement des forvalakas, alors, parce que Béryl enterre ses bandits non incinérés.

Il y avait aussi des cadavres récents. J'ai compté sept soldats morts avant que je commence à éternuer. Ils portaient les couleurs d'une cohorte mutinée.

J'ai traîné un cadavre dehors, l'ai lâché, ai fait quelques pas en titubant et vomi bruyamment. L'estomac calmé, je suis revenu examiner ma prise. Les autres se tenaient autour, verdâtres.

« C'est pas un fantôme qu'a fait ça », a dit Gobelin. Tam-tam a eu un bref hochement de tête. Il était le plus secoué de tous. Plus secoué que le spectacle ne l'exigeait, j'ai trouvé.

Silence s'est remis au travail, a réussi à invoquer une petite brise vive comme une jouvencelle qui a passé en coup de vent la porte du mausolée avant de ressortir en trombe, les jupes alourdies de poussière et d'odeur de mort.

« Ça va ? » ai-je demandé à Tam-tam.

Il a louché sur mon barda médical et m'a chassé du geste. « Ça ira. Des souvenirs qui me reviennent. »

Je l'ai laissé tranquille une minute, puis l'ai asticoté : « Des souvenirs ?

— On était gamins, Qu'un-Œil et moi. On avait été vendus à N'Gamo pour devenir ses apprentis. Un messager est arrivé d'un village plus loin dans les collines. » Il s'est agenouillé près du soldat mort. « Les mêmes blessures. »

J'étais ébranlé. Rien d'humain ne tuait de cette façon-là, et pourtant les dégâts avaient l'air délibérés, calculés, l'œuvre d'une intelligence malfaisante. C'en était d'autant plus horrible.

J'ai dégluti, me suis agenouillé, ai commencé mon examen. Silence et Gobelin se sont faufilés dans le tombeau. Gobelin avait une petite boule ambrée de lumière qui roulait dans ses mains en coupe. « Pas saigné, j'ai fait remarquer.

— Ça prend le sang », a dit Tam-tam. Silence a tiré un autre cadavre dehors. « Et les organes quand ç'a le temps. » Le deuxième corps avait été ouvert en deux de l'aine au gosier. Le cœur et le foie manquaient.

Silence est retourné dans le mausolée. Gobelin en est sorti. Il s'est assis sur un monument commémoratif brisé et a secoué la tête. « Alors ? a demandé Tam-tam.

— Du sérieux, pas de doute. C'est pas une blague de notre ami. » Il a pointé le doigt. Le Nordiste continuait de patrouiller au milieu d'un essaim de pêcheurs et de caboteurs. « Y en avait cinquante-quatre enfermés là-dedans. Ils se sont mangés entre eux. Celui-là, c'est le dernier qui restait. »

Tam-tam a bondi comme s'il venait de recevoir une gifle.

« Qu'est-ce qui se passe ? j'ai demandé.

— Ça veut dire qu'on a affaire à ce qu'on peut trouver de plus pervers, de plus rusé, de plus cruel et de plus fou.

— Des vampires, j'ai marmonné. De nos jours. »

Tam-tam a rectifié : « Pas vraiment un vampire. Plutôt le léopard-garou, l'homme-panthère qui marche sur deux pattes le jour et quatre la nuit. »

J'avais entendu parler de loups-garous et d'ours-garous. Les paysans autour de la ville où je suis né racontent ce genre d'histoires. Je n'avais jamais entendu parler de léopards-garous. Ce que j'ai dit à Tam-tam.

« L'homme-panthère vient de très loin dans le Sud. De la jungle. » Il a regardé la mer au large. « Il faut les enterrer vivants. »

Silence a déposé un autre cadavre.

Des léopards-garous buveurs de sang, dévoreurs de foie. Une race ancienne, nourrie de ténèbres, animée par un millénaire de haine et de fringale. Un vrai cauchemar. « Tu peux y faire quelque
chose ?

— N'Gamo n'y est pas arrivé. Je ne serai jamais aussi bon que lui, et lui, il a perdu un bras et un pied en essayant d'éliminer un jeune mâle. Là, on a une vieille femelle. Hargneuse, cruelle et rusée. À nous quatre, on pourrait la tenir à distance. La vaincre, non.

— Mais si Qu'un-Œil et toi vous connaissez cette bête...

— Non. » Il avait la tremblote. Il a étreint son tambour si fort que l'instrument en a gémi. « On peut rien faire. »

Le chaos a cessé. Dans les rues de Béryl régnait un silence pesant de ville dévastée. Même les mutins se cachaient en attendant que la fringale les pousse vers les greniers à blé municipaux.

Le syndic a essayé de forcer la main au capitaine. Le capitaine l'a ignoré. Silence, Gobelin et Qu'un-Œil traquaient le monstre. La bête réagissait à des instincts purement animaux, satisfaisait une faim ancestrale. Les factions harcelaient le syndic de demandes de protection.

Le lieutenant nous a convoqués encore une fois au mess. Le capitaine n'a pas perdu de temps. « Messieurs, notre situation n'est pas reluisante. » Il a fait les cent pas. « Béryl exige un nouveau syndic. Chaque faction a demandé à la Compagnie noire de se tenir à l'écart. »

Le dilemme moral s'intensifiait avec la gravité de la situation.

« On n'est pas des héros, a repris le capitaine. On est des durs. On est têtus. On tâche d'honorer nos engagements. Mais on refuse de mourir pour des causes perdues. »

J'ai protesté, me suis fait la voix de la tradition pour contester sa proposition tacite.

« Le problème qui se pose, c'est la survie de la Compagnie, Toubib.

— On a pris l'or, capitaine. Le problème qui se pose, c'est l'honneur. Depuis quatre siècles, la Compagnie noire a rempli ses engagements. Pensez au Livre de Set, consigné par l'annaliste Corail quand la Compagnie était au service de l'archonte d'Ossement pendant la révolte des Chiliarchs.

— Je te laisse y penser, Toubib. »

J'étais irrité. « Je fais valoir mes droits de soldat libre.

— Il a le droit de parler », a reconnu le lieutenant. Il est plus traditionaliste que moi.

« D'accord. Qu'il parle, alors. On n'est pas obligés de l'écouter. »

Je suis revenu sur les heures les plus sombres de l'histoire de la Compagnie... jusqu'à ce que je me rende compte que j'argumentais avec moi-même. Une partie de moi voulait laisser tomber.

« Toubib ? T'as fini ? »

J'ai dégluti. « Trouvez un prétexte valable et je vous suis. »

Tam-tam m'a adressé un roulement de tambour moqueur. Qu'un-Œil a gloussé. « Un boulot pour Gobelin, Toubib. Il était avocat avant de faire son chemin comme maquereau. »

Gobelin a mordu à l'hameçon. « Moi, avocat ? Ta mère, elle, c'était...

— Ça suffit ! » Le capitaine a tapé de la main sur la table. « On a l'accord de Toubib. Au travail. Trouvez-moi une solution. »

Les autres ont eu l'air soulagés. Même le lieutenant. Mon avis, en tant qu'annaliste, avait plus de poids que je n'aurais voulu.

« La solution évidente, c'est l'extinction de l'homme qui nous tient sous contrat », ai-je fait observer. La remarque a flotté dans l'air comme une vieille odeur fétide. Comme la puanteur dans le tombeau des forvalakas. « Vu l'état piteux où on se trouve, comment nous en vouloir si un assassin arrive à se faufiler ?

— Quelle mentalité ! C'est du propre, Toubib ! » a dit Tam-tam. Il m'a adressé un autre roulement de tambour.

« La poêle qui se moque du chaudron ? On sauverait les apparences de l'honneur. Ça nous arrive d'échouer. Plus souvent qu'à notre tour.

— Ça me plaît, a dit le capitaine. On va se séparer avant que le syndic vienne voir ce qui se passe. Tu restes, Tam-tam. J'ai un travail pour toi. »

C'était une nuit à hurlements. Une nuit brûlante, poisseuse, du genre qui sape la dernière et fine barrière séparant l'homme civilisé du monstre tapi sous son crâne. Les cris sortaient des maisons où la peur, la chaleur et le surpeuplement exerçaient une trop forte traction sur les chaînes du monstre.

Un vent frais mugissant a soufflé du golfe, poursuivi par d'épais nuages noirs où dansaient des éclairs. Le vent a chassé la puanteur de Béryl. La pluie torrentielle a nettoyé les rues à grande eau. Dans la lumière du petit matin, Béryl avait l'air d'une ville différente, silencieuse, fraîche et propre.

Les rues étaient parsemées de flaques lorsque nous sommes allés sur les quais. L'eau gloussait encore au fil des caniveaux. À midi, l'atmosphère serait à nouveau de plomb et plus humide que jamais.

Tam-tam nous attendait dans un bateau qu'il avait loué. « Combien tu t'es mis dans la poche sur ce coup-là ? lui ai-je demandé. Ce chaland va couler avant d'avoir doublé l'île, j'ai l'impression.

— Pas un sou, Toubib. » Il paraissait déçu. Son frère et lui sont de fieffés chapardeurs et des professionnels du marché noir. « Pas un sou. Ce bateau est plus rapide qu'il en a l'air. Son propriétaire, c'est un trafiquant.

— Je te crois sur parole. T'es sûrement au courant. » J'ai quand même embarqué d'un pied prudent. Il a grimacé. On est censé faire comme si l'avarice de Tam-tam et de Qu'un-Œil n'était qu'une légende.

Nous prenions la mer pour passer un arrangement. Le capitaine avait donné carte blanche à Tam-tam. Le lieutenant et moi le secondions pour lui flanquer un coup de pied en vitesse si jamais il s'emballait. Silence et une demi-douzaine de soldats nous accompagnaient pour l'effet.

Un bateau des Douanes nous a hélés alors que nous passions au large de l'île. Nous étions partis avant qu'il puisse appareiller. Je me suis accroupi, j'ai jeté un coup d'œil par-dessous la bôme. Le bateau noir se rapprochait, de plus en plus imposant. « Ce foutu machin, c'est une île flottante.

— Trop lourd, a grogné le lieutenant. Un bateau de cette taille ne tiendrait pas par grosse mer.

— Pourquoi non ? Qu'est-ce que tu en sais ? » Même ahuri, je restais curieux sur mes compagnons.

« J'ai navigué comme mousse quand j'étais jeune. J'ai appris ce qu'était un bateau. » Son ton dissuadait de l'interroger davantage.

La plupart des hommes préfèrent rester discrets sur leurs antécédents. Comme il faut s'y attendre dans une compagnie de gredins que lient le présent et des passés de solitaires contre le reste du monde.

« Pas trop lourd quand on a des talents magiques pour le consolider », a riposté Tam-tam. Il tremblait, frappait à petits coups nerveux sur son tambour selon des rythmes sans queue ni tête. Qu'un-Œil et lui détestaient autant l'eau l'un que l'autre.

Bon. Un mystérieux enchanteur du Nord. Un bateau aussi noir que le fond de l'Enfer. Mes nerfs commençaient à lâcher.

Son équipage a laissé tomber une échelle de coupée. Le lieutenant l'a escaladée allègrement. Il paraissait impressionné.

Je ne suis pas marin, mais le bateau avait l'air paré, prêt à obéir au premier commandement.

Un officier subalterne a fait signe à Tam-tam, Silence et moi de nous approcher et nous a demandé de le suivre. Il nous a conduits au pont inférieur, dans des couloirs, vers l'arrière, sans dire un mot.

L'émissaire du Nord était assis en tailleur au milieu de riches coussins, devant les écoutilles de poupe ouvertes du bateau, dans une cabine digne d'un potentat oriental. J'en étais bouche bée. La cupidité dévorait Tam-tam. L'émissaire a éclaté de rire.

Le rire nous a fait un choc. Haut perché, c'était presque un gloussement qui aurait moins surpris chez une jouvencelle d'une taverne de nuit que chez un homme plus puissant qu'un roi. « Excusez-moi », a-t-il dit en posant délicatement une main là où sa bouche se serait trouvée s'il n'avait pas porté son morion noir. Puis : « Asseyez-vous. »

Mes yeux se sont écarquillés malgré moi. Chaque phrase était prononcée d'une voix manifestement différente. Y avait-il tout un comité sous ce casque ?

Tam-tam a pris une goulée d'air. Silence, fidèle à lui-même, s'est contenté de s'asseoir. J'ai suivi son exemple et me suis appliqué pour que mon regard curieux et inquiet n'offense pas trop notre hôte.

Tam-tam n'était pas dans un bon jour, question diplomatie. Il a lâché étourdiment : « Le syndic n'en a plus pour longtemps. On veut faire un arrangement... »

Silence lui a enfoncé un orteil dans la cuisse.

J'ai marmonné : « C'est ça, notre intrépide prince des voleurs ? Notre homme aux nerfs d'acier ? »

Le légat a gloussé. « C'est vous le docteur ? Toubib ? Pardonnez-le. Il me connaît. »

Une peur très, très glacée m'a enveloppé de ses ailes noires. La sueur m'a mouillé les tempes. Elle n'avait rien à voir avec la chaleur. Une brise marine fraîche entrait par les écoutilles, une brise pour laquelle les gens de Béryl tueraient.

« Il n'y a aucune raison d'avoir peur de moi. Ma mission consiste à proposer une alliance dont profitera Béryl autant que mon peuple. J'ai la conviction que nous pouvons passer un accord, mais pas avec l'autocrate actuel. Vous vous attaquez à un problème qui nécessite la même solution que le mien, mais votre contrat ne vous laisse pas une grande latitude.

— Il est au courant. Pas la peine de discuter », a croassé Tam-tam. Il a tapé sur son tambour, mais son fétiche ne l'a pas réconforté. Il n'arrivait plus à parler.

Le légat a fait remarquer : « Le syndic n'est pas invulnérable. Même sous votre garde. » Un gros chat avait avalé la langue de Tam-tam. L'envoyé m'a regardé. J'ai haussé les épaules. « Et si le syndic avait rendu l'âme pendant que votre Compagnie défendait le Bastion contre les émeutiers ?

— Parfait, ai-je répondu. Mais il reste à savoir comment on s'en sort ensuite.

— Vous chassez les émeutiers, puis vous découvrez la mort du syndic. Vous n'avez plus d'emploi, en conséquence vous quittez Béryl.

— Pour aller où ? Et nos ennemis, on les distance comment ? Les cohortes urbaines se lanceraient à nos trousses.

— Dites à votre capitaine que si je reçois, dès la découverte du décès du syndic, une demande écrite pour servir d'intermédiaire dans la succession, mes forces vous relèveront au Bastion. Vous quitterez Béryl et camperez au Pilier de l'Angoisse. »

Le Pilier de l'Angoisse, c'est un cap crayeux en forme de tête de flèche criblé d'innombrables petites cavernes. Il s'avance dans la mer à un jour de marche à l'est de Béryl. Un phare-tour de guet s'y dresse. Il doit son nom aux gémissements du vent qui souffle dans les cavernes.

« Une putain de souricière, oui. Ces saloperies de cohortes vont nous assiéger et bien rigoler en attendant qu'on se bouffe entre nous.

— Il suffit de faire passer des bateaux et de vous embarquer. »

Ding-ding. Une cloche a sonné l'alarme sous mon crâne. Ce trouduc nous mijotait un sale tour. « Pourquoi vous feriez ça ?

— Votre Compagnie va se retrouver au chômage. Il me sera possible de la prendre à notre service. On a besoin de bons soldats dans le Nord. »

Ding-ding. Cette sacrée cloche n'arrêtait pas de sonner. Il voulait nous engager ? Pour quoi faire ?

Quelque chose m'a dit que ce n'était pas le moment de le demander. J'ai changé de sujet. « Et le forvalaka ? » Toujours aller à zig quand on vous attend à zag.

« La créature sortie de la crypte ? » L'envoyé avait la voix de la femme de vos rêves qui susurre « Viens ». « J'ai peut-être aussi du travail pour elle.

— Vous saurez la maîtriser ?

— Une fois qu'elle aura joué son rôle. »

J'ai songé à la foudre abolissant un sortilège d'emprisonnement sur une plaque qui avait résisté pendant un millénaire à toute effraction. Mon visage n'a rien trahi de mes soupçons, j'en suis sûr. Mais l'émissaire a gloussé. « Peut-être bien que oui, docteur. Peut-être bien que non. Un casse-tête passionnant, pas vrai ? Retournez auprès de votre capitaine. Décidez-vous. Vite. Vos ennemis sont prêts à agir. » Du geste, il nous a congédiés.

« Tu me livres ce portefeuille à son destinataire ! a grondé le capitaine à Candi. Ensuite tu ramènes ton cul ici. »

Candi a pris le portefeuille du courrier puis est parti.

« Quelqu'un d'autre veut discuter ? Vous aviez l'occasion de vous débarrasser de moi, mes salauds. Vous l'avez laissée passer. »

Les esprits étaient échauffés. Le capitaine avait fait une contre-proposition au légat qui lui offrait son appui si le syndic disparaissait. Candi emportait la réponse du capitaine.

Tam-tam a marmonné. « Vous ne savez pas ce que vous faites. Vous ne savez pas avec qui vous signez.

— Éclaire-moi, alors. Non ?... Toubib. Comment ça va, dehors ? » On m'avait envoyé en reconnaissance en ville.

« C'est bien la peste. Mais pas comme celles que j'ai vues jusqu'ici. C'est sûrement le forvalaka le vecteur. »

Le capitaine m'a lancé un regard interrogateur, les yeux plissés.

« Jargon de médecin. Un vecteur, c'est un porteur. La peste se déclare par poches autour de ses tueries. »

Le capitaine a grondé : « Tam-tam ? Tu connais cette bête, toi.

— Jamais entendu dire que ça propageait des maladies. Et tous ceux d'entre nous qui sont entrés dans le tombeau sont encore en bonne santé. »

J'ai fait chorus. « Le porteur, c'est pas important. Mais la peste si. Elle va empirer si on ne commence pas à brûler les cadavres.

— Elle n'est pas entrée au Bastion, a fait observer le capitaine. Et elle a de bons côtés. La garnison régulière ne déserte plus.

— J'ai rencontré beaucoup d'hostilité à la Plainte. Faut s'attendre à une nouvelle explosion de violence.

— Quel délai ?

— Deux jours ? Trois tout au plus. »

Le capitaine s'est mordillé la langue. La situation devenait de plus en plus critique. « Faut qu'on... »

Un tribun de la garnison a poussé la porte. « Une émeute au portail. Ils ont un bélier.

— On y va », a dit le capitaine.

Il a suffi de deux ou trois minutes pour les disperser. De quelques projectiles et quelques pots d'eau chaude. Ils ont pris la fuite en nous couvrant de malédictions et d'insultes.

La nuit est tombée. Je suis resté sur le mur à regarder au loin les torches parcourir la ville. L'émeute se transformait, se dotait d'un système nerveux. Si elle y ajoutait un cerveau, nous allions être pris dans une révolution.

Le mouvement des torches a fini par se ralentir. L'explosion ne serait pas pour la nuit. Peut-être pour le lendemain si la chaleur et l'humidité devenaient trop oppressantes.

Plus tard, j'ai entendu des grattements sur ma droite. Puis des claquements. Encore des grattements. Légers, très légers, mais je les entendais. Ça s'approchait. La terreur m'a envahi. Je me suis pétrifié comme les gargouilles perchées au-dessus du portail. La brise s'est muée en un vent arctique.

Quelque chose enjambait les remparts. Les yeux rouges. Quatre pattes. Couleur de ténèbres. Une panthère noire. Elle se déplaçait avec la fluidité de l'eau coulant le long d'une pente. Elle a descendu à pas feutrés l'escalier menant à la cour et s'est évanouie.

Le singe au fin fond de mon cerveau voulait grimper à toutes jambes en haut d'un grand arbre en poussant des cris afin de jeter des excréments et des fruits pourris. Je me suis enfui vers la porte la plus proche, ai suivi un chemin à couvert vers les quartiers du capitaine, me suis permis d'entrer sans même frapper.

Je l'ai trouvé sur son lit de camp, les mains sous la tête. Il fixait le plafond. Sa chambre n'était éclairée que par une seule et faible bougie. « Le forvalaka est dans le Bastion. Je l'ai vu passer par-dessus le mur. » Ma voix couinait comme celle de Gobelin.

Il a grogné.

« Vous m'avez entendu ?

— J'ai entendu, Toubib. Va-t'en. Laisse-moi seul.

— Oui, monsieur. » Bon. Ça le travaillait. J'ai reculé vers la porte...

Le cri était puissant, long, désespéré, et il a cessé brusquement. Il venait des quartiers du syndic. J'ai dégainé mon épée, j'ai foncé par la porte... en plein dans Candi. Candi est tombé. Debout au-dessus de lui, je me demandais confusément pourquoi il était revenu si tôt.

« Rentrez ici, Toubib, a ordonné le capitaine. Vous voulez vous faire tuer tous les deux ? » D'autres cris se sont élevés du côté des quartiers du syndic. La mort n'était pas sélective.

J'ai tiré Candi d'un coup sec à l'intérieur. Nous avons verrouillé et barré la porte. Je me suis adossé au battant, les yeux fermés, hors d'haleine. C'est sûrement mon imagination, mais j'ai cru entendre quelque chose grogner en passant à pas de loup de l'autre côté.

« Et maintenant ? » a demandé Candi. Il avait le visage décomposé. Ses mains tremblaient.

Le capitaine a terminé de griffonner une lettre. Il l'a tendue. « Maintenant, tu y retournes. »

On a tambouriné à la porte. « Quoi ? » a lancé sèchement le capitaine.

Une voix assourdie par l'épaisseur du bois a répondu. « C'est Qu'un-Œil, ai-je dit.

— Ouvre-lui. »

J'ai ouvert. Qu'un-Œil, Tam-tam, Gobelin, Silence et une dizaine d'autres se sont bousculés pour entrer. La chambre a paru plus chaude et plus petite. « L'homme-panthère est dans le Bastion, capitaine. » Il a oublié de ponctuer sa phrase d'un coup de tambour. L'instrument avait l'air de lui pendouiller piteusement à la hanche.

Un autre cri dans les quartiers du syndic. Mon imagination m'avait bien joué un tour.

« Qu'est-ce qu'on va faire ? » a demandé Qu'un-Œil. C'est un petit homme noir ridé pas plus grand que son frère, d'habitude doté d'un curieux sens de l'humour. Il a un an de plus que Tam-tam, mais à leur âge on ne compte plus. Tous les deux ont dépassé les cent ans, à en croire les Annales. Il était terrifié. Tam-tam, lui, était au bord de l'hystérie. Gobelin et Silence étaient eux aussi ébranlés. « Il risque de nous éliminer un par un.

— On peut le tuer ?

— Ces bêtes-là sont presque invincibles, capitaine.

— Est-ce qu'on peut les tuer ? » Le capitaine avait la voix dure. Lui aussi avait peur.

« Oui », a reconnu Qu'un-Œil. Il avait l'air un poil moins effrayé que Tam-tam. « Rien n'est invulnérable. Pas même ce type sur le bateau noir. Mais ces créatures sont puissantes, rapides et intelligentes. Les armes, ça n'est pas très efficace. La sorcellerie, c'est mieux, mais même elle a peu de chances d'en venir à bout. » Jamais encore je ne l'avais entendu avouer ses limites.

« Assez parlé, a grondé le capitaine. Le moment est venu d'agir. » Il est difficile à connaître, notre chef, mais là, il était transparent. La rage et la frustration que lui causait une situation insupportable retombaient sur le forvalaka.

Tam-tam et Qu'un-Œil ont protesté avec véhémence.

« Vous y pensez depuis que vous avez découvert que cette chose était en liberté, a dit le capitaine. Vous avez décidé de ce que vous feriez le cas échéant. On va le faire. »

Un autre cri. « Ça doit être un abattoir, à la tour de Papier, ai-je marmonné. La chose pourchasse tout le monde jusqu'ici. »

Un instant, j'ai cru que même Silence allait protester.

Le capitaine s'est harnaché de ses armes. « Allumette, rassemble les hommes. Scellez toutes les entrées de la tour de Papier. Elmo, prends quelques bons hallebardiers et arbalétriers. Enduisez les carreaux de poison. »

Vingt minutes se sont écoulées. J'ai perdu le compte des cris. Plus rien n'importait que la vive inquiétude qui m'agitait et une question : Pourquoi le forvalaka s'en prenait-il au Bastion ? Pourquoi persistait-il dans sa chasse ? C'était davantage que la faim qui le poussait.

Le légat avait insinué qu'il trouverait à l'employer. Pour faire quoi ? Ça ? Qu'est-ce qui nous prenait de travailler avec un type capable d'une chose pareille ?

Les sorciers collaboraient tous les quatre au sortilège qui nous précédait en grésillant. L'air lui-même crépitait d'étincelles bleues. Les hallebardiers suivaient. Puis les arbalétriers. Derrière eux une autre dizaine d'hommes sont entrés dans les quartiers du syndic.

Déconvenue. L'antichambre de la tour de Papier avait l'air parfaitement normale. « C'est en haut », nous a dit Qu'un-Œil.

Le capitaine a fait face au couloir derrière nous. « Allumette, fais entrer tes hommes. » Il comptait avancer pièce par pièce et sceller chacune des sorties sauf une pour la retraite. Qu'un-Œil et Tam-tam désapprouvaient. D'après eux, la chose serait plus dangereuse acculée. Un silence menaçant nous enveloppait. Il n'y avait pas eu de cris depuis plusieurs minutes.

Nous avons trouvé la première victime au pied de l'escalier qui menait à la tour proprement dite. « Un des nôtres », ai-je grommelé. Le syndic s'entourait toujours d'une escouade de la Compagnie. « Les chambres, en haut ? » Je n'étais jamais entré dans la tour de Papier.

Le capitaine a hoché la tête. « Niveau cuisine, ensuite réserve, quartiers du personnel sur deux niveaux, puis la famille, puis le syndic lui-même. Bibliothèque et bureaux tout en haut. Il veut que ce soit difficile de l'approcher. »

J'ai examiné le corps. « Pas comme ceux du tombeau. Tam-tam. L'a laissé le sang et les organes. Comment ça se fait ? »

Il n'avait pas de réponse. Qu'un-Œil non plus.

Le capitaine a fouillé les ténèbres au-dessus. « Maintenant, ça se complique. Hallebardiers, une marche à la fois. Gardez vos lames basses. Les arbalètes, restez à quatre ou cinq marches derrière. Tirez sur tout ce qui bouge. Les épées au clair, tout le monde. Qu'un-Œil, envoie ton sortilège d'abord. »

Un crépitement. Une marche, une autre, doucement. Odeur de peur. *Pang.* Un homme a déchargé son arbalète accidentellement. Le capitaine a craché et grondé comme un volcan de mauvaise humeur.

Il n'y avait strictement rien à voir.

Quartiers du personnel. Du sang avait éclaboussé les murs. Des cadavres et des morceaux de cadavres gisaient partout au milieu de meubles invariablement défoncés et mis en pièces. On a des durs à cuire dans la Compagnie, mais même les plus solides étaient ébranlés. Même moi, habitué en tant que médecin à voir les pires horreurs des champs de bataille.

« Capitaine, a dit le lieutenant, je vais chercher le reste de la Compagnie. Ce monstre va pas s'en tirer. » Le ton ne souffrait aucune contradiction. Le capitaine s'est contenté de hocher la tête.

Le carnage produisait cet effet. On oubliait un peu sa peur. La plupart d'entre nous se disaient qu'il fallait tuer la bête.

Un cri a fusé dans les étages. Lancé à notre intention, comme pour se moquer de nous, pour nous défier de monter. Des hommes au regard dur se sont mis à gravir les marches. Le sortilège faisait crépiter l'air devant eux. Tam-tam et Qu'un-Œil ont étouffé leur terreur. L'hallali commençait pour de bon.

Un vautour avait délogé l'aigle qui nichait au sommet de la tour de Papier, un sinistre présage, pour sûr. Je n'avais aucun espoir pour notre employeur.

Nous avons monté cinq étages. Il était évident, vu le sang répandu, que le forvalaka les avait tous visités...

Tam-tam a levé brusquement la main, tendu un doigt. Le forvalaka était tout près. Les hallebardiers se sont agenouillés derrière leurs armes. Les arbalétriers ont visé les ténèbres. Tam-tam a attendu trente secondes. Silence, Gobelin, Qu'un-Œil et lui gardaient une attitude tendue, ils écoutaient ce que le reste du monde ne pouvait qu'imaginer. Puis : « Il attend. Faites gaffe. Faut pas lui laisser la moindre chance. »

J'ai posé une question idiote, trop tard de toute façon pour que sa réponse change quoi que ce soit. « Est-ce qu'on ne devrait pas se servir d'armes en argent ? Les pointes de carreaux et les lames d'épées ? »

Tam-tam a eu l'air déconcerté.

« Là d'où je viens, les paysans disent qu'il faut tuer les loups-garous avec de l'argent.

— Des conneries. On les tue comme on tue autre chose. Seulement, faut aller plus vite et taper plus fort, parce qu'on n'a droit qu'à un coup. »

Plus il nous en apprenait sur la créature, moins elle nous paraissait terrible. C'était comme chasser un lion solitaire. Pourquoi en faire tout un plat ?

Je me suis rappelé les quartiers du personnel.

« On bouge plus, a dit Tam-tam. Et plus de bruit. On va essayer un envoi. » Ses collègues et lui ont rapproché leurs têtes. Au bout d'un moment, il nous a fait signe de reprendre notre progression.

Nous nous sommes faufilés jusqu'au palier suivant, serrés les uns contre les autres, comme un hérisson humain aux piquants d'acier. Les sorciers ont lancé leur enchantement. Un rugissement de colère est sorti de l'ombre devant nous, accompagné d'un raclement de griffes. Quelque chose a bougé. Les arbalètes ont chanté. Un autre rugissement, presque moqueur. Les sorciers ont encore rapproché leurs têtes. En bas, le lieutenant ordonnait à ses hommes de prendre position là où le forvalaka serait obligé de passer pour s'enfuir.

Nous nous sommes glissés dans l'obscurité. La tension montait. Les cadavres et le sang rendaient notre marche périlleuse. Les hommes se dépêchaient de sceller des portes. Lentement, nous avons enfilé une succession de bureaux. Par deux fois, un mouvement a déclenché une volée de carreaux d'arbalète.

Le forvalaka a rugi à moins de vingt pas. Tam-tam a poussé un soupir qui tenait du gémissement. « On l'a », a-t-il dit pour signifier que leur sortilège avait atteint son but.

À vingt pas. Là, avec nous. Je ne voyais rien... Quelque chose a bougé. Les carreaux ont jailli. Un homme a poussé un cri... « Merde ! a juré le capitaine. Il restait encore quelqu'un de vivant. »

Quelque chose aussi noir que le cœur de la nuit, aussi vif qu'une mort subite, a décrit un arc au-dessus des hallebardes. Un seul mot m'est venu à l'esprit, *rapide !*, avant que la bête retombe parmi nous. Les hommes se sont enfuis dans tous les sens en hurlant, se sont gênés. Le monstre rugissait et grognait, lançait ses griffes et ses crocs trop vite pour que l'œil arrive à suivre. Un moment, j'ai cru donner un coup d'épée dans un flanc noir avant qu'un choc me projette à une dizaine de pas.

Je me suis relevé à quatre pattes puis adossé à un pilier. J'étais sûr que j'allais mourir, sûr que la bête allait nous tuer tous. Quelle prétention, de croire qu'on pourrait en venir à bout ! Quelques secondes seulement s'étaient écoulées. Une demi-douzaine d'hommes étaient morts. Davantage blessés. On n'avait visiblement pas réussi à ralentir le forvalaka, encore moins à lui faire mal. Pas plus les armes que les sortilèges ne le gênaient.

Nos sorciers se tenaient regroupés, ils essayaient de produire un nouvel enchantement. Le capitaine était au centre d'un second groupe. Les hommes restants étaient dispersés. Le monstre virevoltait comme l'éclair et les cueillait un à un.

Un feu gris a déchiré la pièce, l'a un instant entièrement illuminée et m'a imprimé comme au fer rouge le carnage au fond des prunelles. Le forvalaka a hurlé, de douleur cette fois. Un point pour les sorciers.

Il m'a foncé dessus comme une flèche. J'ai donné des coups d'épée paniqués lorsqu'il est passé devant moi. Je l'ai manqué. Il a tournoyé, pris son élan et bondi sur les sorciers. Ils lui ont jeté un autre sortilège fulgurant. Le forvalaka a hurlé encore. Un homme a poussé un cri. La bête s'est débattue par terre comme un serpent à l'agonie. Les hommes lui ont donné des coups de pique et d'épée. Elle s'est remise debout et elle a filé par la sortie laissée ouverte pour nous.

« Il arrive ! » a braillé le capitaine au lieutenant.

Je me suis affaissé, tout à mon soulagement. Il était parti... Avant que mon derrière n'ait touché le sol, Qu'un-Œil m'a relevé. « Viens, Toubib. Il a touché Tam-tam. Faut l'aider. »

Je me suis approché en chancelant, soudain conscient d'une estafilade superficielle à une jambe. « J'ai intérêt de bien nettoyer, ai-je marmonné. Ces griffes sont sûrement sales. »

Tam-tam n'était qu'un amas humain informe. Sa gorge béait, il avait le ventre ouvert. Ses bras et sa poitrine étaient déchirés jusqu'à l'os. Chose étonnante, il vivait encore, mais je ne pouvais rien pour lui. Aucun docteur n'y aurait rien pu. Même un grand sorcier maître guérisseur n'aurait pu sauver le petit homme noir. Mais Qu'un-Œil a insisté pour que j'essaye, alors j'ai essayé jusqu'à ce que le capitaine m'emmène de force soigner des hommes moins certains de mourir. Qu'un-Œil lui criait dessus lorsque je suis parti.

« Donnez-moi de la lumière ! » ai-je ordonné. En même temps, le capitaine entreprenait de rassembler les valides à la porte ouverte et leur disait de la tenir.

Lorsqu'on y a vu plus clair, on a mesuré l'ampleur du désastre. Nous étions décimés. En outre, une douzaine de compagnons déjà sur place à notre arrivée gisaient un peu partout dans la chambre. Tués à leur poste. Auxquels se mêlaient deux fois autant de secrétaires et de conseillers du syndic.

« Quelqu'un a vu le syndic ? a demandé le capitaine. Il devait être là. »

Allumette, Elmo et lui se sont mis à sa recherche. Difficile pour moi de me joindre à eux. Je rafistolais et recousais comme un fou, réquisitionnant toute l'aide possible. Les griffes du forvalaka avaient laissé des blessures profondes qui nécessitaient des points de suture minutieux et adroits.

Gobelin et Silence ont réussi je ne sais comment à calmer suffisamment Qu'un-Œil pour qu'il donne un coup de main. Ils lui avaient peut-être fait quelque chose. Il a travaillé dans un brouillard voisin de l'inconscience.

J'ai jeté un autre coup d'œil à Tam-tam dès que j'ai pu. Il vivait toujours et serrait son petit tambour. Merde ! Autant d'acharnement méritait une récompense. Mais laquelle ? Mes compétences ne suffisaient pas.

« Ho ! a crié Allumette. Capitaine ! » J'ai tourné la tête. Il tapait sur un coffre avec son épée.

C'était un coffre de pierre. Le type de coffre-fort en faveur auprès des nantis de Béryl. À mon avis, celui-là devait peser dans les deux cent cinquante kilos. Des gravures extravagantes le décoraient extérieurement. En majeure partie abîmées. Par les coups de griffes ?

Elmo a fracassé la serrure et soulevé le couvercle en faisant levier. J'ai entrevu un homme allongé sur un tas d'or et de joyaux, les bras autour de la tête, tout tremblant. Elmo et le capitaine ont échangé des regards sinistres.

L'irruption du lieutenant m'a distrait. Il avait attendu en bas et fini par s'inquiéter car il ne s'était rien passé. Le forvalaka n'était pas descendu.

« Fouille la tour, lui a dit le capitaine. Il est peut-être monté. » Il restait encore deux étages au-dessus de nous.

Lorsque j'ai à nouveau regardé le coffre, il était refermé. On ne voyait nulle part notre employeur. Allumette, assis dessus, se curait les ongles avec une dague. J'ai observé Elmo et le capitaine. Ils m'ont fait une impression pour le moins bizarre.

Ils n'auraient pas terminé le travail du forvalaka tout de même ? Non. Le capitaine ne trahirait pas les idéaux de la Compagnie comme ça. Si ?

Je n'ai pas posé la question.

La fouille de la tour n'a rien révélé d'autre qu'une trace de sang menant au sommet où le forvalaka s'était réfugié pour reprendre des forces. Il avait été salement touché, mais il s'était échappé en descendant par l'extérieur du bâtiment.

Quelqu'un a suggéré qu'on lui donne la chasse. À quoi le capitaine a répondu : « On quitte Béryl. On n'est plus employés. Il faut s'en aller avant que la ville se retourne contre nous. » Il a envoyé Allumette et Elmo surveiller la garnison locale. Le reste de la troupe a évacué les blessés de la tour de Papier.

Pendant plusieurs minutes je suis resté sans chaperon. J'ai regardé le grand coffre de pierre. La tentation me tenaillait de plus en plus, mais j'ai résisté. Je préférais ne pas savoir.

Candi est revenu une fois la fièvre retombée. Il nous a informés que le légat était à quai et débarquait ses troupes.

Les hommes faisaient leurs bagages et chargeaient les chariots ; certains marmonnaient sur les événements de la tour de Papier, d'autres râlaient de devoir partir. Dès qu'on arrête de bouger on prend racine. On accumule des choses. On se trouve une femme. Puis l'inévitable se produit et il faut tout abandonner. Il y avait beaucoup de tristesse dans l'air autour de notre caserne.

J'étais au portail quand les Nordistes sont arrivés. J'ai aidé à tourner le cabestan qui levait la herse. Je ne me sentais pas très fier. Sans mon accord, le syndic n'aurait peut-être jamais été trahi.

Le légat prenait possession du Bastion. La Compagnie a commencé son évacuation. Il était alors trois heures du matin et les rues étaient désertes.

On avait parcouru les deux tiers du trajet jusqu'à la porte de l'Aube lorsque le capitaine a ordonné une halte. Les sergents ont rassemblé tous les hommes en mesure de combattre. Les autres ont continué avec les chariots.

Le capitaine nous a conduits au nord dans l'avenue de l'Ancien-Empire, là où les empereurs de Béryl se sont fait élever des monuments à leur propre gloire et à celle de leurs triomphes. Nombre de ces monuments sont bizarres et commémorent des broutilles telles que chevaux, gladiateurs ou amants préférés des deux sexes.

J'avais déjà un mauvais pressentiment avant d'arriver à la porte des Décombres. Le malaise s'est mué en soupçon, et le soupçon a fleuri en une affreuse certitude quand nous avons pénétré sur le champ de manœuvre. À côté de la porte des Décombres, il n'y a rien d'autre que la caserne de la Fourche.

Le capitaine n'a pas fait de déclaration explicite. Lorsque nous avons atteint l'enceinte de la Fourche, chacun savait de quoi il retournait.

Les cohortes urbaines étaient toujours aussi négligentes. Le portail d'enceinte était ouvert et l'unique sentinelle endormie. Nous sommes tous entrés sans rencontrer de résistance. Le capitaine a commencé à distribuer des tâches.

Entre cinq et six mille hommes stationnaient là. Leurs officiers avaient rétabli une certaine discipline, ils les avaient poussés à rendre leurs armes à l'armurerie. Traditionnellement, les capitaines de Béryl ne faisaient confiance à leurs hommes armés que la veille d'une bataille.

Trois sections ont aussitôt envahi les baraquements et tué les hommes dans leurs lits. La section restante a pris position pour couper toute retraite à l'autre bout de l'enceinte.

Le soleil était levé avant que le capitaine soit satisfait. Nous nous sommes retirés et dépêchés de rejoindre notre convoi de bagages.

Il n'y avait pas un membre de la Compagnie qui ne soit rassasié.

Personne ne nous a poursuivis, bien entendu. Personne n'est venu mettre le siège devant le camp que nous avons établi au Pilier de l'Angoisse. Ce qui était le but de la manœuvre. Ça et l'explosion de plusieurs années de colère contenue.

Elmo et moi, debout à l'extrémité du promontoire, regardions le soleil de l'après-midi jouer à cache-cache avec un orage au large. L'orage était arrivé joyeux et avait noyé notre camp sous un déluge glacé avant de s'en repartir gronder au-dessus de l'océan. C'était joli, quoique pas tellement coloré.

Elmo se taisait depuis un moment. « Quelque chose te tracasse, Elmo ? » L'orage est passé devant les rayons du soleil, et la mer a pris une teinte de fer rouillé. Je me demandais si la fraîcheur était allée jusqu'à Béryl.

« M'est avis que tu peux deviner, Toubib.

— M'est avis que oui. » La tour de Papier. La caserne de la Fourche. Le dédit ignoble de notre contrat. « Ça va se passer comment, d'après toi, dans le Nord ?

— Tu crois que le diable noir va venir, hein ?

— Il va venir, Elmo. Il a seulement un peu de mal à faire danser ses marionnettes sur sa musique. » Qui n'en aurait pas, à vouloir mater cette ville démente ?

« Hum », a fait Elmo. Puis il a repris : « Regarde là-bas. »

Une petite bande de baleines batifolait le long de rochers au large du promontoire. Je me suis efforcé de ne pas paraître impressionné, mais en vain. Les bêtes qui dansaient dans la mer métallisée offraient un spectacle magnifique.

Nous nous sommes assis dos au phare. Nous avions l'impression de contempler un monde que l'homme n'avait jamais souillé. Je me dis parfois qu'il se porterait mieux sans nous.

« Bateau là-bas », a signalé Elmo.

Je ne l'ai pas vu jusqu'à ce que les feux du soleil de l'après-midi embrasent sa voile triangulaire d'une teinte orange bordée d'or ; il dansait et se balançait au gré des flots.

« Caboteur. Peut-être un vingt tonneaux.

— Si gros que ça ?

— Pour un caboteur. Les navires hauturiers vont parfois jusqu'à quatre-vingts tonneaux. »

Le temps passait, désinvolte, volage, efféminé. Nous avons observé le bateau et les baleines. J'ai commencé à rêvasser. Pour la centième fois j'ai essayé d'imaginer le nouveau pays à partir des histoires de marchands qu'on m'avait rapportées. Nous allions sans doute traverser jusqu'à Opale. Opale, c'était le reflet de Béryl, à ce qu'on disait, mais plus jeune...

« L'imbécile, il va s'écraser sur les rochers. »

Je me suis réveillé. Le caboteur courait droit au naufrage. Il a changé son cap d'un poil, évité la catastrophe d'une centaine de mètres et repris sa route normale.

« Ç'a mis un peu d'animation dans notre journée, ai-je fait remarquer.

— Un de ces quatre tu vas oublier tes sarcasmes, et moi je vais dépérir à en mourir, Toubib.

— Ça m'empêche de perdre la boule, l'ami.

— C'est à voir, Toubib. À voir. »

Je me suis remis à regarder l'avenir en face. Valait mieux ça que regarder en arrière. Mais l'avenir refusait d'enlever son masque.

« Il s'amène par ici, a dit Elmo.

— Quoi ? Oh. » Le caboteur, ballotté par la houle, avait du mal à avancer, tandis que sa proue se balançait vers la grève en dessous de notre camp.

« Tu veux prévenir le capitaine ?

— J'imagine qu'il est au courant. Les veilleurs du phare.

— Ouais.

— Continue d'ouvrir l'œil, des fois qu'il y aurait du nouveau. »

L'orage s'esquivait maintenant vers l'ouest, obscurcissant l'horizon et couvrant la mer de son ombre. Soudain, je me suis senti terrifié à l'idée de la traversée.

Le caboteur apportait des nouvelles d'amis trafiquants de Tam-tam et de Qu'un-Œil. Qu'un-Œil, déjà de mauvais poil, est devenu encore plus renfermé et bourru après les avoir reçues. Il évitait même de se chamailler avec Gobelin, son passe-temps favori. La mort de Tam-tam l'avait durement touché et il n'allait pas s'en remettre de sitôt. Il ne nous répéterait pas ce que ses amis avaient à lui dire.

Le capitaine ne valait guère mieux. Son humeur était exécrable. Je crois qu'il avait à la fois hâte et peur d'aborder la terre inconnue. Ce nouveau contrat, c'était comme une renaissance pour la Compagnie, elle laissait ses péchés derrière elle, pourtant il pressentait à quel service nous allions entrer. Il se disait que le syndic avait peut-être eu raison au sujet de l'Empire septentrional.

Le lendemain de la visite du trafiquant nous a apporté des vents frais du nord. Le brouillard a reniflé les basques du promontoire en tout début de soirée. Peu après la tombée de la nuit, une barque est sortie de ce même brouillard et s'est échouée sur la plage. Le légat était arrivé.

Nous avons rassemblé nos affaires et commencé à prendre congé des filles de joie venues nous rejoindre les unes après les autres de la ville. Nos bêtes et notre matériel récompenseraient leur sympathie et leur fidélité. J'ai passé une heure aussi tendre que triste avec une femme pour laquelle je comptais davantage que je ne croyais. Nous n'avons pas versé de larmes ni ne nous sommes raconté de mensonges. Je l'ai laissée avec ses souvenirs et la majeure partie de ma pitoyable fortune. Elle m'a laissé avec une boule dans la gorge et une impression de perte difficilement sondable.

« Allez, Toubib, j'ai murmuré alors que je descendais péniblement sur la plage. T'as déjà connu ça. Tu l'auras oubliée avant d'arriver à Opale. »

On avait tiré une demi-douzaine de barques sur la grève. Dès qu'il s'en trouvait une pleine, les marins du Nord la poussaient dans le ressac. Les rameurs la propulsaient à l'assaut des vagues et en quelques secondes elle disparaissait dans la brume. D'autres barques vides arrivaient en se dandinant. Une sur deux transportait du matériel et des biens personnels.

Un marin qui parlait la langue de Béryl m'a dit que la place ne manquait pas à bord du bateau noir. Le légat avait laissé ses troupes à Béryl afin de veiller sur le nouveau syndic de paille, un autre Rouge vaguement apparenté à l'homme que nous avions servi.

« J'espère qu'ils auront moins de problèmes que nous », ai-je dit avant de m'en aller broyer du noir.

Le légat échangeait ses hommes contre nous. Je le soupçonnais de vouloir se servir de nous, de nous réserver un sort sinistre dépassant l'imagination.

À plusieurs reprises durant l'attente j'ai entendu un hurlement au loin. Je l'ai d'abord pris pour le chant du Pilier. Mais il n'y avait pas un souffle d'air. Lorsqu'il s'est reproduit, tous mes doutes se sont envolés. J'en ai eu la chair de poule.

L'intendant, le capitaine, le lieutenant, Silence, Gobelin, Qu'un-Œil et moi avons attendu la dernière barque. « Je pars pas, a déclaré Qu'un-Œil quand un maître d'équipage nous a fait signe d'embarquer.

— Monte », a répliqué le capitaine. Sa voix était mielleuse. C'est dans ces cas-là qu'il est le plus dangereux.

« Je démissionne. Je vais dans le Sud. Ça fait assez longtemps que je suis parti, on a dû m'oublier. »

Le capitaine nous a désignés du doigt, le lieutenant, Silence, Gobelin et moi, puis a montré la barque d'un coup de pouce. Qu'un-Œil s'est mis à brailler. « Je vais tous vous changer en autruches... » La main de Silence lui a cloué le bec. Nous l'avons porté jusqu'à la barque. Il gigotait comme un serpent dans un brasero.

« Tu restes avec la famille, a doucement dit le capitaine.

— À trois ! » a crié joyeusement Gobelin avant de compter à toute vitesse. Le petit homme noir a décrit un arc sans cesser de gesticuler durant son vol avant d'atterrir dans la barque. Il a repassé la tête par-dessus le plat-bord en jurant et en nous arrosant de postillons. Nous avons ri de le voir faire preuve d'un peu de caractère. Gobelin a mené la charge qui l'a cloué à un banc de nage.

Les marins nous ont poussés au large. Dès l'instant où les avirons ont mordu les flots, Qu'un-Œil s'est calmé. Il avait l'air d'un condamné en route pour la potence.

La galère a pris forme, une forme imprécise, menaçante, un peu plus sombre que l'obscurité environnante. J'ai entendu les voix des marins assourdies par la brume, les grincements du bois, le travail des palans bien avant que mes yeux confirment la présence du bâtiment. Notre barque s'est glissée jusqu'au pied d'une échelle de coupée. Le hurlement a retenti à nouveau.

Qu'un-Œil a voulu plonger par-dessus bord. Nous l'avons retenu. Le capitaine lui a collé le talon de sa botte dans le derrière. « Tu as eu l'occasion de nous dissuader d'accepter cette proposition. Tu ne l'as pas fait. Faudra t'en accommoder. »

Le dos voûté, Qu'un-Œil a gravi l'échelle à la suite du lieutenant, l'air désespéré. Il avait abandonné un frère défunt, on le forçait maintenant à côtoyer le responsable de sa mort, et il ne pouvait pas exercer sa vengeance sur lui.

Nous avons retrouvé la Compagnie sur le pont principal, blottie au milieu de monceaux de matériel. Les sergents se sont faufilés vers nous à travers le fouillis.

Le légat est apparu. Je l'ai regardé fixement. C'était la première fois que je le voyais debout, en pied. Il était petit. L'espace d'un instant, je me suis demandé si c'était vraiment un homme. Ses voix multiples étaient souvent féminines.

Il nous observait avec intensité comme s'il lisait dans nos âmes. Un de ses officiers a enjoint au capitaine de mettre ses hommes en rang du mieux possible sur le pont bondé. L'équipage du bateau occupait les logements centraux recouvrant l'espace ouvert qui s'étendait de la poupe presque jusqu'à la proue, et du pont jusqu'au banc de nage inférieur. D'en dessous se sont échappés des marmonnements, des cliquetis et des chocs métalliques à mesure que les rameurs s'éveillaient.

Le légat nous a passés en revue. Il s'est arrêté devant chaque soldat et lui a épinglé sur le cœur une reproduction de l'emblème qui ornait la voile du bateau. La cérémonie était lente. Nous avons levé l'ancre avant qu'il ait terminé.

Plus il s'approchait, plus Qu'un-Œil tremblait. Il a failli s'évanouir lorsque le légat lui a épinglé l'insigne. J'étais stupéfait. Pourquoi une telle émotion ?

J'étais nerveux lorsque mon tour est venu, mais pas effrayé. J'ai jeté un coup d'œil à l'insigne alors que des doigts gantés délicats me l'accrochaient au justaucorps. Une tête de mort et un cercle d'argent sur du jais, élégamment ouvragé. Un joyau de grande valeur quoique sinistre. S'il n'avait pas été aussi paniqué, Qu'un-Œil aurait sûrement déjà réfléchi au meilleur moyen de le mettre au clou.

L'emblème me semblait à présent vaguement familier, sorti du contexte de la voile ; je l'avais de prime abord pris pour de la mise en scène et ignoré. N'avais-je pas lu ou entendu quelque chose quelque part à propos d'un sceau de ce genre ?

« Bienvenue au service de la Dame, docteur », m'a dit le légat. Sa voix me troublait. Elle ne correspondait jamais à ce qu'on en attendait. Cette fois elle était musicale, cadencée, la voix d'une jeune femme qui embobine des hommes plus mûrs qu'elle.

La Dame ? Où avais-je entendu ce mot prononcé de cette façon-là, avec insistance, comme s'il s'agissait d'un titre de déesse ? Une légende mystérieuse venue des temps anciens...

Un hurlement d'indignation, de douleur et de désespoir a empli le bateau. Surpris, j'ai rompu les rangs pour m'approcher du puits d'aération dans le pont.

Le forvalaka se trouvait dans une grande cage de fer au pied du mât. Dans l'ombre, il donnait l'impression de se modifier subtilement tandis qu'il allait et venait, éprouvant chacun des barreaux. Un instant c'était une femme athlétique d'une trentaine d'années, mais quelques secondes plus tard elle prenait l'aspect d'une panthère noire debout sur ses pattes arrière, labourant de ses griffes le métal qui l'emprisonnait. Je me suis rappelé le légat : il trouverait peut-être à l'employer, avait-il dit.

J'ai fait face à l'envoyé. Et la mémoire m'est revenue. Un marteau diabolique m'a enfoncé des clous de glace dans le cerveau. Je savais pourquoi Qu'un-Œil ne voulait pas traverser la mer. Le Mal ancestral dans le Nord... « Je vous croyais tous morts depuis trois siècles. »

Le légat s'est mis à rire. « Vous ne connaissez pas assez bien votre histoire. On ne nous a pas détruits. Seulement enchaînés et enterrés vivants. » Son rire avait des accents hystériques. « Enchaînés, enterrés et finalement libérés par un fou du nom de Bomanz, Toubib. »

Je me suis laissé tomber sur le derrière à côté de Qu'un-Œil qui se cachait la figure dans les mains.

Le légat, la terreur qu'on appelait Volesprit dans les contes d'autrefois, un démon pire qu'une douzaine de forvalakas, a éclaté d'un rire dément. Son équipage a eu un mouvement de recul. Une bonne blague, ça, enrôler la Compagnie noire au service du Mal. Une grande ville conquise et de petits brigands subornés. Une plaisanterie carrément cosmique.

Le capitaine s'est planté à côté de moi. « Raconte, Toubib. »

Je lui ai donc parlé de la Domination, du Dominateur et de sa Dame. Leur dictature avait couvert un empire plus diabolique que l'Enfer. Je lui ai parlé des Dix Asservis (dont Volesprit), dix grands sorciers, presque des demi-dieux dans leur domaine, que le Dominateur avait vaincus et obligés à entrer à son service. Je lui ai parlé de la Rose Blanche, le général au féminin qui avait triomphé de la Domination mais dont le pouvoir n'avait pas suffi pour détruire le Dominateur, sa Dame et les Dix. Elle les avait tous enterrés sous un tumulus scellé par un sortilège quelque part dans les terres au nord de l'océan.

« Et maintenant ils sont revenus à la vie, on dirait, ai-je ajouté. Ils gouvernent l'Empire du Nord. Tamtam et Qu'un-Œil ont dû s'en douter... On s'est engagés à leur service.

— Asservis, a murmuré le capitaine. Un peu comme le forvalaka. »

La bête a hurlé et s'est jetée contre les barreaux de sa cage. Le rire de Volesprit a couru sur le pont embrumé. « Asservis par l'Asservi, ai-je reconnu. Le parallèle est fâcheux. » Je m'étais mis à frissonner à mesure que davantage de vieilles histoires me revenaient à l'esprit.

Le capitaine a soupiré ; son regard s'est perdu dans le brouillard, vers la nouvelle terre.

Qu'un-Œil fixait la créature dans la cage, la figure haineuse. J'ai voulu l'entraîner ailleurs. Il s'est débarrassé de moi d'une secousse. « Pas encore, Toubib. Faut que je comprenne.

— Quoi ?

— C'est pas celui qui a tué Tam-tam. Aucune trace des blessures qu'on lui a faites. »

Je me suis retourné lentement pour observer le légat. Il s'est remis à rire en nous voyant.

Qu'un-Œil n'a jamais compris. Et moi, je ne lui ai jamais dit. Ça suffit, les embêtements.

2

CORBEAU

« Notre traversée depuis Béryl me donne raison, a grogné Qu'un-Œil par-dessus une chope d'étain. La Compagnie noire, l'est pas à sa place sur l'eau. Fillette ! Encore de la bière ! » Il a agité sa chope. Seul moyen de se faire comprendre de la fille. Il refusait d'apprendre les langues du Nord.

« Tu es soûl, ai-je fait remarquer.

— Drôlement perspicace. Prenez-en bonne note, messieurs. Le Toubib, notre estimé diplômé es médecine et clergé, a eu la sagacité de deviner que je suis soûl. » Des rots ont ponctué ses phrases prononcées de travers. Il a passé son auditoire en revue avec cet air de solennité suprême que seul un ivrogne peut se donner.

La fille a apporté un autre pichet et une bouteille pour Silence. Lui non plus ne crachait pas sur son poison favori. Il buvait un vin aigrelet de Béryl tout à fait accordé à sa personnalité. De l'argent a changé de mains.

Nous étions sept en tout. Nous gardions la tête basse. Le débit de boissons était bondé de marins. Nous étions des étrangers, des intrus, ceux sur qui on tape dès que se déclenche une bagarre. Qu'un-Œil excepté, nous préférons garder nos forces pour nous battre quand on nous paye.

Mont-de-Piété a passé son affreuse figure par la porte de la rue. Ses petits yeux de fouine se sont plissés. Il nous a repérés.

Mont-de-Piété. Il a hérité de ce surnom parce qu'il prête à la Compagnie à des taux usuraires. Il n'aime pas le sobriquet mais selon lui tout vaut mieux que celui dont l'ont affublé ses parents paysans : Betterave-à-Sucre.

« Hé ! C'est la Betterave sucrée ! a rugi Qu'un-Œil. Amène-toi, Bébé-sucré. C'est Qu'un-Œil qui régale. Il est trop soûl pour se rendre compte de ce qu'il fait. » Effectivement. À jeun, Qu'un-Œil les lâche moins facilement qu'une bernique son rocher.

Mont-de-Piété a grimacé, promené furtivement les yeux à la ronde. Il est comme ça. « Le capitaine veut vous voir, les gars. »

Nous avons échangé des regards. Nous n'avions pas beaucoup vu le capitaine, ces derniers temps. Il traînait sans arrêt avec de gros bonnets de l'armée impériale.

Elmo et le lieutenant se sont levés. Moi aussi, et je me suis dirigé vers Mont-de-Piété.

Le tavernier a beuglé. Une serveuse a foncé vers la porte et l'a bloquée. Un type aussi massif et obtus qu'un bœuf est pesamment sorti d'une arrière-salle. Il serrait un incroyable gourdin noueux dans chacun de ses poings comme des barriques. Il avait l'air confus.

Qu'un-Œil a grondé. Le reste de notre troupe s'est mis debout, prêt à tout.

Les marins, flairant l'empoignade, ont commencé à choisir leur camp. Pour la plupart contre nous.

« Qu'est-ce qui se passe, merde ? ai-je crié.

— S'il vous plaît, monsieur, a fait la fille à la porte. Vos amis n'ont pas payé leur dernière tournée. » Elle a décoché au tavernier un regard roublard.

« Ça m'étonnerait ! » La maison pratiquait le paiement à la livraison. Je me suis tourné vers le lieutenant. Il était d'accord. J'ai lancé un coup d'œil au patron, senti sa cupidité. Ils nous croyaient assez soûls pour payer deux fois.

« Qu'un-Œil, a dit Elmo, c'est toi qu'as choisi ce nid de voleurs. C'est toi qui vas les remettre au pas. »

Sitôt dit, sitôt fait. Qu'un-Œil a poussé un cri aigu de cochon devant le boucher...

Une horreur à quatre bras, de la taille d'un chimpanzé, a jailli dans une explosion de sous notre table. Elle a chargé la fille à la porte et lui a laissé des traces de crocs dans la cuisse. Puis elle a escaladé la montagne de muscle armée de gourdins. L'homme s'est mis à saigner par une dizaine de blessures avant de comprendre ce qui lui arrivait.

Une coupe de fruits sur la table au milieu de la salle a disparu dans un brouillard noir. Elle a réapparu la seconde suivante – avec des serpents venimeux qui se tortillaient par-dessus bord.

La mâchoire du patron s'est affaissée. Et des scarabées lui sont sortis à flots de la bouche.

Nous avons profité du tohu-bohu pour opérer notre sortie. Plusieurs pâtés de maisons plus loin, Qu'un-Œil hurlait et gloussait toujours.

Le capitaine nous a regardés fixement. Nous nous soutenions les uns les autres devant sa table. Qu'un-Œil succombait encore de temps en temps à des accès de gloussements. Même le lieutenant n'arrivait pas à garder son sérieux. « Ils sont soûls, lui a dit le capitaine.

— On est soûls, oui, a reconnu Qu'un-Œil. Positivement, indubitablement, dégueulement soûls. »

Le lieutenant lui a flanqué un coup de poing dans les reins.

« Asseyez-vous, les gars. Essayez de bien vous tenir le temps que vous êtes ici. »

Ici, c'était un établissement chic composé de jardins, socialement à des lieues au-dessus de notre ancienne escale. Ici, même les putains portaient des titres. Plantations et artifices paysagers fractionnaient les jardins en secteurs de semi-isolement. Il y avait des bassins, des belvédères, des sentiers de pierre, et un parfum de fleurs envoûtant flottait dans l'air.

« Un peu luxueux pour nous, ai-je fait remarquer.

— En quel honneur on est là ? » a demandé le lieutenant. Les autres ont manœuvré pour se trouver des sièges.

Le capitaine s'était approprié une immense table de pierre. Vingt personnes auraient pu y prendre place. « Nous sommes invités. Comportez-vous comme tels. » Il a joué avec l'insigne accroché sur son cœur déclarant qu'il bénéficiait de la protection de Volesprit. Nous en possédions tous un, mais le portions rarement. Le geste du capitaine nous conseillait de remédier à cet oubli.

« On est les invités de l'Asservi ? » ai-je demandé. J'ai lutté contre les effets de la bière. Il allait falloir consigner la chose dans les Annales.

« Non. Les insignes sont à l'intention de la maison. » Il a gesticulé. Toutes les autres personnes visibles portaient un insigne qui révélait une accointance avec l'un ou l'autre des Asservis. J'en ai reconnu quelques-uns. Le Hurleur. Rôde-la-Nuit. Sème-Tempête. Le Boiteux.

« Notre hôte veut s'enrôler dans la Compagnie.

— Il veut entrer dans la Compagnie noire ? a demandé Qu'un-Œil. Qu'est-ce qui lui prend, à cet idiot ? » Ça faisait des années que nous n'avions pas engagé de nouvelle recrue.

Le capitaine a haussé les épaules et souri. « Un jour, un sorcier l'a bien fait. »

Qu'un-Œil a grommelé. « Depuis, il le regrette.

— Pourquoi il est resté ? » ai-je demandé.

Qu'un-Œil n'a pas répondu. Personne ne quitte la Compagnie, sauf les pieds devant. La Compagnie, c'est notre chez-nous.

« De quoi il a l'air ? » a demandé le lieutenant.

Le capitaine a fermé les yeux. « D'un drôle de particulier. Il peut être un atout. Il me plaît bien. Mais jugez vous-mêmes. Il est ici. » Il a pointé sèchement le doigt vers un homme qui surveillait les jardins.

Ses vêtements étaient gris, en loques et rapiécés. Il était moyennement grand, maigre et basané. Sinistrement beau. Je le sentais âgé d'un peu moins de trente ans. Peu avenant...

Quoique... En l'examinant mieux, on remarquait des détails frappants. Une force, un manque d'expression, un maintien curieux. Les jardins ne l'intimidaient pas.

Les gens qui le regardaient fronçaient le nez. Ils ne voyaient pas l'homme, ils voyaient le loqueteux. On sentait leur dégoût. Déjà qu'on nous avait permis d'entrer. Des chiffonniers, maintenant.

Un domestique élégamment accoutré s'est dirigé vers lui afin de lui faire repasser une entrée qu'il avait manifestement franchie par erreur.

L'homme est venu vers nous en croisant le domestique comme s'il n'existait pas. Sa démarche raide et saccadée laissait entendre qu'il se rétablissait de blessures récentes. « Capitaine ?

— Bonjour. Prenez un siège. »

Un gros général d'état-major s'est détaché d'un petit groupe d'officiers supérieurs et de jeunes femmes sveltes. Il a esquissé quelques pas dans notre direction, puis a marqué un temps. Il avait envie de faire part de ses préventions.

Je l'ai reconnu. Le seigneur Jalena. Difficile d'accéder à une position plus élevée sans être un des Dix

Asservis. Hors d'haleine, il avait la figure toute rouge. Si le capitaine l'a remarqué, il n'en a rien montré.

« Messieurs, voici... Corbeau. Il veut se joindre à nous. Corbeau n'est pas son nom de naissance. Sans importance. Vous autres aussi, vous avez menti. Présentez-vous et posez vos questions. »

Il y avait quelque chose d'étrange chez ce Corbeau. Nous étions ses invités, apparemment. Ses manières n'étaient pas celles d'un mendiant des rues, pourtant il avait l'air d'avoir longtemps erré par voies et par chemins.

Le seigneur Jalena est arrivé. Il avait la respiration sifflante. Des porcs comme lui, j'aimerais leur faire subir la moitié de ce qu'ils infligent à leurs troupes.

Il a jeté un regard mauvais au capitaine. « Monsieur, a-t-il dit entre deux ahanements, vos relations sont telles qu'on ne peut pas vous refuser l'entrée, à vous, mais... les jardins sont réservés à des gens raffinés. Il en est ainsi depuis deux cents ans. Nous n'admettons pas... »

Le capitaine s'est fendu d'un sourire narquois. Avec douceur, il a répondu : « Je suis un invité, monseigneur. Si vous n'aimez pas ma compagnie, plaignez-vous auprès de mon hôte. » Il a indiqué Corbeau.

Jalena a effectué un demi-tour à droite. « Monsieur... » Ses yeux et sa bouche se sont ouverts tout grands. « Vous ! »

Corbeau a fixé Jalena. Pas un de ses muscles n'a bougé. Pas un cil n'a battu. Les joues du gros général se sont vidées de toute couleur. Il a lancé un coup d'œil presque suppliant vers son groupe, a regardé à nouveau Corbeau, s'est tourné vers le capitaine. Il a remué les lèvres mais aucun mot n'en est sorti.

Le capitaine a tendu la main vers Corbeau. Corbeau a accepté l'insigne de Volesprit. Il se l'est épinglé sur la poitrine.

Jalena est devenu encore plus pâle. Il a reculé.

« L'a l'air de vous connaître, a fait observer le capitaine.

— Il me croyait mort. »

Jalena a rejoint son groupe. Il a jacassé à toute vitesse et pointé le doigt. Des hommes livides ont regardé de notre côté. Ils ont discuté un petit moment avant de tous déserter le jardin.

Corbeau n'a pas donné d'explication. « Si on passait aux choses sérieuses ? a-t-il seulement dit.

— Ça t'ennuierait de nous éclairer sur ce qui vient de se passer ? » La voix du capitaine avait une douceur de mauvais augure.

« Oui.

— Vaudrait mieux réfléchir. Ta présence risque de mettre toute la Compagnie en danger.

— Non. C'est une affaire personnelle. Je ne l'emporte pas avec moi. »

Le capitaine a réfléchi. Il n'est pas du genre à s'immiscer dans le passé d'un gars. Pas sans raison. Il a décidé qu'il y en avait une, de raison. « Comment tu peux éviter de l'emporter ? Visiblement, tu représentes quelque chose pour le seigneur Jalena.

— Pas pour Jalena. Pour des amis à lui. C'est une vieille histoire. Je vais la conclure avant de me joindre à vous. Cinq personnes doivent mourir avant que je referme le livre. »

Ça paraissait intéressant. Ah ! l'odeur de mystère et de menées secrètes, de manigances et de vengeance. La matière d'un bon récit. « Je m'appelle Toubib. Qu'est-ce qui vous empêche de partager votre histoire ? »

Corbeau s'est tourné vers moi avec raideur, manifestement maître de lui. « Elle est personnelle, ancienne et honteuse. Je ne veux pas en parler.

— Dans ce cas, a dit Qu'un-Œil, je peux pas voter pour l'admission. »

Deux hommes et une femme ont descendu un sentier dallé avant de s'arrêter au-dessus du secteur où s'était tenu le groupe du seigneur Jalena. Des retardataires ? Ils étaient surpris. Je les ai regardés discuter entre eux.

Elmo a voté comme Qu'un-Œil. Le lieutenant aussi.

« Toubib ? » a demandé le capitaine.

J'ai voté pour. Je flairais le mystère et je ne voulais pas le laisser filer.

« Je connais une partie de l'histoire, a dit le capitaine à Corbeau. C'est pourquoi je vote comme Qu'un-Œil. Pour le bien de la Compagnie. J'aimerais bien te compter parmi nous. Mais... Règle ton affaire avant notre départ. »

Les retardataires se sont dirigés vers nous, l'air hautain mais résolus à savoir ce qu'il était advenu de leur groupe.

« Vous partez quand ? a demandé Corbeau. J'ai combien de temps ?

— Demain. Au lever du soleil.

— Quoi ? ai-je lancé.

— Minute, a fait Qu'un-Œil. Pourquoi déjà ? »

Même le lieutenant, qui ne met jamais rien en question, s'est étonné. « On était censés avoir quinze jours devant nous. » Il s'était trouvé une petite amie, la première depuis que je le connaissais.

Le capitaine a haussé les épaules. « On a besoin de nous dans le Nord. Le Boiteux s'est fait prendre la forteresse de Donne par un rebelle du nom de Fureteur. »

Les retardataires sont arrivés. Un des hommes a demandé : « Où est passé le groupe de la grotte aux camélias ? » Il avait une voix nasale, geignarde. Je me suis hérissé. Elle empestait l'arrogance et le mépris. Je n'en avais pas entendu de pareille depuis mon incorporation dans la Compagnie noire. Les habitants de Béryl n'avaient jamais usé de ce ton avec nous.

Ils ne connaissent pas encore la Compagnie noire, à Opale, me suis-je dit. Pas encore, non.

La voix a fait à Corbeau l'effet d'un coup de massue sur la nuque. Il s'est raidi. L'espace d'un instant, ses yeux n'ont plus été que deux morceaux de glace. Puis un sourire a froncé le coin de ses paupières. Je n'avais jamais vu sourire aussi démoniaque.

« Je sais pourquoi Jalena a eu son indigestion », a chuchoté le capitaine.

Nous sommes restés assis, immobiles, figés par une imminence mortelle. Corbeau s'est retourné lentement en se levant. Les trois nouveaux venus ont vu son visage.

Voix-geignarde s'est étranglé. L'autre homme a été pris de tremblements. La femme a ouvert la bouche. Rien n'en est sorti.

J'ignore d'où Corbeau tirait son couteau. Le geste était trop rapide pour que l'œil le suive. Voix-geignarde a perdu son sang par sa gorge ouverte. Son ami avait plusieurs pouces d'acier dans le cœur. Et Corbeau serrait le cou de la femme de la main gauche.

« Non. Je t'en prie », a-t-elle murmuré faiblement. Elle ne s'attendait à aucune pitié.

Corbeau a serré davantage, l'a forcée à s'agenouiller. Le visage de la femme s'est violacé, s'est boursouflé. Sa langue lui a jailli de la bouche. Elle lui a saisi le poignet, a frissonné. Il l'a soulevée et l'a regardée dans les yeux jusqu'à ce que les globes lui sortent des orbites et qu'elle s'affaisse. Elle a frissonné une dernière fois avant de mourir.

Corbeau a retiré brusquement sa main. Il a fixé cette serre raidie, secouée de tremblements. Il était blafard. Il a cédé aux convulsions qui lui envahissaient tout le corps.

« Toubib ! a craché le capitaine. Tu te prétends médecin, non ?

— Ouais. » On commençait à réagir. Tout le jardin regardait. J'ai ausculté Voix-geignarde. Aussi mort qu'un caillou. Pareil pour son copain. Je me suis tourné vers la femme.

Corbeau s'est agenouillé. Il a soulevé la main gauche de la morte. Il avait les larmes aux yeux. Il lui a retiré une alliance d'or qu'il a empochée. Il n'a rien pris d'autre, et pourtant elle portait une véritable fortune en bijoux.

J'ai croisé son regard par-dessus le cadavre. La glace était revenue dans ses yeux. Elle me défiait de dire ce que j'avais deviné.

« Je ne voudrais pas paraître nerveux, a grogné Qu'un-Œil, mais qu'est-ce qu'on attend pour se tirer d'ici, merde ?

— Bien vu, a dit Elmo en prenant ses cliques et ses claques.

— Reste pas là ! » m'a jeté le capitaine. Il a empoigné Corbeau par le bras. J'ai suivi le mouvement.

« J'aurai réglé mes affaires à l'aube », a dit Corbeau.

Le capitaine a lancé un regard en arrière. « Ouais », a-t-il seulement répliqué.

C'est aussi ce que je pensais.

Mais nous partirions d'Opale sans lui.

Le capitaine a reçu plusieurs messages déplaisants cette nuit-là. Il n'a pas fait d'autre commentaire que : « Ces trois-là devaient être dans le coup.

— Ils portaient l'insigne du Boiteux, ai-je dit. C'est quoi, l'histoire de Corbeau, d'ailleurs ? Qui c'est, ce gars ?

— Un gars qui ne s'entendait pas avec le Boiteux. À qui on a joué un sale tour et qu'on a laissé pour mort.

— Est-ce que la femme lui était quelque chose dont il ne vous aurait pas parlé ? »

Le capitaine a haussé les épaules. J'ai pris ça pour une affirmation.

« Je parie que c'était sa femme. Peut-être qu'elle l'a trahi. » Ce genre de chose est courant par ici. Conspirations, assassinats et prises de pouvoir au grand jour. Tout le plaisir de la décadence. La Dame ne décourage rien. Ces jeux l'amusent peut-être.

À mesure que nous montions vers le nord, nous nous rapprochions du cœur de l'Empire. Chaque jour nous entraînait dans une contrée qui respirait de plus en plus la désolation. Les indigènes devenaient de plus en plus austères, renfrognés et sinistres. Ce n'était pas un pays joyeux malgré la saison.

Le jour est venu où nous avons dû longer l'âme même de l'Empire, la Tour de Charme, édifiée par la Dame après la résurrection. Des cavaliers au regard dur nous ont accompagnés. Nous ne nous sommes pas approchés à moins de cinq kilomètres. Même ainsi, la silhouette menaçante de la Tour se profilait au-dessus de l'horizon. C'est un cube massif de pierre noire. Qui se dresse à plus de cent cinquante mètres de hauteur.

Je l'ai observée toute la journée. À quoi ressemblait notre maîtresse ? La rencontrerais-je un jour ? Elle m'intriguait. Cette nuit-là, je me suis amusé par écrit à tracer son portrait. L'exercice a dégénéré en divagations romanesques.

Le lendemain après-midi, nous avons rencontré un cavalier au visage pâle qui galopait vers le sud à la recherche de notre Compagnie. Un partisan du Boiteux, d'après ses insignes. Nos hommes l'ont conduit au lieutenant.

« Vous autres, les gars, vous prenez votre temps, hein ? On vous attend au Forsberg. Z'avez assez traîné comme ça, merde. »

Le lieutenant est un homme calme habitué au respect dû à son rang. Sous le coup de la surprise, il n'a rien dit. Le messager est devenu plus offensif. Puis le lieutenant a demandé : « Quel grade vous avez ?

— Caporal. Messager du Boiteux. Mon vieux, vous avez intérêt de vous magner. Il aime pas qu'on se foute de lui. »

C'est le lieutenant qui veille à la discipline au sein de la Compagnie. Une corvée dont il décharge le capitaine. C'est un type équitable et pondéré.

« Sergent ! a-t-il jeté à Elmo. Amène-toi. » Il était en colère. D'habitude, seul le capitaine appelle Elmo sergent.

Elmo chevauchait en compagnie du capitaine à ce moment-là. Il a remonté la colonne au trot. Le capitaine a suivi le mouvement. « Lieutenant ? » a demandé Elmo.

Le lieutenant a ordonné une halte à la Compagnie. « Fouette-moi ce paysan pour lui apprendre le respect.

— Oui, lieutenant. Otto. Crépin. Venez m'aider.

— Vingt coups, ça devrait aller.

— Vingt coups, d'accord, lieutenant.

— À quoi vous croyez jouer, merde ? C'est pas un sale mercenaire qui va...

— Lieutenant, est intervenu le capitaine, il me semble que ça mérite dix coups de plus.

— Oui, capitaine. Elmo ?

— Trente, d'accord, lieutenant. » Il a lancé le poing. Le messager a vidé les étriers. Otto et Crépin l'ont ramassé et traîné jusqu'à une barrière sur laquelle ils l'ont écartelé. Crépin a déchiré le dos de sa chemise.

Elmo a donné les coups avec la cravache du lieutenant. Sans mettre le paquet. Il n'y avait aucune rancœur dans la punition, seulement un message à l'intention de ceux qui prenaient la Compagnie noire pour un ramassis de minables.

J'étais là avec ma trousse lorsque Elmo en a eu fini. « Essaye de te détendre, mon gars. Je suis médecin. Je vais te nettoyer le dos et te bander. » Je lui ai tapoté la joue. « T'as bien tenu le choc, pour un Nordiste. »

Elmo lui a donné une nouvelle chemise une fois ma tâche terminée. Et moi quelques conseils spontanés sur la façon dont il devrait se soigner par la suite avant de lui suggérer : « Va faire ton rapport au capitaine comme si de rien n'était. » J'ai pointé le doigt vers notre chef. « Enfin, c'est toi qui vois. »

L'ami Corbeau nous avait rejoints. Il observait la scène du dos d'un rouan en nage et couvert de poussière. Le messager a suivi ma suggestion. « Dis au Boiteux que j'avance aussi vite que je peux, a dit le capitaine. Je n'ai pas envie de forcer l'allure pour me retrouver incapable de livrer un combat à l'arrivée.

— Oui, mon capitaine. Je lui dirai, mon capitaine. » Le messager s'est remis en selle avec précaution. Il dissimulait bien ses sentiments.

« Le Boiteux va vous arracher le cœur pour ça, a fait remarquer Corbeau.

— Le mécontentement du Boiteux ne m'inquiète pas. Je croyais que tu allais nous rejoindre avant qu'on parte d'Opale.

— J'ai mis du temps à solder mes comptes. L'un d'eux n'était pas en ville. Le seigneur Jalena a prévenu l'autre. J'ai mis trois jours à le trouver.

— Et celui qui n'est pas en ville ?

— J'ai préféré vous rejoindre. »

Une réponse guère satisfaisante, mais le capitaine l'a contournée en souplesse. « Je ne peux pas t'accepter parmi nous si tu gardes des intérêts hors de la Compagnie.

— Je laisse tomber. J'ai remboursé la dette la plus importante. » Il voulait parler de la femme. Je le sentais.

Le capitaine l'a mesuré d'un œil revêche. « D'accord. Tu vas suivre avec la section d'Elmo.

— Merci. Mon capitaine. » Ces mots sonnaient curieusement dans sa bouche. Il n'était pas homme à donner du « mon capitaine » facilement.

Notre voyage dans le Nord s'est poursuivi, nous sommes passés par Orme, avons pénétré dans le Saillant, sommes passés par Roseraie et, toujours vers le nord, entrés dans le Forsberg. Ce royaume antique était devenu un champ de mort sanglant.

La ville d'Aviron se tient à l'extrême nord du Forsberg, et dans les forêts au-dessus se trouve la terre du tumulus où la Dame et son amant, le Dominateur, ont été ensevelis il y a quatre siècles. Les recherches nécromantiques obstinées de sorciers d'Aviron avaient réveillé la Dame et les Dix Asservis de leurs éternels rêves maléfiques. Aujourd'hui, leurs descendants rongés de remords combattaient la Dame.

Le sud du Forsberg restait paisible, en apparence du moins. Les paysans nous accueillaient sans enthousiasme mais acceptaient de bon cœur notre argent.

« C'est parce qu'ils n'ont pas l'habitude de voir les soldats de la Dame payer, a prétendu Corbeau. Les Asservis raflent tout ce qui leur fait envie. »

Le capitaine a grogné. Nous aurions agi de même si nous n'avions pas reçu d'instructions contraires. Volesprit nous avait ordonné de nous comporter en gentilshommes. Il avait donné au capitaine une caisse spéciale bien garnie. Le capitaine était coopératif. Pas la peine de se faire des ennemis inutilement.

Nous voyagions depuis deux mois. Nous avions couvert mille cinq cents kilomètres. Nous étions exténués. Le capitaine a décidé de nous donner du repos à la limite de la zone en guerre. Peut-être hésitait-il à se mettre au service de la Dame.

N'importe comment, ça ne sert à rien de chercher les ennuis. Surtout quand on gagne autant sans se battre.

Le capitaine nous a conduits dans une forêt. Pendant que nous établissions le camp, il s'est entretenu avec Corbeau. Je les ai observés.

Curieux. Des liens se tissaient entre eux. Je ne voyais pas lesquels parce que je n'en savais pas assez long sur aucun des deux hommes. Corbeau était une énigme nouvelle, le capitaine une ancienne.

Depuis toutes ces années que je connais le capitaine, je n'ai presque rien appris sur lui. Seulement un petit détail par-ci, par-là, étoffé par des suppositions.

Il est né dans une des Cités Précieuses. Il a été soldat de métier. Quelque chose a bouleversé sa vie privée. Sans doute une femme. Il a abandonné grade et titres pour se faire vagabond. Il a fini par rallier notre bande de proscrits à l'âme en peine.

Nous avons tous un passé. Je nous soupçonne de le maintenir dans le vague non parce que nous nous cachons des jours anciens mais parce que nous croyons nous donner une allure plus romanesque en roulant des yeux et en lâchant des allusions discrètes sur de belles femmes à jamais hors de notre portée. Les hommes dont j'exhume le passé fuient la loi et non un drame sentimental.

Mais le capitaine et Corbeau ont manifestement trouvé l'un dans l'autre une âme sœur.

Le camp était dressé. Les sentinelles de faction. Nous nous sommes installés pour prendre du repos. Malgré l'effervescence qui régnait dans la région, aucune des forces adverses ne nous a remarqués tout de suite.

Silence se servait de son talent pour renforcer la vigilance de nos sentinelles. Il a détecté des espions dissimulés à l'intérieur de notre cordon de gardes et les a signalés à Qu'un-Œil. Qu'un-Œil a fait son rapport au capitaine.

Le capitaine a étalé une carte sur une souche qui nous tenait lieu de table de jeu après nous en avoir expulsés, Qu'un-Œil, Gobelin, plusieurs autres et moi. « Où ils sont ?

— Deux ici. Deux autres là. Un ici.

— Que quelqu'un aille dire aux sentinelles de disparaître. On va sortir en douce. Gobelin. Où il est, Gobelin ? Dites à Gobelin de lancer les illusions. » Le capitaine avait décidé de ne rien entreprendre. Une décision louable, je trouvais.

Quelques minutes plus tard, il a demandé : « Où est Corbeau ?

— Je crois qu'il est parti à la recherche des espions, ai-je répondu.

— Hein ? Il est malade ou quoi ? » Son visage s'est assombri. « Qu'est-ce que tu veux, toi, merde ? »

Gobelin a couiné comme un rat piétiné. Il couine pour un oui pour un non. Devant l'emportement du capitaine il a pris une voix d'oisillon. « Vous m'avez fait appeler. »

Le capitaine a marché en rond d'un pas lourd et en grognant, la mine renfrognée. S'il avait eu le talent de Gobelin ou de Qu'un-Œil, des flots de fumée lui seraient sortis des oreilles.

J'ai adressé un clin d'œil à Gobelin qui a souri comme un gros crapaud. Cette petite danse de guerre du capitaine n'était qu'une mise en garde : il ne fallait pas le traiter à la légère. Il a remué des cartes. Il jetait des regards mauvais. Il s'est tourné brusquement vers moi. « Je n'aime pas ça. C'est toi qui lui as donné cette idée ?

— Merde, non. » Je n'essaye pas de fabriquer l'histoire de la Compagnie. Je me borne à la consigner.

Puis Corbeau s'est amené. Il a jeté un corps aux pieds du capitaine et tendu un chapelet de trophées macabres.

« C'est quoi, ces saloperies ?

— Des pouces. Ils comptent les points dans le pays. »

Le capitaine a verdi. « Et le cadavre, c'est pour quoi ?

— Collez-lui les pieds dans le feu. Abandonnez-le. Ils ne perdront pas de temps à se demander comment on a su qu'ils se trouvaient dans le coin. »

Qu'un-Œil, Gobelin et Silence ont jeté un sortilège sur la Compagnie. Nous nous sommes esquivés, aussi prestement qu'un poisson entre les doigts d'un pêcheur maladroit. Un bataillon ennemi, qui s'était approché en douce, n'y a vu que du feu. Nous sommes partis plein nord. Le capitaine projetait de trouver le Boiteux.

En fin d'après-midi, Qu'un-Œil a entonné un chant de marche. Gobelin a râlé. Qu'un-Œil a souri et n'en a chanté que plus fort.

« Il ne chante pas les bonnes paroles ! » a protesté Gobelin.

Les hommes ont souri d'avance. Qu'un-Œil et Gobelin sont à couteaux tirés depuis une éternité. C'est toujours Qu'un-Œil qui lance la bagarre. Gobelin peut être aussi chatouilleux qu'une brûlure fraîche. Leurs prises de bec nous divertissent.

Cette fois, Gobelin n'a pas riposté. Il a ignoré Qu'un-Œil. Le petit homme noir s'est senti vexé. Il a braillé plus fort. On s'attendait à un feu d'artifice. On en a été pour nos frais. Qu'un-Œil n'a pas pu faire marcher son collègue. Il s'est mis à bouder.

Un peu plus tard, Gobelin m'a dit : « Ouvre l'œil, Toubib. On est dans un drôle de pays. Faut s'attendre à tout. » Il a gloussé.

Un taon s'est posé sur la croupe de la monture de Qu'un-Œil. L'animal a henni, s'est cabré. Qu'un-Œil, assoupi, lui a dégringolé par-dessus la queue. Tout le monde s'est esclaffé. Le petit sorcier ratatiné s'est relevé de la poussière en jurant et en se donnant des claques de son vieux chapeau cabossé. Il a balancé son poing libre vers son cheval, mais en plein sur le front. Il s'est mis alors à danser dans tous les sens en gémissant et en se soufflant sur les phalanges.

Pour récompense, il a eu droit à un déluge de sifflets. Gobelin s'est fendu d'un petit sourire narquois.

Bientôt, Qu'un-Œil s'est à nouveau assoupi. C'est une astuce qu'on apprend à force de longs trajets éreintants en selle. Un oiseau lui a atterri sur l'épaule. Il a grogné, s'est envoyé des coups... L'oiseau a laissé un monstrueux dépôt violet fétide. Qu'un-Œil a hurlé. Il a jeté ce qu'il portait. Il a déchiré son pourpoint en voulant s'en débarrasser.

Nous avons encore éclaté de rire. Et Gobelin affichait l'air innocent d'une vierge. Qu'un-Œil a lancé des regards mauvais et grogné mais n'a pas pigé.

Il a flairé quelque chose lorsque nous sommes arrivés au sommet d'une colline et avons aperçu un groupe de pygmées pas plus gros que des singes occupés à embrasser une idole rappelant un derrière de cheval. Chaque pygmée était une reproduction miniature de Qu'un-Œil.

Le petit sorcier a braqué un regard hideux sur Gobelin. Gobelin lui a répondu par un haussement d'épaules innocent, l'air de dire : Me regarde pas, moi.

« Un point pour Gobelin, ai-je estimé.

— Fais gaffe, Toubib, a grondé Qu'un-Œil. Sinon c'est toi qui vas m'embrasser là. » Il s'est tapoté le derrière.

« Le jour où les poules auront des dents. » C'est un sorcier plus habile que Gobelin ou Silence, mais pas moitié autant qu'il voudrait nous le faire croire. S'il était capable de mettre la moitié de ses menaces à exécution, il représenterait un danger pour les Asservis. Silence est plus conséquent, Gobelin plus inventif.

Qu'un-Œil allait rester éveillé sur sa couche des nuits durant à réfléchir au meilleur moyen de se venger de la vengeance de Gobelin. Une drôle de paire, tous les deux. J'ignore pourquoi ils ne se sont pas encore entre-tués.

Trouver le Boiteux, c'était plus facile à dire qu'à faire. Nous l'avons pisté dans une forêt où nous avons découvert des terrassements abandonnés et un grand nombre de corps de rebelles. Notre chemin nous a ensuite fait descendre dans une vallée de vastes prairies coupées par un cours d'eau miroitant.

« C'est quoi, ça, merde ? ai-je demandé à Gobelin. C'est bizarre. » Des bosses noires, larges et basses vérolaient les prairies. On voyait des cadavres partout.

« C'est une des raisons pour lesquelles on craint les Asservis. Les charmes tueurs. Leur chaleur a soulevé le terrain. »

Je me suis arrêté pour examiner un monticule.

On aurait pu tracer le périmètre de la tache noire avec un compas. La limite était aussi nette qu'un trait de plume. Des squelettes calcinés gisaient dessus. Des lames d'épées et des fers de lances ressemblaient à des fac-similés de cire laissés trop longtemps au soleil. J'ai surpris Qu'un-Œil, le regard fixe. « Le jour où tu seras capable de faire ce tour-là, tu me feras peur.

— Si j'étais capable de ça, je me ferais peur aussi. »

Je suis allé voir un autre cercle. Le parfait jumeau du premier. Corbeau a ramené son cheval au pas à côté de moi. « L'œuvre du Boiteux. J'ai déjà vu ça. »

J'ai flairé le vent. Corbeau était peut-être dans de bonnes dispositions. « C'était quand ? »

Il a ignoré ma question.

Il ne sort jamais de sa coquille. Dit à peine bonjour les trois quarts du temps et parle encore moins de lui, de qui ou de ce qu'il était avant de nous rejoindre.

Un homme froid. Les horreurs de la vallée ne l'ont pas ému.

« Le Boiteux a perdu celle-là, a conclu le capitaine. Il est en fuite.

— On continue de lui donner la chasse ? a demandé le lieutenant.

— C'est un pays étrange. On court un plus grand danger en opérant seuls. »

Nous avons suivi une piste de violence, un chemin de destruction. Nous avons croisé des champs dévastés. Des villages incendiés. Des populations massacrées et du bétail abattu. Des puits empoisonnés. Le Boiteux ne laissait que mort et désolation sur son passage.

Nous avions pour instructions d'aider à tenir le Forsberg. Rejoindre le Boiteux n'était pas obligatoire. Je ne tenais pas à le connaître. J'aurais préféré ne pas me trouver dans la même province que lui.

À mesure que les dégâts devenaient plus récents, Corbeau est passé de l'allégresse au désarroi, s'est livré à des crises d'introspection d'où il est ressorti plus résolu, affichant plus que jamais cette indifférence derrière laquelle il se cache si souvent.

Chaque fois que je réfléchis à la nature profonde de mes compagnons, je regrette en général de ne pas maîtriser ne serait-ce qu'un petit talent. J'aimerais pouvoir lorgner en eux et découvrir les zones d'ombre et de lumière qui les animent. Je jette alors un coup d'œil rapide dans la jungle de mon âme personnelle et je remercie le ciel de ne pas avoir ce don-là. Quand on a déjà du mal à maintenir un armistice avec soi-même, on ne se mêle pas de farfouiller dans la tête d'autrui.

J'ai décidé de surveiller de plus près notre tout nouveau collègue.

Nous n'avons pas eu besoin que Pansemolle revienne de patrouille pour deviner que nous n'étions plus très loin. Sur tout l'horizon devant nous germaient de grands arbres de fumée inclinés. Cette partie du Forsberg était plate, découverte et merveilleusement verdoyante, et sur le fond de ciel turquoise ces piliers graisseux étaient une horreur.

Il n'y avait pas beaucoup de vent. L'après-midi s'annonçait torride.

Pansemolle s'est rabattu à côté du lieutenant. Elmo et moi avons cessé d'échanger de vieilles histoires usées pour écouter. Pansemolle a indiqué une spirale de fumée.

« Il reste des hommes du Boiteux dans ce village, mon lieutenant.

— Tu leur as parlé ?

— Non, mon lieutenant. Tête-en-long s'est dit que tu ne voudrais pas qu'on le fasse. Il nous attend à l'entrée du patelin.

— Sont combien ?

— Vingt, vingt-cinq. Soûls et méchants. L'officier, pire que ses hommes. »

Le lieutenant a jeté un coup d'œil par-dessus son épaule. « Ah. Elmo. C'est ton jour de chance. Prends dix hommes et pars avec Pansemolle. En reconnaissance.

— Merde », a marmonné Elmo. C'est un brave gars, mais les jours de printemps le rendent paresseux par temps lourd. « D'accord. Otto. Silence. Bout-de-Chou. Blanchet. Bouc. Corbeau... »

J'ai toussé discrètement.

« Tu perds la boule, Toubib... D'accord. » Il a fait un compte rapide sur ses doigts avant d'appeler trois noms de plus. Nous nous sommes rangés à l'écart de la colonne. Elmo nous a jaugés vite fait pour s'assurer que nous n'avions pas oublié nos têtes. « On y va. »

Nous avons foncé en avant. Pansemolle nous a conduits dans un petit bois qui dominait le village dévasté. Tête-en-long et un autre homme du nom de Jovial nous y attendaient. « Du nouveau ? » a demandé Elmo.

Jovial, un professionnel du sarcasme, a répliqué : « L'incendie se consume. »

Nous avons observé le village. Tout ce que j'ai vu m'a soulevé le cœur. Du bétail abattu. Des chats et des chiens massacrés. Les petites silhouettes brisées d'enfants morts.

« Pas les gamins tout de même, ai-je dit sans m'apercevoir que je parlais. Pas encore les bébés. »

Elmo m'a jeté un regard bizarre, non parce qu'il n'éprouvait rien personnellement mais parce qu'une telle compassion ne me ressemblait pas. Des morts, j'en ai vu des tas. Je ne l'ai pas éclairé. Pour moi, il existe une grosse différence entre les adultes et les enfants. « Elmo, faut que j'y aille.

— Sois pas stupide, Toubib. Qu'est-ce que tu peux faire ?

— Si je peux sauver un seul gamin...

— Je vais avec lui », a dit Corbeau. Un couteau lui est apparu dans la main. Il a dû apprendre ce tour-là d'un illusionniste. Il le ressort quand il est nerveux ou en colère.

« Vous croyez pouvoir donner le change à vingt-cinq hommes ? »

Corbeau a haussé les épaules. « Toubib a raison, Elmo. Faut le faire. Il y a des choses intolérables. »

Elmo a capitulé. « On va tous y aller. Prions qu'ils soient pas assez soûls pour ne pas reconnaître les amis des ennemis. »

Corbeau est parti à cheval.

Le village était assez gros. Il avait compté plus de deux cents maisons avant la venue du Boiteux. La moitié étaient brûlées ou en train de se consumer. Les cadavres jonchaient les rues. Les mouches s'agglutinaient autour de leurs yeux vides. « Aucun en âge d'être soldat », ai-je fait observer.

J'ai mis pied à terre et me suis agenouillé près d'un petit garçon de quatre ou cinq ans. Il avait le crâne enfoncé mais il respirait. Corbeau s'est laissé tomber à côté de moi. « Peux rien faire, ai-je dit.

— Tu peux mettre fin à son supplice. » J'ai vu des larmes dans les yeux de Corbeau. Des larmes et de la colère. « Pas d'excuse pour des choses pareilles. » Il s'est approché d'un cadavre étendu à l'ombre.

Celui-là avait dans les dix-sept ans. Il portait la tunique de la Grande Armée Rebelle. Il était mort au combat. « Devait être en permission, a dit Corbeau. Un jeunot tout seul pour les défendre. » Il a retiré de force un arc des doigts sans vie et l'a courbé. « Bon bois. Quelques milliers comme ça pourraient mettre le Boiteux en déroute. » Il a cordé l'arc et s'est approprié les flèches du jeune homme.

J'ai examiné deux autres enfants. On ne pouvait plus rien pour eux. À l'intérieur d'une cabane incendiée j'ai trouvé une grand-mère qui était morte en essayant de protéger de son corps un nourrisson. En vain.

Le dégoût sortait par tous les pores de Corbeau. « À chaque ennemi tué, les types comme le Boiteux s'en font deux de plus. »

J'ai pris conscience de pleurs étouffés, ainsi que de jurons et de rires quelque part plus loin. « Allons voir ce que c'est. »

À côté de la cabane, nous sommes tombés sur quatre soldats morts. Le jeunot avait laissé sa marque. « Bien visé, a fait remarquer Corbeau. Pauvre idiot.

— Idiot ?

— Il aurait dû avoir le bon sens de s'enfuir. Ç'aurait été plus simple pour tout le monde. » Sa véhémence m'a étonné. Qu'en avait-il à faire, d'un gamin de l'autre camp ? « Les héros morts n'ont pas de deuxième chance. »

Aha ! Il faisait un parallèle avec un événement de son passé mystérieux.

Les jurons et les pleurs ont trouvé leur réponse dans un spectacle propre à écœurer tout individu entaché d'humanité.

Une douzaine de soldats formaient le cercle et riaient de leurs blagues grossières. Je me suis souvenu d'une chienne entourée de mâles qui, contrairement à la coutume, ne se battaient pas pour gagner le droit de la monter mais attendaient leur tour. Ils l'auraient tuée si je n'étais pas intervenu.

Corbeau et moi nous sommes remis en selle afin de mieux voir.

La victime était une enfant de neuf ans. Des zébrures la marquaient. Elle était terrifiée mais restait silencieuse. J'ai compris en un éclair. Elle était muette.

La guerre est une activité cruelle exercée par des hommes cruels. Les dieux savent qu'on ne trouve pas d'anges à la Compagnie noire. Mais il y a des limites tout de même.

Ils forçaient un vieillard à regarder. C'était lui l'origine des jurons et des pleurs.

Corbeau a décoché une flèche dans un soldat qui allait violenter la fillette.

« Merde ! a braillé Elmo. Corbeau !... »

Les soldats se sont tournés vers nous. Des armes sont apparues. Corbeau a lâché une autre flèche. Laquelle a descendu le reître qui tenait le vieillard. Les hommes du Boiteux ont perdu toute envie de se battre. « Blanchet, a murmuré Elmo, va dire au vieux de ramener son cul en vitesse. »

Un des hommes du Boiteux a décidé lui aussi de remuer le sien. Il a détalé. Corbeau l'a laissé courir.

Le capitaine allait lui en faire baver.

Ça n'avait pas l'air de l'inquiéter. « Grand-père. Approche. Amène l'enfant. Et mets-lui des vêtements. »

Une partie de moi-même ne pouvait s'empêcher d'applaudir, mais une autre traitait Corbeau de fou.

Elmo n'avait pas besoin de nous dire de surveiller nos arrières. Nous avions douloureusement conscience de nous trouver dans un sale pétrin. Magne-toi, Blanchet, ai-je pensé.

Leur messager a rejoint leur commandant le premier. Il a remonté la rue au petit trot. Pansemolle avait raison. Il était pire que ses hommes.

Le grand-père et la fillette se cramponnaient à l'étrier de Corbeau. Le vieux a fait la grimace à la vue de nos insignes. Elmo a fait avancer sa monture d'un petit coup d'éperon en direction de Corbeau. J'ai hoché la tête.

L'officier ivre s'est arrêté devant Elmo. Des yeux ternes nous ont jaugés. L'homme a paru impressionné. Nous nous sommes endurcis dans l'exercice d'un métier rude, et ça se voit.

« Toi ! » a-t-il soudain glapi, exactement comme l'avait fait Voix-geignarde à Opale. Il fixait Corbeau, les yeux écarquillés. Puis il a pivoté et pris la fuite.

Corbeau a grondé. « Bouge pas, Layon ! Conduis-toi en homme, espèce de sale lavette de voleur ! » Il a saisi une flèche dans son carquois.

Elmo a coupé la corde de son arc.

Layon s'est arrêté. Il n'a pas manifesté de gratitude. Il a juré. Il a énuméré les horreurs auxquelles nous pourrions nous attendre de la part de son chef.

J'ai observé Corbeau. Il a fixé Elmo d'un regard furieux et glacial. Elmo l'a soutenu sans ciller. Un coriace, lui aussi.

Corbeau a réitéré son coup du couteau. J'ai donné une petite tape sur sa lame de la pointe de mon épée. Il a proféré un juron pas trop méchant, ses yeux ont fulminé puis il s'est détendu. « T'as laissé ton passé derrière toi, tu te souviens ? » a dit Elmo.

Corbeau a hoché la tête sèchement, une seule fois. « C'est plus dur que je croyais. » Ses épaules se sont affaissées. « Tire-toi, Layon. Tu ne vaux pas qu'on se donne la peine de t'abattre. »

Un fracas a grandi derrière nous. Le capitaine arrivait.

Le petit sous-verge du Boiteux s'est rengorgé et il a gigoté comme un chat prêt à bondir. Elmo, l'œil noir, l'a visé de son épée. L'autre a saisi l'allusion.

« Je devrais davantage réfléchir, d'ailleurs, a marmonné Corbeau. Ce n'est qu'un larbin. »

J'ai posé une question insidieuse. Pour réponse, je n'ai eu qu'un regard vide.

Le capitaine s'est approché bruyamment. « Qu'est-ce qui se passe, bon sang ? »

Elmo s'est lancé dans un de ses rapports laconiques. Corbeau l'a interrompu. « Ce poivrot, là, c'est une des âmes damnées de Zouad. J'ai voulu le tuer. Elmo et Toubib m'en ont empêché. »

Zouad ? Où avais-je déjà entendu ce nom-là ? Un rapport avec le Boiteux. Colonel Zouad. La canaille numéro un du Boiteux. Responsable adjoint, entre autres euphémismes. Son nom avait surgi dans des conversations que j'avais surprises entre Corbeau et le capitaine. Zouad était-il la cinquième victime prévue de Corbeau ? Auquel cas le Boiteux lui-même devait être derrière ses malheurs.

De plus en plus curieux. De plus en plus inquiétant aussi. Il ne faisait pas bon se frotter au Boiteux.

« Je veux qu'on arrête cet homme », a crié le séide du Boiteux. Le capitaine lui a jeté un regard. « Il a tué deux de mes soldats. »

Les corps étaient là, au vu de tous. Corbeau n'a rien dit. Elmo, oubliant ses habitudes, a fourni l'explication de lui-même : « Ils violaient la gamine. Leur idée de la pacification. »

Le capitaine a fixé son homologue. L'homme s'est empourpré. Même le scélérat le plus vil éprouve de la honte quand on le coince dans l'impossibilité de se justifier. « Toubib ? m'a demandé sèchement le capitaine.

— On a trouvé un rebelle mort, capitaine. D'après les indices, la chose a commencé avant que le rebelle intervienne.

— Ces gens sont des sujets de la Dame ? a-t-il demandé au poivrot. Sous sa protection ? » L'argument pouvait être discutable dans d'autres tribunaux, mais sur le moment il a porté. Par son absence de défense l'homme reconnaissait une culpabilité morale.

« Tu me dégoûtes. » Le capitaine avait sa voix douce dangereuse. « Tire-toi. Evite de croiser ma route à l'avenir. Sinon, je te laisse à la merci de mon ami. » L'homme s'est sauvé d'un pas titubant.

Le capitaine s'est tourné vers Corbeau. « Espèce de crétin de ta mère ! Tu te rends compte de ce que tu as fait ?

— Sans doute mieux que vous, capitaine, a répondu Corbeau d'une voix lasse. Mais je serais prêt à recommencer.

— Et tu te demandes pourquoi on a hésité à t'enrôler ? » Le capitaine a changé de sujet. « Tu vas en faire quoi, de ces gens, noble sauveteur ? »

Cette question, Corbeau ne se l'était pas posée. J'ignorais quel événement avait bouleversé son existence, mais depuis il ne vivait plus que dans le présent. Il subissait la contrainte du passé et ne songeait pas à l'avenir. « J'en suis responsable, c'est ça ? »

Le capitaine a renoncé à vouloir rattraper le Boiteux. Opérer séparément paraissait désormais le moindre mal.

Les répercussions se sont fait sentir quatre jours plus tard.

Nous venions de livrer la première bataille importante, nous avions écrasé une armée rebelle deux fois supérieure en nombre. Ça n'avait pas été difficile. C'étaient des novices, et nos sorciers nous avaient aidés. Peu en avaient réchappé.

Le champ de bataille était à nous. Les hommes dépouillaient les morts. Elmo, le capitaine, moi-même et quelques autres nous tenions autour, l'air avantageux. Qu'un-Œil et Gobelin fêtaient la victoire à leur manière unique, en se raillant l'un l'autre par la bouche des cadavres.

Gobelin s'est soudain figé. Ses yeux se sont révulsés. Un gémissement s'est échappé de ses lèvres avant de monter dans l'aigu. Il s'est effondré.

Qu'un-Œil est arrivé près de lui juste avant moi et a entrepris de lui flanquer des gifles. Son hostilité habituelle avait disparu.

« Fais-moi de la place ! » ai-je grogné.

Gobelin s'est réveillé avant que je puisse faire davantage que lui prendre le pouls. « Volesprit, a-t-il murmuré. Pris contact. »

À cet instant, je me réjouissais de ne pas posséder les talents de Gobelin. Recevoir un des Asservis dans la tête me paraissait le pire des viols. « Capitaine, ai-je lancé. Volesprit. » Je suis resté près du sorcier.

Le capitaine est arrivé au pas de course. Il ne court jamais, sauf au combat. « Qu'est-ce que c'est ? »

Gobelin a soupiré. Il a ouvert les yeux. « Il est parti, maintenant. » La sueur lui inondait la peau et les cheveux. Il était pâle. Il s'est mis à trembler.

« Parti ? a demandé le capitaine. Comment ça ? »

Nous avons aidé Gobelin à s'installer plus à l'aise. « Le Boiteux est allé voir la Dame au lieu de s'en prendre à nous. Le torchon brûle entre Volesprit et lui. Il s'imagine qu'on est venus jusqu'ici pour saper son autorité. Il a voulu retourner la situation. Mais Volesprit est en faveur depuis Béryl, alors que le Boiteux non, à cause de ses échecs. La Dame lui a dit de nous ficher la paix. Volesprit n'a pas fait remplacer le Boiteux, mais il se figure qu'il a gagné la partie. »

Gobelin a marqué un temps. Qu'un-Œil lui a tendu une grande timbale. Gobelin l'a vidée d'un trait. « Il a dit d'éviter le Boiteux. Il pourrait tenter de nous discréditer d'une manière ou d'une autre, ou même de diriger les rebelles contre nous. Il a dit qu'on devrait reprendre la forteresse de Donne. Ça gênerait à la fois les rebelles et le Boiteux.

— S'il veut du tape-à-l'œil, a marmonné Elmo, pourquoi il nous demande pas d'emballer le Cercle des Dix-huit ? » Le Cercle est le haut commandement rebelle, dix-huit sorciers qui s'imaginent qu'à eux tous ils ont les moyens de défier la Dame et les Asservis. Fureteur, la némésis du Boiteux dans le Forsberg, appartenait au Cercle.

Le capitaine avait l'air pensif. « Tu as l'impression qu'il y a de la politique là-dessous ? a-t-il demandé à Corbeau.

— La Compagnie, c'est l'instrument de Volesprit. Tout le monde le sait. Ce qu'il compte en faire, ça, mystère.

— J'ai eu cette impression à Opale. »

La politique. L'Empire de la Dame se prétend monolithique. Les Dix Asservis dépensent beaucoup d'énergie pour qu'il le reste. Et passent autant de temps à se chamailler entre eux comme des gamins qui se disputent des jouets ou l'affection de leur mère.

« C'est tout ? a grommelé le capitaine.

— C'est tout. Il a dit qu'il va rester en contact. »

Ainsi fut fait. Nous avons pris la forteresse de Donne, au cœur de la nuit, à portée de hurlements d'Aviron. Il paraît que Fureteur et le Boiteux sont entrés tous deux dans des rages noires. À mon avis, Volesprit a bu du petit-lait.

Qu'un-Œil a jeté d'une chiquenaude une carte sur la pile des écarts. « Quelqu'un bloque le jeu », a-t-il marmonné.

Gobelin a sauté sur la carte, étalé quatre valets et s'est défaussé d'une reine. Il a eu un grand sourire. On savait qu'il allait terminer au prochain tour en ne conservant rien de plus gros qu'un deux. Qu'un-Œil a tapé sur la table du plat de la main et a sifflé. Il n'avait rien gagné depuis qu'il avait pris place dans la partie.

« Mollo, les gars », a prévenu Elmo en ignorant la défausse de Gobelin. Il s'est servi au talon, a déployé ses cartes bien serrées tout près de sa figure, étalé trois quatre et s'est défaussé d'un deux. Il a tapoté les deux cartes qui lui restaient en souriant à Gobelin. « Vaudrait mieux que ce soit un as, joufflu. »

Saumure a raflé le deux d'Elmo, étalé quatre cartes identiques et rejeté un trois. Il écrasait Gobelin d'un regard fixe de hibou qui le défiait d'abattre son jeu. Qui disait qu'un as ne l'empêcherait pas d'être cuit.

Je regrettais que Corbeau ne soit pas là. Sa présence rendait Qu'un-Œil trop nerveux pour tricher. Mais Corbeau était en patrouille-navet, ainsi qu'on appelait la mission hebdomadaire à Aviron pour acheter des vivres. Saumure occupait sa place.

Saumure est l'intendant de la Compagnie. C'est lui qui va d'habitude en patrouille-navet. Il s'était fait excuser cette fois à cause de maux de ventre.

« On dirait que tout le monde bloquait. » J'ai jeté un regard mauvais à une main désolante. Une paire de sept, une paire de huit, un neuf pour aller avec un des huit, mais pas de suite. Presque tout ce dont j'avais besoin se trouvait dans la pile des écarts. J'ai tiré une carte. Puteborgne. Un autre neuf, ça me faisait une séquence. Je l'ai étalée, ai rejeté le sept restant et prié. Il ne restait plus que ça à faire.

Qu'un-Œil a ignoré mon sept. Il a tiré une carte. « Merde ! » Il s'est débarrassé d'un six qu'il a placé au bout de ma suite et s'est défaussé d'un autre. « L'instant de vérité, côtelette, a-t-il dit à Gobelin. Tu vas mettre Saumure à l'épreuve ? » Puis : « Ces Forsbergiens, ils sont cinglés. Des comme eux, j'en ai jamais vu. »

Nous occupions la forteresse depuis un mois. Un peu grande pour nous, mais elle me plaisait. « Je pourrais finir par les apprécier, ai-je dit. S'ils apprenaient de leur côté à m'apprécier aussi. » Nous avions déjà repoussé quatre contre-attaques. « Tu chies ou tu te tires du pot, Gobelin. Tu sais que tu nous as battus à plate couture, Elmo et moi. »

Saumure a coché le coin de sa carte avec l'ongle de son pouce et fixé Gobelin. « Ils ont toute une mythologie rebelle, ici. Des oracles, vrais ou faux. Des rêves prémonitoires. Des signes divins. Même une prophétie comme quoi un mioche quelque part dans le coin serait une réincarnation de la Rose Blanche.

— S'il est déjà là, comment ça se fait qu'il nous tombe pas dessus ? a demandé Elmo.

— Ils ont pas encore trouvé le gamin. Ou la gamine. Ils ont toute une tripotée de gens qui cherchent. »

Gobelin s'est dégonflé. Il a tiré une carte, a bredouillé et rejeté un autre roi. Saumure l'a regardé. Il a eu un petit sourire avant de prendre une carte sans se soucier d'y jeter les yeux. Il a balancé un cinq sur le six de Qu'un-Œil au bout de ma séquence et envoyé d'une pichenette sur la pile des écarts la carte qu'il venait de tirer.

« Un cinq ? a couiné Gobelin. T'avais un cinq en main ? Je le crois pas. Il avait un cinq. » Il a abattu son as sur la table. « Il avait un putain de cinq.

— Te fâche pas, l'a mis en garde Elmo. C'est toi qui dis tout le temps à Qu'un-Œil de se calmer, tu te souviens ?

— Il m'a bluffé avec un putain de cinq ? »

Saumure affichait son petit sourire tandis qu'il empilait ses gains. Il était content de lui. Il avait réussi son coup de bluff. J'aurais moi-même parié qu'il avait un as.

Qu'un-Œil a poussé les cartes vers Gobelin. « À toi de donner.

— Oh, allons. Il avait un cinq, et faut aussi que je donne ?

— C'est ton tour. Tu te tais et tu bats les cartes.

— Où t'en as entendu parler, de cette histoire de réincarnation ?

— Pichenette. » Pichenette, c'était le vieux que Corbeau avait sauvé. Saumure avait percé ses défenses. Ils s'entendaient comme larrons en foire.

La gamine avait pour nom Chérie. Elle s'était toquée de Corbeau. Elle le suivait partout et nous rendait parfois tous dingues. J'étais ravi que Corbeau soit parti à la ville. Il ne verrait pas beaucoup Chérie jusqu'à son retour.

Gobelin a distribué. J'ai regardé mes cartes. Une main au petit pied, comme on dit. Quasiment une des légendaires séquences *pismo* d'Elmo, autrement dit sans une carte de la même couleur.

Gobelin a regardé les siennes. Ses yeux se sont écarquillés. Il les a abattues, faces visibles. « Tonk ! Un putain de tonk ! Cinquante ! » Il s'était servi cinq cartes royales, une victoire automatique récompensée par un double rapport.

« La seule façon pour lui de gagner, c'est de se donner lui-même les bonnes cartes, a râlé Qu'un-Œil.

— Toi, tu ne gagnes même pas quand tu donnes, gueule d'asticot », a gloussé Gobelin.

Elmo s'est mis à battre les cartes.

La main suivante a tenu la distance. Saumure nous a lâché des bribes de l'histoire de la réincarnation entre les tours.

Chérie est passée en se promenant ; son visage rond couvert de taches de rousseur était sans expression, ses yeux vides. J'ai essayé de l'imaginer en Rose Blanche. Impossible. Elle ne cadrait pas.

Saumure a distribué. Elmo a tenté d'abattre son jeu avec dix-huit. Qu'un-Œil ne l'a pas loupé. Il avait dix-sept après s'être servi au talon. J'ai ramassé les cartes, les ai mélangées.

« Allez, Toubib, a raillé Qu'un-Œil. Perdons pas de temps. Je suis en veine. Une partie de gagnée d'affilée. Sers-moi des as et des deux. » Avec quinze et en dessous, on gagne automatiquement, comme avec quarante-neuf et cinquante.

« Oh. Pardon. Voilà que je me mets à prendre cette superstition rebelle au sérieux.

— De la bêtise, mais séduisante, a fait remarquer Saumure. Ça tient debout, ça donne une belle illusion d'espoir. » J'ai froncé les sourcils vers lui. Son sourire était presque timide. « C'est difficile de perdre quand on sait avec certitude qu'on a le destin de son côté. Les rebelles le savent. En tout cas, c'est ce que dit Corbeau. » Notre grand homme devenait intime avec Corbeau.

« Alors, on va changer leur façon de voir.

— Impossible. Tu peux les fouetter tant que tu veux, ils continueront de venir. Et pour cette raison ils accompliront leur prophétie.

— Alors faudra faire mieux que les fouetter, a grogné Elmo. Faudra qu'on les humilie. » Par *on*, il entendait tous les partisans de la Dame.

J'ai balancé un huit sur une des innombrables piles des écarts qui sont devenues les jalons de mon existence. « Je commence à en avoir marre. » J'étais agité. Je me sentais un vague besoin de faire quelque chose. N'importe quoi.

Elmo a haussé les épaules. « Ça passe le temps, de jouer.

— Eh oui, c'est ça notre vie, a dit Gobelin. Rester assis à attendre. Combien de fois durant toutes ces années ?

— J'ai pas compté, ai-je grommelé. Plus souvent que tout le reste.

— Écoutez ! a fait Elmo. J'entends mon petit doigt me dire que la troupe s'ennuie. Saumure, sors donc les cibles pour le tir à l'arc et... » Sa proposition s'est perdue sous une avalanche de gémissements.

Un entraînement physique rigoureux, voilà le remède d'Elmo à l'ennui. S'envoyer son parcours du combattant diabolique, soit ça vous bousille, soit ça guérit.

Saumure a poussé sa protestation au-delà du gémissement de rigueur. « Je vais avoir des chariots à décharger, Elmo. Les gars vont revenir d'une minute à l'autre. Tu veux leur donner de l'exercice, à ces clowns ? Confie-les-moi. »

Elmo et moi avons échangé un regard. Gobelin et Qu'un-Œil ont paru sur le qui-vive. Pas encore de retour ? Ils auraient dû rentrer avant midi. Je m'imaginais qu'ils cuvaient leur vin. La patrouille-navet revenait toujours bourrée.

« Je les croyais rentrés », a dit Elmo.

Gobelin a eu un mouvement sec de la main vers la pile des écarts. Ses cartes ont dansé un instant, maintenues en l'air par son talent de sorcier et de tricheur. Il voulait nous faire savoir qu'il nous laissait partir. « Je ferais mieux d'aller voir ça. »

Les cartes de Qu'un-Œil ont parcouru la table en se tortillant et en faisant le gros dos comme des chenilles arpenteuses. « Je vais m'en occuper, joufflu.

— Je l'ai dit le premier, haleine de crapaud.

— Je suis le plus ancien.

— Vous y allez tous les deux », a suggéré Elmo. Il s'est tourné vers moi. « Je vais former une patrouille. Préviens le lieutenant. » Il a jeté ses cartes sur le tas et s'est mis à appeler des noms. Il a pris la direction des écuries.

Les sabots martelaient la poussière dans un battement de tambour continuel et grondeur. Nous allions vite mais non sans prudence. Qu'un-Œil guettait les mauvaises surprises éventuelles, malheureusement pratiquer la sorcellerie à cheval n'est pas facile.

Il a pourtant flairé le danger à temps. Elmo a fait des signes de la main. Nous nous sommes séparés en deux groupes pour nous enfoncer dans les herbes hautes des bas-côtés. À peine les rebelles avaient-ils surgi que nous leur sautions à la gorge. Nous ne leur avons laissé aucune chance. Quelques minutes plus tard, nous avions repris notre route.

« J'espère que personne là-bas va se demander pourquoi on est toujours au courant de ce qu'ils vont faire, m'a dit Qu'un-Œil.

— Qu'ils se croient donc entourés d'espions.

— Comment est-ce qu'un espion pourrait avertir Donne si vite ? Toute cette chance, c'est trop beau pour être vrai. Le capitaine devrait demander à Volesprit de nous évacuer tant qu'on vaut encore quelque chose. »

Il n'avait pas tort. Une fois notre secret découvert, les rebelles neutraliseraient nos sorciers par les leurs. Notre chance tournerait court.

Les murs d'Aviron sont apparus au loin. J'ai senti se former une boule de regret dans mon estomac. Le lieutenant n'avait pas franchement approuvé cette aventure. Le capitaine, lui, allait me passer un savon de première. Il allait m'incendier à m'en cramer les poils du menton. Je serais vieux avant l'expiration des privations que ça allait me coûter. Au revoir les madones des trottoirs !

J'étais censé faire preuve de plus de jugeote. J'étais à moitié officier.

La perspective de faire carrière dans le nettoyage des écuries et des latrines n'inquiétait pas Elmo ni ses caporaux. En avant ! avaient-ils l'air de penser. On y va, pour la plus grande gloire de la troupe. Beurk !

Ils n'étaient pas bêtes, seulement prêts à payer le prix de la désobéissance.

Cet idiot de Qu'un-Œil s'est carrément mis à chanter lorsque nous sommes entrés dans Aviron. Une chanson sans queue ni tête de son cru, beuglée d'une voix parfaitement incapable de suivre une mélodie.

« Écrase, Qu'un-Œil, a grondé Elmo. Tu attires l'attention. »

Son ordre ne rimait à rien. Nous avions manifestement l'air de ce que nous étions, et nous étions tout aussi manifestement d'une humeur massacrante. Il ne s'agissait pas ici d'une patrouille-navet. Nous cherchions la bagarre.

Qu'un-Œil a bruyamment entonné une nouvelle rengaine. « Arrête-moi ce raffut ! a tonné Elmo. Fais ton putain de boulot. »

Nous avons tourné à un angle. Un brouillard noir s'est alors formé autour des boulets de nos chevaux. Des nez noirs et humides se sont levés et tendus pour flairer l'air du soir fétide. Ils se sont froncés. Peut-être s'étaient-ils autant habitués à la campagne que moi. Des yeux en amande sont apparus qui luisaient comme les lanternes de l'Enfer. Un murmure apeuré a parcouru les piétons qui regardaient depuis le trottoir.

Ils ont surgi de terre, dix, vingt, cent fantômes nés dans cette fosse aux serpents qualifiée d'esprit par Qu'un-Œil. Ils ont filé comme l'éclair, des êtres noirs, chafouins, sinueux, hérissés de dents, qui se sont jetés sur les habitants d'Aviron. La terreur les a gagnés de vitesse. Au bout de quelques minutes nous ne partagions plus les rues qu'avec les fantômes.

C'était la première fois que je voyais Aviron. Je la visitais comme si je venais de débarquer dans mon chariot de citrouilles.

« Tenez, regardez-moi ça, a dit Elmo lorsque nous avons tourné dans la rue où la patrouille-navet prenait d'habitude ses quartiers. Voilà le vieux Bêtasse. » Je connaissais le nom à défaut de l'homme. Bêtasse s'occupait de l'écurie où séjournait toujours la patrouille.

Un vieillard s'est levé de son siège à côté d'un abreuvoir. « J'ai entendu causer que vous veniez, a-t-il dit. Fait tout ce que j'ai pu, Elmo. Mais j'ai pas pu leur trouver de docteur.

— On a amené le nôtre. » Bêtasse était âgé et devait se manier pour ne pas se laisser distancer, mais Elmo n'a pas ralenti pour autant.

J'ai reniflé. Il flottait dans l'air de vieux relents de fumée.

Bêtasse a foncé devant nous et tourné à un coin de rue. Les êtres chafouins lui bondissaient autour des jambes comme un ressac écumant autour d'un rocher sur la plage. Nous l'avons suivi pour découvrir la source de l'odeur de fumée.

On avait mis le feu à l'écurie de Bêtasse puis sauté sur nos gars qui se précipitaient dehors. Les salauds. Des volutes de fumée s'échappaient encore. La rue devant l'écurie était jonchée de morts et de blessés. Les moins touchés montaient la garde et déroutaient la circulation.

Candi, qui commandait la patrouille, s'est amené en boitant. « Par où je commence ? » ai-je demandé.

Il a tendu le doigt. « Ceux-là, c'est les pires. Vaut mieux commencer par Corbeau, s'il vit toujours. »

Mon cœur a bondi dans ma poitrine. Corbeau ? Il paraissait tellement invulnérable !

Qu'un-Œil a dispersé ses créatures. Aucun rebelle ne nous approcherait en douce, maintenant. J'ai suivi Candi jusqu'où gisait Corbeau. L'homme était inconscient. Il avait le visage blanc comme un linge. « C'est lui le plus atteint ?

— Le seul que je voyais mal parti.

— Tu t'es bien débrouillé. T'as fait des garrots comme je t'ai appris, hein ? » J'ai jeté un coup d'œil à Candi. « Tu devrais être par terre, toi aussi. » Je suis revenu à Corbeau. Il avait près de trente blessures par-devant, certaines profondes. J'ai enfilé mon aiguille.

Elmo nous a rejoints après une rapide inspection du périmètre. « Grave ? a-t-il demandé.

— Je suis pas sûr. Troué de partout. Perdu beaucoup de sang. Vaudrait mieux demander à Qu'un-Œil de préparer un peu de son bouillon. » Qu'un-Œil a la recette d'une soupe au poulet et aux herbes qui redonne espoir aux morts. C'est mon unique assistant.

« C'est arrivé comment, Candi ? a demandé Elmo.

— Ils ont mis le feu à l'écurie et nous ont sauté dessus quand on a couru dehors.

— Je vois ça.

— Les salauds d'assassins », a marmonné Bêtasse. Mais j'avais l'impression qu'il pleurait la perte de son écurie davantage que celle de la patrouille.

Elmo a fait une grimace, comme s'il mâchait un kaki vert. « Et pas de morts ? Corbeau, c'est le plus grave ? Dur à croire.

— Un mort, a rectifié Candi. Le vieux type. Le copain de Corbeau. Celui du village.

— Pichenette », a grogné Elmo. Pichenette n'aurait pas dû sortir de la forteresse de Donne. Le capitaine ne lui faisait pas confiance. Mais Elmo a oublié cette infraction au règlement. « Ceux qu'ont fait ça, on va le leur faire regretter », a-t-il dit. Sa voix ne trahissait pas la moindre émotion. Il aurait aussi bien pu citer le prix de gros des patates douces.

Je me suis demandé comment Saumure allait prendre la nouvelle. Il appréciait Pichenette. Chérie serait complètement retournée. Pichenette, c'était son grand-père.

« Ils en avaient seulement après Corbeau, a dit Bêtasse. C'est pour ça qu'il est salement amoché.

— Pichenette s'est jeté en travers de leur chemin », a expliqué Candi. Il a fait un geste. « Et tout le reste, là, c'est parce qu'on n'a pas voulu reculer. »

Elmo a posé la question qui m'intriguait. « Pourquoi est-ce que les rebelles tenaient tellement à avoir Corbeau ? »

Pansemolle attendait à côté que je m'occupe de l'entaille dans son avant-bras gauche. « Pas les rebelles, Elmo. C'était cette tête de nœud de capitaine du village où on a ramassé Pichenette et Chérie. »

J'ai juré.

« Toi, tu t'en tiens à tes travaux d'aiguille, Toubib, a dit Elmo. T'es sûr, Pansemolle ?

— Sûr, que je suis sûr. Demande à Jovial. Lui aussi l'a vu. Les autres, c'étaient que des voyous des rues. Une fois lancés, on leur a flanqué une bonne pile. »

Il a pointé le doigt. Près du mur épargné de l'écurie, une douzaine de corps étaient entassés comme du bois de chauffage. Pichenette était le seul que j'ai reconnu. Les autres portaient des vêtements locaux en lambeaux.

« Moi aussi je l'ai vu, a dit Candi. Et ce n'était pas lui qui commandait. Y avait un autre type qui restait tapi dans l'ombre par-derrière. Il a décampé quand on a pris le dessus. »

Bêtasse était resté dans le coin, l'œil aux aguets, sans rien dire. « Je sais où ils sont allés, nous a-t-il renseignés spontanément. Du côté de la rue Blique. »

Mon regard a croisé celui de Qu'un-Œil qui concoctait son bouillon avec des trucs et des machins tirés d'un sac noir à lui. « On dirait que Bêtasse nous connaît bien, ai-je dit.

— Moi, je te connais assez pour savoir que tu ne veux pas laisser passer un truc pareil à personne. »

J'ai observé Elmo. Elmo fixait Bêtasse. Il subsistait toujours un doute au sujet du logeur de chevaux. Bêtasse est devenu nerveux. Elmo, comme tout sergent chevronné, a le regard torve. « Qu'un-Œil, a-t-il dit enfin, emmène ce type faire un tour. Fais-lui raconter son histoire. »

Qu'un-Œil a hypnotisé Bêtasse en quelques secondes. Tous deux ont erré de-ci de-là en bavardant comme de vieux copains.

J'ai porté mon attention sur Candi. « Cet homme dans l'ombre, est-ce qu'il boitait ?

— C'était pas le Boiteux. Trop grand.

— Quand même, l'attaque devait avoir la bénédiction de l'affreux. Pas vrai, Elmo ? »

Elmo a hoché la tête. « Ça lui ficherait un sacré coup, à Volesprit, s'il comprenait ça. La permission de risquer un coup pareil venait forcément d'en haut. »

Corbeau a laissé échapper comme un soupir. J'ai baissé la tête. Il avait les yeux entrouverts. Il a répété le bruit. J'ai collé l'oreille contre ses lèvres. « Zouad... » a-t-il murmuré.

Zouad. L'infâme colonel Zouad. L'ennemi auquel il avait renoncé. L'exécuteur spécial des basses œuvres du Boiteux. La chevalerie errante de Corbeau avait des conséquences fâcheuses. Je l'ai dit à Elmo. Il n'a pas paru surpris. Le capitaine avait peut-être transmis l'histoire de Corbeau à ses chefs de section.

Qu'un-Œil est revenu. « L'ami Bêtasse travaille pour l'autre camp », a-t-il annoncé. Il s'est fendu d'un sourire maléfique, celui qu'il affiche pour effrayer les chiens et les enfants. « Je me suis dit que tu voudrais en tenir compte, Elmo.

— Oh, oui. » Elmo avait l'air ravi.

Je suis allé m'occuper du blessé numéro deux dans l'ordre de la gravité. Encore de la couture. Je me suis demandé si j'allais avoir assez de fil. La patrouille était dans un sale état. « Dans combien de temps on va avoir de ton bouillon, Qu'un-Œil ?

— Faut encore que je trouve un poulet.

— Alors envoie un gars en piquer un, a grommelé Elmo.

— Ceux qu'on cherche se planquent dans un bouge de la rue Blique. Ils ont des copains coriaces.

— Qu'est-ce que tu vas faire, Elmo ? » ai-je demandé. J'étais sûr qu'il allait tenter quelque chose. Corbeau nous avait créé une obligation en lâchant le nom de Zouad. Il se croyait mourant. Il ne l'aurait pas donné, sinon. Je le connaissais bien, même si j'ignorais tout de son passé.

« Faut qu'on arrange un coup pour le colonel.

— Si tu cherches des ennuis, tu vas les trouver. Rappelle-toi pour qui il travaille.

— C'est pas bon de laisser s'en tirer des gars qui s'attaquent à la Compagnie, Toubib. Le Boiteux compris.

— C'est mettre les pieds dans la haute politique, non ? » Je ne pouvais pas le désapprouver, pourtant. Une défaite sur le champ de bataille, c'est acceptable. Là, c'était différent. Il s'agissait de politique de l'Empire. On devrait prévenir les gens qu'ils risquaient des sueurs froides en nous entraînant là-dedans. Il fallait leur apprendre, au Boiteux comme à Volesprit. « Quel genre de conséquences tu prévois ?

— Un putain de paquet d'emmerdements et de grincements de dents. Mais, à mon avis, ils ne peuvent pas faire grand-chose. Merde, Toubib, c'est pas tes oignons, n'importe comment. T'es payé pour rafistoler les gars. » Il a fixé Bêtasse d'un regard songeur. « M'est avis que moins on laisse de témoins, mieux ça vaut. Le Boiteux devra la fermer s'il ne peut rien prouver. Qu'un-Œil, continue donc de causer avec ton pote le rebelle, là. Il me vient une sale petite idée en tête. Il a peut-être la solution. »

Qu'un-Œil terminait de distribuer sa soupe. Des couleurs revenaient déjà aux joues des premiers servis. Elmo s'est arrêté de se rogner les ongles. Il a transpercé le logeur de chevaux d'un regard acéré. « Bêtasse, ça te dit quelque chose, le colonel Zouad ? »

Bêtasse s'est raidi. Il a hésité une seconde de trop. « Non, ça me dit rien.

— Bizarre, ça. J'aurais pourtant cru. C'est lui qu'on appelle le bras gauche du Boiteux. En tout cas, j'imagine que le Cercle ferait à peu près n'importe quoi pour lui mettre la main dessus. Qu'est-ce que t'en penses ?

— Je ne sais rien du Cercle, Elmo. » Son regard s'est perdu par-dessus les toits. « À ton avis, le type de la rue Blique, c'est ce Zouad ? »

Elmo a gloussé. « J'ai rien dit de tel, Bêtasse. C'est l'impression que j'ai donnée, Toubib ?

— Ça, non. Qu'est-ce que Zouad foutrait dans un bordel minable d'Aviron ? Le Boiteux baigne dans les emmerdes jusqu'au cou, là-bas dans l'Est. Il a besoin de toute l'aide disponible.

— Tu vois, Bêtasse ? Mais attends un peu. Peut-être que je sais où le Cercle pourrait trouver le colonel. Tu comprends, la Compagnie et lui, on n'est pas copains. D'un autre côté, on n'est pas copains avec le Cercle non plus. Mais c'est les affaires, ça. Sans rancune. Alors j'ai réfléchi. Peut-être qu'un service en vaut un autre. Peut-être qu'un gros bonnet de rebelle pourrait faire un tour dans ce boui-boui de la rue Blique et dire aux patrons qu'à son avis ils devraient faire gaffe à ces types. Tu vois où je veux en venir ? Si je devais passer dans le coin, le colonel Zouad pourrait tomber tout cuit dans le bec du Cercle. »

Bêtasse avait l'air du gars qui se sait coincé.

C'était un bon espion tant qu'on n'avait pas de raison de se poser des questions sur son compte. C'était ce bon vieux Bêtasse, voilà tout, le sympathique logeur de chevaux à qui on octroyait un menu pourboire, avec qui on bavardait ni plus ni moins qu'avec n'importe quel étranger à la Compagnie. Il ne subissait aucune contrainte. Il lui suffisait d'être lui-même.

« Tu te goures sur mon compte, Elmo. Parole. Je me mêle jamais de politique. La Dame ou les Blancs, pour moi c'est du pareil au même. Les chevaux, du moment que ça mange et dort dans une écurie, ça se fiche de qui les monte.

— Là, je crois que t'as raison, Bêtasse. Excuse-moi si je suis méfiant. » Elmo a lancé un regard de connivence à Qu'un-Œil.

« C'est à l'Amador que ces types logent, Elmo. Vous devriez y aller avant que quelqu'un les prévienne que vous êtes en ville. Moi, vaudrait mieux que je me mette à faire le ménage ici.

— Y a pas urgence, Bêtasse. Mais vas-y, fais ce que t'as à faire. »

Bêtasse nous a regardés. Il a effectué quelques pas vers ce qui restait de son écurie. Il nous a jeté un coup d'œil. Elmo l'a fixé d'un air mielleux. Qu'un-Œil a soulevé l'antérieur gauche de son cheval pour lui examiner le sabot. Bêtasse a plongé dans les ruines. « Qu'un-Œil ? a demandé Elmo.

— S'est défilé aussi sec par-derrière. À pinces. »

Elmo a souri. « Le perds pas de vue. Toubib, prends des notes. Je veux savoir à quelles personnes il parle. Et à qui celles-là vont parler. Je lui ai refilé un truc qui devrait se répandre comme la chaude-pisse. »

« Zouad était un homme mort à la minute où Corbeau a donné son nom, ai-je dit à Qu'un-Œil. Peut-être à la minute où il a fait je ne sais quoi avant ça. »

Qu'un-Œil a grogné et s'est défaussé. Candi a ramassé sa carte puis a étalé son jeu. Qu'un-Œil a juré. « Je peux pas jouer avec ces types, Toubib. Ils jouent pas comme il faut. »

Elmo a remonté la rue au galop, a mis pied à terre. « Ils se dirigent vers le bordel. T'as quelque chose pour moi, Qu'un-Œil ? »

La liste était décevante. Je l'ai donnée à Elmo. Il a juré, craché, juré encore. Il a flanqué un coup de pied aux planches qui nous tenaient lieu de table de jeu. « Soyez un peu plus à vos putain de boulots. »

Qu'un-Œil a gardé son calme. « Ils font pas d'erreurs, Elmo. Ils font gaffe à leurs culs. Bêtasse a fricoté trop longtemps avec nous pour qu'ils lui fassent confiance. »

Elmo trépignait et fulminait. « D'accord. Plan de secours numéro un. On surveille Zouad. On voit où ils l'embarquent quand ils l'auront pris. On le sauve juste avant qu'il claque, on règle leur compte aux rebelles qui se trouvent là, puis on met le grappin sur tous les autres.

— Tu tiens à faire du zèle, hein ?

— Tout juste. Comment va Corbeau ?

— On dirait qu'il va s'en tirer. L'infection est enrayée, et d'après Qu'un-Œil il commence à guérir.

— Mouais. Qu'un-Œil, je veux des noms de rebelles. Des tas de noms.

— Oui sergent, patron, chef. » Qu'un-Œil a exécuté un salut redondant. Lequel est devenu un geste obscène dans le dos d'Elmo qui s'éloignait.

« Rassemble ces planches, Pansemolle, ai-je suggéré. À toi de donner, Qu'un-Œil. »

Il n'a pas répondu. Il n'a pas rouspété, ni râlé, ni menacé de me changer en triton. Il est seulement resté là, debout, raide comme un mort, l'œil à peine ouvert.

« Elmo ! »

Elmo est revenu devant lui et l'a fixé de tout près. Il lui a claqué des doigts sous le nez. Qu'un-Œil n'a pas répondu. « Qu'est-ce que t'en penses, Toubib ?

— Il se passe quelque chose au bordel. »

Qu'un-Œil n'a pas bougé un muscle pendant dix minutes. Puis l'œil s'est ouvert, l'air frais, et le sorcier s'est détendu comme une chiffe mouillée. « Qu'est-ce qui s'est passé, bon sang ? » a demandé Elmo.

Qu'un-Œil s'est ressaisi. « Les rebelles ont pris Zouad, mais il a contacté le Boiteux avant.

— Ah ?

— L'affreux vient lui donner un coup de main. »

La figure d'Elmo a viré au gris pâle. « Ici ? Dans Aviron ?

— Ouaip.

— Oh, merde. »

Exactement. Le Boiteux, c'était le plus vicieux des Asservis. « Réfléchis vite, Elmo. Il va découvrir le rôle qu'on a joué là-dedans... Bêtasse, c'est le maillon faible.

— Qu'un-Œil, tu me déniches ce vieux salopard. Blanchet. Alambic. Mitard. Du boulot pour vous. » Il a donné des ordres. Mitard a souri et caressé sa dague. L'ordure sanguinaire.

Je ne peux pas décrire comme il faut le malaise que laissait la nouvelle de Qu'un-Œil. Nous ne connaissions le Boiteux que par les histoires qui couraient sur lui, mais ces histoires étaient toujours sinistres. Nous avions la frousse. L'appui de Volesprit n'était pas franchement une protection contre un autre Asservi.

Elmo m'a flanqué un coup de poing. « Il remet ça. »

Pas de doute. Qu'un-Œil était tout raide. Mais cette fois ça ne s'arrêtait pas là. Il s'est effondré et s'est mis à gigoter, l'écume à la bouche.

« Tenez-le ! ai-je ordonné. Elmo, donne-moi ton bâton. » Une demi-douzaine d'hommes se sont entassés sur Qu'un-Œil. Tout petit qu'il était, il les a drôlement secoués.

« Pour quoi faire ? a demandé Elmo.

— Je vais le lui coller dans la bouche pour qu'il se morde pas la langue. » Qu'un-Œil émettait des sons étranges que je n'avais encore jamais entendus, et j'en ai pourtant beaucoup entendu sur les champs de bataille. Les blessés font des bruits qu'on jurerait impossibles à produire pour une gorge humaine.

L'immobilisation n'a duré que quelques secondes. Après un ultime et violent sursaut, Qu'un-Œil a sombré dans un sommeil paisible.

« D'accord, Toubib. Qu'est-ce qui s'est passé ?

— Sais pas. Le haut mal ?

— Donne-lui de sa soupe, a suggéré quelqu'un. Ça lui apprendra. » Une tasse en fer-blanc est apparue. Nous lui avons fait avaler le contenu de force.

Son œil s'est ouvert d'un coup. « Qu'est-ce que vous essayez de me faire ? De m'empoisonner ? Beurk ! C'est quoi ? De l'eau de vaisselle bouillie ?

— Ta soupe », lui ai-je répondu.

Elmo lui a sauté dessus. « Qu'est-ce qui s'est passé ? »

Qu'un-Œil a craché. Il a empoigné une outre à vin voisine, aspiré une grande lampée, gargouillé et recraché. « Volesprit, voilà ce qui s'est passé. Hou-là ! Je comprends Gobelin maintenant. »

Mon cœur s'est mis à sauter un battement sur trois. Un nid de frelons m'a grouillé dans les entrailles. D'abord le Boiteux, maintenant Volesprit.

« Alors, qu'est-ce qu'il voulait, l'affreux ? » a demandé Elmo. Lui aussi était nerveux. Il n'est pas impatient d'habitude.

« Il voulait savoir ce qui se mijote. Il a appris que le Boiteux était tout excité. Il a vérifié auprès de Gobelin. Tout ce que Gobelin savait, c'est que nous venions ici. Alors il m'est entré dans la tête.

— Et il a été surpris devant tant de vide. Maintenant il en sait autant que toi, hein ?

— Oui. » À l'évidence, l'idée déplaisait au sorcier.

Elmo a attendu quelques secondes. « Alors ?

— Alors quoi ? » Qu'un-Œil a porté l'outre à ses lèvres pour masquer son sourire.

« Merde, qu'est-ce qu'il a dit ? »

Qu'un-Œil a gloussé. « Il approuve ce qu'on fait. Mais, d'après lui, on la joue avec autant de finesse qu'un taureau en rut. Alors il va nous filer un petit coup de main.

— Quel genre de coup de main ? » Manifestement, Elmo sentait les événements lui échapper, mais il ne voyait pas où.

« Il envoie quelqu'un. »

Elmo s'est détendu. Moi aussi. Tant que l'affreux restait personnellement à l'écart... « Dans combien de temps ? me suis-je demandé à voix haute.

— Peut-être plus tôt qu'on le voudrait, a marmonné Elmo. Laisse tomber le pinard, Qu'un-Œil. Faut que tu continues de surveiller Zouad. »

Qu'un-Œil a grommelé. Il est entré dans cette demi-transe signalant qu'il jette un coup d'œil ailleurs. Il est resté parti un bon moment.

« Ah, quand même ! » a grondé Elmo quand le sorcier est revenu à la réalité. Il n'arrêtait pas de lancer des regards à la ronde comme s'il s'attendait à voir Volesprit surgir du néant.

« Doucement. Ils l'ont caché dans un second sous-sol secret à deux kilomètres au sud d'ici. »

Elmo était aussi agité qu'un gamin pris d'une irrésistible envie de pisser. « Qu'est-ce qui t'arrive ? ai-je demandé.

— Une sale impression. Une très sale impression, Toubib. » Son regard vagabond s'est stabilisé. Ses yeux se sont écarquillés. « J'avais raison. Oh, putain, j'avais raison. »

Ç'avait l'air aussi grand qu'une maison et moitié aussi large. Ça portait de l'écarlate décoloré par le temps, mangé aux mites et en lambeaux. Ça remontait la rue d'une espèce de démarche traînante, tantôt lente, tantôt rapide. Des cheveux gris ébouriffés et filandreux s'emmêlaient autour de sa tête. Le carré de ronces qui lui tenait lieu de barbe était si touffu et encrassé qu'on ne distinguait rien du visage. Une main blafarde tavelée de taches brunes serrait un bâton de la taille d'un poteau, une merveille que profanait le contact de l'être qui le maniait : le corps terriblement étiré d'une femme, parfait dans ses moindres détails.

« Paraît que c'était une vraie femme autrefois, du temps de la Domination, a chuchoté quelqu'un. Paraît qu'elle lui a été infidèle. »

On ne pouvait pas le reprocher à la femme. Pas quand on avait bien regardé Transformeur.

Transformeur, c'est l'allié le plus sûr de Volesprit parmi les Dix Asservis. Son hostilité envers le Boiteux est plus virulente que celle de notre patron. Le Boiteux était le troisième sommet du triangle qui expliquait son bâton.

Il s'est arrêté à quelques pas. Ses yeux brûlaient d'un feu si dément qu'on ne pouvait pas croiser son regard. Je n'arrive pas à me rappeler leur couleur. Chronologiquement, c'est le premier grand roi sorcier que le Dominateur et sa Dame ont séduit, suborné, réduit en esclavage.

En tremblant, Qu'un-Œil s'est avancé. « Je suis le sorcier, a-t-il annoncé.

— Volesprit me l'a dit. » La voix de Transformeur était sonore, grave et puissante, même pour un homme de sa taille. « Du nouveau ?

— J'ai retrouvé la trace de Zouad. Rien d'autre. »

Du regard, Transformeur a encore passé en revue les présents. Certains se ratatinaient. Il a souri derrière ses broussailles faciales.

Plus bas dans la rue, dans le virage, des civils s'amassaient pour regarder bouche bée. Aviron n'avait encore vu aucun des champions de la Dame. C'était un grand jour pour la cité. Deux des plus fous se trouvaient dans ses murs.

Les yeux de Transformeur se sont posés sur moi. L'espace d'un instant, j'ai senti le froid de son mépris. Je n'étais qu'un relent aigre à ses narines.

Il a trouvé ce qu'il cherchait. Corbeau. Il s'est approché. Nous nous sommes écartés à la façon des jeunes mâles qui évitent le babouin dominant du clan. Il a fixé Corbeau plusieurs minutes durant, puis a haussé ses épaules monumentales. Il lui a posé les orteils de son bâton sur la poitrine.

J'ai eu le souffle coupé. Les couleurs de Corbeau lui sont revenues à une vitesse spectaculaire. Il a cessé de transpirer. Son visage s'est détendu à mesure que la douleur disparaissait. Ses blessures se sont couvertes d'un tissu cicatrisé rouge vif qui a pâli en quelques minutes pour devenir aussi blanc que de vieilles balafres. Nous nous sommes resserrés en un cercle de plus en plus étroit, impressionnés par le numéro.

Mitard a remonté la rue au petit trot. « Hé, Elmo. Ça y est, c'est fait. Qu'est-ce qui se passe ? » Il a aperçu Transformeur et couiné comme une souris prise au piège.

Elmo s'est à nouveau ressaisi. « Où ils sont, Alambic et Blanchet ?

— Ils se débarrassent du corps.

— Quel corps ? » a demandé Transformeur. Elmo a expliqué. Transformeur a grogné. « Ce Bêtasse va nous fournir la base de notre plan. Toi (son doigt de la taille d'une saucisse a cloué Qu'un-Œil sur place), où sont ces hommes ? »

Comme de juste, Qu'un-Œil les a repérés dans une taverne. « Toi (Transformeur a désigné Mitard), dis-leur de ramener le corps ici. »

Mitard est devenu gris sur les bords. On voyait la contestation monter en lui. Mais il a hoché la tête, avalé une goulée d'air et mis les bouts. Personne ne discute avec les Asservis.

J'ai pris le pouls de Corbeau. Il battait fort. L'homme avait l'air en parfaite santé. « Est-ce que vous pouvez en faire autant pour les autres ? ai-je demandé aussi humblement que possible. Tout de suite ? »

Transformeur m'a jeté un regard à me cailler les sangs. Mais il a répondu à ma requête.

« Qu'est-ce qui m'est arrivé ? Qu'est-ce que tu fais là ? » Corbeau m'a regardé de travers. Puis ça lui est revenu. Il s'est redressé sur son séant. « Zouad... » Il a promené les yeux à la ronde.

« T'es resté dans les vapes deux jours. Ils t'ont découpé comme un poulet. On croyait pas que tu t'en sortirais. »

Il a touché ses blessures. « Qu'est-ce qui se passe, Toubib ? Je devrais être mort.

— Volesprit a envoyé un ami. Transformeur. Il t'a requinqué. » Il avait requinqué tout le monde. Difficile d'avoir encore la frousse d'un type qui faisait ça pour l'équipe.

Corbeau s'est levé en hâte mais il vacillait comme pris de vertige. « Ce salaud de Bêtasse. Il a tout manigancé. » Un couteau lui est apparu dans la main. « Putain, je suis aussi faible qu'un chaton. »

Je m'étais demandé comment Bêtasse pouvait en savoir aussi long sur les agresseurs. « Là, c'est pas Bêtasse, Corbeau. Bêtasse est mort. C'est Transformeur qui s'entraîne à jouer son rôle. » Il n'avait pas besoin de s'entraîner. Il tenait suffisamment son personnage pour abuser la mère de Bêtasse.

Corbeau s'est laissé retomber à côté de moi. « Qu'est-ce qui se passe ? »

Je l'ai mis au courant. « Transformeur veut infiltrer l'ennemi en prenant l'identité de Bêtasse. Ils doivent lui faire confiance, maintenant.

— Je serai juste derrière lui.
— Il risque de ne pas apprécier.
— Je me fous qu'il apprécie ou non. Zouad ne va pas s'en tirer, cette fois. La dette est trop grosse. » Son visage s'est adouci et attristé. « Comment va Chérie ? Est-ce qu'elle sait, pour Pichenette ?
— Crois pas. Personne n'est retourné à Donne. Elmo se figure qu'il peut faire ici tout ce qui lui chante, du moment qu'il n'a pas à affronter le capitaine avant que ce soit fini.
— Bien. Je ne serai pas obligé d'en discuter avec lui.
— Transformeur n'est pas le seul Asservi en ville », lui ai-je rappelé. Transformeur avait dit qu'il sentait la présence du Boiteux. Corbeau a haussé les épaules. Il n'attachait aucune importance au Boiteux.
Le simulacre de Bêtasse est venu vers nous. Nous nous sommes levés. Je tremblais, mais j'ai remarqué que Corbeau blêmissait encore un peu. Bien. Ce n'était pas toujours un bloc de glace.
« Tu vas venir avec moi », a-t-il dit à Corbeau. Il m'a regardé. « Toi aussi. Et le sergent.
— Ils connaissent Elmo », ai-je protesté. Il a souri. « Vous aurez l'apparence de rebelles. Seul un membre du Cercle pourrait découvrir la supercherie. Aucun n'est en ville. Le chef rebelle local a l'esprit indépendant. Nous allons profiter du fait qu'il ne demandera pas de renfort. » Les rebelles souffrent autant que nous des menées politiques personnelles.
Transformeur a fait signe à Qu'un-Œil. « L'état du colonel Zouad ?
— Il tient le coup.
— Un dur, a reconnu Corbeau à contrecœur.
— T'as des noms ? » m'a demandé Elmo.
J'en avais une bonne liste. Elmo était content.
« On ferait mieux d'y aller, a dit Transformeur. Avant que le Boiteux attaque. »

Qu'un-Œil nous a donné les mots de passe. Paniqué, certain de ne pas être prêt pour ce genre d'aventure, plus certain encore de ne pas oser contester le choix de Transformeur, je me suis traîné dans le sillage de l'Asservi.

Je ne sais pas à quel moment c'est arrivé. J'ai seulement relevé la tête et je me suis retrouvé à marcher en compagnie d'étrangers. J'ai regardé le dos de Transformeur, bouche bée.

Corbeau a éclaté de rire. J'ai alors compris. Transformeur nous avait jeté son charme. Nous avions désormais l'apparence de capitaines du camp rebelle.

« On est qui ? » ai-je demandé.

Transformeur a montré Corbeau. « Trempe, du Cercle. Le beau-frère de Fureteur. Ils se détestent autant que Volesprit et le Boiteux. » Puis Elmo. « Commandant Récif, chef d'état-major de Trempe. Toi, le neveu de Trempe, Motrin Hanin, l'assassin le plus sadique qu'on ait jamais vu. »

Nous n'avions entendu parler d'aucun d'entre eux, mais Transformeur nous a affirmé qu'on ne s'étonnerait pas de notre présence. Trempe n'arrêtait pas de sortir du Forsberg et d'y revenir, ce qui rendait la vie dure au frère de sa femme.

Très bien, me suis-je dit. Drôlement épatant. Et le Boiteux ? On fait quoi s'il se pointe ?

Les occupants de la maison où l'on retenait Zouad prisonnier étaient plus gênés que curieux lorsque Bêtasse a annoncé Trempe. Ils n'avaient pas demandé l'avis du Cercle. Ils n'ont pas posé de questions. Apparemment, le vrai Trempe avait un caractère exécrable, inconstant, imprévisible.

« Faites-leur voir le prisonnier », a dit Transformeur.

Un rebelle lui a jeté un regard qui disait : « Tu perds rien pour attendre, Bêtasse. »

La maison était pleine de rebelles. J'entendais presque Elmo échafauder son plan d'attaque.

Ils nous ont fait descendre dans un sous-sol, passer une porte habilement dissimulée, encore descendre, puis entrer dans une salle aux murs en terre et au plafond soutenu par des poutres et des madriers. Le décor sortait tout droit d'une imagination démoniaque.

Les chambres de torture, ça existe, évidemment, mais on ne les voit quasiment jamais, aussi n'y croit-on pas vraiment. Moi, je n'en avais encore jamais vu.

J'ai embrassé du regard les instruments, contemplé Zouad ligoté dans un drôle de fauteuil gigantesque, et me suis demandé pourquoi la Dame passait pour si monstrueuse. Ces gens se prétendaient du bon côté, ils se battaient soi-disant pour le droit, la liberté et la dignité de l'âme humaine, mais question méthodes ils ne valaient pas mieux que le Boiteux.

Transformeur a chuchoté quelque chose à Corbeau. Corbeau a hoché la tête. Je me suis demandé comment il allait nous donner le signal. Transformeur ne nous avait pas beaucoup fait répéter. Les autres devaient s'attendre à ce que nous nous conduisions comme Trempe et ses coupe-jarrets.

Nous nous sommes assis pour assister à l'interrogatoire. Notre présence inspirait les questionneurs. J'ai fermé les yeux. Elmo et Corbeau supportaient mieux le spectacle.

Au bout de quelques minutes, « Trempe » a ordonné au « commandant Récif » d'aller traiter une quelconque affaire. Je ne me souviens pas du prétexte invoqué. J'étais dans tous mes états. Le but de la manœuvre consistait à renvoyer Elmo dans la rue pour lancer la rafle.

Transformeur improvisait. Nous étions censés ne pas bouger jusqu'à ce qu'il nous fasse signe. Je me disais que nous allions passer à l'action lorsque Elmo investirait les lieux et que la panique filtrerait de la surface. En attendant, nous allions assister à la mise en pièces du colonel Zouad.

Le colonel n'était pas si impressionnant que ça, mais il faut dire que ses tortionnaires s'occupaient de lui depuis un moment. J'imagine que n'importe qui aurait l'air vidé et ratatiné après avoir enduré leurs bons soins.

Nous restions immobiles comme trois idoles. J'ai envoyé mentalement des messages à Elmo lui enjoignant de s'activer. J'avais été formé à prendre du plaisir dans la guérison de la chair humaine, et non dans son broyage.

Même Corbeau avait l'air malheureux. Il avait dû imaginer des tourments pour Zouad, mais maintenant qu'ils se réalisaient sa délicatesse foncière reprenait le dessus. Son style à lui, c'était de planter son couteau dans un type, et on n'en parlait plus.

Le sol a tangué, comme piétiné par une botte monstrueuse. De la terre s'est effondrée des murs et du plafond. L'atmosphère s'est emplie de poussière. « Un tremblement de terre ! » a hurlé quelqu'un, et les rebelles se sont tous rués pêle-mêle vers l'escalier. Transformeur n'a pas bougé, le sourire aux lèvres.

Le sol a frémi une nouvelle fois. J'ai combattu l'instinct grégaire et suis resté assis. Transformeur ne s'inquiétait pas. Alors pourquoi je me serais inquiété ?

Il a désigné Zouad. Corbeau a hoché la tête, s'est levé, s'est approché du prisonnier. Le colonel était conscient, lucide et affolé par la secousse. Il a paru reconnaissant lorsque Corbeau a entrepris de le libérer.

Le pied monstrueux a encore frappé. De la terre est tombée. Dans un angle, un étai a basculé. Un filet de glaise s'est écoulé dans le sous-sol. Les autres poutres ont gémi et bougé. J'avais du mal à me retenir.

À un moment durant la secousse, Corbeau a cessé d'être Trempe. Et Transformeur d'être Bêtasse. Zouad les a regardés de la tête aux pieds et il a compris. Son visage s'est durci et a pâli. Comme si Corbeau et Transformeur lui faisaient davantage peur que les rebelles.

« Ouais, a dit Corbeau. C'est l'heure de régler les comptes. »

La terre a lancé une ruade. D'en haut nous est parvenu un grondement lointain de maçonnerie qui s'écroule. Les lampes se sont renversées et se sont éteintes. La poussière rendait l'air presque irrespirable. Et les rebelles redescendaient en trombe l'escalier en regardant par-dessus leurs épaules.

« Le Boiteux est ici », a dit Transformeur. Il n'avait pas l'air mécontent. Il s'est levé pour se placer face aux marches. Il était à nouveau Bêtasse, et Corbeau à nouveau Trempe.

Les rebelles se sont entassés dans la salle. J'ai perdu trace de Corbeau dans la cohue et la pénombre. Quelqu'un a scellé la porte en haut. Les rebelles ne faisaient pas plus de bruit que des souris. On entendait presque leurs cœurs battre la chamade tandis qu'ils fixaient l'escalier et se demandaient si l'entrée secrète était suffisamment bien dissimulée.

Malgré une épaisseur de terre de plusieurs mètres, j'ai entendu quelque chose se déplacer dans le premier sous-sol au-dessus. *Frrrt-tonk. Frrrt-tonk.* Le pas rythmé d'un infirme. Mes yeux se sont aussi fixés sur la porte secrète.

Le sol a subi une secousse plus puissante que les précédentes. Le battant a explosé vers l'intérieur. L'autre bout du second sous-sol s'est effondré. Des hommes ont hurlé lorsque la terre les a engloutis. La masse humaine s'est bousculée de tous côtés dans sa recherche d'une issue qui n'existait pas. Seuls Transformeur et moi n'avons pas été emportés dans la marée. Nous regardions depuis un îlot de calme.

Toutes les lampes s'étaient éteintes. L'unique clarté tombait de la brèche en haut des marches ; elle glissait autour d'une silhouette dont, à cet instant, la simple posture évoquait l'horreur. Ma peau s'est couverte d'une sueur froide et j'ai été pris de tremblements violents. Pas seulement parce que j'avais beaucoup entendu parler du Boiteux. Devant lui, je me faisais l'effet d'un arachnophobe sur les genoux de qui on vient de laisser tomber une grosse araignée velue.

J'ai lancé un coup d'œil à Transformeur. Il était Bêtasse, un rebelle comme les autres. Avions-nous une raison particulière de ne pas vouloir nous faire reconnaître du Boiteux ?

Il a fait un geste avec les mains.

Une lumière aveuglante a inondé la salle souterraine. Je n'y voyais plus. J'ai entendu des poutres gémir et céder. Cette fois, je n'ai pas hésité. Je me suis jeté dans la ruée vers l'escalier.

J'imagine que le plus étonné a été le Boiteux. Il ne s'était pas attendu à une véritable résistance. Le stratagème de Transformeur le prenait au dépourvu. La ruée l'a submergé avant qu'il puisse se protéger.

Transformeur et moi sommes arrivés les derniers en haut des marches. J'ai sauté par-dessus le Boiteux, un petit homme en brun qui n'avait pas l'air si terrible alors qu'il se tortillait par terre. J'ai cherché l'escalier qui menait au niveau de la rue. Transformeur m'a saisi le bras. Son étreinte était impérieuse. « Aide-moi. » Il a calé sa botte contre les côtes du Boiteux et s'est mis à le faire rouler par l'entrée du second sous-sol.

En dessous, des hommes gémissaient et criaient au secours. À notre niveau, des portions de plancher s'affaissaient et s'effondraient. Davantage poussé par la peur de rester bloqué si nous ne nous dépêchions pas que par l'envie de contrarier le Boiteux, j'ai aidé Transformeur à balancer l'Asservi dans le trou.

Transformeur a souri, m'a fait signe que tout allait bien. Il a fait un mouvement avec les doigts. L'effondrement s'est accéléré. Il m'a encore empoigné le bras et s'est dirigé vers l'escalier. Nous avons débouché dans la rue, au milieu du plus grand tumulte de la brève histoire d'Aviron.

Les renards étaient dans le poulailler. Des hommes couraient en tous sens en braillant des mots incohérents. Elmo et la Compagnie les encerclaient, les rabattaient et les taillaient en pièces. Les rebelles étaient trop désorientés pour se défendre.

Sans Transformeur, j'imagine, je n'y aurais pas survécu. Il a fait quelque chose qui a détourné les pointes de flèches et d'épées. En petit malin, je suis resté dans son ombre jusqu'à ce que nous nous retrouvions en sécurité derrière les lignes de la Compagnie.

Une grande victoire pour la Dame. Elle dépassait les espérances les plus folles d'Elmo. Avant que la poussière de la bataille soit retombée, l'épuration avait virtuellement éliminé tous les rebelles avérés d'Aviron. Transformeur était resté au cœur de l'action. Il nous avait apporté une aide précieuse et s'était beaucoup amusé à tout démolir. Heureux comme un gamin qui allume des incendies.

Puis il a disparu aussi complètement que s'il n'avait jamais existé. Nous nous sommes regroupés devant l'écurie de Bêtasse, tellement épuisés que nous nous traînions comme des lézards. Elmo a fait l'appel.

Tout le monde a répondu présent sauf un. « Où est Corbeau ? a demandé Elmo.

— Je crois qu'il s'est fait enterrer quand la maison s'est écroulée, ai-je répondu. Avec Zouad.

— Ça se tient, comme qui dirait, a fait observer Qu'un-Œil. L'ironie du sort, mais ça se tient. Ça m'embête qu'il soit plus là, quand même. Un coriace au tonk.

— Le Boiteux aussi est là-dessous ? » a demandé Elmo.

J'ai souri. « J'ai donné un coup de main à l'enterrer.

— Et Transformeur est parti. »

Cette affaire commençait à me faire une drôle d'impression. Je voulais savoir s'il s'agissait de mon imagination. J'en ai parlé pendant que les hommes se préparaient à retourner à Donne. « Vous savez, les seuls qui ont vu Transformeur étaient de notre camp. Les rebelles et le Boiteux n'ont vu que nous. Surtout toi, Elmo. Et aussi Corbeau et moi. Bêtasse, on va le retrouver mort. J'ai dans l'idée que la ruse de Transformeur n'avait pas grand-chose à voir avec la capture de Zouad ou l'élimination de la hiérarchie rebelle du patelin. Je crois qu'on nous a placés dans les jambes du Boiteux. Très astucieux. »

Elmo aime donner l'image d'un gros nigaud de paysan devenu soldat, mais il a l'esprit vif. Il a non seulement saisi ce que je voulais dire, mais aussitôt établi le rapport avec le cadre plus vaste de la politique politicienne que pratiquaient les Asservis. « Faut qu'on se tire d'ici en vitesse avant que le Boiteux remonte à la surface. Et je veux pas dire d'Aviron seulement. Je veux dire du Forsberg. Volesprit nous a inscrits sur ses tablettes comme pions de première ligne. On risque d'être pris entre l'enclume et le marteau. » Il s'est mordillé les lèvres une seconde puis s'est mis à se conduire en sergent, à brailler sur tous ceux qui ne se remuaient pas assez vite à son goût.

Il était au bord de la panique mais restait un soldat dans l'âme. Notre départ n'était pas une déroute.

Nous avons escorté hors de la ville les chariots de provisions que la patrouille de Candi était venue chercher. « Je vais devenir dingue une fois rentré, m'a-t-il dit. Je vais bouffer un arbre, n'importe quoi. » Après quelques kilomètres, il a ajouté d'un air songeur : « J'ai réfléchi à qui devrait annoncer la nouvelle à Chérie. Toubib, tu viens de te porter volontaire. Tu sais t'y prendre, toi. »

Bon. J'avais de quoi m'occuper l'esprit durant le trajet. Salaud d'Elmo !

L'histoire ne s'est pas terminée sur cet épisode mouvementé d'Aviron. Les nouvelles se sont propagées. Les conséquences se sont multipliées. Le destin y a fourré son doigt maléfique.

Fureteur a lancé une vaste offensive pendant que le Boiteux se creusait un tunnel dans les décombres. Il agissait sans savoir que son ennemi était absent du champ de bataille, mais le résultat a été le même. L'armée du Boiteux a été mise en déroute. Notre victoire n'a abouti à rien. Des bandes de rebelles ont sillonné Aviron à grands cris et traqué les agents de la Dame.

Nous, grâce à la prévoyance de Volesprit, nous descendions vers le sud au moment de la chute, aussi avons-nous évité d'y être entraînés. Nous sommes entrés en garnison à Orme avec plusieurs victoires spectaculaires à notre actif, et le Boiteux a fui dans le Saillant avec ce qui restait de ses troupes, affublé de l'étiquette infamante d'incompétent. Il savait qui l'avait éreinté mais il n'y pouvait rien. Ses rapports avec la Dame étaient trop précaires. Il n'osait pas sortir du rôle de toutou fidèle. Il faudrait qu'il remporte quelques succès éclatants avant de songer à nous régler notre compte, à nous comme à Volesprit.

Je ne me sentais pas si rassuré que ça. Il finirait par perdre patience, à la longue.

Emporté par sa réussite, Fureteur n'a pas ralenti après sa conquête du Forsberg. Il a viré vers le sud. Volesprit nous a donné l'ordre de quitter Orme une semaine seulement après notre installation.

Est-ce que le capitaine s'est fâché, suite à ces événements ? A-t-il été mécontent parce que nombre de ses hommes avaient pris des décisions tout seuls, outrepassant ou déformant ses ordres ? Disons seulement que les corvées supplémentaires auraient suffi à briser l'échine d'un bœuf. Et que la Compagnie noire a terriblement déçu les belles de nuit d'Orme. Je préfère ne pas y penser. L'homme est un génie diabolique.

On avait passé les sections en revue. Les chariots étaient chargés et prêts à rouler. Le capitaine et le lieutenant s'entretenaient avec leurs sergents. Qu'un-Œil et Gobelin jouaient à une espèce de jeu avec des ombres de petites créatures qui se faisaient la guerre dans les angles de l'enceinte. La plupart d'entre nous observaient et pariaient sur l'un ou l'autre en fonction des retournements de situation. Le garde du portail a crié : « Un cavalier arrive ! »

Nul n'y a prêté grande attention. Des messagers allaient et venaient à longueur de journée.

Le portail s'est ouvert vers l'intérieur. Et Chérie s'est mise à battre des mains. Elle a couru vers le seuil.

Est alors entré notre Corbeau, l'air aussi mal en point que le jour où nous l'avions trouvé. Il a soulevé Chérie, l'a serrée très fort dans ses bras, l'a installée à califourchon sur sa monture puis est allé se présenter au capitaine. Je l'ai entendu dire que toutes ses dettes étaient payées et qu'il n'avait désormais plus d'autre intérêt que la Compagnie.

Le capitaine l'a longuement fixé du regard, a hoché la tête et lui a dit de prendre sa place dans le rang.

Corbeau s'était servi de nous, et ce faisant s'était trouvé un nouveau foyer. Il était le bienvenu dans la famille.

Nous sommes partis vers une nouvelle garnison dans le Saillant.

3

FURETEUR

Le vent sautait, tombait et hurlait autour de Meystrikt. Des démons arctiques gloussaient et soufflaient leur haleine glaciale par des fissures dans les murs de mes quartiers. La lumière de ma lampe tremblotait et dansait, ne survivant qu'avec peine. Quand mes doigts s'engourdissaient, je les approchais de la flamme et les laissais rôtir.

Il s'agissait d'une méchante bourrasque du nord, toute grumeleuse de neige poudreuse. Il en était tombé une trentaine de centimètres durant la nuit. Il en arrivait davantage. Et avec elle davantage de malheurs. J'ai plaint Elmo et son groupe. Ils étaient partis à la chasse aux rebelles.

La forteresse de Meystrikt. La perle des défenses du Saillant. Gelée en hiver. Marécageuse au printemps. Un four en été. Les prophètes de la Rose Blanche et le gros des forces rebelles étaient le moindre de nos soucis.

Le Saillant est une langue de terre en forme de pointe de flèche dirigée vers le sud, entre des chaînes de montagnes. Meystrikt en occupe l'extrémité. Elle canalise les intempéries et les ennemis droit sur la place forte. Notre tâche consistait à tenir ce point d'ancrage des défenses septentrionales de la Dame.

Pourquoi la Compagnie noire ?

Nous sommes les meilleurs. L'infection rebelle a commencé de s'infiltrer dans le Saillant peu après la chute du Forsberg. Le Boiteux a tenté de l'arrêter et a échoué. La Dame nous a affectés à la réparation des dégâts du Boiteux. Son seul autre choix, c'était d'abandonner une autre province.

Le garde du portail a poussé un coup de trompette. Elmo rentrait.

Il n'y a pas eu de ruée pour l'accueillir. Il est de règle d'afficher la désinvolture, de faire croire qu'on n'a pas les tripes retournées par l'angoisse. Les hommes ont plutôt épié depuis leurs planques, inquiets pour des frères partis en chasse. Des pertes ? Des blessés graves ? On les connaissait mieux que ses propres parents. On combattait côte à côte depuis des années. Tous n'étaient pas des amis, mais c'était la famille. La seule qu'on avait.

Le garde a brisé à coups de marteau la glace du treuil. Dans des grincements de protestation, la herse s'est levée. En tant qu'historiographe de la Compagnie, je pouvais aller accueillir Elmo sans violer les règles tacites. Comme un imbécile, je suis sorti dans le vent et le froid.

Un groupe d'ombres piteuses a surgi des rafales de neige. Les poneys se traînaient. Leurs cavaliers étaient affalés sur les crinières glacées. Hommes et bêtes se tassaient sur eux-mêmes, le dos rond, dans l'espoir d'échapper aux serres acérées du vent. Des nuages de vapeur jaillissaient de la bouche de nos compagnons et de leurs montures avant d'être aussitôt dispersés. En peinture, pareil tableau aurait donné des frissons à un bonhomme de neige.

De toute la Compagnie, seul Corbeau avait déjà vu de la neige avant cet hiver-là. Le service auprès de la Dame commençait bien.

Les cavaliers se sont rapprochés. Ils avaient davantage l'air de réfugiés que de soldats de la Compagnie noire. Des diamants de glace scintillaient dans la moustache d'Elmo. Des chiffons lui masquaient le reste de la figure. Les autres étaient tellement emmitouflés que j'étais incapable de mettre un nom sur aucun. Seul Silence chevauchait la tête résolument haute. Il regardait droit devant lui, dédaignant le vent impitoyable.

Elmo a hoché la tête en franchissant la porte. « On commençait à se poser des questions », ai-je dit. Se poser des questions voulait dire s'inquiéter. La règle veut qu'on affiche l'indifférence.

« Le voyage a été dur.

— Comment ça s'est passé ?

— Compagnie noire : vingt-trois ; rebelles : zéro. Pas de boulot pour toi, Toubib, sauf Jojo qui nous fait une petite gelure.

— Vous avez eu Fureteur ? »

Les prophéties terribles de Fureteur, son art de la sorcellerie et sa stratégie habile avaient ridiculisé le Boiteux. Le Saillant était sur le point de tomber avant que la Dame nous ordonne de prendre la relève. La décision avait transmis une onde de choc dans tout l'Empire. On avait attribué à un capitaine mercenaire des forces armées et des pouvoirs d'ordinaire réservées à l'un des Dix !

Vu ce qu'était l'hiver du Saillant, seule la perspective de porter un coup à Fureteur avait poussé le capitaine à envoyer cette patrouille.

Elmo s'est découvert la figure et a souri. Il ne voulait pas parler. Il préférait donner la primeur de l'information au capitaine.

J'ai regardé Silence. Aucun sourire sur son visage long et lugubre. Il a répondu d'un bref signe de tête. Bon. Une autre victoire qui revenait à un échec. Fureteur s'était à nouveau échappé. Il allait peut-être nous faire galoper derrière le Boiteux en couinant comme autant de souris qui avaient eu l'audace de défier le chat.

Tout de même, éliminer vingt-trois hommes dans les rangs rebelles, ça comptait. Pas une mauvaise journée, en définitive. Meilleure que toutes celles du Boiteux.

Des hommes sont venus s'occuper des poneys de la patrouille. D'autres ont disposé du vin chaud et des repas dans la grand-salle. Je suis resté avec Elmo et Silence. Ils finiraient bien par raconter leur histoire.

Il n'y a qu'un tout petit peu moins de courants d'air dans la grand-salle de la forteresse de Meystrikt que dans ses quartiers. J'ai soigné Jojo. Les autres ont attaqué leur repas. Le festin terminé, Elmo, Silence, Qu'un-Œil et Phalanges se sont réunis autour d'une petite table. Des cartes ont surgi. Qu'un-Œil a jeté un regard mauvais dans ma direction. « Tu vas rester debout comme ça, le pouce dans le cul, Toubib ? On a besoin d'une poire. »

Qu'un-Œil a au moins cent ans. Les Annales mentionnent le caractère volcanique du petit homme noir ratatiné depuis le siècle dernier. On ne dit nulle part quand il a rejoint la Compagnie. Soixante-dix ans d'Annales ont été perdus lorsque les positions de la Compagnie sont tombées à la bataille d'Urbain. Qu'un-Œil refuse de faire la lumière sur les années manquantes. Il dit qu'il ne croit pas à l'Histoire.

Elmo a donné. Cinq cartes à chaque joueur et autant à une chaise vide. « Toubib ! a lancé sèchement Qu'un-Œil. Tu poses tes fesses ?

— Non. Tôt ou tard, Elmo va parler. » Je me suis tapoté les dents avec ma plume.

Qu'un-Œil était dans une forme rare. De la fumée lui sortait des oreilles. Une chauve-souris lui a jailli en criant de la bouche.

« Il a l'air embêté », ai-je fait remarquer. Les autres ont souri. Tourmenter Qu'un-Œil est un de nos passe-temps préférés.

Le bougre déteste le travail de terrain. Et déteste encore davantage manquer quelque chose. Les sourires d'Elmo et les regards charitables de Silence le persuadaient qu'il était passé à côté de grands moments.

Elmo a mis en ordre ses cartes, les a regardées de tout près. Les yeux de Silence ont étincelé. Pas de doute. Ils avaient une surprise spéciale.

Corbeau a pris le jeu qui m'était destiné. Personne n'a trouvé à redire. Même Qu'un-Œil ne trouve jamais à redire à ce que Corbeau décide de faire.

Corbeau. Plus froid que le temps que nous affrontons depuis Aviron. Un esprit mort désormais, peut-être. Son seul regard donne des frissons. Il répand une odeur pestilentielle de tombeau. Et malgré ça, Chérie l'adore. Pâle, frêle, éthérée, elle gardait une main sur son épaule tandis qu'il rangeait ses cartes. Elle souriait pour lui.

Corbeau est un avantage dans n'importe quel jeu auquel participe Qu'un-Œil. Qu'un-Œil triche. Mais jamais quand Corbeau est de la partie.

« Depuis la tour, Elle regarde vers le nord. Ses mains délicates sont jointes devant Elle. Une brise légère filtre par sa fenêtre. Le souffle d'air agite ses cheveux soyeux couleur de nuit. Des larmes comme des diamants scintillent sur la courbe gracieuse de ses joues.

— Ouaiiis !

— Hou-là !

— L'auteur ! L'auteur !

— J'espère qu'une truie viendra mettre bas dans ton couchage, Lafrousse. » Ces types-là, mes divagations sur la Dame les faisaient hurler de rire.

J'écris ces saynètes pour m'amuser. Merde, qu'est-ce qu'ils en savent ? mes affabulations sont peut-être exactes. Seuls les Dix Asservis ont déjà vu la Dame. Qui peut dire si elle est laide, belle ou je ne sais quoi ?

« "Des larmes comme des diamants qui scintillent", hein ? a fait Qu'un-Œil. Moi, ça me plaît. Tu crois qu'elle soupire après toi, Toubib ?

— Tais-toi donc. Je me moque pas de vos jeux, moi. »

Le lieutenant est entré, s'est assis, nous a regardés d'un œil noir. Depuis quelque temps, il se donnait pour tâche de tout désapprouver.

Son arrivée annonçait celle prochaine du capitaine. Elmo a joint les mains et s'est calmé.

Le silence s'est fait dans la salle. Des hommes sont apparus comme par magie. « Fermez cette putain de porte ! a marmonné Qu'un-Œil. S'ils continuent de débouler comme ça, je vais me geler le cul. À toi de jouer, Elmo. »

Le capitaine est entré, s'est assis à sa place habituelle. « Je t'écoute, sergent. » Le capitaine n'est pas ce qu'on trouve de plus farfelu parmi nous. Trop silencieux. Trop sérieux.

Elmo a posé ses cartes, en a tapoté les bords pour bien les aligner puis a mis ses pensées en ordre. Il a parfois l'obsession de la brièveté et de la précision.

« Sergent ?

— Silence a repéré un avant-poste au sud de la ferme, mon capitaine. On a fait le tour par le nord. Attaqué après le coucher du soleil. Ils ont essayé de se disperser. Silence a détourné l'attention de Fureteur pendant qu'on s'occupait des autres. Trente hommes. On en a eu vingt-trois. On a beaucoup crié qu'il fallait éviter de blesser notre espion. On a raté Fureteur. »

Nous sommes une bande de sournois. Nous voulons que les rebelles croient leurs rangs infestés d'informateurs. Ça paralyse leurs communications comme leurs décisions, et les vies de Silence, Qu'un-Œil et Gobelin sont moins exposées.

Une fausse rumeur. Un petit coup monté. Un brin de corruption et de chantage. Voilà les meilleures armes. Nous optons pour la bataille une fois seulement que nos adversaires sont dans la souricière. Du moins, c'est la situation idéale.

« Tu es revenu directement à la forteresse ?

— Oui, mon capitaine. Après avoir brûlé la ferme et les dépendances. Fureteur a bien caché ses traces. »

Le capitaine a contemplé les poutres noires de fumée au plafond. Seul le claquement des cartes de Qu'un-Œil a brisé le silence. Le capitaine a rabaissé les yeux. « Alors, je te prie, pourquoi Silence et toi vous souriez comme deux crétins finis ?

— Sont fiers d'être rentrés les mains vides », a marmonné Qu'un-Œil.

Elmo a souri un peu plus. « Seulement, c'est pas vrai. »

Silence a plongé les doigts dans sa chemise crasseuse, sorti la petite bourse de cuir qui lui pend toujours au bout d'une lanière autour du cou. Son sac à malices. Il contient des curiosités maléfiques comme des oreilles de chauve-souris putréfiées ou de l'élixir de cauchemar. Cette fois il en a tiré un bout de papier plié. Il a jeté des regards dramatiques à Qu'un-Œil et Gobelin puis déplié lentement le papier. Même le capitaine a quitté son siège pour se coller à la table.

« Et voilà ! » a dit Elmo.

« C'est que des cheveux. » Les têtes se sont agitées de droite à gauche. Les gorges ont grommelé. Quelqu'un a mis en doute le sens des réalités d'Elmo. Mais Qu'un-Œil et Gobelin ouvraient à eux deux trois gros yeux bovins. Qu'un-Œil a piaillé des sons inarticulés. Gobelin a couiné plusieurs fois, mais de toute façon il couine toujours. « C'est vraiment les siens ? a-t-il enfin réussi à dire. Vraiment les siens ? »

Elmo et Silence respiraient la suffisance de conquérants au comble de la réussite. « Putainquoui, a répondu Elmo. Lui viennent tout droit de la caboche. On le tenait par les couilles, le vieux, et il le savait. Il mettait si vite les bouts qu'il s'est flanqué le ciboulot sur un montant de porte. Je l'ai vu de mes yeux, et Silence aussi. Il a laissé ça sur le chambranle. Hou-là, c'est qu'il sait cavaler, le vieux. »

Et Gobelin, une octave au-dessus de son braillement habituel de charnière rouillée, dansant sur place d'excitation, a lancé : « Messieurs, on le tient. C'est comme s'il pendait à un crochet de boucherie, maintenant. Le gros lot. » Il a miaulé en direction de Qu'un-Œil : « Qu'est-ce que t'en dis, espèce de petit minable ? »

Un essaim de lucioles minuscules a jailli des narines de Qu'un-Œil. Comme de bons soldats, ils se sont mis en formation pour écrire les mots *Gobelin est une tapette*. Leurs petites ailes les ont fredonnés à l'intention des illettrés.

Il n'y a aucune vérité dans ce bobard. Gobelin est complètement hétérosexuel. Qu'un-Œil essayait d'engager le fer.

Gobelin a fait un geste. Une grande ombre en forme de silhouette, comme Volesprit mais assez haute pour balayer les poutres du plafond, s'est penchée pour embrocher Qu'un-Œil d'un doigt accusateur. Une voix venant de nulle part a chuchoté : « C'est toi qui as corrompu ce gars-là, enculeur. »

Qu'un-Œil a grogné, secoué la tête, puis secoué la tête et grogné. Son œil est devenu vitreux. Gobelin a pouffé de rire, s'est retenu, a pouffé de nouveau. Il est parti en tournoyant avant de danser une gigue endiablée de victoire devant la cheminée.

Nos frères moins intuitifs ont grommelé. Deux poils. Avec ça et deux pièces d'argent, on était juste bons à se faire plumer par les putes du village.

« Messieurs ! » Le capitaine comprenait.

Le théâtre d'ombres a cessé. Le capitaine a regardé ses sorciers. Il a réfléchi. Il a marché lentement. Il a hoché la tête tout seul. « Qu'un-Œil, il y en a assez ? » a-t-il fini par demander.

Qu'un-Œil a lâché un gloussement étonnamment grave pour un homme si petit. « Un seul cheveu, mon capitaine, ou une seule rognure d'ongle, ça suffit. Mon capitaine, on le tient. »

Gobelin continuait sa danse extravagante. Silence de sourire. Des fous furieux, tous sans exception.

Le capitaine a encore réfléchi. « On ne peut pas s'occuper de ça nous-mêmes. » Il faisait le tour de la salle d'un pas solennel. « Va falloir faire venir un des Asservis. »

Un des Asservis. Naturellement. Nos trois sorciers sont notre bien le plus précieux. Il faut les protéger. Mais... Le froid s'est faufilé et nous a figés en statues de glace. Un des disciples dans l'ombre de la Dame... un de ces seigneurs des ténèbres ici ? Non...

« Pas le Boiteux. Il bande pour nous.

— Transformeur me fout les chocottes.

— Rôde-la-Nuit est pire.

— Qu'est-ce que t'en sais ? Tu l'as jamais vu. »

Qu'un-Œil a dit : « On peut s'en occuper, mon capitaine.

— Et les cousins de Fureteur vont te tomber dessus comme des mouches sur du crottin de cheval.

— Volesprit, a suggéré le lieutenant. C'est quand même lui notre patron, plus ou moins. »

La suggestion n'est pas tombée dans l'oreille d'un sourd. « Contacte-le, Qu'un-Œil, a dit le capitaine. Sois prêt à partir quand il sera là. »

Qu'un-Œil a hoché la tête en souriant. Il était aux anges. Son esprit tordu manigançait déjà des coups fourrés.

La tâche aurait dû revenir à Silence, en réalité. Le capitaine la confiait à Qu'un-Œil parce qu'il ne supporte pas le mutisme de Silence. Pour une quelconque raison, ça lui fait peur.

Silence n'a pas protesté.

Certains de nos serviteurs indigènes sont des espions. Nous savons lesquels, grâce à Qu'un-Œil et Gobelin. Nous avons permis à l'un d'eux, qui ne savait rien des cheveux, de se sauver pour divulguer que nous installions un quartier général d'espionnage dans la ville franche de Roseraie.

Quand on a de plus petits effectifs, on apprend la ruse.

Tout gouvernant se crée des ennemis. La Dame ne fait pas exception. Les Fils de la Rose Blanche sont partout... Si on choisit son camp sous le coup de l'émotion, alors c'est aux rebelles qu'il faut se joindre. Ils combattent pour tout ce que les hommes prétendent honorer : la liberté, l'indépendance, la vérité, le droit... Toutes les illusions subjectives, les sempiternels mots-déclics. Nous sommes les valets du méchant de la pièce. Nous montrons que ce ne sont qu'illusions sans objet.

Il n'y a pas de méchants qui se proclament tels, seulement des régiments de soi-disant saints. Les historiographes des vainqueurs décident de quel côté sont le bien et le mal.

Nous, nous rejetons les étiquettes. Nous combattons pour l'argent et une vague fierté. La politique, l'éthique, la morale n'ont rien à voir dans l'affaire.

Qu'un-Œil avait contacté Volesprit. Il arrivait. D'après Gobelin, il hurlait de joie. Il flairait l'occasion de remonter sa cote et de saborder celle du Boiteux. Les Dix se chamaillent et se débinent entre eux pire que des enfants gâtés.

L'hiver a relâché un bref moment son siège. Les hommes et le personnel autochtone ont entrepris de nettoyer les cours de Meystrikt. Un des autochtones a disparu. Dans la salle principale, Qu'un-Œil et Silence prenaient une mine avantageuse au-dessus de leurs cartes. On allait raconter aux rebelles exactement ce que voulaient les sorciers.

« Qu'est-ce qui se passe sur les remparts ? » ai-je demandé. Elmo avait monté un palan et dégageait un moellon des créneaux. « Tu vas en faire quoi, de ce bloc de pierre ?

— Une petite sculpture, Toubib. Je me suis trouvé un nouveau passe-temps.

— Alors, ne me dis pas. Pour ce que j'en ai à faire.

— Prends-le comme ça si ça te chante. J'allais te demander si tu voulais courir après Fureteur avec nous. Comme ça, tu pourrais le noter comme il faut dans les Annales.

— Avec un mot sur le génie de Qu'un-Œil ?

— Attribue les mérites à qui de droit, Toubib.

— Alors Silence a droit à un chapitre, non ? »

Il a bredouillé. Grommelé. Juré. « Tu veux faire une partie ? » Ils n'avaient que trois joueurs, dont Corbeau. Le tonk est plus intéressant à quatre ou cinq.

J'ai gagné trois parties d'affilée.

« T'as donc rien à faire ? Une verrue à faire sauter, quelque chose ?

— C'est toi qui lui as demandé de jouer, a fait remarquer un soldat qui suivait le jeu par-dessus l'épaule de Qu'un-Œil.

— T'aimes les mouches, Otto ?
— Les mouches ?
— Je vais te changer en grenouille si tu la fermes pas. »

Otto n'était pas impressionné. « Tu pourrais pas changer un têtard en grenouille. »

J'ai ricané. « Tu l'as cherché, Qu'un-Œil. Quand est-ce qu'il va se montrer, Volesprit ?
— Quand il sera là. »

J'ai hoché la tête. Il n'y a ni rime ni raison apparentes aux manières d'agir des Asservis. « On joue à la régulière aujourd'hui, hein ? Il a perdu combien, Otto ? »

Pour toute réponse, Otto a eu un petit sourire narquois.

Corbeau a gagné les deux tours suivants.

Qu'un-Œil a renoncé à parler. Plus moyen de découvrir la nature de ses projets. Tant mieux, sûrement. Une explication jamais donnée ne risque pas de tomber dans l'oreille d'un espion rebelle.

Six cheveux et un bloc de calcaire. Pour quoi faire, bordel ?

Des jours durant, Silence, Gobelin et Qu'un-Œil ont travaillé à tour de rôle sur la pierre. J'allais les voir de temps en temps à l'écurie. Ils me laissaient regarder et grognaient quand ils ne voulaient pas répondre aux questions.

Le capitaine passait lui aussi parfois la tête par la porte, haussait les épaules et regagnait ses quartiers. Il jonglait avec la stratégie pour une campagne de printemps qui jetterait toutes les forces impériales disponibles contre les rebelles. On ne pouvait plus pénétrer dans ses appartements tant la couche de cartes et de comptes rendus était épaisse.

Nous comptions faire un peu de mal aux rebelles dès que le temps changerait.

C'est peut-être cruel, mais la plupart d'entre nous prenons plaisir à ce que nous faisons – et le capitaine plus que quiconque. Rivaliser d'intelligence avec un Fureteur est un jeu très prisé. Il reste aveugle aux morts, aux villages incendiés, aux enfants qui crèvent de faim. Comme les rebelles. Deux armées aveugles qui ne voient rien d'autre que le camp adverse.

Volesprit est arrivé au plus profond de la nuit, au plus fort d'un blizzard qui envoyait aux oubliettes celui qu'avait enduré Elmo. Le vent hurlait et gémissait. La neige s'amoncelait contre l'angle nord-est de la forteresse, à hauteur de remparts, et se déversait par-dessus. Les réserves de bois et de foin commençaient à poser un problème. À en croire les autochtones, c'était le pire blizzard qu'ils avaient jamais connu.

Au plus fort de la tempête, donc, Volesprit est arrivé. Ses coups frappés au portail ont réveillé tout Meystrikt. Les trompes ont retenti. Les tambours ont résonné. La sentinelle du corps de garde a crié à tue-tête contre le vent. On n'arrivait pas à ouvrir le portail.

Volesprit est passé par-dessus la muraille en escaladant la congère. Il est tombé et il a presque disparu dans la neige molle de l'avant-cour. Une arrivée manquant de dignité pour un des Dix.

Je suis allé en vitesse à la grand-salle. Qu'un-Œil, Silence et Gobelin s'y trouvaient déjà, devant un feu qui flambait joyeusement. Le lieutenant est apparu, suivi du capitaine. Elmo et Corbeau l'accompagnaient.

« Renvoyez les autres se coucher », a jeté sèchement le lieutenant.

Volesprit est entré, a retiré sa lourde capote noire, s'est accroupi devant le feu. Une réaction humaine calculée ? me suis-je demandé.

Volesprit habille toujours son corps menu de cuir noir. Il porte un morion noir qui lui dissimule le visage, des gants noirs et des bottes noires. Seuls deux insignes d'argent rompent la monotonie. Une unique touche de couleur : le rubis non taillé qui forme le pommeau de sa dague. Cinq griffes maintiennent la pierre à la poignée de l'arme.

De petites et douces rondeurs mamelonnent le torse plat de Volesprit. Ses hanches et ses jambes ont quelque chose de féminin. Trois des Asservis sont des femmes, mais lesquels ? seule la Dame le sait. On parle d'eux toujours au masculin. Leur sexe ne change rien pour nous.

Volesprit se prétend notre ami, notre champion. Malgré tout, sa présence a jeté un froid différent dans la salle. Un froid qui n'avait rien à voir avec le climat. Même Qu'un-Œil frissonne quand il est dans le coin.

Et Corbeau ? Je ne sais pas. Corbeau ne paraît plus capable du moindre sentiment, sauf lorsqu'il s'agit de Chérie. Un de ces jours, ce grand visage de marbre va se briser. J'espère être là pour voir ça.

Volesprit s'est mis le dos au feu. « Bon. » Voix de soprano. « Un temps idéal pour une aventure. » Voix de baryton. Des bruits curieux ont suivi. Un rire. L'Asservi avait fait une blague.

Personne d'autre n'a ri.

Nous n'étions pas censés rire. Volesprit s'est tourné vers Qu'un-Œil. « Raconte. » Voix de ténor cette fois, lente et douce, un peu assourdie, comme si elle traversait une fine cloison. Comme si elle venait d'au-delà de la tombe, dirait Elmo.

Qu'un-Œil ne jouait plus les fanfarons, désormais. Oublié, son goût de la mise en scène. « On va commencer depuis le début. Capitaine ? »

Le capitaine a enchaîné. « Un de nos informateurs a eu vent d'une réunion des chefs rebelles. Qu'un-

Œil, Gobelin et Silence ont suivi les faits et gestes de rebelles notoires...

— Vous les avez laissés se promener en liberté ?

— Pour qu'ils nous conduisent à leurs amis.

— Bien entendu. Un des défauts du Boiteux. Aucune imagination. Il les tue sur place, en même temps que tout ce qui se promène dans les parages. » À nouveau ce rire étrange. « Moins efficace, hein ? » Il a prononcé une autre phrase, mais dans aucune langue que je connaisse.

Le capitaine a hoché la tête. « Elmo ? »

Elmo a raconté son histoire comme précédemment, mot pour mot. Il a passé le relais à Qu'un-Œil qui a ébauché un plan pour capturer Fureteur. Je n'y ai rien compris, mais Volesprit a tout de suite saisi. Il a ri une troisième fois.

J'en ai conclu que nous allions donner libre cours au côté obscur de la nature humaine.

Qu'un-Œil a emmené Volesprit voir sa pierre mystérieuse. Nous nous sommes rapprochés du feu. Silence a sorti un jeu de cartes. Pas d'amateurs.

Je me demande parfois comment les soldats de métier arrivent à rester sains d'esprit. Ils côtoient sans arrêt les Asservis. Volesprit est un tendre comparé aux autres.

Qu'un-Œil et lui sont revenus en riant. « Les deux font la paire », a marmonné Elmo dont ce n'était pas l'habitude de donner son avis.

Volesprit a repris possession du feu. « Bravo, messieurs. Fort bien joué. Beaucoup d'imagination. Voilà qui pourrait les anéantir dans le Saillant. Nous partirons pour Roseraie quand le temps se dégagera. Un groupe de huit hommes, capitaine, dont deux de vos sorciers. » Chaque phrase était suivie d'un silence. Chacune dite d'une voix différente. Étrange.

J'ai entendu dire que ce sont les voix de tous les malheureux auxquels Volesprit a dérobé l'âme.

Avec une audace dont je n'étais pas coutumier, je me suis porté volontaire pour l'expédition. Je voulais voir comment on pouvait attraper Fureteur avec des cheveux et un bloc de calcaire. Le Boiteux avait échoué malgré toute sa puissance démente.

Le capitaine a réfléchi à ma proposition. « D'accord. Toubib. Qu'un-Œil et Gobelin. Toi, Elmo. Et tu en désignes deux autres.

— Ça fait que sept, mon capitaine.

— Avec Corbeau, ça fait huit.

— Oh. Corbeau. Évidemment. »

Évidemment. Le taciturne, l'implacable Corbeau serait l'alter ego du capitaine. Le lien entre ces deux hommes dépasse l'entendement. J'imagine que ça m'inquiète parce que Corbeau me flanque une trouille noire depuis quelque temps.

Corbeau a regardé le capitaine dans les yeux. Son sourcil droit s'est haussé. Le capitaine a répondu par un semblant de hochement de tête. Corbeau a remué une épaule. Quel était le message ? Je ne voyais pas.

Il y avait dans l'air quelque chose d'inhabituel. Les types au courant se délectaient. Je ne voyais peut-être pas de quoi il retournait, mais je flairais la ruse et le coup fourré.

La tempête a cessé. Bientôt la route de Roseraie était ouverte. Volesprit rongeait son frein. Fureteur avait deux semaines d'avance. Il nous en faudrait une pour gagner Roseraie. Les bobards répandus par Qu'un-Œil risquaient de perdre de leur efficacité avant notre arrivée.

Nous sommes partis avant l'aube, le bloc de calcaire à bord d'un chariot. Les sorciers n'avaient guère fait plus qu'y creuser un vague trou de la taille d'un gros melon. Qu'un-Œil et Gobelin le soignaient comme un jeune marié sa jeune épouse. Qu'un-Œil répondait à mes questions par un grand sourire. Le salopard.

Le temps se maintenait au beau. Des vents chauds soufflaient du sud. Nous avons suivi de longues portions de route boueuse. Et j'ai été témoin d'un phénomène incroyable. Volesprit est descendu dans la boue pour tirer le chariot avec nous. Lui, grand seigneur de l'Empire.

Roseraie est la cité reine du Saillant, une ville franche, tentaculaire, grouillante, une république. La Dame n'a pas jugé opportun de lui retirer son autonomie traditionnelle. Le monde a besoin de secteurs où les hommes de tous acabits et de toutes conditions peuvent échapper aux contraintes ordinaires.

Ouais. Roseraie. Qui ne se reconnaît aucun maître. Peuplée d'agents, d'espions et de tous ceux qui vivent du mauvais côté de la loi. Dans un tel environnement, le plan de Qu'un-Œil ne pouvait, d'après lui, que réussir.

Les murailles rougeâtres de Roseraie se dressaient au-dessus de nous, aussi sombres que du sang séché dans la lumière du soleil couchant, lorsque nous sommes arrivés.

Gobelin est entré lentement dans la chambre que nous occupions. « J'ai trouvé où c'est, a-t-il glapi à Qu'un-Œil.

— Bien. »

Bizarre. Ils ne s'étaient pas chicanés depuis des semaines. D'ordinaire, une heure sans prise de bec, ça tenait du miracle.

Volesprit a bougé dans le recoin d'ombre où il restait planté comme un buisson maigre et noir à ruminer tout bas de ses voix multiples. « Continue.

— C'est une ancienne place publique. Une douzaine de rues et de ruelles en partent. Mal éclairée la nuit. Aucune raison d'y circuler une fois le soir tombé.

— Ça m'a l'air parfait, a dit Qu'un-Œil.

— Oui. J'ai loué une chambre qui donne dessus.

— Allons voir ça », a dit Elmo. Nous souffrions tous de tension nerveuse à force de rester enfermés. L'exode a commencé. Seul Volesprit n'a pas bougé. Peut-être comprenait-il notre besoin de prendre l'air.

Gobelin ne s'était apparemment pas trompé au sujet de la place. « Et alors ? » ai-je demandé. Qu'un-Œil a souri. « Bouche cousue, hein ? ai-je lancé. On me fait marcher.

— Ce soir ? » a demandé Gobelin.

Qu'un-Œil a hoché la tête. « Si l'affreux est d'accord.

— Je me sens frustré, ai-je annoncé. Qu'est-ce qui se passe ? Vous êtes des pitres qui passez votre temps à jouer aux cartes et regarder Corbeau affûter ses couteaux. » Ça durait à chaque fois des heures, et le va-et-vient de la pierre à aiguiser sur l'acier me donnait des frissons le long de la colonne vertébrale. Un mauvais présage. Corbeau se livre à cette activité seulement quand il s'attend à du vilain.

Qu'un-Œil a lâché une espèce de croassement.

Nous avons pris le chariot à minuit. Le valet d'écurie nous a traités de fous. Qu'un-Œil lui a répondu par un de ses fameux sourires. C'est lui qui a conduit. Nous autres marchions à pied de part et d'autre du véhicule.

Il y avait eu des changements. On avait ajouté quelque chose. On avait gravé un message dans la pierre. Qu'un-Œil, sans doute, pendant une de ses virées hors du quartier général.

Des sacs de cuir volumineux et une solide table en planche accompagnaient la pierre. La table avait l'air capable de supporter le bloc. Ses pieds étaient de bois sombre brillant. Et incrustés de symboles en argent et en ivoire, très compliqués, hiéroglyphiques, mystiques.

« Où est-ce que vous avez eu la table ? » ai-je demandé. Gobelin a couiné puis rigolé. « Pourquoi ne pas me le dire maintenant ? ai-je grogné.

— D'accord, a consenti Qu'un-Œil en gloussant méchamment. On l'a fabriquée.

— Pour quoi faire ?

— Pour poser notre caillou dessus.

— Tu me dis rien, là.

— Patience, Toubib. Le moment venu. » Le salaud.

Il se passait un phénomène étrange sur notre place. Elle était envahie par le brouillard. On n'en voyait nulle part ailleurs.

Qu'un-Œil a stoppé le chariot en plein milieu. « Virez la table, les gars.

— C'est toi qu'on va virer, a râlé Gobelin. Tu te figures que tu vas y couper en jouant les malades ? » Il a pivoté vers Elmo. « Ce vieil éclopé de merde se trouve toujours une excuse.

— L'a raison, Qu'un-Œil. » Qu'un-Œil a protesté. « Descends ton cul de là », a ordonné sèchement Elmo.

Qu'un-Œil a lancé un regard mauvais à Gobelin. « Toi, un jour, je t'aurai, joufflu. Un sort d'impuissance. Qu'est-ce que t'en dis ? »

Gobelin n'était pas impressionné. « Moi, je te jetterais bien un sort d'imbécillité si j'étais sûr de faire mieux que la nature.

— Déchargez-moi cette putain de table, a craché Elmo.

— T'es nerveux ? » ai-je demandé. Leurs disputes ne le mettent jamais en rogne, d'ordinaire. Ça fait partie de ses distractions.

« Ouais. Corbeau et toi, montez là-dedans et poussez. »

La table était plus lourde qu'elle en avait l'air. Il a fallu qu'on s'y mette à tous pour la descendre. Les jurons et les grognements simulés de Qu'un-Œil n'ont pas été d'un grand secours. Je lui ai demandé comment il l'avait montée à bord du chariot.

« On l'a fabriquée dedans, crétin », a-t-il répondu avant de nous houspiller, nous enjoignant de déplacer la table d'un doigt par-ci puis d'un autre par-là.

« Ça suffit, a dit Volesprit. Ce n'est pas le moment. » Son mécontentement a eu un effet salutaire. Ni Gobelin ni Qu'un-Œil n'ont échangé d'autres mots.

Nous avons glissé la pierre sur la table. J'ai reculé, me suis essuyé la sueur de la figure. J'étais en nage. En plein hiver. Ce caillou dégageait de la chaleur.

« Les sacs », a dit Volesprit. Sa voix était celle d'une femme dont j'aurais bien aimé faire la connaissance.

J'en ai saisi un et grogné. Il était lourd. « Hé ! C'est de l'argent. »

Qu'un-Œil a ricané. J'ai soulevé le sac sur le tas en dessous de la table. Une sacrée fortune dans tout ça. Je n'en avais jamais vu autant d'un coup, pour tout dire.

« Ouvrez-les, a ordonné Volesprit. Dépêchez-vous ! »

Corbeau a tailladé les sacs. Un vrai trésor s'est déversé sur les pavés. Nous l'avons regardé fixement, le cœur avide.

Volesprit a empoigné l'épaule de Qu'un-Œil, attrapé le bras de Gobelin. Les deux sorciers ont eu l'air de se ratatiner. Ils étaient face à la table et à la pierre. « Déplacez le chariot », a dit Volesprit.

Je n'avais pas encore lu le message immortel qu'ils avaient gravé dans la pierre. Je me suis précipité pour voir.

QUE CELUI QUI VOUDRAIT REVENDIQUER CETTE RICHESSE
DÉPOSE LA TÊTE DU NOMMÉ FURETEUR
SUR CE TRÔNE DE PIERRE.

Ah. Ha-ha. Sans équivoque. Direct. Simple. Tout à fait notre style. Ha.

J'ai reculé. J'ai essayé de deviner l'importance de l'investissement de Volesprit. J'ai aperçu de l'or au milieu du monticule d'argent. D'un sac s'échappaient des pierres brutes.

« Les cheveux », a demandé Volesprit. Qu'un-Œil les lui a remis. Volesprit les a pressés du pouce contre les parois de la cavité aux dimensions d'une tête. Il a reculé puis joint les mains avec Qu'un-Œil et Gobelin.

Ils se sont livrés à de la magie.

Trésor, table et pierre ont commencé à répandre une lueur dorée.

Notre ennemi juré était un homme mort. La moitié du monde allait vouloir s'approprier la prime. Personnc n'y résisterait. Les propres partisans de Fureteur allaient se retourner contre lui.

Je lui voyais pourtant une toute petite chance. Il pourrait voler lui-même le trésor. Une tâche ardue, remarquez. Aucun prophète rebelle ne pouvait surpasser en magie un Asservi.

Ils ont terminé de jeter leur sort. « Faut que quelqu'un l'essaye », a dit Qu'un-Œil.

Il y a eu un méchant crépitement lorsque la pointe de la dague de Corbeau a transpercé le plan des pieds de la table. Il a juré, jeté un regard noir à son arme. Elmo a donné un coup d'estoc de son épée. *Crépitement !* Le bout de sa lame a émis une lueur blanche.

« Excellent, a dit Volesprit. Remmenez le chariot. »

Elmo a désigné un homme. Le reste d'entre nous a regagné en hâte la chambre qu'avait louée Gobelin.

D'abord, nous nous sommes agglutinés à la fenêtre, dans l'espoir qu'il se passerait quelque chose. Nous

nous sommes vite lassés. Roseraie n'a pas découvert le sort que nous avions réservé à Fureteur avant le lever du soleil.

De petits malins ont prudemment essayé des centaines de moyens pour s'approcher de l'argent. Des badauds venaient en foule seulement pour regarder. Un groupe plein d'initiative a entrepris de défoncer la rue pour creuser par en dessous. La police l'a dispersé.

Volesprit a tiré un siège près de la fenêtre et n'a plus bougé. « Il va falloir modifier les sorts. Je n'avais pas prévu autant d'ingéniosité », m'a-t-il dit une fois.

Surpris par ma propre audace, j'ai demandé : « À quoi ressemble la Dame ? » Je venais juste de terminer une de mes saynètes.

Il s'est lentement retourné, m'a jeté un bref regard. « À quelque chose qui mord dans l'acier. » La voix était féminine et rosse. Une réponse curieuse. « Il faut que je les empêche de se servir d'outils », a-t-il ajouté.

Tant pis, je n'aurai pas l'avis d'un témoin oculaire. J'aurais dû m'en douter. Nous autres, simples mortels, ne sommes que de vulgaires objets pour les Asservis. Notre curiosité n'offre pas le moindre intérêt. Je me suis retranché dans mon royaume secret, auprès de mon harem de Dames imaginaires.

Volesprit a changé les sortilèges de protection le soir même. Le lendemain matin, des cadavres jonchaient la place.

Qu'un-Œil m'a réveillé la troisième nuit. « On a un client.

— Hon ?

— Un type avec une tête. » Il était content.

J'ai titubé jusqu'à la fenêtre. Gobelin et Corbeau s'y trouvaient déjà. Nous nous sommes tous tassés d'un même côté. Personne ne tenait à trop s'approcher de Volesprit.

Un homme a traversé furtivement la place en contrebas. Une tête lui pendouillait dans la main gauche. Il la tenait par les cheveux. « Je me demandais combien de temps on attendrait avant que ça commence, ai-je dit.

— Silence, a soufflé Volesprit. Il est là.

— Qui ça ? »

Il était patient. Incroyablement patient. N'importe quel autre Asservi m'aurait étalé d'un coup de poing. « Fureteur. Evite de nous faire repérer. »

J'ignore comment il était au courant. Il vaut peut-être mieux que je ne sache pas. Ces choses-là me flanquent la trouille.

« Une visite en douce était prévue dans le scénario », a couiné tout bas Gobelin. Comment arrive-t-il à couiner tout bas ? « Fureteur veut forcément découvrir à quoi il a affaire. Il peut pas s'en assurer de loin. » Le petit gros avait l'air fier de lui.

Pour le capitaine, la nature humaine est notre arme la plus acérée. Attiré par la curiosité et la volonté de survivre, Fureteur nous tombait tout droit dans la marmite. Peut-être retournerait-il la situation contre nous. Nos nombreux défauts sont autant de prises tendues à l'ennemi.

Les semaines ont passé. Fureteur est revenu, encore et encore, pour se borner à observer, semblait-il. Volesprit nous a dit de le laisser tranquille, quand bien même il faisait une cible facile à atteindre.

Notre mentor est peut-être prévenant envers nous, mais il a une propension à la cruauté. Il paraissait vouloir tourmenter Fureteur en lui faisant ruminer l'incertitude de son sort.

« La prime rend dingue tout le patelin », a couiné Gobelin. Il a dansé une de ses gigues. « Tu devrais sortir davantage, Toubib. Fureteur, ça devient un véritable commerce. » Il m'a fait signe de le suivre dans l'angle de la chambre le plus éloigné de Volesprit et a ouvert un portefeuille. « Regarde ça », a-t-il chuchoté.

Il avait la valeur de deux poignées de pièces. Dont certaines en or. « Tu vas marcher penché d'un côté », lui ai-je fait remarquer.

Il a souri. Un vrai poème, le sourire de Gobelin. « Je me suis fait ce pécule en vendant des tuyaux pour trouver Fureteur », a-t-il murmuré. Il a jeté un regard en direction de Volesprit avant d'ajouter : « Des tuyaux bidon. » Il m'a posé une main sur l'épaule. Il a dû s'étirer pour y arriver. « On peut devenir riche, là dehors.

— Je savais pas qu'on était dans ce coup-là pour devenir riches. »

Il s'est renfrogné ; sa figure ronde et pâle s'est toute plissée. « Pour qui tu te prends, toi ? Espèce de... ? »

Volesprit s'est retourné. « On se dispute pour une histoire de pari, rien d'autre, monsieur, a croassé Gobelin. Rien qu'un pari. »

J'ai éclaté de rire. « Très convaincant, joufflu. Va donc te faire voir, d'accord ? »

Il a fait la moue, mais pas longtemps. Gobelin est d'un naturel joyeux. Son humour se manifeste dans les situations les plus graves. « Merde, Toubib, a-t-il chuchoté, faudrait que tu voies Qu'un-Œil. Il vend des amulettes. Garanties signaler la présence d'un rebelle dans le coin. » Un coup d'œil en direction de Volesprit. « Et en plus, elles marchent. Plus ou moins. »

J'ai secoué la tête. « Au moins il pourra payer ses dettes de jeu. » Du Qu'un-Œil tout craché, ça. Il en avait bavé à Meystrikt où il n'avait pas eu l'occasion de se livrer à son habituel marché noir.

« Vous êtes censés faire courir des rumeurs, les gars. Entretenir le feu sous la marmite, et pas...

— Chhhut ! » Il a jeté un autre regard à Volesprit. « C'est ce qu'on fait. Dans tous les bouges de la ville. Merde, le moulin à rumeurs tourne comme un fou furieux. Viens. Je vais te montrer.

— Non. » Volesprit parlait de plus en plus. Je ne désespérais pas de l'amener à une véritable discussion.

« Tant pis pour toi. Je connais un bookmaker qui prend des paris sur le moment où Fureteur va perdre sa tête. T'es bien placé pour avoir des tuyaux, tu sais.

— File d'ici avant de perdre la tienne. »

Je suis allé à la fenêtre. Une minute plus tard, Gobelin a détalé sur la place en dessous. Il est passé devant notre piège sans y jeter un coup d'œil.

« Qu'ils s'amusent à leurs petits jeux, a dit Volesprit.

— Monsieur ? » Ma nouvelle méthode. Le lèche-bottes.

« J'ai l'oreille plus fine que ne le croit ton ami. »

J'ai scruté la face du morion noir dans l'espoir d'y découvrir un indice des pensées derrière le métal.

« C'est sans importance. » Il s'est déplacé légèrement, a regardé fixement derrière moi. « La résistance est paralysée par le désarroi.

— Monsieur ?

— Le ciment de la rébellion est en train de pourrir. Tout l'édifice va bientôt s'écrouler. Ça ne serait pas arrivé si nous avions tout de suite capturé Fureteur. Ils en auraient fait un martyr. La perte les aurait touchés, mais ils auraient poursuivi la lutte. Le Cercle aurait remplacé Fureteur à temps pour la campagne du printemps. »

J'ai contemplé la place. Pourquoi est-ce que Volesprit me racontait ça ? Et d'une seule et même voix. Celle du vrai Volesprit ?

« Parce que tu as cru que j'étais impitoyable pour le seul plaisir. »

J'ai bondi en l'air. « Comment vous avez... ? »

Volesprit a émis un bruit qui passait pour un rire. « Non, je n'ai pas lu tes pensées. Je connais le fonctionnement du cerveau humain. C'est moi qui vole les esprits, tu te souviens ? »

Est-ce que les Asservis souffrent de la solitude ? Est-ce qu'ils recherchent la compagnie ? L'amitié ?

« Quelquefois. » Une des voix féminines. Aguichante.

Je me suis tourné vers elle avant de vite reprendre mon observation de la place, effrayé.

Volesprit a lu ma peur aussi. Il est revenu à Fureteur. « L'élimination pure et simple n'a jamais fait partie de mon plan. Je veux que le héros du Forsberg se discrédite lui-même. »

Volesprit connaissait notre ennemi mieux que nous le pensions. Fureteur poursuivait son petit jeu. Il avait déjà essayé à deux reprises aussi spectaculaires que vaines de forcer notre piège. Ces échecs avaient fait chuter sa cote auprès de ses compagnons de route. À ce qu'on racontait, Roseraie foisonnait d'opinions favorables à l'Empire.

« Il va se rendre ridicule, et alors nous l'écraserons. Comme un insecte nuisible.

— Faut pas le sous-estimer. » Quelle audace. Donner des conseils à un Asservi. « Le Boiteux...

— Je ne le sous-estime pas. Je ne suis pas le Boiteux. Fureteur et lui sont de la même engeance. Dans le temps... le Dominateur en aurait fait un des nôtres.

— À quoi il ressemblait ? » Fais-le parler, Toubib. Du Dominateur à la Dame, il n'y a qu'un pas.

La main droite de Volesprit s'est avancée, paume en l'air, puis s'est ouverte pour lentement former une serre. Le geste m'a paniqué. J'imaginais cette serre qui me déchirait le cerveau. Fin de la discussion.

Plus tard, j'ai dit à Elmo : « Tu sais, cet appât, dehors, c'était pas la peine qu'il soit vrai. N'importe quoi aurait fait l'affaire puisque personne ne peut l'approcher.

— Faux, a répondu Volesprit. Il fallait que Fureteur sache que c'était vrai. »

Le lendemain matin nous avons eu des nouvelles du capitaine. Fraîches pour la plupart. Quelques partisans rebelles déposaient les armes suite à une offre d'amnistie. Certaines troupes descendues dans le Sud avec Fureteur battaient en retraite. La confusion avait gagné le Cercle. Ses membres s'inquiétaient de l'échec de Fureteur à Roseraie.

« Pourquoi donc ? ai-je demandé. Il ne s'est rien passé, pour ainsi dire.

— Ça se passe dans l'autre camp, a répliqué Volesprit. Dans les têtes. » Y avait-il un soupçon de suffisance dans ses paroles ? « Fureteur, et plus largement le Cercle, donnent une impression d'impuissance. Il aurait dû céder le Saillant à un autre commandant.

— Si j'étais un général de premier plan, moi non plus je n'aimerais sûrement pas reconnaître que je me suis gouré, ai-je dit.

— Toubib », a hoqueté Elmo avec stupeur. Je ne dis pas ce que je pense, d'habitude.

« C'est vrai, Elmo. Tu vois ça, toi, un général – du nôtre ou de l'autre camp – demander à quelqu'un de prendre sa place ? »

Le morion noir s'est tourné vers moi. « Leur confiance diminue. Une armée sans confiance en elle est plus sûrement vaincue qu'à la bataille. » Quand Volesprit tient un sujet, rien ne peut l'en détourner.

J'ai la drôle d'impression qu'il pourrait être du genre à céder le commandement à un collègue mieux à même de l'exercer.

« Nous allons maintenant augmenter la pression. Vous tous. Répandez la nouvelle dans les tavernes. Chuchotez-la dans la rue. Harcelez Fureteur. Poussez-le à bout. Malmenez-le, qu'il n'ait pas le temps de réfléchir. Je le veux aux abois jusqu'à ce qu'il commette une bêtise. »

Je me suis dit que Volesprit tenait une bonne idée. Cet épisode de la guerre de la Dame ne se gagnerait pas sur le champ de bataille. Le printemps était à nos portes, pourtant le combat n'avait pas encore commencé. Les yeux du Saillant restaient braqués sur la ville franche, ils attendaient le résultat du duel entre Fureteur et le champion de la Dame.

« Ce n'est plus la peine de tuer Fureteur, a fait remarquer Volesprit. Son crédit est mort. À présent nous sapons la confiance de son mouvement. » Il a repris sa surveillance à la fenêtre.

« D'après le capitaine, a dit Elmo, le Cercle a ordonné à Fureteur de quitter la ville. Mais lui veut pas partir.

— Il se révolte contre sa propre révolution ?

— Il veut vaincre le piège. »

Une autre facette de la nature humaine qui travaillait pour nous. L'orgueil démesuré.

« Sors tes cartes. Gobelin et Qu'un-Œil ont encore dépouillé la veuve et l'orphelin. C'est le moment de les lessiver. »

Fureteur se retrouvait tout seul, pourchassé, hagard, chien battu détalant dans les ruelles de la nuit. Il ne pouvait se fier à personne. Je le plaignais. Presque.

C'était un idiot. Seul un idiot continue de parier quand les chances sont contre lui. Et les chances de Fureteur s'amenuisaient d'heure en heure.

J'ai désigné d'un coup de pouce la zone d'ombre près de la fenêtre. « On dirait une réunion de la Confrérie des chuchoteurs. »

Corbeau a jeté un coup d'œil par-dessus mon épaule mais n'a rien dit. Nous jouions sans enthousiasme une partie de tonk à deux, histoire de tuer le temps.

Une dizaine de voix murmuraient dans l'obscurité. « Je sens son odeur. » « Tu te trompes. » « Ça vient du sud. » « Ça suffit, maintenant. » « Pas encore. » « C'est le bon moment. » « Faut attendre encore un peu. » « On y va un peu fort. La chance pourrait tourner. » « L'orgueil, faut s'en méfier. » « Il est là. Sa puanteur le précède comme l'haleine d'un chacal. »

« Je me demande s'il a le dessous quand il discute tout seul ? »

Corbeau ne disait toujours rien. Dans mes crises d'audace, j'essaye de le faire parler. Sans succès. Pire qu'avec Volesprit.

Volesprit s'est soudain levé, un grognement de colère lui est sorti du fond de la gorge.

« Qu'est-ce que c'est ? » ai-je demandé. J'en avais marre, de Roseraie. J'en étais dégoûté. Roseraie me sortait par les yeux et me faisait peur. On risquait sa vie à sortir seul le soir dans les rues.

Une des voix fantomatiques avait raison. Nous risquions bientôt de perdre de notre efficacité. Fureteur forçait peu à peu mon admiration. L'homme refusait de se rendre et de s'enfuir.

« Qu'est-ce que c'est ? ai-je redemandé.

— Le Boiteux. Il est à Roseraie.

— Ici ? Pourquoi ?

— Il flaire un gros coup. Il veut s'en attribuer le mérite.

— Vous voulez dire qu'il veut s'imposer dans notre opération ?

— C'est son style.

— Mais la Dame, elle va... ?

— On est à Roseraie, ici. La Dame est loin. Et elle se fiche de qui met la main sur Fureteur. »

Ah, la politique parmi les vice-rois de la Dame. Un monde curieux. Je ne comprends pas les étrangers à la Compagnie.

Nous menons une vie simple. On ne nous demande pas de réfléchir. Le capitaine s'en charge à notre place. Nous nous contentons de suivre les ordres. Pour la plupart d'entre nous, la Compagnie noire est une cachette, un refuge où se soustraire au passé, où devenir un autre homme.

« Qu'est-ce qu'on fait ? ai-je demandé.

— Je vais m'occuper du Boiteux. » Il s'est mis à rectifier sa tenue.

Gobelin et Qu'un-Œil sont entrés en titubant. Tellement soûls qu'ils étaient obligés de s'étayer l'un l'autre. « Merde, a couiné Gobelin. Neige encore. Putain de neige. Je croyais que l'hiver était fini. »

Qu'un-Œil a entonné une chanson. Quelque chose à propos des beautés de l'hiver. Impossible de le comprendre. Il n'arrivait pas à articuler et il avait oublié la moitié des paroles.

Gobelin s'est laissé tomber dans un fauteuil, oubliant Qu'un-Œil. Qu'un-Œil s'est effondré à ses pieds. Il a vomi sur les bottes de Gobelin, a voulu reprendre sa chanson. « Sont passés où, les autres ? a marmonné Gobelin.

— Partis faire la ribote. » J'ai échangé un coup d'œil avec Corbeau. « Tu crois ça, toi ? Ces deux-là qui se soûlent ensemble ?

— Où tu vas, l'affreux ? » a couiné Gobelin à l'adresse de Volesprit. Volesprit est sorti sans répondre. « Salaud. Hé. Qu'un-Œil. Vieille branche. Pas vrai ? L'affreux, c't'un salaud ? »

Qu'un-Œil s'est soulevé du plancher, a fait un tour d'horizon. Je ne crois pas qu'il voyait avec son œil. « 'xact. » Il m'a lancé un regard mauvais. « S'laud. Tous des s'lauds. » Quelque chose lui a paru drôle. Il a gloussé.

Gobelin s'est joint à lui. Comme Corbeau et moi ne saisissions pas la blague, il a pris un air digne. « Pas notre genre, ici, mon vieux, a-t-il dit. Plus chaud dehors, dans la neige. » Il a aidé Qu'un-Œil a se mettre debout. Ils ont passé la porte d'un pied mal assuré.

« J'espère qu'ils vont pas faire de conneries. Encore plus grosses. Comme chercher à se rendre intéressants. Ils vont se tuer.

— Tonk », a dit Corbeau. Il a étalé ses cartes. À croire que les deux sorciers n'étaient pas venus, vu l'effet que ça lui faisait.

Dix ou cinquante parties plus tard, un des soldats que nous avions amenés est entré en coup de vent. « Z'avez vu Elmo ? » a-t-il demandé.

Je lui ai jeté un coup d'œil. De la neige lui fondait dans les cheveux. Il était blême, effrayé. « Non. Qu'est-ce qui s'est passé, Hagop ?

— Quelqu'un a poignardé Otto. Je crois que c'est Fureteur. Je l'ai mis en fuite.

— Poignardé ? L'est mort ? » Je me suis mis à chercher ma trousse. Otto aurait davantage besoin de moi que d'Elmo.

« Non. Salement entaillé. Beaucoup de sang.

— Pourquoi tu l'as pas ramené ?

— Pas pu le porter. »

Lui aussi était ivre. L'agression sur son ami l'avait un peu dessoûlé, mais ça ne durerait pas. « T'es sûr que c'est Fureteur ? » Est-ce que le vieux fou voulait riposter ?

« Sûr. Hé, Toubib. Viens. Il va mourir.

— J'arrive. J'arrive.

— Attends. » Corbeau farfouillait dans son attirail. « Je vous accompagne. » Il a soupesé deux couteaux magnifiquement affûtés, l'air de se demander lequel choisir. Il a haussé les épaules et s'est passé les deux dans la ceinture. « Prends-toi une cape, Toubib. Fait pas chaud dehors. »

Le temps que j'en trouve une, il a cuisiné Hagop pour savoir où se trouvait Otto et lui a dit de ne pas bouger jusqu'à l'arrivée d'Elmo. « Allons-y, Toubib », a-t-il ajouté.

Nous avons descendu l'escalier. Sommes sortis dans la rue. La marche de Corbeau est trompeuse. Il n'a jamais l'air de se presser, mais il faut activer pour le suivre.

La neige, c'était déjà une horreur. Même dans les secteurs éclairés des rues on n'y voyait rien à vingt pas. Elle faisait déjà quinze bons centimètres d'épaisseur. Lourde, humide. Mais en plus de ça, la température chutait et un vent se levait. Un autre blizzard ? Merde ! On n'en avait pas eu assez ?

Nous avons découvert Otto à moins d'un pâté de maisons de l'endroit où il était censé se trouver. Il s'était traîné sous un escalier. Corbeau s'est dirigé droit sur lui. Comment il a su où le chercher ? je ne le saurai jamais. Nous avons transporté le blessé jusqu'à l'éclairage le plus proche. Il ne pouvait rien faire tout seul. Il était à bout de forces.

J'ai grogné. « Soûl perdu. Il risquait juste de mourir de froid. » Il était couvert de sang, mais sa blessure n'était pas méchante. Quelques points de suture suffiraient. Nous l'avons embarqué à la chambre. Je l'ai déshabillé et l'ai recousu pendant qu'il était hors d'état de rouspéter.

Le copain d'Otto dormait. Corbeau lui a flanqué des coups de pied jusqu'à ce qu'il se réveille. « Je veux la vérité, a dit Otto. C'est arrivé comment ?

— C'est Fureteur, mec, a persisté Hagop. C'est Fureteur. »

J'en doutais. Corbeau aussi. Mais, dès ma couture terminée, Corbeau m'a lancé : « Prends ton épée, Toubib. » Il avait son air de chasseur. Je ne tenais pas à ressortir, mais je tenais encore moins à discuter avec Corbeau quand il avait cet air-là. J'ai attrapé mon ceinturon.

Il faisait plus froid. Le vent soufflait plus fort. Les flocons étaient plus petits et leur morsure plus cuisante quand ils me touchaient la joue. J'ai marché à grandes enjambées derrière Corbeau en me demandant ce que nous fichions là.

Il a retrouvé où Otto s'était fait poignarder. La neige fraîche n'avait pas encore effacé les traces laissées sur l'ancienne. Corbeau s'est accroupi, les a examinées attentivement. Je me suis demandé ce qu'il voyait. Il n'y avait pas assez de lumière pour distinguer quoi que ce soit, à mon avis.

« Il n'a peut-être pas menti », a-t-il dit enfin. Il a fouillé du regard les ténèbres de la ruelle d'où était sorti l'agresseur.

« Comment tu le sais ? »

Il n'a pas répondu. « Viens. » Il s'est enfoncé à grands pas dans la ruelle.

Je déteste les ruelles. Je déteste surtout celles des villes comme Roseraie, elles abritent tous les maux connus de l'homme, plus sans doute quelques autres encore ignorés. Mais Corbeau s'engageait dedans... Corbeau voulait que je l'aide... Corbeau était mon frère dans la Compagnie noire... Quand même, merde, un bon feu et du vin chaud auraient été plus agréables.

À mon avis, je n'avais pas passé plus de trois ou quatre heures à explorer la ville. Corbeau était encore moins sorti que moi. Il avait pourtant l'air de savoir où il allait. Il m'a fait monter des rues transversales et descendre des venelles, traverser des avenues et franchir des ponts. Roseraie est à cheval sur trois rivières que relie un réseau de canaux. Les ponts sont un des titres de gloire de la cité.

Les ponts ne m'ont pas intrigué sur le moment. Je pensais surtout à ne pas me laisser distancer et à garder un peu de ma chaleur. J'avais les pieds comme des blocs de glace. La neige m'entrait dans les bottes à tout bout de champ, et Corbeau n'avait pas envie de s'arrêter à chaque fois.

Nous avons continué ainsi pendant des kilomètres et des heures. Je n'ai jamais vu autant de taudis et de bordels...

« Stop ! » Corbeau m'a barré le chemin du bras.

« Quoi ?

— Chut. » Il a tendu l'oreille. Moi aussi. Je n'ai rien entendu. Je n'avais pas vu grand-chose non plus durant notre marche forcée tête baissée. Comment Corbeau pouvait-il bien pister l'agresseur d'Otto ? Je ne doutais pas qu'il soit sur ses traces, seulement je ne comprenais pas.

À vrai dire, rien de ce que faisait Corbeau ne me surprenait. Depuis le jour où je l'avais regardé étrangler sa femme.

« Il n'est plus très loin. » Il a fouillé des yeux les tourbillons de neige. « Continue tout droit, à la même vitesse. Tu l'auras rattrapé dans deux pâtés de maisons.

— Quoi ? Où tu vas, toi ? » Mes reproches ne s'adressaient déjà plus qu'à une ombre bientôt disparue. « Va te faire foutre. » J'ai pris une profonde inspiration, juré encore, dégainé mon épée et foncé droit devant. Je ne pensais qu'à une chose : comment je vais expliquer ça si on s'est trompé de bonhomme ?

Je l'ai alors aperçu dans la clarté d'une porte de taverne. Un grand type mince qui se traînait d'un air découragé, inconscient de ce qui l'entourait. Fureteur ? Comment savoir ? Elmo et Otto étaient les deux seuls qui avaient participé au raid sur la ferme... La lumière s'est faite. C'étaient les deux seuls d'entre nous en mesure d'identifier Fureteur. Otto était blessé ; quant à Elmo, on n'avait plus de nouvelles de lui... Où se trouvait-il ? Sous une couche de neige dans une ruelle, aussi froid que cette nuit affreuse ?

Ma peur a cédé le pas à la colère.

J'ai rengainé mon épée et tiré une dague. Je l'ai tenue cachée sous ma cape. La silhouette devant moi n'a pas regardé en arrière tandis que je la rattrapais et que j'arrivais à sa hauteur.

« Sale nuit, hein, grand-père ? »

L'homme a grogné évasivement. Puis il a tourné la tête vers moi, les yeux plissés, lorsque je me suis mis à son pas. Il s'est écarté légèrement, m'a examiné attentivement. Il n'y avait aucune crainte dans son regard. Il était sûr de lui. Pas le genre des vieillards qu'on voit errer dans les rues des bas quartiers. Ils ont la frousse de leur ombre.

« Qu'est-ce que vous voulez ? » La question était directe, posée d'une voix calme.

Pas besoin pour lui d'avoir la trouille. Je l'avais pour deux. « T'as poignardé un copain à moi, Fureteur. »

Il s'est arrêté. Une lueur étrange lui a passé dans la prunelle. « La Compagnie noire ? »

J'ai hoché la tête.

Il m'a fixé, les yeux plissés par la réflexion. « Le médecin. Tu es le médecin. Celui qu'on appelle Toubib.

— Ravi de te connaître. » Je suis sûr que ma voix retentissait avec plus de force que je n'en avais.

Merde, je fais quoi maintenant ? me suis-je dit.

Fureteur a brusquement ouvert sa cape. Un glaive a plongé vers moi. J'ai esquivé d'une glissade, ouvert ma cape à mon tour, esquivé une fois encore et tenté de tirer mon épée.

Fureteur s'est figé. Il a croisé mon regard. Ses yeux ont paru s'écarquiller, s'écarquiller... Je tombais dans deux lacs gris... Un sourire lui a étiré la commissure des lèvres. Il s'est avancé vers moi, la lame levée...

Et il a soudain grogné. Son visage exprimait une immense surprise. Je me suis libéré de son sortilège avant de reculer pour me remettre en garde.

Fureteur s'est retourné lentement, a fait face à l'obscurité. Le poignard de Corbeau lui dépassait des omoplates. Fureteur a tendu la main en arrière et l'a arraché. Un miaulement de douleur s'est échappé de ses lèvres. Il a jeté un regard noir au couteau, puis, tout doucement, il s'est mis à chanter.

« Remue-toi, Toubib ! »

Un sortilège ! Quel imbécile ! J'avais oublié ce qu'était Fureteur. J'ai chargé.

Corbeau est arrivé au même instant.

J'ai contemplé le cadavre. « Et maintenant ? »

Corbeau s'est agenouillé, a sorti un autre poignard. Celui-là avait le tranchant en dents de scie. « Quelqu'un va réclamer la prime de Volesprit.

— Il va avoir une attaque.

— Tu vas le lui dire ?

— Non. Mais qu'est-ce qu'on va faire de tout ça ? »

On avait connu des périodes de prospérité, à la Compagnie noire, mais jamais de grande fortune. Notre objectif n'est pas d'accumuler les richesses.

« Je peux trouver à en employer une partie. De vieilles dettes. Le reste... Le répartir. Le renvoyer à Béryl. N'importe quoi. C'est là. Pourquoi laisser l'Asservi le garder ? »

J'ai haussé les épaules. « C'est toi qui vois. J'espère seulement que Volesprit va pas s'imaginer qu'on l'a doublé.

— Toi et moi, on est les seuls à savoir. Moi, je ne vais pas lui dire. » Il a nettoyé la neige de la figure du vieux. Fureteur se refroidissait vite.

Corbeau s'est servi de son couteau.

Je suis médecin. J'ai amputé des membres. Je suis soldat. J'ai vu des champs de bataille sanglants. J'ai quand même eu la nausée. Décapiter un mort, je ne trouve pas ça normal.

Corbeau a mis notre trophée macabre à l'abri sous sa cape. Ça ne le gênait pas. Un moment donné, sur le chemin du quartier où nous logions, je lui ai demandé : « Pourquoi on lui a couru après, au fait ? »

Il n'a pas répondu tout de suite. « Dans sa dernière lettre, a-t-il fini par expliquer, le capitaine a dit que je devais lui régler son compte si l'occasion se présentait. »

Alors que nous approchions de la place, Corbeau m'a lancé : « Tu montes à la piaule. Tu vois si l'affreux est là. S'il n'y est pas, tu envoies le moins bourré des nôtres chercher notre chariot. Et tu reviens ici.

— D'accord. » J'ai soupiré et filé vers notre logement. Tout pour un peu de chaleur.

Il y avait bien trente centimètres de neige à présent. Je craignais que mes pieds n'aient subi des dégâts irréparables.

« Où vous étiez passés, bordel ? a demandé Elmo lorsque j'ai passé la porte en flageolant. Il est où, Corbeau ? »

J'ai regardé à la ronde. Pas de Volesprit. Gobelin et Qu'un-Œil étaient revenus, ivres morts. Otto et Hagop ronflaient comme des géants. « Comment va Otto ?

— Va bien. Qu'est-ce que vous avez foutu ? »

Je me suis installé près de notre feu et j'ai retiré de force mes bottes. J'avais les pieds bleus et engourdis, mais pas gelés. J'ai bientôt senti des picotements douloureux. J'avais aussi mal aux jambes d'avoir longtemps marché dans la neige. J'ai raconté toute l'histoire à Elmo.

« Vous l'avez tué ?

— D'après Corbeau, le capitaine voulait qu'on en finisse.

— Ouais. Je croyais pas que Corbeau irait jusqu'à lui trancher la gorge.

— Il est où, Volesprit ?

— Pas revenu. » Il a souri. « Je vais chercher le chariot. Le répète à personne. Trop de grandes gueules. » Il s'est jeté sa cape sur les épaules avant de sortir d'un pas ferme.

Mes mains et mes pieds redevenaient à peu près humains. J'ai foncé récupérer les bottes d'Otto. Il était à peu près de ma taille et il n'en avait pas besoin.

Nouvelle sortie dans la nuit. Presque le matin. L'aube n'allait pas tarder.

Si je m'attendais à des remontrances de la part de Corbeau, j'ai été déçu. Il s'est contenté de me regarder. Je crois qu'il a quand même frissonné. Je me souviens avoir pensé : Il est peut-être humain, tout compte fait. « Fallait que je change de bottes. Elmo est allé chercher le chariot. Les autres sont rétamés.

— Volesprit ?

— Pas encore rentré.

— Allons planter notre graine. » Il est parti à grands pas dans les rafales de flocons. Je me suis dépêché de le suivre.

La neige ne s'était pas accumulée sur notre piège. Il trônait à la même place dans une lueur dorée. De l'eau s'étalait en dessous et s'écoulait lentement plus loin avant de glacer.

« Tu crois que Volesprit va le savoir quand on va déposer ce truc ? j'ai demandé.

— Il y a fort à parier. Gobelin et Qu'un-Œil aussi.

— La maison pourrait leur brûler autour, ils se retourneraient pas.

— Quand même... Chhh ! Quelqu'un, là-bas. Eloigne-toi par là. » Lui est parti dans l'autre direction en décrivant un cercle.

Je fais ça pour quoi ? me suis-je demandé tandis que je marchais furtivement dans la neige, l'arme à la main. J'ai buté dans Corbeau. « T'as vu quelque chose ? »

Il a jeté un regard mauvais à l'obscurité. « Il y avait quelqu'un ici. » Il a flairé le vent, tourné lentement la tête à droite à gauche. Il a fait une dizaine de pas rapides, a pointé du doigt par terre.

Il avait raison. Les traces étaient fraîches. Le visiteur était apparemment reparti en vitesse. J'ai fixé les empreintes. « J'aime pas ça, Corbeau. » La piste de l'inconnu indiquait qu'il traînait le pied droit. « Le Boiteux.

— Pas sûr.

— Alors qui ? Où est Elmo ? »

Nous sommes retournés au piège du Fureteur, avons attendu avec impatience. Corbeau faisait les cent pas. Il marmonnait. Je ne me rappelais pas l'avoir déjà vu aussi perturbé. « Le Boiteux, ce n'est pas Volesprit », a-t-il dit soudain.

Juste. Volesprit est presque humain. Le Boiteux est du genre qui prend plaisir à martyriser les petits enfants.

Un cliquetis de harnais et un grincement de roues mal graissées ont envahi la place. Elmo est apparu sur son chariot. Il s'est arrêté puis a sauté à terre.

« Où t'étais, merde ? » La peur et la fatigue me mettaient en rogne.

« Faut du temps pour dénicher un valet d'écurie et préparer un attelage. Qu'est-ce qui se passe ? Il est arrivé quoi ?

— Le Boiteux était ici.

— Oh, merde. Qu'est-ce qu'il a fait ?

— Rien. Il a juste...

— Dépêchons-nous, a jeté sèchement Corbeau. Avant qu'il revienne. » Il a porté la tête jusqu'à la pierre. Les sortilèges de protection auraient aussi bien pu ne pas exister. Il a déposé notre trophée dans la cavité prévue à cet effet. La lueur dorée a trembloté puis s'est éteinte. Des flocons ont commencé à s'entasser sur la tête et la pierre.

« Allons-y, a soufflé Elmo. On a pas beaucoup de temps. »

J'ai attrapé un sac et l'ai hissé dans le chariot. Prévoyant, Elmo avait tendu une bâche pour éviter que les pièces vagabondes s'écoulent entre les lattes.

Corbeau m'a dit de ratisser ce qui traînait sous la table.

« Elmo, vide quelques sacs et donne-les à Toubib. »

Ils ont soulevé des sacs. Je me suis précipité sur les pièces qui s'en étaient échappées.

« Une minute de passée », a dit Corbeau. La moitié des sacs étaient dans le chariot.

« Y en a trop à ramasser par terre, ai-je râlé.

— On les laissera s'il le faut.

— Qu'est-ce qu'on va en faire ? Où on va planquer ça ?

— Dans le foin de l'écurie, a répondu Corbeau. En attendant. Plus tard, on installera un double fond dans le chariot. Deux minutes.

— Et les traces de roues ? a demandé Elmo. Il pourra les suivre jusqu'à l'écurie.

— Qu'est-ce que ça peut lui faire, de toute façon ? » me suis-je demandé à voix haute.

Corbeau m'a ignoré. « Tu les as bien effacées en venant ici, non ? a-t-il lancé à Elmo.

— Pas pensé.

— Merde ! »

Tous les sacs étaient chargés. Elmo et Corbeau m'ont aidé à ramasser ce qui traînait.

« Trois minutes, a dit Corbeau avant d'ordonner : Silence ! » Il a tendu l'oreille. « Volesprit ne peut pas être déjà là, quand même ? Non. Encore le Boiteux. Venez. Toi, Elmo, tu conduis. Rejoins une avenue. Mêle-toi à la circulation. Moi, je vous suis. Toubib, tu vas essayer de brouiller les traces d'Elmo.

— Où il est ? » a demandé Elmo en fouillant des yeux la neige qui tombait.

Corbeau a tendu le doigt. « Va falloir le semer. Sinon il va embarquer le magot. Allez, Toubib. En route. Elmo.

— Hue ! » Elmo a fait claquer les rênes. Le chariot s'est éloigné en grinçant.

Je me suis accroupi sous la table pour me bourrer les poches, puis j'ai fui loin du secteur où d'après Corbeau se tapissait le Boiteux.

Je ne sais pas si j'ai réussi à brouiller les traces d'Elmo. Je crois que la circulation matinale nous a davantage aidés que tous mes efforts. Je me suis débarrassé du valet d'écurie. Je lui ai donné une chaussette pleine d'or et d'argent, plus que des années de salaire à travailler des années dans une écurie, et je lui ai demandé d'aller se faire pendre ailleurs. Loin de Roseraie si possible. « Je vais même pas m'arrêter prendre mes affaires », a-t-il répondu. Il a lâché sa fourche et foncé dehors pour ne jamais revenir.

Je me suis dépêché de retourner à notre chambre.

Tout le monde dormait sauf Otto. « Oh, Toubib, a-t-il dit. L'est temps.

— Mal ?

— Ouais.

— Gueule de bois ?

— Aussi.

— Voyons ce qu'on peut faire. Depuis combien de temps t'es réveillé ?

— Une heure, je pense.

— Volesprit est venu ?

— Non. Qu'est-ce qui lui est arrivé, d'ailleurs ?

— Sais pas.

— Hé. C'est mes bottes, ça. Qu'est-ce qui te prend, de mettre mes bottes ? »

J'ai ôté les bottes et les ai posées près du feu qui brûlait faiblement. Otto n'arrêtait pas de rouspéter contre moi pendant que je rajoutais du charbon. « Si tu ne te calmes pas, tu vas faire sauter tes points de suture. »

Je dois reconnaître une qualité à nos compagnons d'armes. Ils m'écoutent quand mes conseils sont médicaux. Malgré sa rage, il s'est rallongé et s'est efforcé de ne plus bouger. Sans cesser de me maudire.

Je me suis dépouillé de mes vêtements mouillés et j'ai passé une chemise de nuit qui traînait par là. Je ne sais pas d'où elle venait. Elle était trop courte. J'ai mis une théière à chauffer puis me suis tourné vers Otto. « Regardons ça de plus près. » J'ai rapproché ma trousse.

Je nettoyais les lèvres de la blessure et Otto jurait doucement lorsque j'ai entendu le bruit. *Gratte-clop, gratte-clop.* Il s'est arrêté devant la porte.

Otto a senti ma peur. « Qu'est-ce qui se passe ?

— C'est... » La porte s'est ouverte dans mon dos. J'ai lancé un coup d'œil en arrière. J'avais deviné juste.

Le Boiteux s'est rendu à la table, laissé tomber dans un fauteuil et a passé la chambre en revue. Son regard m'a transpercé. Je me demandais s'il se rappelait ce que je lui avais fait à Aviron.

« Je préparais du thé », ai-je dit bêtement.

Il a contemplé les bottes mouillées et la cape, puis les autres occupants de la chambre. Et à nouveau moi.

Le Boiteux n'est pas grand. Si on le croisait dans la rue sans le connaître, on ne serait pas impressionné. Comme Volesprit, il ne s'habille que d'une seule couleur, un brun sinistre. Il était en loques. Il dissimulait son visage derrière un masque de cuir fatigué qui s'affaissait. Des mèches de cheveux emmêlés dépassaient de sous sa capuche et autour du masque. Des cheveux gris saupoudrés de noir.

Il n'a pas dit un mot. Immobile, il regardait. Ne sachant que faire d'autre, j'ai fini de soigner Otto et préparé le thé. J'ai rempli trois tasses en fer-blanc, en ai donné une à Otto, posé une autre devant le Boiteux et pris la dernière.

Et maintenant ? Finie l'excuse d'un travail à terminer. Nulle part où m'asseoir sinon à cette table... Oh, merde !

Le Boiteux a retiré son masque. Il a levé la tasse en fer-blanc...

Je n'arrivais pas à détourner le regard.

Son visage était celui d'un mort, d'une momie mal conservée. Ses yeux étaient vivants et maléfiques, malgré une zone de chair putréfiée directement sous l'un d'eux. Sous le nez, juste au coin de la bouche, une portion de lèvre manquait, découvrant une gencive et des dents jaunes.

Le Boiteux a siroté son thé, croisé mon regard et souri.

J'ai failli m'oublier sur ma jambe.

Il est allé à la fenêtre. Il faisait maintenant un peu plus clair dehors et la neige tombait moins dru, mais je ne voyais pas la pierre.

Des claquements de bottes ont retenti dans l'escalier. Elmo et Corbeau sont entrés dans la chambre en se bousculant. « Hé, Toubib, a grogné Elmo, comment tu t'es démerdé pour te débarrasser de... ? » Ses paroles se sont ratatinées lorsqu'il a reconnu le Boiteux.

Corbeau m'a lancé un regard interrogateur. Le Boiteux s'est retourné. J'ai haussé les épaules derrière son dos. Corbeau s'est éloigné d'un côté de la chambre, a entrepris d'ôter ses affaires mouillées.

Elmo a eu une idée. Il est allé de l'autre côté, s'est déshabillé près du feu. « Putain, ça fait du bien de s'enlever tout ça. Comment va le gars Otto ?

— Y a du thé tout frais, ai-je dit.

— J'ai mal partout, Elmo », a répondu Otto.

Le Boiteux nous a contemplés tour à tour d'un air dubitatif, puis a regardé Qu'un-Œil et Gobelin qui dormaient toujours. « Bon. Volesprit s'est adjoint la crème de la Compagnie noire. » Sa voix n'était qu'un chuchotement, pourtant elle emplissait la chambre. « Où est-il ? »

Corbeau l'a ignoré. Il a enfilé une culotte sèche, s'est assis près d'Otto, a revérifié mon ouvrage. « Jolis points de suture, Toubib.

— J'ai de quoi me faire la main avec une équipe pareille. »

Elmo a répondu au Boiteux d'un haussement d'épaules. Il a vidé sa tasse, servi du thé à la ronde puis rempli la théière à l'un des pichets. Il a flanqué un coup de botte dans les côtes de Qu'un-Œil tandis que le Boiteux jetait un regard haineux à Corbeau.

« Toi ! a craché l'Asservi. Je n'ai pas oublié ce que tu as fait à Opale. Ni pendant la campagne du Forsberg. »

Corbeau s'est adossé au mur. Il a sorti un de ses couteaux les plus vicieux et entrepris de se curer les ongles. Il souriait. Oui, il souriait au nez du Boiteux, les yeux moqueurs.

Rien ne lui faisait donc peur, à ce gars-là ?

« Qu'as-tu fait de l'argent ? Il n'était pas à Volesprit. La Dame me l'avait donné. »

L'attitude bravache de Corbeau m'a donné du courage. « Tu devrais être à Orme, non ? La Dame t'a donné l'ordre de quitter le Saillant. »

La colère a tordu la figure affreuse. Une balafre a couru du front à la joue gauche. Elle formait un bourrelet. Elle devait se poursuivre jusque sur la poitrine, au niveau du cœur. Une blessure infligée par la Rose Blanche elle-même.

Le Boiteux s'est levé. Et ce fichu Corbeau a lancé : « T'as les cartes, Elmo ? La table est libre. »

Le Boiteux a pris un air mauvais. La tension montait à toute allure. « Je veux cet argent, a-t-il craché. Il est à moi. Tu as le choix : tu coopères ou tu ne coopères pas. Si tu refuses, je ne crois pas que tu vas apprécier.

— Si tu le veux, tu vas le chercher, a répondu Corbeau. Tu attrapes Fureteur. Tu lui coupes la tête. Tu la ramènes à la pierre. Ça devrait être facile pour le Boiteux. Fureteur n'est qu'un bandit. Quelle chance il aurait contre le Boiteux ? »

J'ai cru que le Boiteux allait exploser. Mais non. L'espace d'un instant, il a paru dérouté.

Ça n'a pas duré longtemps. « D'accord. Si tu cherches les difficultés. » Son visage s'est fendu d'un grand sourire cruel.

La tension voisinait le point de rupture.

Une ombre a bougé dans l'encadrement de la porte ouverte. Une silhouette mince et sombre est apparue, a fixé le dos du Boiteux. J'ai poussé un soupir de soulagement.

Le Boiteux a pivoté. L'espace d'un instant, l'air a paru crépiter entre les Asservis.

Du coin de l'œil, j'ai remarqué que Gobelin s'était redressé en position assise. Ses doigts dansaient selon des rythmes complexes. Qu'un-Œil, face au mur, chuchotait dans son couchage. Corbeau a retourné son couteau pour le lancer. Elmo a empoigné la théière, prêt à balancer de l'eau chaude.

Je n'avais aucun projectile à portée de la main. Quelle contribution pouvais-je apporter ? Une chronique de l'empoignade après coup, si j'y survivais ?

Volesprit a fait un tout petit geste, a contourné le Boiteux, s'est calé dans son fauteuil habituel. Il a tendu la jambe, écarté du bout de sa botte un des fauteuils de la table pour y poser les pieds. Il regardait fixement le Boiteux, les doigts en clocher devant ses lèvres. « La Dame a envoyé un message. Au cas où je te croiserais. Elle veut te voir. » Volesprit ne se servait que d'une seule voix. Une voix féminine et dure. « Elle veut te poser des questions sur le soulèvement à Orme. »

Le Boiteux s'est raidi. Une main, tendue sur la table, s'est contractée nerveusement. « Un soulèvement ? À Orme ?

— Les rebelles ont attaqué le palais et la caserne. »

La figure de cuir du Boiteux s'est décolorée. Les contractions de sa main se sont amplifiées.

« Elle veut savoir pourquoi tu n'y étais pas pour leur barrer la route », a repris Volesprit.

Le Boiteux n'est pas resté trois secondes de plus dans la chambre. Durant ce laps de temps, sa figure est devenue monstrueuse. J'ai rarement vu une telle peur panique. Puis il a soudain fait demi-tour et s'est enfui.

Corbeau a lancé son couteau d'une pichenette. La lame s'est enfoncée dans le montant de la porte. Le Boiteux n'a rien remarqué.

Volesprit a éclaté de rire. Rien à voir avec le rire des jours précédents, celui-là était grave, dur, puissant, vindicatif. Il s'est levé, s'est tourné vers la fenêtre. « Ah. Quelqu'un a touché notre prime ? C'est arrivé quand ? »

Pour éviter de répondre, Elmo est allé fermer la porte. « Envoie-moi mon couteau, Elmo », lui a demandé Corbeau. Je me suis doucement approché de Volesprit et j'ai regardé dehors. Il avait cessé de neiger. La pierre était visible. Froide, elle ne luisait plus, et une couche blanche de quelques centimètres la recouvrait.

« Je sais pas. » J'espérais paraître sincère. « Y a eu beaucoup de neige toute la nuit. La dernière fois que j'ai regardé – avant l'arrivée de l'*autre* – je n'y voyais rien. Je ferais peut-être bien de descendre jeter un coup d'œil.

— Ne t'embête pas avec ça. » Il a poussé son fauteuil de façon à pouvoir surveiller la place. Plus tard, après avoir accepté le thé d'Elmo et l'avoir bu – en tournant la tête pour dissimuler son visage –, il a dit d'un air songeur : « Fureteur éliminé. Sa vermine paniquée. Et, plus agréable encore, le Boiteux à nouveau dans le pétrin. Du bon boulot.

— C'était vrai ? ai-je demandé. Pour Orme ?

— Vrai de vrai, a-t-il répondu d'un ton joyeux voire hystérique. On se demande bien comment les rebelles ont su que le Boiteux était absent de la ville. Et comment Transformeur a eu vent de l'agitation suffisamment vite pour rappliquer et réprimer l'insurrection avant qu'elle prenne d'autres proportions. » Une nouvelle pause. « Le Boiteux va sûrement méditer là-dessus pendant qu'il récupérera. » Il s'est remis à rire, mais d'un rire plus doux, plus sinistre.

Elmo et moi nous sommes chargés de préparer le petit-déjeuner. D'ordinaire, c'est Otto qui s'occupe de la cuisine, nous avions donc une excuse pour faire une entorse à la routine. Au bout d'un moment, Volesprit a fait remarquer : « Il n'y a pas lieu que vous restiez ici, vous autres. Les vœux de votre capitaine ont été exaucés.

— On peut s'en aller ? a demandé Elmo.

— Aucune raison de rester, pas vrai ? »

Qu'un-Œil, lui, avait des raisons. Nous les avons ignorées.

« On commence à remballer après le petit-déjeuner, nous a dit Elmo.

— Vous allez voyager par ce temps ? a demandé Qu'un-Œil.

— Le capitaine veut qu'on revienne. »

J'ai apporté à Volesprit une assiette d'œufs brouillés. Je ne sais pas pourquoi. Il ne mangeait pas souvent et ne prenait presque jamais de petit-déjeuner. Mais il l'a acceptée et a tourné le dos.

J'ai regardé par la fenêtre. La population avait découvert le changement. On avait dégagé la neige de la figure de Fureteur. Ses yeux étaient ouverts et donnaient l'impression de regarder. Drôle d'effet.

Des hommes se bousculaient et se bagarraient sous la table pour ramasser les pièces que nous avions laissées. Leur mêlée grouillante évoquait des asticots dans un cadavre en putréfaction. « On devrait lui rendre les honneurs, ai-je murmuré. C'était un sacré adversaire.

— Tu as tes Annales », m'a répliqué Volesprit. Puis il a ajouté : « Seul un conquérant se soucie de rendre les honneurs à un ennemi vaincu. »

J'allais chercher ma propre assiette à ce moment-là. Je me suis demandé ce qu'il voulait dire, mais un repas chaud était pour l'instant plus important.

Tout le monde était parti à l'écurie, sauf Otto et moi. Ils allaient ramener le chariot pour le soldat blessé. Je lui avais donné quelque chose qui l'aiderait à supporter la rudesse de la manutention à venir.

Ils prenaient leur temps. Elmo voulait installer un baldaquin pour protéger Otto des intempéries. J'ai fait une réussite en attendant.

La voix de Volesprit est sortie de nulle part. « Elle est très belle, Toubib. L'air jeune. Fraîche. Éblouissante. Avec un cœur de silex. Le Boiteux est un chiot tout mignon en comparaison. Prie pour ne jamais attirer son attention. »

Volesprit regardait fixement par la fenêtre. Je voulais poser des questions, mais aucune ne me venait en tête sur l'instant. Merde. Je perdais là une bonne occasion.

Quelle était sa couleur de cheveux ? Celle de ses yeux ? Comment souriait-elle ? Des détails d'une grande importance pour moi, et je ne pouvais rien savoir.

Volesprit s'est levé, s'est revêtu de sa cape. « Ne serait-ce que pour le Boiteux, ça valait le coup », a-t-il dit. Il s'est arrêté à la porte, m'a transpercé de son regard. « Elmo, Corbeau et toi. Buvez à ma santé. Entendu ? »

Puis il est parti.

Elmo est arrivé une minute après. Nous avons soulevé Otto et repris la route de Meystrikt. On n'a rien pu tirer de moi pendant un bon bout de temps.

4
MURMURE

De tous les combats dont je me souviens, c'est celui qui nous a rapporté le plus pour le moins d'efforts. Un coup de chance exclusivement en notre faveur. Un désastre pour les rebelles.

Nous fichions le camp du Saillant, où les défenses de la Dame étaient tombées quasiment en l'espace d'une nuit. Fuyaient avec nous cinq ou six cents hommes de l'armée régulière qui avaient perdu leurs unités. Pour une question de vitesse, le capitaine avait choisi de couper directement à travers la forêt de la Nuée vers Seigneurie plutôt que de suivre la route du sud, plus longue, qui la contournait.

Un bataillon de la grande armée rebelle se trouvait à un ou deux jours derrière nous. Nous aurions pu faire demi-tour et les battre à plate couture, mais le capitaine préférait leur fausser compagnie. L'idée me plaisait. Les combats autour de Roseraie avaient été durs. Des milliers d'hommes avaient péri. Tant de renforts avaient rejoint la Compagnie que j'avais perdu beaucoup de patients, faute de temps pour les soigner.

Nous avions pour ordre de rallier Rôde-la-Nuit à Seigneurie. De l'avis de Volesprit, Seigneurie serait l'objectif de la prochaine offensive rebelle. Dans l'état de fatigue qui était le nôtre, nous nous attendions à devoir livrer d'autres combats acharnés avant que l'hiver mette un frein à la guerre.

« Toubib ! Vise-moi ça ! » Blanchet a déboulé à fond de train vers le bivouac où j'étais assis avec le capitaine, Silence et un ou deux autres. Il portait une femme nue sur l'épaule. Elle aurait été belle si on ne lui avait pas fait subir les derniers outrages.

« Pas mal, Blanchet. Pas mal », ai-je dit avant de me replonger dans l'écriture de mon journal. Derrière Blanchet, les cris de triomphe et les hurlements continuaient. Les hommes récoltaient les fruits de la victoire.

« Des barbares, a fait observer le capitaine sans animosité.

— De temps en temps, faut leur laisser la bride sur le cou, lui ai-je rappelé. Vaut mieux qu'ils fassent ça ici qu'avec les habitants de Seigneurie. »

Le capitaine l'a reconnu à contrecœur. Il manque un peu de cran pour le pillage et le viol, bien que ça fasse partie du boulot. Je le crois secrètement sentimental, du moins quand des femmes sont en cause.

J'ai essayé de soulager sa conscience. « Ils l'ont cherché, ils ont pris les armes. »

La mine sombre, il m'a demandé : « Depuis combien de temps ça dure, Toubib ? Depuis toujours, on dirait, non ? Est-ce que tu te souviens d'une époque où tu n'étais pas soldat ? À quoi ça nous mène ? Et même, pourquoi on est là ? On n'arrête pas de gagner des batailles, mais la Dame est en train de perdre la guerre. Pourquoi ne pas décider que tout est fini et qu'on rentre chez soi ? »

Il avait en partie raison. Depuis le Forsberg, nous opérions retraite sur retraite, même si nous nous étions bien débrouillés. Le Saillant avait été sûr jusqu'à ce que Transformeur et le Boiteux entrent en scène.

Notre dernière retraite nous avait conduits, les jambes flageolantes, dans ce camp de base rebelle. Nous avons présumé qu'il s'agissait du principal centre d'entraînement et de ravitaillement pour la campagne contre Rôdeur. Par chance, nous avons repéré les rebelles avant qu'ils nous repèrent. Nous avons encerclé le secteur et l'avons envahi avant l'aube. Nous étions largement inférieurs en nombre, mais les rebelles n'ont pas opposé une grande résistance. C'étaient pour la plupart des volontaires inexpérimentés. Ce qui nous a surpris, c'est la présence d'un régiment d'amazones.

Nous en avions entendu parler, bien entendu. Il en existait plusieurs dans l'Est, autour de Rouille, là où les affrontements sont plus violents et soutenus qu'ici. C'était notre première rencontre. Les hommes en ont conçu du mépris pour les femmes guerrières, et pourtant elles s'étaient mieux battues que leurs homologues masculins.

De la fumée a dérivé dans notre direction. Les hommes incendiaient les baraquements et le quartier général. « Toubib, a marmonné le capitaine, va donc t'assurer que ces imbéciles ne mettent pas le feu à la forêt. »

Je me suis levé, j'ai ramassé mon sac et me suis enfoncé d'un pas tranquille dans le tumulte.

Il y avait des cadavres partout. Ces crétins devaient se croire en parfaite sécurité. Ils n'avaient pas dressé de palissade ni creusé de tranchées autour du camp. Idiot. C'est la première précaution à prendre, même avec la certitude qu'il n'y a pas d'ennemi dans un rayon de cent cinquante kilomètres. On s'installe un toit sur la tête seulement après. Mieux vaut mouillé que mort.

Je devrais avoir l'habitude de tels spectacles. Je suis depuis longtemps dans la Compagnie. Et ils me gênent moins qu'autrefois. J'ai protégé par des plaques d'armure mes faiblesses intimes. Mais j'évite autant que possible de regarder des horreurs.

Vous qui continuerez après moi à griffonner ces annales, comprenez sans tarder que je répugne à révéler toute la vérité sur notre bande de canailles. Vous savez qu'ils sont dépravés, violents et ignares. Ce sont de vrais barbares qui réalisent leurs fantasmes les plus cruels, et dont seule la présence de quelques hommes droits tempère la conduite. Je ne montre pas souvent ces travers car ces hommes sont mes frères, ma famille, et j'ai appris tout jeune à ne jamais dire du mal de mes parents. Les leçons de l'enfance ont la vie dure.

Corbeau se marre toujours quand il lit mes comptes rendus. « Du sucre et des épices », il appelle ça, et il me menace d'embarquer les Annales pour écrire les événements tels qu'il les voit se produire.

Corbeau le dur à cuire. Qui se moque de moi. Mais qui donc rôdait dans le camp et dispersait les hommes chaque fois qu'ils se livraient à une petite torture, histoire de se divertir ? Qui trimballe derrière lui une gamine de dix ans sur un vieux mulet ? Pas Toubib, les gars. Pas Toubib. Toubib n'est pas un sentimental. Il laisse ça au capitaine et à Corbeau.

Naturellement, Corbeau est devenu le meilleur ami du capitaine. Ils restent assis ensemble comme deux rochers, avec autant de conversation. Se trouver en compagnie l'un de l'autre leur suffit.

Elmo conduisait les incendiaires. C'étaient des aînés de la Compagnie qui avaient rassasié leurs appétits charnels moins exigeants. Ceux qui continuaient de brutaliser les dames étaient surtout nos jeunes parasites habituels.

Ils s'étaient bien battus contre les rebelles à Roseraie, mais l'ennemi était trop fort. La moitié du Cercle des Dix-huit s'était alignés contre nous. Nous n'avions de notre côté que le Boiteux et Transformeur. Ces deux-là avaient passé plus de temps à essayer de se mettre des bâtons dans les roues qu'à vouloir repousser le Cercle. Résultat : une débâcle. La défaite la plus humiliante de la Dame depuis dix ans.

Le Cercle coordonne le plus souvent ses efforts. Ses membres ne dépensent pas davantage d'énergie à s'injurier entre eux qu'à harceler leurs ennemis.

« Hé, Toubib ! m'a appelé Qu'un-Œil. Viens rigoler avec nous. » Il a lancé un brandon par une porte de baraquement. La bâtisse a très vite explosé. De lourds volets de chêne se sont envolés des fenêtres. Une langue de feu a enveloppé Qu'un-Œil. Il est revenu en trombe, ses cheveux frisés fumant sous le ruban de son drôle de chapeau à bords flottants. Je l'ai plaqué à terre et me suis servi de son couvre-chef pour lui taper sur le crâne. « Ça va. Ça va, a-t-il grogné. T'es pas forcé de prendre ton pied comme ça. »

Incapable de réprimer un sourire, je l'ai aidé à se relever. « Comment tu te sens ?

— Roussi », a-t-il répondu en affichant cet air de dignité à la noix que prennent les chats après un numéro particulièrement nul. Quelque chose dans le genre : « C'est ce que je voulais faire depuis le début. »

Le feu rugissait. Des paquets de chaume volaient et dansaient par-dessus le bâtiment. « Le capitaine m'envoie vérifier que vous ne faites pas les cons et ne mettez pas le feu à la forêt », ai-je fait remarquer. À ce moment, Gobelin a débouché à côté du baraquement en flammes. Sa grande bouche s'est étirée en un sourire méprisant.

Qu'un-Œil l'a regardé et a poussé un cri. « Espèce de cervelle d'asticot ! Tu m'as piégé ! » Il a poussé un hurlement à glacer le sang et s'est mis à danser. Le ronflement de l'incendie s'est fait plus grave et plus rythmique. Il m'a bientôt semblé voir quelque chose se promener au milieu des flammes derrière les fenêtres.

Gobelin l'a vu aussi. Son sourire s'est évanoui. Il a hoqueté, il est devenu tout blanc, s'est livré à son tour à une petite danse. Qu'un-Œil et lui hurlaient, braillaient et s'ignoraient virtuellement l'un l'autre.

Un abreuvoir a vomi son contenu qui a décrit une courbe dans l'air avant d'arroser les flammes. Celui d'une barrique a suivi le même chemin. Le rugissement du feu s'est atténué.

Qu'un-Œil a gambadé plus près de Gobelin et a pointé le doigt sur lui pour essayer d'interrompre sa concentration. Gobelin serpentait, se trémoussait, glapissait et continuait de danser. D'autres paquets d'eau se sont abattus sur les flammes.

« Un sacré duo. »

Je me suis retourné. Elmo s'était approché. « Un sacré duo, oui », ai-je fait écho. Toujours à s'agiter, à se quereller, à se lamenter, ils traduisaient parfaitement l'attitude de leurs supérieurs. Sauf que leur animosité n'est pas profonde, comme celle entre Transformeur et le Boiteux. Quand on gratte un peu, on s'aperçoit qu'ils sont amis. Il n'existe pas d'amis parmi les Asservis.

« J'ai quelque chose à te faire voir », a déclaré Elmo. Il ne m'en dirait pas plus. J'ai hoché la tête et l'ai suivi.

Gobelin et Qu'un-Œil continuaient leur petit jeu. Gobelin avait l'air en tête. J'ai cessé de m'inquiéter pour le feu.

« Tu crois pouvoir lire ces conneries du Nord ? » a demandé Elmo. Il m'avait conduit dans ce qui devait être le quartier général de tout le camp et me montrait une montagne de papiers que ses hommes avaient rassemblés par terre, manifestement pour allumer un nouveau feu.

« Je dois bien arriver à les déchiffrer.

— Me suis dit que tu dénicherais peut-être quelque chose là-dedans. »

J'ai pris un papier au hasard. Il s'agissait d'une copie d'une directive enjoignant à un certain bataillon rebelle de s'introduire par petits groupes dans Seigneurie et de se diluer chez les sympathisants locaux en attendant l'ordre d'attaquer les défenseurs de la ville depuis l'intérieur. Elle était signée *Murmure*. Une liste de contacts suivait en annexe.

« Ça alors », ai-je dit, le souffle soudain coupé. Cet ordre-là révélait une demi-douzaine de secrets rebelles et en évoquait plusieurs autres. « Ça alors. » J'en ai attrapé un second. Comme le premier, il s'agissait d'une directive à une unité précise. Comme le premier, c'était une fenêtre ouverte sur le cœur de la stratégie rebelle en cours. « Va chercher le capitaine, ai-je dit à Elmo. Et aussi Gobelin, Qu'un-Œil, le lieutenant et tous ceux qui devraient être... »

Je n'avais pas l'air dans mon état normal, sûrement. J'ai trouvé Elmo bizarre et nerveux lorsqu'il m'a interrompu. « C'est quoi, merde, Toubib ?

— Tous les ordres et les plans pour la campagne contre Seigneurie. L'ordre de bataille complet. » Mais ce n'était pas l'essentiel. L'essentiel, je le gardais pour le capitaine en personne « Et magne-toi. Chaque minute compte. Empêche aussi les autres de brûler ce genre de trucs. Putain, empêche-les ! On a trouvé le filon. Pas le moment de le faire partir en fumée. »

Elmo a franchi la porte en trombe. J'ai entendu ses braillements s'éloigner peu à peu. Un bon sergent, Elmo. Il ne perd pas de temps à poser des questions.

En grognant, je me suis installé par terre et j'ai entrepris de passer les documents en revue.

La porte a grincé. Je n'ai pas levé la tête. J'étais fébrile, je parcourais les documents aussi vite que j'arrivais à les extraire du tas et je les classais en piles plus petites. Des bottes crottées sont apparues dans mon champ de vision. « Tu peux lire ces trucs-là, Corbeau ? » J'avais reconnu son pas.

« Si je peux ? Oui.

— Aide-moi à vérifier ce qu'on a là. »

Corbeau s'est installé en face de moi. Le tas se trouvait au milieu et nous empêchait presque de nous voir. Chérie s'est placée derrière lui, pas trop près pour le gêner mais tout de même dans son ombre protectrice. Son regard tranquille, morne, reflétait encore les horreurs de son lointain village.

Par certains côtés, Corbeau est un paradigme pour la Compagnie. La différence entre lui et nous, c'est qu'il nous dépasse un peu en tout, qu'il est légèrement hors normes. Peut-être, en tant que dernière recrue, seul frère du Nord, symbolise-t-il notre vie au service de la Dame. Ses tourments intérieurs sont devenus les nôtres. Son refus silencieux de hurler et de se frapper la poitrine dans l'adversité est aussi le nôtre. Nous préférons parler avec la voix métallique de nos armes.

Ça suffit. Pourquoi chercher à comprendre ? Elmo avait trouvé le filon. Corbeau et moi tamisions pour dénicher les pépites.

Gobelin et Qu'un-Œil sont entrés d'un pas nonchalant. Ni l'un ni l'autre n'était capable de lire les documents nordistes. Pour s'amuser, ils ont envoyé des ombres surgies du néant se courir après sur les murs. Corbeau leur a lancé un coup d'œil mauvais. Leurs sempiternelles pitreries et chamailleries peuvent lasser quand on a d'autres soucis en tête.

Ils l'ont regardé, ont abandonné leur jeu et se sont assis en silence comme des enfants réprimandés.

Corbeau jouit d'un talent, d'une énergie et d'une forte personnalité qui font frémir des hommes plus dangereux que lui quand ils se trouvent en sa présence froide et sinistre.

Le capitaine est arrivé en compagnie d'Elmo et de Silence. Par la porte, j'ai aperçu plusieurs hommes qui traînaient dans le coin. Marrant, leur faculté de sentir que quelque chose se mijote.

« Qu'est-ce que tu as trouvé, Toubib ? » a demandé le capitaine.

Je me suis dit qu'il avait tiré d'Elmo tout ce qu'il savait, j'ai donc sauté directement au coup de théâtre. « Ces ordres. » J'ai tapoté une de mes piles. « Ces rapports. » J'en ai tapoté une autre. « Ils portent tous la signature de Murmure. On est en train de ficher la pagaïe dans ses plates-bandes. » Ma voix était montée dans l'extrême aigu.

Pendant un moment personne n'a rien dit. Gobelin a poussé quelques couinements lorsque Candi et les autres sergents se sont précipités dans le baraquement. « C'est vrai ? » a enfin demandé le capitaine à Corbeau.

Corbeau a hoché la tête. « À en juger par les documents, elle n'a pas arrêté d'aller et venir depuis le début du printemps. »

Le capitaine a joint les mains, s'est mis à marcher de long en large. Il avait l'air d'un vieux moine fatigué se rendant à la prière du soir.

Murmure est le plus célèbre des généraux rebelles. Son génie obstiné a maintenu la cohésion du front oriental malgré les efforts acharnés des Dix. C'est aussi le membre le plus dangereux du Cercle des Dix-huit. On la connaît pour sa minutie à préparer ses campagnes. Dans une guerre qui ressemble trop souvent à la confrontation de deux masses chaotiques en armes, ses forces se distinguent par leur organisation rigoureuse, leur discipline et leur détermination.

Le capitaine réfléchissait tout haut. « Elle est censée commander l'armée rebelle à Rouille. C'est ça, non ? » La lutte pour Rouille avait commencé trois ans plus tôt. La rumeur parlait de centaines de kilomètres carrés de terres dévastées. Durant l'hiver, les deux camps en avaient été réduits à dévorer leurs propres morts pour survivre.

J'ai hoché la tête. La question était de pure forme. Je l'ai dit, il réfléchissait tout haut.

« Et depuis des années Rouille n'est qu'un champ de la mort. Murmure ne lâchera pas. La Dame non plus. Mais si Murmure vient par ici, alors c'est que le Cercle a décidé de laisser tomber Rouille. »

Puis il a ajouté : « Ça veut dire que leur stratégie passe de l'est au nord. » Le nord reste le flanc le plus faible de la Dame. L'ouest est exsangue. Les alliés de la Dame ont la maîtrise de la mer au sud. On ne s'occupe pas du nord depuis que les frontières de l'Empire s'étendent aux grandes forêts au-dessus du Forsberg. C'est dans le Nord que les rebelles ont remporté leurs succès les plus spectaculaires.

« Ils ont le vent en poupe, a fait remarquer le lieutenant. Le Forsberg est pris, le Saillant envahi, Roseraie fichue et Seigle assiégée. Des armées rebelles marchent sur Savoir et Jeanne. Elles ne passeront pas, mais le Cercle le sait sûrement. Alors ils changent leur arbalète d'épaule et marchent sur Seigneurie. Si Seigneurie tombe, ils seront quasiment à la limite du Pays du Vent. Qu'ils décident de traverser le Pays du Vent, d'escalader la Marche de la Déchirure, et de là-haut ils domineront Charme d'une centaine de kilomètres. »

Je continuais d'inventorier et de trier les documents. « Elmo, tu pourrais fouiner dans le coin, des fois que tu tomberais sur autre chose. Elle a peut-être planqué des papiers.

— Sers-toi de Qu'un-Œil, de Gobelin et de Silence, a suggéré Corbeau. Tu trouveras plus facilement. »

Le capitaine a donné son accord. « Arrête-moi tout ce bazar dehors, a-t-il dit au lieutenant. Carpe. Candi et toi, tenez les hommes prêts à partir. Allumette, double ton périmètre de gardes.

— Mon capitaine ? a demandé Candi.

— Tu n'as pas envie d'être encore là quand Murmure va revenir, hein ? Gobelin, ramène-toi. Déniche-moi Volesprit. Ça concerne des autorités supérieures. Tout de suite. »

Gobelin a grimacé affreusement, puis il s'est rendu dans un angle et s'est mis à chuchoter tout seul. Il se livrait à une petite sorcellerie discrète – du moins au début.

Le capitaine a poursuivi : « Toubib. Corbeau et toi, vous emballerez ces documents dès que vous aurez fini. On va les emporter.

— Je pourrais peut-être mettre les plus intéressants de côté pour Volesprit, ai-je proposé. Va falloir les étudier sans tarder si on veut en tirer quelque chose. Je veux dire, va falloir agir avant que Murmure ait le temps de se retourner. »

Le capitaine m'a coupé. « Très bien. Je vais te fournir un chariot. Traînez pas. » Il était un peu blême sur les bords lorsqu'il est sorti d'un pas raide.

De nouveaux accents de terreur ont marqué les cris et hurlements à l'extérieur. J'ai démêlé mes jambes douloureuses et me suis rendu à la porte. Les hommes rassemblaient les rebelles sur leur terrain d'exercice. Les prisonniers sentaient l'impatience soudaine de la Compagnie à mettre les bouts. Ils se disaient qu'ils allaient mourir quelques minutes avant l'arrivée du salut.

En secouant la tête, je suis retourné à ma lecture. Corbeau m'a jeté un regard qui signifiait peut-être qu'il partageait ma détresse. D'un autre côté, il exprimait peut-être son mépris pour la faiblesse. Difficile d'être sûr, avec lui.

Qu'un-Œil a passé la porte en jouant des coudes, s'est approché lourdement, a déversé une brassée de liasses de papiers enveloppées dans de la toile cirée. Des mottes de terre humide s'y accrochaient encore. « T'avais raison. On a déterré ça derrière ses chambrées. »

Gobelin a poussé un long cri strident aussi glacial qu'un hululement de hibou quand on est seul dans les bois à minuit. Qu'un-Œil s'est précipité. De tels moments me font douter de la sincérité de leur inimitié.

Gobelin a gémi. « Il est dans la Tour. Avec la Dame. Je la vois par ses yeux... Il fait noir ! Oh, dieux, ce qu'il fait noir ! Non ! Oh, Dieu, non ! Non ! » Ses paroles se sont muées en un cri de terreur pure. Qui s'est achevé par : « L'Œil. Je vois l'Œil. Il regarde directement à travers moi. »

Corbeau et moi avons échangé des froncements de sourcils et des haussements d'épaules. De quoi parlait-il ?

Gobelin donnait l'impression de retomber en enfance. « Empêche-le de me regarder. Empêche-le. J'ai été sage. Fais-le partir. »

Qu'un-Œil était à genoux près de Gobelin. « Tout va bien. Tout va bien. C'est pas réel. Ça va aller. »

J'ai croisé le regard de Corbeau. Il s'est retourné, a fait des gestes à l'intention de Chérie. « Je l'envoie chercher le capitaine. »

Chérie est partie à contrecœur. Corbeau a pris une autre feuille de papier sur le tas et s'est remis à lire. Aussi imperturbable qu'un caillou, ce Corbeau.

Gobelin a braillé un moment puis est retombé soudain dans un silence de mort.

Je me suis retourné d'un coup. Qu'un-Œil a levé une main pour me signifier qu'on n'avait pas besoin de moi. Gobelin avait fini de transmettre son message.

Gobelin s'est calmé peu à peu. La terreur a disparu de sa figure. Ses couleurs sont revenues. Je me suis agenouillé, lui ai touché la carotide. Son cœur battait la chamade, mais les pulsations ralentissaient. « Ça m'étonne que ça l'ait pas tué, cette fois, ai-je dit. Ç'a déjà été aussi grave ?

— Non. » Qu'un-Œil a lâché la main de Gobelin. « Vaudrait mieux pas s'adresser à lui, la prochaine fois.

— Est-ce que c'est progressif ? » Mon art partage avec le leur certaines zones d'ombre, mais tout juste. Je ne savais pas.

« Non. Va falloir l'aider un moment pour qu'il reprenne confiance. Apparemment, il a retrouvé Volesprit carrément dans la Tour. Ça laisserait n'importe qui sur le flanc, à mon avis.

— Quand il était en présence de la Dame », ai-je soufflé. Je n'arrivais pas à contenir mon excitation. Gobelin avait vu l'intérieur de la Tour ! Il avait peut-être vu la Dame ! Seuls les Dix Asservis sont jamais sortis de la Tour. L'imagination populaire prête à l'édifice un millier de phénomènes horribles qui se passeraient à l'intérieur. Et moi, j'avais sous la main un témoin vivant !

« Laisse-le tranquille, Toubib. Il te racontera quand il sera prêt. » Il y avait de la dureté dans la voix de Qu'un-Œil.

Ils se moquent de mes petites élucubrations, d'après eux je suis tombé amoureux d'une apparition. Ils ont peut-être raison. Parfois ma passion me fait peur. Elle frise l'obsession.

Un moment, j'ai oublié mes devoirs envers Gobelin. Un moment, il a cessé d'être un homme, un frère d'armes, un vieil ami. Il n'était plus qu'une source d'information. Puis, honteux, je me suis réfugié dans mes papiers.

Le capitaine est arrivé, intrigué, traîné par une Chérie décidée. « Ah. Je vois. Il a établi le contact. » Il a examiné Gobelin. « Il a dit quelque chose ? Non ? Réveille-le, Qu'un-Œil. »

Qu'un-Œil a voulu protester, s'est ravisé, a doucement secoué Gobelin. Gobelin a pris son temps pour se réveiller. Son sommeil était presque aussi profond qu'une transe.

« Ç'a été dur ? » m'a demandé le capitaine.

J'ai expliqué. Il a grogné. « Le chariot arrive, a-t-il dit. Que l'un de vous commence à charger. »

J'ai entrepris de redresser mes piles.

« L'un de vous, ça veut dire Corbeau, Toubib. Toi, tu restes ici. Gobelin n'a pas l'air bien. »

Effectivement. Il était redevenu pâle. Sa respiration était plus rapide, moins profonde, hachée. « Flanque-lui une baffe, Qu'un-Œil, ai-je dit. Il se croit peut-être encore là-bas. »

La gifle a été efficace. Gobelin a ouvert des yeux paniqués. Il a reconnu Qu'un-Œil, a frissonné, aspiré une grande goulée d'air et couiné : « C'est pour ça que je reviens ? Après ce que j'ai vu ? » Mais sa voix démentait ses protestations. On sentait chez lui un soulagement à couper au couteau.

« Il va bien, ai-je dit. Il rouspète. »

Le capitaine s'est accroupi. Il n'a rien dit. Gobelin parlerait à son heure.

Il lui a fallu plusieurs minutes pour reprendre ses esprits. « Volesprit dit qu'il faut foutre le camp, a-t-il alors déclaré. En vitesse. Il nous rejoindra sur la route de Seigneurie.

— C'est tout ? »

C'est à chaque fois pareil, mais le capitaine s'attend toujours à mieux. On peut se dire que le jeu n'en vaut pas la chandelle quand on voit ce qu'endure Gobelin.

J'ai regardé le sorcier avec insistance. C'était drôlement tentant. Il m'a rendu mon regard. « Plus tard, Toubib. Laisse-moi le temps de me remettre les idées en ordre. »

J'ai hoché la tête. « Une petite tisane, ça te remontera.

— Oh, non. Pas question que tu me refiles la pisse de rat de Qu'un-Œil.

— Pas la sienne. La mienne. » J'ai sorti des herbes, de quoi préparer un bon litre de décoction, les ai données à Qu'un-Œil, ai refermé ma trousse et me suis replongé dans mes papiers tandis que le chariot arrivait en grinçant devant la porte.

Alors que je sortais la première cargaison, j'ai remarqué que les hommes en étaient au stade du coup de grâce sur le terrain d'exercice. Le capitaine ne perdait pas de temps. Il tenait à mettre le plus de distance possible entre le camp et lui avant le retour de Murmure.

Difficile de le lui reprocher. Murmure jouit d'une réputation parfaitement exécrable.

Je ne me suis intéressé aux paquets enveloppés de toile cirée qu'après notre départ. J'ai pris place à côté du conducteur et me suis plongé dans le premier en m'efforçant d'ignorer les secousses brutales du véhicule sans ressorts.

J'ai relu les paquets deux fois, et j'en ai été encore plus bouleversé.

Un véritable dilemme. Fallait-il répéter au capitaine ce que j'avais appris ? Fallait-il le répéter à Qu'un-Œil ou Corbeau ? Ça les intéresserait tous. Fallait-il tout garder pour Volesprit ? C'est sûrement ce que lui-même préférerait. La question, c'était de savoir si ces renseignements tombaient ou non sous le coup de mes obligations envers la Compagnie. J'avais besoin de conseils.

J'ai sauté du chariot et laissé la colonne me dépasser jusqu'à ce que Silence me rattrape. Il avait la garde du centre. Qu'un-Œil se trouvait en tête et Gobelin à l'arrière. Chacun valait un peloton de cavaliers.

Silence a baissé les yeux depuis le dos du grand cheval noir qu'il monte lorsqu'il est d'une humeur massacrante. Il a froncé les sourcils. De nos sorciers, c'est celui qui se rapproche le plus de ce qu'on pourrait appeler le mal, mais, comme beaucoup d'entre nous, c'est plutôt une image qu'il se donne.

« J'ai un problème à résoudre, lui ai-je dit. Un gros. Je ne vois que toi pour m'aider. » J'ai jeté un regard à la ronde. « Je ne veux pas que d'autres entendent ce que je vais te dire. »

Silence a hoché la tête. Il a exécuté des gestes compliqués et fluides, trop rapides pour que l'œil les suive. Soudain, je n'ai plus rien entendu au-delà de deux mètres. C'est incroyable tous les sons qu'on remarque seulement quand ils ont disparu. J'ai répété à Silence ce que j'avais découvert.

C'est dur d'ébranler Silence. Il a tout vu, tout entendu. Mais, cette fois, il a eu l'air franchement stupéfait.

Un moment, j'ai cru qu'il allait dire quelque chose.

« Je dois avertir Volesprit ? »

Un oui énergique de la tête. Très bien. J'en étais sûr. L'information était trop importante pour la Compagnie. Elle nous dévorerait si nous la gardions pour nous seuls.

« Et le capitaine ? Qu'un-Œil ? Certains autres ? »

Il a été moins vif à répondre et moins catégorique. Avis défavorable. Grâce à quelques questions et à l'intuition qu'on acquiert à la longue, j'ai saisi ce que pensait Silence : Volesprit ne voudrait informer que ceux qui auraient besoin de savoir.

« Alors d'accord, ai-je dit. Merci. » Je suis reparti vers la tête de la colonne. Une fois hors de vue de Silence, j'ai demandé à un des hommes : « T'as vu Corbeau ?

— Devant avec le capitaine. »

Ça se tenait. Je me suis remis à trotter.

Après un moment de réflexion, j'avais décidé de m'acheter une petite assurance. Corbeau était la meilleure police que je voyais.

« Tu lis des langues anciennes ? » lui ai-je demandé. Ce n'était pas commode de lui parler. Le capitaine et lui étaient à cheval, et Chérie juste derrière eux. Sa mule essayait sans arrêt de me cogner dans les talons.

« Quelques-unes. Des restes de mon éducation classique. Pourquoi ? »

J'ai pressé l'allure sur quelques pas. « On va avoir du ragoût de mule si tu fais pas gaffe, sale bête. » Je le jure, l'animal a ricané. « Certains de ces papiers ne sont pas tout jeunes, ai-je répondu à Corbeau. Ceux que Qu'un-Œil a déterrés.

— Pas importants, alors ? »

J'ai haussé les épaules et marché paisiblement à côté de lui en choisissant mes mots avec soin. « On ne sait jamais. La Dame et les Dix sont là depuis un bout de temps. » J'ai poussé un cri, pivoté et couru à reculons en m'étreignant l'épaule, là où la mule m'avait donné un coup de dents. La bête affectait un air innocent, mais Chérie souriait malicieusement.

La voir sourire, ça valait presque le coup d'avoir mal. Ça lui arrivait si rarement.

J'ai traversé la colonne et me suis laissé dépasser jusqu'à me retrouver à côté d'Elmo. « Quelque chose qui cloche, Toubib ? a-t-il demandé.

— Hein ? Non. Pas vraiment.

— On dirait que t'as peur. »

Oui, j'avais peur. J'avais soulevé le couvercle d'une petite boîte, juste pour voir ce qu'il y avait dedans, et j'y avais trouvé le mal. Ce que j'avais lu, je ne pouvais pas l'effacer de ma mémoire.

Lorsque j'ai revu Corbeau, il avait la figure aussi blême que moi. Sinon davantage. Nous avons marché ensemble pendant qu'il me résumait ce qu'il avait tiré des documents que je n'avais pas pu lire.

« Certains appartenaient au sorcier Bomanz, m'a-t-il dit. D'autres datent de la Domination. J'en ai trouvé en telleKure. Cette langue-là, il n'y a plus que les Dix qui s'en servent encore.

— Bomanz ? ai-je demandé.

— Parfaitement. Celui qui a réveillé la Dame. Murmure a dû trouver un moyen de mettre la main sur ses papiers secrets.

— Oh.

— C'est ça. Oui. Oh. »

Nous nous sommes séparés, et chacun s'est retrouvé seul avec ses peurs.

Volesprit est arrivé sournoisement. Il portait des vêtements pareils aux nôtres, en dehors de son cuir habituel. Il s'est glissé dans la colonne sans se faire remarquer. Depuis combien de temps il était là ? je n'en sais rien. J'ai pris conscience de sa présence au moment où nous quittions la forêt, après trois jours de dix-huit heures de marche forcée. Je posais un pied douloureux devant l'autre en marmonnant que je devenais trop vieux lorsqu'une voix douce de femme a demandé : « Comment va notre médecin, aujourd'hui ? » Une voix amusée, à la limite du chant.

Moins épuisé, j'aurais sans doute fait un bond de plusieurs mètres en hurlant. Vu mon état, je me suis contenté de faire le pas suivant, de tourner péniblement la tête et de grommeler : « On a fini par pointer son nez, hein ? » L'extrême indifférence était à l'ordre du jour.

Une vague de soulagement arriverait plus tard, mais pour l'heure mon cerveau fonctionnait aussi mollement que mes membres. Après une cavale aussi longue, j'avais l'adrénaline paresseuse. Le monde ne m'inspirait plus ni passions ni terreurs soudaines.

Volesprit a marché à côté de moi, au même pas, en me jetant un coup d'œil de temps en temps. Je ne voyais pas son visage, mais je sentais son amusement.

Le soulagement est arrivé, suivi d'une vague d'angoisse à constater ma propre témérité. J'avais répondu avec insolence à Volesprit comme à un gars de la Compagnie. Ça me faisait un choc.

« Et si nous jetions un coup d'œil à ces documents ? » a-t-il demandé. Il m'avait l'air franchement joyeux. Je l'ai conduit au chariot. Nous nous sommes hissés à bord. Le conducteur nous a lancé un regard écarquillé avant de fixer résolument la route devant lui, frissonnant, décidé à ne rien entendre.

Je suis allé directement aux paquets qui avaient été enterrés puis j'ai voulu m'éclipser. « Reste, m'a ordonné Volesprit. Ils n'ont pas encore besoin de savoir. » Il a senti ma frousse, a gloussé comme une jeune fille. « Tu n'as rien à craindre, Toubib. En fait, la Dame te remercie personnellement. » Il a ri à nouveau. « Elle voulait tout savoir sur toi, Toubib. Tout. Toi aussi, tu l'intrigues. »

La peur encore, comme un coup de masse. Personne ne veut attirer l'attention de la Dame.

Volesprit prenait plaisir à ma déconvenue. « Elle pourrait t'accorder une entrevue, Toubib. Oh, dis donc. Ce que tu es pâle. Enfin, ce n'est pas une obligation. Bon, au travail. »

Jamais je n'ai vu lire aussi vite. Il a avalé les vieux documents comme les récents, hop.

« Tu n'as pas pu tout lire », a-t-il dit. Il parlait de sa voix féminine claire et précise.

« Non.

— Moi non plus. Seule la Dame sera capable de déchiffrer certains de ces papiers. »

Curieux, ai-je songé. Je m'attendais à plus d'enthousiasme. La saisie des documents représentait un beau coup pour Voles-prit parce qu'il avait eu la prévoyance d'engager la Compagnie noire.

« Qu'as-tu trouvé dans ces papiers ? »

Je lui ai parlé du plan des rebelles pour une offensive sur Seigneurie et de ce qu'impliquait la présence de Murmure.

Il a gloussé. « Les vieux documents, Toubib. Parle-moi des vieux documents. »

Je transpirais. Plus il était doux, plus il était aimable, plus je me sentais menacé. « Le vieux sorcier. Celui qui vous a tous réveillés. Certains des papiers étaient à lui. » Merde. J'ai su avant même d'avoir fini ma phrase que j'avais mis les pieds dans le plat. Corbeau était le seul de la Compagnie capable d'identifier les papiers de Bomanz.

Volesprit a encore gloussé, m'a donné une claque amicale sur l'épaule. « C'est ce que je pensais, Toubib. Je n'avais pas de certitude, mais c'est ce que je pensais. Je savais que tu ne pourrais pas t'empêcher de le raconter à Corbeau. »

Je n'ai pas répondu. Je voulais mentir, mais il savait.

« Tu n'aurais pas pu être au courant, sinon. Tu lui as parlé des références au vrai nom du Boiteux, alors il a lu tout ce qu'il pouvait. C'est ça ? »

J'ai encore gardé le silence. C'était vrai, quoique mes motivations n'aient pas été véritablement fraternelles. Corbeau a des comptes à régler, mais le Boiteux veut notre peau à tous.

Le secret le plus jalousement gardé de tout sorcier, c'est évidemment son vrai nom. Un ennemi en possession d'une telle arme peut frapper à travers n'importe quelle magie, n'importe quelle illusion, droit au cœur de l'âme.

« Tu n'as fait qu'entrevoir l'importance de ce que tu as trouvé, Toubib. Même moi, je suis dans ce cas-là. Mais ce qui en découlera est prévisible. Le plus grand désastre de tous les temps pour les armées rebelles et beaucoup de remue-ménage parmi les Dix. » Il m'a donné une autre claque sur l'épaule. « Tu as fait de moi le deuxième personnage de l'Empire. La Dame connaît tous nos vrais noms. Maintenant j'en connais trois des autres, et j'ai récupéré le mien. »

Pas étonnant qu'il se montre chaleureux. Il avait esquivé une flèche qui le menaçait à son insu en même temps qu'il trouvait par hasard un moyen de pression sur le Boiteux. Il avait trébuché sur un trésor de puissance.

« Mais Murmure...

— Murmure devra disparaître. » La voix de Volesprit s'était faite profonde et glaciale. Une voix d'assassin, une voix habituée à prononcer des sentences de mort. « Murmure doit mourir sans tarder. Sinon, ce n'est pas la peine.

— Et si elle en a parlé à quelqu'un d'autre ?

— Elle n'en a pas parlé. Oh, non. Je connais Murmure. J'ai combattu contre elle à Rouille avant que la Dame m'envoie à Béryl. Je l'ai combattue à Garou. Je l'ai poursuivie au milieu des menhirs parlants de la plaine de la Peur. Je la connais, Murmure. C'est un génie, mais c'est une solitaire. Si elle avait vécu durant la première ère, le Dominateur l'aurait soumise à sa loi. Elle sert la Rose Blanche, mais elle a le cœur aussi noir que la nuit de l'Enfer.

— Pour moi, tout le Cercle est pareil. »

Volesprit a éclaté de rire. « Oui. Tous des hypocrites. Mais aucun comme Murmure. C'est incroyable, Toubib. Comment a-t-elle découvert autant de secrets ? Comment a-t-elle obtenu mon nom ? Je l'avais soigneusement caché. Je l'admire. Vraiment. Un tel génie. Une telle audace. Lancer un raid sur Seigneurie, traverser le Pays du Vent et gravir la Marche de la Déchirure. Incroyable. Impossible. Et son coup aurait réussi sans l'intervention de la Compagnie noire, et sans toi. Tu seras récompensé. Je te le garantis. Mais assez parlé de ça. J'ai du travail. Rôde-la-Nuit a besoin de ces renseignements. Il faut que la Dame voie ces papiers.

— J'espère que vous avez raison, ai-je grommelé. On leur botte le cul, et après : la pause. Je suis vidé. Ça fait un an qu'on crapahute et qu'on se bat. »

Une réflexion bête, Toubib. J'ai senti le froncement de sourcils glacial derrière le morion noir. Depuis combien de temps Volesprit crapahutait et se battait-il ? Une éternité. « Tu peux t'en aller maintenant, m'a-t-il dit. Je vous parlerai plus tard, à Corbeau et à toi. » Très, très froide, la voix. Je me suis tiré en vitesse.

Tout était terminé à Seigneurie lorsque nous sommes arrivés. Rôde-la-Nuit avait manœuvré vite et frappé fort. On ne pouvait aller nulle part sans tomber sur des rebelles pendus à des arbres et des lanternes. La Compagnie a pris ses quartiers, espérant passer un hiver tranquille, bien ennuyeux, et un printemps à repousser les rebelles restants jusqu'aux grandes forêts du Nord.

Ah ! une belle illusion, le temps qu'elle a duré.

« Tonk ! ai-je annoncé en abattant cinq figures servies d'entrée. Ha ! Double mise, les gars. Double mise. Payez ! »

Qu'un-Œil a grommelé, grogné et poussé des pièces sur la table. Corbeau a pouffé. Même Gobelin s'est animé au point de sourire. Qu'un-Œil n'avait pas gagné une partie de toute la matinée, même en trichant.

« Merci, messieurs. Merci. À toi de donner, Qu'un-Œil.

— Tu fais quoi, Toubib ? Hein ? Tu t'y prends comment ?

— La main est plus rapide que l'œil, a suggéré Elmo.

— Une vie saine, Qu'un-Œil. Une vie saine. »

Le lieutenant a franchi la porte, la mine dure et menaçante. « Corbeau. Toubib. Le capitaine veut vous voir. Illico. » Il a fait du regard le tour des multiples parties de cartes. « Espèces de dégénérés. »

Qu'un-Œil a reniflé, puis a réussi à se fendre d'un sourire pâle. Le lieutenant jouait plus mal que lui.

J'ai regardé Corbeau. Le capitaine était son copain. Mais il a haussé les épaules et jeté ses cartes sur le paquet. Je me suis rempli les poches de mes gains et l'ai suivi jusqu'au bureau du chef.

Volesprit s'y trouvait. Nous ne l'avions pas revu depuis ce jour à la lisière de la forêt. J'avais espéré qu'il serait trop occupé pour reprendre contact avec nous. J'ai regardé le capitaine en m'efforçant de lire l'avenir sur sa figure. J'ai constaté qu'il n'était pas content.

S'il n'était pas content, moi non plus.

« Asseyez-vous. » Deux chaises attendaient. Il allait et venait d'un pas impatient. « Nous avons reçu l'ordre de faire mouvement. Un ordre arrivé directement de Charme. Toute la brigade de Rôde-la-Nuit et nous. » Il a fait un geste en direction de Volesprit pour lui passer le relais.

Volesprit avait l'air perdu dans ses pensées. D'une voix à peine audible, il a demandé : « Qu'est-ce que tu vaux à l'arc, Corbeau ?

— Je me défends. Pas un champion.

— Il fait mieux que se défendre, a riposté le capitaine. Vachement bon.

— Et toi, Toubib ?

— J'étais bon dans le temps. Je n'ai pas tiré une flèche depuis des années.

— Entraîne-toi. » Volesprit s'est mis lui aussi à faire les cent pas. Le bureau était petit. Je m'attendais à une collision à tout moment. Au bout d'une minute, l'Asservi a repris la parole. « Il y a du nouveau. Nous avons essayé de capturer Murmure dans son camp. Nous l'avons ratée. Elle a flairé le piège. Elle est encore par là-bas, elle se cache quelque part. La Dame envoie des troupes de partout. »

Voilà qui expliquait la remarque du capitaine. Ça ne me disait pas pourquoi je devais parfaire mes talents d'archer.

« Pour ce qu'on en sait, a poursuivi Volesprit, les rebelles ne sont pas au courant des derniers événements. Pour l'instant. Murmure n'a pas trouvé le courage de répandre la nouvelle de son échec. Elle a sa fierté. On dirait qu'elle veut d'abord récupérer ses pertes.

— Avec quoi ? a demandé Corbeau. Elle ne pourrait même pas réunir une section.

— Avec des souvenirs. Ceux des documents que vous avez trouvés enterrés. À notre avis, elle ignore que nous les avons. Elle ne s'est pas approchée de son quartier général avant que le Boiteux dévoile notre jeu et elle s'est enfuie dans la forêt. Et nous quatre, en dehors de la Dame, nous sommes les seuls à connaître l'existence de ces documents. »

Corbeau et moi avons hoché la tête. Nous comprenions maintenant la nervosité de Volesprit. Murmure connaissait son vrai nom. Il faisait une belle cible.

« Qu'est-ce que vous attendez de nous ? » a demandé Corbeau d'un air méfiant. Il avait peur :

Volesprit se disait peut-être que nous avions déchiffré ce nom nous-mêmes. Il avait même suggéré de tuer l'Asservi avant qu'il ne nous tue. Les Dix ne sont ni immortels ni invulnérables, mais ils sont sacrément durs à atteindre. Je ne tenais nullement à tenter ma chance sur aucun d'eux.

« Nous trois, nous avons une mission spéciale. »

Corbeau et moi avons échangé un regard. Est-ce qu'il cherchait à nous piéger ?

« Capitaine, a dit Volesprit, ça vous ennuierait de sortir une minute ? »

Le capitaine a passé la porte en traînant les pieds. Son numéro d'ours, c'est de la frime. À mon avis, il ne se rend pas compte que nous avons compris depuis des années. Il continue de nous le servir, histoire de faire impression.

« Je ne vais pas vous emmener dans un coin où je pourrai vous tuer tranquillement, nous a dit Volesprit. Non, Corbeau, je ne crois pas que tu as découvert mon vrai nom. »

J'en ai eu la chair de poule. Je me suis enfoncé la tête dans les épaules. Une main de Corbeau a jailli. Un couteau est apparu. Il s'est mis à se nettoyer des ongles déjà irréprochables.

« Il y a une nouvelle embêtante : Murmure a suborné le Boiteux après que nous l'avons ridiculisé dans l'affaire de Fureteur.

— Ça explique ce qui s'est passé dans le Saillant, me suis-je écrié. L'affaire était dans le sac. Et tout a foiré en une nuit. Et il a joué les salauds pendant la bataille de Roseraie. »

Corbeau a confirmé. « Roseraie, c'est de sa faute. Mais personne n'a pensé à une trahison. Après tout, il fait partie des Dix.

— Oui, a dit Volesprit. Ça explique beaucoup de choses. Mais le Saillant et Roseraie, c'est du passé. Ce qui nous intéresse maintenant, c'est l'avenir. C'est de nous débarrasser de Murmure avant qu'elle nous gratifie d'un autre désastre. »

Corbeau a regardé Volesprit, m'a regardé, a continué de se manucurer sans raison. Moi non plus, je ne prenais pas ce que racontait l'Asservi pour argent comptant. Nous autres, simples mortels, nous ne sommes que des jouets et des instruments entre les mains de ces gens-là. Eux sont capables d'exhumer les os de leurs grands-mères pour se faire bien voir de la Dame.

« Nous avons un léger avantage sur Murmure, a dit Volesprit. Nous sommes au courant qu'elle a accepté de rencontrer le Boiteux demain...

— Comment vous êtes au courant ? a demandé Corbeau.

— Moi, je ne sais pas. C'est la Dame qui me l'a dit. Le Boiteux ne se doute pas qu'on est au courant pour lui, mais il a compris qu'il ne peut pas tenir encore très longtemps. Il va sûrement vouloir passer un marché pour se faire protéger par le Cercle. Sinon, il est mort, et il le sait. Ce que veut la Dame, c'est qu'ils meurent ensemble, comme ça le Cercle soupçonnera Murmure d'avoir voulu passer du côté du Boiteux plutôt que le contraire.

— Ça ne prendra pas, a grommelé Corbeau.

— Ils y croiront.

— Alors on va les liquider, ai-je dit. Corbeau et moi. À l'arc. Et comment on va les trouver ? » Volesprit avait beau dire, il ne serait pas sur place. Aussi bien le Boiteux que Murmure sentiraient sa présence longtemps avant qu'il arrive à portée de flèche.

« Le Boiteux accompagnera les troupes qui feront route dans la forêt. Ne se sachant pas soupçonné, il ne se cachera pas de l'Œil de la Dame. Il s'attendra à ce qu'on prenne ses déplacements pour une battue. La Dame me fera part de ses allées et venues. Je vous mettrai sur sa piste. Quand ils se rencontreront, vous les descendrez.

— Sûrement, a ricané Corbeau. Sûrement. Un jeu d'enfant. » Il a lancé son couteau. La lame s'est enfoncée profond dans un appui de fenêtre. Il est sorti en tapant du pied.

À moi non plus, la proposition ne disait rien qui vaille. J'ai regardé fixement Volesprit et me suis interrogé environ deux secondes avant de laisser la peur me précipiter dans le sillage de Corbeau.

Ma dernière vision fugitive de Volesprit était celle d'un être fatigué, voûté, accablé de tristesse. J'imagine que c'est difficile pour eux de vivre avec leur réputation. Tout le monde veut être aimé.

Je me livrais à l'un de mes petits fantasmes à propos de la Dame pendant que Corbeau plantait systématiquement des flèches dans un chiffon rouge épinglé à une cible de paille. J'avais déjà eu du mal à toucher la cible au premier tour, à plus forte raison le chiffon. On aurait dit que Corbeau était incapable de tirer à côté.

Cette fois, je m'amusais avec l'enfance de la Dame. J'aime imaginer l'enfance des scélérats. Quelles torsades et quels nœuds formaient le fil qui reliait la créature de Charme à la petite fille qu'elle avait été ? Prenons les petits enfants. À de rares exceptions près, ils sont mignons, adorables, de vrais amours, aussi doux que du miel battu au beurre. Alors d'où viennent tous les êtres malfaisants ? Quand je me balade dans nos baraquements, je me demande comment un bambin rigolard et curieux a pu devenir Trois-Doigts, Jovial ou Silence.

Les petites filles sont deux fois plus adorables et innocentes que les petits garçons. C'est la même chose dans toutes les cultures que je connais.

Alors d'où vient la Dame ? Ou Murmure, en la circonstance ? Voilà sur quoi je m'interrogeais dans ma dernière saynète.

Gobelin s'est assis à côté de moi. Il a lu ce que j'avais écrit. « Je suis pas d'accord, a-t-il dit. Je crois qu'elle a décidé d'être comme elle est dès le début, en toute connaissance de cause. »

Je me suis lentement tourné vers lui, terriblement conscient de la présence de Volesprit qui, debout à quelques pas derrière moi, regardait voler les flèches. « Je n'ai pas vraiment cru que c'était comme ça, Gobelin. C'est un... Enfin, tu sais bien. Quand on veut comprendre, on arrange les choses, c'est plus simple.

— On fait tous pareil. Dans la vie courante, on appelle ça trouver des excuses. » Exact, les vrais motifs sont trop durs à avaler. La plupart des gens qui arrivent à mon âge ont si souvent et si bien poli leurs motifs qu'ils n'ont plus aucun rapport avec eux.

J'ai pris conscience d'une ombre sur mes genoux. J'ai levé la tête. Volesprit a tendu la main, m'a invité à prendre mon tour au tir à l'arc. Corbeau avait récupéré ses flèches et restait là, attendant que je m'avance au pas de tir.

Mes trois premiers traits se sont plantés dans le chiffon. « Z'avez vu ça ? » j'ai fait, et je me suis retourné pour saluer.

Volesprit lisait ma petite saynète. Il a levé les yeux et croisé les miens. « Dis, Toubib ! Tu es très loin de la réalité. Tu ne sais pas qu'elle a assassiné sa sœur jumelle à quatorze ans ? »

Des rats aux griffes de glace m'ont couru à toute vitesse le long de l'échine. J'ai fait demi-tour et décoché une flèche. Elle a filé largement à droite de la cible. J'ai encore un peu arrosé le décor sans rien faire d'autre qu'agacer les pigeons du coin.

Volesprit a pris l'arc. « Tes nerfs craquent, Toubib. » D'un mouvement si vif que l'œil n'arrivait pas à le suivre, il a envoyé trois flèches dans un cercle pas plus grand qu'une cerise. « Continue. Tu seras soumis à une plus grande pression là-bas. » Il m'a rendu l'arc. « Le secret, c'est la concentration. Pense que tu fais de la chirurgie. »

Penser que je fais de la chirurgie. D'accord. J'ai réussi quelques opérations d'urgence délicates en plein champ de bataille. D'accord. Mais ça, c'était différent.

La bonne vieille excuse. Oui, mais... c'est tout de même différent.

Je me suis assez calmé pour atteindre la cible avec les flèches restantes. Après les avoir récupérées, j'ai laissé la place à Corbeau.

Gobelin m'a tendu mon matériel d'écriture. D'une main irritée, j'ai froissé ma petite fable.

« Tu veux un truc pour tes nerfs ? a demandé Gobelin.

— Ouais. La limaille de fer ou je ne sais quoi que bouffe Corbeau. » Mon amour-propre avait pris un coup de vieux.

« Essaye-moi ça. » Gobelin m'a remis une petite étoile d'argent à six branches suspendue à un collier. En son centre il y avait une tête de méduse dans du jais.

« Une amulette ?

— Oui. On a pensé que tu pourrais en avoir besoin demain.

— Demain ? » Personne n'était censé savoir ce qui se passait.

« On a des yeux, Toubib. C'est la Compagnie. On sait peut-être pas de quoi il s'agit, mais quand il se passe quelque chose, ça ne nous échappe pas.

— Ouais. J'imagine. Merci, Gobelin.

— Qu'un-Œil, Silence et moi, on a tous bossé dessus.

— Merci. Et Corbeau ? » Quand on a ce genre de geste envers moi, je préfère changer de sujet, je me sens plus à l'aise.

« Il en a pas besoin, Corbeau. Il a son amulette personnelle. Assieds-toi. On va causer.

— Je ne peux rien te dire.

— Je sais. Il m'a semblé que tu voulais des renseignements sur la Tour. » Il n'avait pas encore parlé de sa visite. J'avais renoncé à lui tirer les vers du nez.

« D'accord. Raconte. » J'ai observé Corbeau. L'une après l'autre, ses flèches embrochaient le chiffon.

« Tu ne vas pas l'écrire ?

— Oh. Ouais. » J'ai préparé plume et papier. Ça impressionne terriblement les hommes que je tienne ces Annales. Ils y sont immortels, là et nulle part ailleurs. « Je suis content de n'avoir pas parié avec lui.

— Parié avec qui ?

— Corbeau voulait qu'on parie sur notre adresse. »

Gobelin a grogné. « Est-ce que tu deviendrais trop malin pour te laisser embobiner par ce genre de truc ? Ta plume est prête ? » Il s'est lancé dans son histoire.

Il n'a pas ajouté grand-chose aux rumeurs que j'avais glanées çà et là. La salle où il est arrivé, d'après sa description, avait tout d'un bocal traversé de courants d'air, poussiéreux et mal éclairé. À peu près ce que je m'attendais à trouver dans la Tour. Ou dans n'importe quel château.

« À quoi elle ressemblait ? » C'était le seul mystère fascinant. J'avais en tête l'image d'une beauté brune, sans âge, dont la présence sexuelle frappait les simples mortels avec la force d'une massue. Volesprit la disait jolie, mais nul ne m'avait confirmé la chose.

« Je sais pas. Je me souviens pas.

— Comment ça, tu te souviens pas ? Comment peux-tu ne pas te souvenir ?

— T'énerve pas, Toubib. J'arrive pas à me souvenir. Elle était là, devant moi, et puis... Et puis tout ce que j'ai vu, c'est un œil jaune géant qu'arrêtait pas de grandir, de grandir, et qui me transperçait carrément pour reluquer tous mes secrets. Je me souviens de rien d'autre. Cet œil, il me flanque encore des cauchemars. »

J'ai soupiré, exaspéré. « J'aurais dû m'en douter, j'imagine. Tu vois, elle pourrait s'amener par ici maintenant, et personne saurait que c'est elle.

— À mon avis, c'est ce qu'elle veut, Toubib. Si nos affaires tournent mal, comme avant que tu déniches ces papiers, elle s'en sortira sans bobo. Y a que les Dix qui pourraient l'identifier, et elle trouverait un moyen de s'assurer leur silence. »

Pas si simple que ça, selon moi. Les particuliers du genre de la Dame assument difficilement un rôle subalterne. Les princes détrônés continuent de se conduire en princes.

« Merci pour la peine de m'avoir raconté ça, Gobelin.

— Quelle peine ? J'avais rien à raconter. J'ai tardé à venir te trouver uniquement parce que j'étais dans tous mes états. »

Corbeau a fini de récupérer ses flèches. Il s'est approché. « Pourquoi tu ne vas pas fourrer une punaise ou autre chose dans le couchage de Qu'un-Œil ? a-t-il demandé à Gobelin. On a du travail. » Mes résultats irréguliers au tir à l'arc le rendaient nerveux.

Il nous fallait compter l'un sur l'autre. Si l'un des deux ratait son coup, nous risquions de mourir avant de décocher un second trait. Je ne voulais pas y penser.

Mais y penser améliorait ma concentration. Cette fois j'ai tiré presque toutes mes flèches dans le chiffon.

C'était une fichue connerie à faire la veille de ce qui nous attendait, Corbeau et moi, mais le capitaine refusait de rompre avec une tradition vieille de trois siècles. Il refusait aussi d'écouter nos reproches d'avoir été désignés par Volesprit, ou nos demandes pour d'autres renseignements qu'il détenait manifestement. Je veux dire, je comprenais ce que voulait Volesprit et pourquoi, mais je ne voyais pas ce qui l'avait poussé à nous choisir, Corbeau et moi, pour faire ce boulot. Que le capitaine le soutienne rendait l'affaire encore plus déroutante.

« Pourquoi, Toubib ? m'a-t-il finalement répliqué. Parce que je vous ai donné un ordre, voilà pourquoi. Maintenant, va-t'en faire ta lecture. »

Un soir par mois, toute la Compagnie se rassemble pour entendre l'annaliste lui lire les écrits de ses prédécesseurs. Ces lectures sont censées mettre les hommes en contact avec l'histoire et les traditions de la communauté, lesquelles courent sur des siècles et des milliers de kilomètres.

J'ai placé mon choix sur un lutrin grossier et lancé la formule rituelle. « Bonsoir, frères. Lecture des Annales de la Compagnie noire, dernière des compagnies franches de Khatovar. Ce soir je vais lire le Livre de Kette, rédigé il y a longtemps, durant le deuxième siècle de la Compagnie, par les annalistes Lees, Agrip, Holm et Paille. À cette époque, la Compagnie était au service du Maldieu de Cho'n Delor. En ce temps-là, elle était vraiment noire.

» L'extrait est de l'annaliste Paille. Il se rapporte au rôle de la Compagnie dans les événements qui ont entouré la chute de Cho'n Delor. » J'ai commencé ma lecture tout en songeant intérieurement que la Compagnie avait servi un grand nombre de causes perdues.

L'époque de Cho'n Delor offrait beaucoup de ressemblance avec la nôtre, mais en ce temps-là, forte de six mille hommes, la Compagnie était en meilleure position pour décider de son destin.

J'ai tout oublié de ce qui m'entourait. Le vieux Paille écrivait comme un cochon. J'ai lu pendant trois heures avec la véhémence d'un prophète dément devant un auditoire subjugué. À la fin, j'ai eu droit à une ovation. Je me suis retiré du lutrin avec un sentiment d'épanouissement.

J'ai payé le prix de ma prestation dramatique dès mon retour au baraquement. En tant qu'assimilé officier, j'avais droit à ma petite alcôve personnelle. Je m'y suis rendu tout droit d'un pas chancelant.

Corbeau m'attendait. Assis sur ma couchette, il se livrait à une occupation artistique sur une flèche. Un bandage d'argent en entourait le fût. On aurait dit qu'il y gravait quelque chose. Moins épuisé, j'aurais cédé à la curiosité.

« Tu as été magnifique, m'a-t-il dit. Même moi, je l'ai senti.

— Hein ?

— Tu m'as fait comprendre ce que ça voulait dire, être un frère de la Compagnie noire à cette époque-là.

— Ce que ça veut toujours dire pour certains.

— Oui. Et tu as fait mieux. Tu les as touchés au plus profond d'eux-mêmes.

— Oui. Sûr. Tu fais quoi ?

— Je prépare une flèche pour le Boiteux. Avec son vrai nom dessus. Volesprit me l'a donné.

— Oh. » La fatigue m'empêchait de poursuivre sur le sujet. « Qu'est-ce que tu voulais ?

— Tu m'as fait sentir quelque chose pour la première fois depuis que ma femme et ses amants ont voulu m'assassiner et me déposséder de mes droits et de mes titres. » Il s'est levé, a fermé un œil et visé le long de sa flèche. « Merci, Toubib. Pendant un moment, je me suis senti à nouveau humain. » Il est sorti à grands pas.

Je me suis écroulé sur la couchette, j'ai fermé les yeux et revu Corbeau en train d'étrangler sa femme et de lui retirer son alliance sans dire un mot. Il en avait davantage révélé sur lui-même par cette seule phrase vite débitée que depuis le jour de notre rencontre. Curieux.

Je me suis endormi en songeant qu'il avait réglé ses comptes avec tout le monde sauf avec la source même de son désespoir. Le Boiteux était intouchable tant qu'il appartenait à la Dame. Plus maintenant.

Corbeau devait attendre le lendemain avec impatience. Je me suis demandé de quoi il allait rêver cette nuit-là. Et aurait-il encore un but dans l'existence si le Boiteux mourait ? On ne vit pas que de haine. Se soucierait-il de vouloir survivre aux événements à venir ? C'était peut-être ce qu'il voulait dire.

J'avais peur. L'homme qui nourrit de telles pensées risque de se faire remarquer et de mettre son entourage en danger.

Une main s'est refermée sur mon épaule. « C'est l'heure, Toubib. » Le capitaine en personne se chargeait du réveil.

« Ouais. Je suis réveillé. » Je n'avais pas bien dormi.

« Volesprit est prêt à partir. »

Il faisait encore noir dehors. « Quelle heure ?

— Presque quatre heures. Il veut être en route avant l'aube.

— Oh.

— Toubib ? Fais attention là-bas. Je veux que tu reviennes.

— Sûr, mon capitaine. Vous savez que je ne prends pas de risques. Capitaine ? Pourquoi Corbeau et moi, dites ? »

Peut-être qu'il allait me le dire à présent.

« À ce que dit Volesprit, la Dame songe à une récompense.

— Pas possible ? Une récompense. » J'ai tâtonné autour de moi à la recherche de mes bottes tandis qu'il se dirigeait vers la porte. « Capitaine ? Merci.

— Bien sûr. » Il savait que je le remerciais de se faire du souci pour moi.

Corbeau a passé la tête par la porte alors que je laçais mon pourpoint. « Prêt ?

— Une minute. Froid dehors ?

— Ça pince.

— Un manteau ?

— Pas du luxe. Une cotte de mailles ? » Il m'a touché la poitrine.

« Ouais. » J'ai passé mon manteau, ramassé l'arc que j'emportais et l'ai fait rebondir dans ma paume. Un instant, l'amulette froide de Gobelin s'est collée contre mon sternum. Pourvu qu'elle soit efficace.

Corbeau s'est fendu d'un sourire. « Moi aussi. »

J'ai souri à mon tour. « On y va. »

Volesprit attendait sur le terrain où nous nous étions entraînés à l'arc. Il se découpait dans la lumière qui sortait de la cantine de la Compagnie. Les boulangers travaillaient déjà d'arrache-pied. Volesprit se tenait raide comme à la parade, un paquet sous le bras gauche. Il regardait fixement en direction de la forêt de la Nuée. Il ne portait que du cuir et son morion. À la différence de la plupart des Asservis, il porte rarement des armes. Il préfère compter sur ses talents de thaumaturge.

Il parlait tout seul. Une manie bizarre. « Veux le voir mordre la poussière. Attends ça depuis quatre cents ans. » « Pas trop s'approcher. Il nous sentira venir. » « Écarter tout pouvoir. » « Oh ! ça, c'est trop risqué. » Tout un chœur de voix s'est mis de la partie. Ça donnait vraiment la chair de poule quand il y en avait deux à parler en même temps.

Corbeau et moi avons échangé un regard. Il a haussé les épaules. Volesprit ne l'étonnait pas. Mais il faut dire qu'il a grandi sur les terres de la Dame. Il a vu tous les Asservis. Volesprit est un des moins bizarres, paraît-il. J'ai frotté le cadeau de Gobelin. J'allais me surprendre à le frotter encore souvent.

Volesprit a frissonné comme un chien mouillé, puis s'est ressaisi. Sans nous regarder, il a fait un geste. « Venez », a-t-il dit avant de se mettre en marche.

Corbeau s'est retourné. « Chérie ! a-t-il braillé, je t'ai déjà dit de rentrer. Allez, rentre.

— Comment veux-tu qu'elle t'entende ? ai-je demandé en regardant derrière moi la gamine qui nous observait depuis l'ombre d'une porte.

— Elle ne m'entend pas. Mais le capitaine, si. Allez, rentre. » Il a gesticulé avec véhémence. Le capitaine est apparu l'espace d'un instant. Chérie a disparu. Nous avons suivi Volesprit. Corbeau marmonnait tout seul. Il s'inquiétait pour la fillette.

Volesprit a imposé une allure vive ; il est sorti du camp, de la ville même de Seigneurie, et s'en est allé à travers champs sans un regard en arrière. Il nous a conduits dans un grand terrain boisé à plusieurs jets de flèche des murs, jusqu'à une clairière au beau milieu. Là, au bord d'une rivière, attendait un tapis effiloché étalé sur un châssis de bois grossier de deux mètres sur trois et d'une trentaine de centimètres de haut. Volesprit a dit quelque chose. Le tapis a bougé, s'est tortillé un peu et s'est étendu tout raide.

« Corbeau, tu te mets ici. » Volesprit a désigné le coin droit le plus près de nous. « Toubib, là. » Il m'a montré le coin gauche.

Corbeau a posé un pied prudent sur le tapis et a eu l'air étonné de ne pas voir l'installation s'écrouler.

« Assieds-toi. » Volesprit l'a installé en tailleur, ses armes à côté de lui au bord du tapis. Il a fait de même avec moi. J'ai été surpris de trouver le tapis rigide.

C'était comme s'asseoir sur une table. « Il faut surtout éviter de remuer, a conseillé Volesprit en se contorsionnant pour prendre place devant nous, sur la ligne médiane, davantage vers l'avant du tapis. Si on ne garde pas l'équilibre, c'est la chute. Compris ? »

Je ne comprenais pas, mais j'étais d'accord avec Corbeau lorsqu'il a dit oui.

« Prêt ? »

Corbeau a encore dit oui. J'imagine qu'il savait de quoi il retournait. Moi, j'étais pris par surprise.

Volesprit a posé les mains, paumes en l'air, à côté de lui, a prononcé quelques paroles étranges, puis relevé lentement les mains. J'ai eu le souffle coupé, je me suis penché. Le sol s'éloignait.

« Bouge pas ! a grondé Corbeau. Tu veux nous tuer ? »

Nous n'étions qu'à deux mètres d'altitude. Pour l'instant. Je me suis redressé et tenu raide comme un piquet. Mais j'ai suffisamment tourné la tête pour surprendre un mouvement dans les broussailles.

Oui. Chérie. La bouche arrondie en un *O* d'étonnement. J'ai regardé devant moi et serré mon arc si fort que j'ai cru y laisser l'empreinte de mes mains. Je regrettais de ne pas oser tripoter mon amulette. « Corbeau, t'as pris des dispositions pour Chérie ? Au cas où, tu sais...

— Le capitaine veillera sur elle.

— J'ai oublié de m'arranger avec un gars pour les Annales.

— Tu es trop optimiste », s'est-il moqué. Malgré moi, j'ai frissonné.

Volesprit a fait quelque chose. Nous avons commencé à planer au-dessus des arbres. De l'air frisquet nous sifflait aux oreilles. J'ai jeté un coup d'œil pardessus bord. Nous nous trouvions à la hauteur d'un bâtiment de quatre étages et grimpions encore.

Les étoiles ont pivoté au-dessus de nos têtes lorsque Volesprit a changé de cap. Le vent s'est levé, et nous avons eu l'impression de voler face à une bourrasque. Je me suis penché de plus en plus en avant de peur de me faire éjecter. Il n'y avait rien d'autre derrière moi que deux ou trois centaines de mètres de vide et un arrêt brutal. J'avais mal aux doigts à force de me cramponner à mon arc.

J'ai appris une chose, me suis-je dit. Comment Volesprit réussit à s'amener si vite, même s'il est toujours très loin de l'action quand on le contacte.

Le voyage s'est effectué dans le silence. Volesprit restait plongé dans l'opération inconnue qui permettait de faire voler son coursier. Corbeau s'était refermé sur lui-même. Je l'ai imité. Je crevais de trouille. Mon ventre se révoltait. J'ignore si Corbeau souffrait des mêmes ennuis.

Les étoiles ont commencé à s'estomper. L'horizon s'est éclairci à l'est. La terre ferme s'est matérialisée en dessous de nous. J'ai risqué un coup d'œil. Nous survolions la forêt de la Nuée. Un peu plus de lumière. Volesprit a grogné, regardé l'orient, puis l'horizon devant nous. Il a paru écouter un instant puis a hoché la tête.

Le tapis a relevé le nez. Nous avons pris de l'altitude. Le plancher des vaches a oscillé et rapetissé jusqu'à ressembler à une carte géographique. Le fond de l'air s'est encore refroidi. Mon ventre restait indocile.

Loin à gauche, j'ai eu la vision fugitive d'une balafre noire dans la forêt. Le campement que nous avions envahi. Nous sommes alors entrés dans un nuage et Volesprit a ralenti notre course folle.

« Nous allons nous laisser dériver un moment, a-t-il dit. Nous sommes à cinquante kilomètres au sud du Boiteux. Il s'enfuit à cheval. Nous le rattrapons vite.

Quand nous serons plus près, nous descendrons avant qu'il puisse nous détecter. » Il se servait de sa voix sèche de femme.

J'ai voulu dire quelque chose. « Tais-toi, Toubib, m'a-t-il jeté. Ne me distrais pas. »

Nous sommes restés dans ce nuage, invisibles et aveugles, deux heures durant. Puis Volesprit a déclaré : « Il est temps de descendre. Accrochez-vous au châssis et ne lâchez pas. Ça risque de secouer un peu. »

Notre support a chuté à pic. Nous avons plongé comme un caillou lâché du haut d'une falaise. Le tapis s'est mis à pivoter lentement sur lui-même, si bien que la forêt avait l'air de tourner sous nos fesses. Puis il s'est mis à tanguer d'un bord à l'autre comme une feuille morte. Chaque fois qu'il gîtait de mon côté, je croyais basculer dans le vide.

Un bon hurlement m'aurait soulagé, mais on ne hurle pas devant des phénomènes comme Corbeau et Volesprit.

La forêt se rapprochait toujours. J'ai bientôt distingué les arbres séparément... quand j'osais regarder. Nous allions mourir. Je savais que nous allions carrément nous fracasser à travers la canopée et nous enfoncer à dix mètres sous terre.

Volesprit a dit quelque chose. Je n'ai pas compris quoi. En tout cas, il parlait à son tapis. Le balancement et le tournoiement ont peu à peu cessé. Notre descente s'est ralentie. Le tapis a légèrement piqué du nez et s'est mis à planer vers l'avant. L'Asservi a fini par nous amener sous le niveau des arbres pour suivre l'allée que formait une rivière. Nous avons filé à quelques mètres au-dessus de l'eau tandis que Volesprit riait à la vue des envolées d'oiseaux pris de panique.

Il nous a fait atterrir dans une gorge près de la rivière. « Tout le monde descend et s'étire », nous a-t-il dit. Après quelques assouplissements, il a ajouté : « Le Boiteux est à six kilomètres au nord. Il est arrivé au point de rendez-vous. Maintenant, vous continuez sans moi. Il va me détecter si je m'approche davantage. Je veux vos insignes. Il peut les détecter aussi. »

Corbeau a hoché la tête, rendu son insigne, cordé son arc, encoché une flèche, bandé l'arc, puis s'est décontracté. J'ai fait la même chose. Pour me calmer les nerfs.

J'étais si content de retrouver le plancher des vaches que je l'aurais embrassé.

« Le tronc du gros chêne. » Corbeau a indiqué l'autre côté de la rivière. Il a tiré. Sa flèche s'est plantée à deux doigts du centre. J'ai pris une profonde inspiration pour me détendre et tiré à mon tour. Mon trait ne s'est fiché qu'à un doigt du centre. « Tu aurais dû parier avec moi, cette fois », a-t-il fait remarquer. Puis à Volesprit : « On est prêts.

— Nous faut plus de précisions pour la direction, ai-je ajouté.

— Suivez le bord de la rivière. Il y a beaucoup de pistes d'animaux. Le chemin ne devrait pas être difficile. Pas la peine de vous presser, de toute façon. Murmure ne sera pas là avant plusieurs heures.

— La rivière va vers l'ouest, ai-je fait observer.

— Elle forme une boucle. Suivez-la sur cinq kilomètres, puis vous bifurquez au nord-ouest et vous coupez tout droit à travers la forêt. » Volesprit s'est accroupi, a balayé les feuilles et les brindilles d'un carré de terre dénudé et s'est servi d'un bout de bois pour dessiner une carte. « Si vous arrivez à ce méandre, vous êtes trop loin. »

Il s'est alors figé. Pendant de longues minutes, il a écouté ce que lui seul pouvait entendre. Puis il a repris son explication. « D'après la Dame, vous saurez que vous êtes tout près quand vous verrez un bosquet d'arbres immenses à feuilles persistantes. C'était le bois sacré d'un peuple qui s'est éteint avant la Domination. Le Boiteux attend au milieu du bois.

— Très bien, a dit Corbeau.

— Vous allez rester ici ? ai-je demandé.

— Ne crains rien, Toubib. »

J'ai pris une autre goulée d'air pour me détendre. « Allons-y, Corbeau.

— Une seconde, Toubib », a dit Volesprit. Il a retiré quelque chose de son paquet. Une flèche. « Sers-toi de ça. »

Je l'ai regardée d'un œil hésitant, puis l'ai rangée dans mon carquois.

Corbeau insistait pour marcher devant. Je n'ai pas discuté. J'étais un garçon de la ville avant de rejoindre la Compagnie. Je ne suis pas à l'aise en forêt. Surtout de la dimension de la forêt de la Nuée. Trop de calme. Trop de solitude. Trop facile de s'y perdre. Les trois premiers kilomètres, je me suis davantage inquiété du retour que de la rencontre à venir. J'ai passé beaucoup de temps à mémoriser des repères.

Corbeau n'a pas ouvert la bouche une heure durant. J'étais moi-même plongé dans mes réflexions. Ça ne me gênait pas.

Il a levé la main. Je me suis arrêté. « On est assez loin, je pense, a-t-il dit. Maintenant, on va par là.

— Hum.

— On fait une pause. » Il s'est installé sur une énorme racine d'arbre, le dos contre le tronc. « On ne parle pas beaucoup, aujourd'hui, Toubib.

— Des choses me préoccupent.

— Ouais. » Il a souri. « Comme le genre de récompense qui nous attend ?

— Entre autres. » J'ai sorti la flèche que m'avait donnée Volesprit. « Tu vois ça ?

— Une pointe émoussée ? » Il a passé le doigt dessus. « Toute douce, quasiment. Merde alors.

— Exactement. Ça veut dire que je ne suis pas censé la tuer. »

La question ne se posait pas de savoir qui tirerait sur qui. Le Boiteux revenait à Corbeau.

« Peut-être, mais je ne vais pas me faire descendre en essayant de la ramener vivante.

— Moi non plus. Voilà ce qui me tracasse. Avec une dizaine d'autres trucs, comme : pourquoi est-ce que la Dame nous a choisis, nous deux, et pourquoi elle veut Murmure vivante... Oh, et puis merde. Ça me file des ulcères.

— Prêt ?

— Je pense que oui. »

Nous avons quitté le bord de la rivière. La progression est devenue plus difficile mais nous avons croisé une ligne de crête peu élevée et sommes arrivés à la lisière des persistants. Il poussait peu de végétation sous des arbres. Une lumière chiche filtrait à travers les branches. Corbeau s'est arrêté pour uriner. « On n'aura pas l'occasion plus tard », a-t-il expliqué.

Il avait raison. On préfère éviter ce genre de problème quand on est en embuscade à un jet de pierre d'un Asservi hostile.

Je commençais à trembler. Corbeau m'a posé une main sur l'épaule. « Ça va aller », a-t-il promis. Mais il n'y croyait pas lui-même. Sa main tremblait aussi.

J'ai passé les doigts dans mon pourpoint et touché l'amulette de Gobelin. Ça m'a aidé.

Corbeau a haussé un sourcil. J'ai hoché la tête. Nous avons repris notre marche. Je mâchais une lanière de charqui, ça réduit la tension nerveuse. Nous n'avons pas reparlé.

Des ruines se dressaient parmi les arbres. Corbeau a examiné les glyphes gravés dans les pierres. Il a haussé les épaules. Ils n'avaient aucun sens pour lui.

Nous sommes ensuite arrivés devant les grands arbres, les grands-pères de ceux entre lesquels nous venions de passer. Ils culminaient à plus de cent mètres, avec des troncs aussi larges que l'envergure de deux hommes bras écartés. Ici et là, le soleil plongeait des épées de lumière à travers la ramure. L'atmosphère était épaisse d'odeurs de résine. Le silence était écrasant. Nous avons progressé pas à pas, en nous assurant à chaque fois qu'ils ne donnaient pas l'alerte plus loin.

Ma nervosité a atteint un niveau record avant de commencer à diminuer. Il était trop tard pour fuir, trop tard pour changer d'idée. Mon cerveau éliminait toute émotion. D'habitude, ça m'arrive uniquement quand je suis forcé de soigner des blessés pendant qu'on se trucide tout autour de moi.

Corbeau m'a fait signe de m'arrêter. J'ai hoché la tête. Moi aussi, j'avais entendu. Un cheval qui s'ébrouait. Corbeau m'a fait comprendre d'un geste de ne plus bouger. Il s'est déplacé doucement vers notre gauche en restant baissé et a disparu derrière un arbre à quelque distance de là.

Il est réapparu une minute plus tard, m'a fait signe de venir. Je l'ai rejoint. Il m'a conduit à un poste d'où j'avais vue sur un espace dégagé. Le Boiteux et son cheval s'y trouvaient.

La clairière faisait peut-être vingt mètres sur quinze. Un amas de pierres éboulées en occupait le centre. Le Boiteux était assis sur l'une d'elles et adossé à une autre. Dans un angle de la clairière gisait le tronc d'un arbre géant récemment tombé. Il n'était que très peu altéré.

Corbeau m'a tapoté le dos de la main et a pointé le doigt. Il voulait se déplacer.

Ça ne me disait rien de bouger maintenant que nous avions le Boiteux en vue. Chaque pas augmentait le risque d'éveiller son attention sur le danger qu'il courait. Mais Corbeau avait raison. Le soleil descendait devant nous. Plus nous resterions sur place, plus la lumière serait mauvaise. Nous finirions par l'avoir dans les yeux.

Nous avons bougé avec une prudence décuplée. Forcément. Une erreur et nous serions morts. Lorsque Corbeau a jeté un regard en arrière, j'ai vu de la sueur sur ses tempes.

Il s'est arrêté, a pointé le doigt et souri. Je me suis approché à pas de loup. Il a encore pointé le doigt.

Un autre arbre abattu gisait plus loin. Celui-là faisait un peu plus d'un mètre de diamètre. Il avait l'air idéal pour notre projet. Assez gros pour nous dissimuler, assez bas que nous puissions tirer par-dessus. Nous avons trouvé un poste qui nous offrait une belle ligne dégagée jusqu'au cœur de la clairière.

De plus, la lumière était bonne. Plusieurs rayons transperçaient la voûte des arbres et illuminaient la majeure partie de la clairière. Une brume légère flottait dans l'air, peut-être du pollen, et faisait ressortir les rayons. J'ai étudié la clairière quelques minutes afin de me la graver dans la tête. Puis je me suis assis derrière la souche et j'ai fait semblant d'être un rocher. Corbeau a monté la garde.

J'ai eu l'impression qu'il s'écoulait des semaines avant qu'il se passe quelque chose.

Corbeau m'a tapoté l'épaule. J'ai levé la tête. Il a imité un mouvement de marche avec deux doigts. Le Boiteux était debout et furetait. Je me suis redressé prudemment pour regarder.

Le Boiteux a fait plusieurs fois le tour du tas de pierres en traînant sa patte folle, puis il s'est rassis. Il a ramassé une brindille et l'a brisée en petits morceaux qu'il a jetés un à un vers une cible que lui seul voyait. Une fois la brindille terminée, il a raflé par terre une poignée de petites pignes qu'il a lancées paresseusement. L'image d'un homme qui tuait le temps.

Je me suis demandé pourquoi il était venu à cheval. Il pouvait voyager vite quand il voulait. Parce qu'il n'était pas loin, ai-je supposé. Je me suis alors inquiété : une partie de ses troupes pouvait faire irruption.

Il s'est levé pour refaire un tour, ramassant des pommes de pin qu'il envoyait vers l'arbre monstrueux de l'autre côté de la clairière. Merde, j'aurais aimé qu'on le descende tout de suite, et terminé.

Le cheval du Boiteux a redressé brusquement la tête. L'animal a henni. Corbeau et moi nous sommes baissés avant de nous aplatir dans l'ombre et les aiguilles sous notre tronc. La clairière dégageait une tension crépitante.

Un instant plus tard, j'ai entendu des sabots écraser des aiguilles. J'ai retenu mon souffle. Du coin de l'œil, j'ai aperçu fugitivement un cheval blanc qui avançait entre les arbres. Murmure ? Allait-elle nous voir ?

Oui et non. Que les dieux s'ils existent en soient remerciés, oui et non. Elle est passée à une dizaine de mètres sans nous remarquer.

Le Boiteux a lancé un appel. Murmure a répondu d'une voix mélodieuse sans le moindre rapport avec la cavalière massive, dure, peu attrayante que j'avais vue passer. Elle avait le timbre d'une jeune fille magnifique de dix-sept ans, mais l'allure d'une virago de quarante-cinq qui a drôlement roulé sa bosse.

Corbeau m'a doucement poussé du doigt.

Je me suis relevé à peu près à la vitesse d'une fleur qui éclôt, paniqué à l'idée que l'ennemi entende mes muscles craquer. Nous avons jeté un coup d'œil pardessus l'arbre abattu. Murmure a mis pied à terre et pris une main du Boiteux dans les deux siennes.

Les conditions étaient idéales. Nous nous trouvions dans l'ombre, eux dans un rayon de soleil, immobiles.

De la poussière dorée leur scintillait autour. Et ils se gênaient mutuellement en se tenant les mains.

Il fallait agir sans attendre. Nous le savions tous deux, aussi avons-nous tous deux bandé nos arcs. Et tous deux nous avions des flèches de réserve serrées contre nos armes, prêtes à être encochées. « Maintenant », a dit Corbeau.

Mes nerfs m'ont fichu la paix jusqu'à ce que ma flèche s'envole. Un froid m'a alors saisi et je me suis mis à trembler.

La flèche de Corbeau s'est plantée sous le bras gauche du Boiteux. L'Asservi a lâché un cri de rat piétiné. Il s'est cambré pour s'écarter de sa compagne.

La mienne s'est écrasée contre la tempe de Murmure. La femme portait un casque de cuir, mais j'étais sûr que l'impact la renverserait. Elle s'est séparée du Boiteux en tournoyant.

Corbeau a tiré une seconde flèche, mais je me suis emmêlé les mains avec la mienne. J'ai lâché mon arc et bondi par-dessus la souche. La troisième flèche de Corbeau m'a dépassé dans un sifflement.

Murmure était à genoux quand je suis arrivé sur elle. Je lui ai balancé un coup de pied dans la tête et j'ai pivoté face au Boiteux. Les flèches de Corbeau avaient toutes atteint leur but, mais même la spéciale de mon camarade n'avait pas achevé l'Asservi. Il essayait d'éructer un sortilège à travers une gorge inondée de sang. Je lui ai aussi flanqué un coup de pied.

Corbeau m'a ensuite rejoint. Je me suis retourné vers Murmure. La salope méritait sa réputation de coriace. Bien qu'étourdie, elle s'efforçait de se relever, de dégainer son épée et de prononcer un sortilège. Je lui ai encore botté le crâne puis confisqué sa lame. « Je n'ai pas apporté de corde, ai-je haleté. T'en as une, Corbeau ?

— Non. » Immobile, il fixait le Boiteux. Le masque de cuir fatigué de l'Asservi avait glissé de côté. Il essayait de le remettre droit afin de voir qui nous étions.

« Merde, comment je vais l'attacher ?

— Tu ferais mieux de la bâillonner d'abord. » Corbeau a aidé le Boiteux à redresser son masque, la figure fendue de ce sourire excessivement cruel qu'il arbore à l'instant de trancher une gorge sortant de l'ordinaire.

J'ai tiré d'un coup sec mon couteau et tailladé les vêtements de Murmure. Elle s'est débattue. J'ai dû me retenir pour ne pas l'estourbir. J'ai fini par récupérer des bandes de tissu pour l'attacher et lui en fourrer dans la bouche. Je l'ai traînée jusqu'au tas de pierres où je l'ai adossée et je me suis retourné pour voir ce que faisait Corbeau.

Il avait arraché le masque du Boiteux, révélant la face ravagée de l'Asservi.

« Qu'est-ce que tu fais ? » ai-je demandé. Il ligotait le Boiteux. Je me demandais pourquoi il s'embêtait à faire ça.

« Je me suis dit que je n'étais peut-être pas l'homme de la situation. » Il s'est mis à croupetons et a tapoté la joue du Boiteux. Lequel fulminait de haine. « Tu me connais, Toubib. Je suis un vieux tendre. Le tuer me suffirait, je serais satisfait. Mais il mérite une mort plus pénible. Volesprit a plus d'expérience que moi dans ce domaine. » Il a gloussé méchamment.

Le Boiteux a tiré sur ses liens. Malgré les trois flèches qu'il avait reçues, il n'avait pas l'air diminué physiquement. Il restait vigoureux. Les flèches ne le gênaient sûrement pas.

Corbeau lui a encore tapoté la joue. « Hé, vieille branche. Fais attention, conseil d'ami... N'est-ce pas ce que tu m'as dit une heure avant qu'Étoile-du-Matin et ses amis me tendent une embuscade là où tu m'avais envoyé ? "Fais attention" ? Ouais. Méfie-toi de Volesprit. Il a trouvé ton vrai nom. Un type pareil, impossible de dire de quoi il est capable.

— Te réjouis pas trop vite, Corbeau, ai-je dit. Tiens-le à l'œil. Il fait quelque chose avec ses doigts. » Il les tortillait en rythme.

« Oh, oui ! » s'est écrié Corbeau en riant. Il a empoigné l'épée que j'avais confisquée à Murmure et a tranché les doigts des deux mains du Boiteux.

Corbeau m'asticote régulièrement parce que je n'écrirais pas, d'après lui, toute la vérité dans mes Annales. Un jour, peut-être, lira-t-il ces lignes et regrettera-t-il ses paroles. Mais, franchement, cette fois-là, je ne l'ai pas trouvé délicat.

J'avais le même problème avec Murmure. J'ai opté pour une solution différente. Je lui ai coupé les cheveux et m'en suis servi pour lui emmêler les doigts.

Corbeau tourmentait tellement le Boiteux que je n'ai pas pu tenir davantage. « Corbeau, ça suffit comme ça. Tu ferais mieux de lui foutre la paix et te contenter de les surveiller tous les deux, non ? » Il n'avait reçu aucune instruction quant à la suite du programme une fois Murmure entre nos mains, mais je me suis dit que la Dame en informerait Volesprit qui nous rejoindrait aussitôt. Nous n'avions qu'à rester maîtres de la situation jusqu'à son arrivée.

Le tapis volant de Volesprit est tombé des cieux une demi-heure après que j'ai séparé Corbeau du Boiteux. Il s'est posé à quelques pas de nos prisonniers. Volesprit a débarqué, s'est étiré, a baissé les yeux sur Murmure. Il a soupiré. « Pas jolie à voir, Murmure, a-t-il commenté de sa voix sèche féminine. Remarque, ça ne change pas. Oui. Mon ami Toubib a trouvé les paquets enterrés. »

Les yeux durs et froids de Murmure m'ont cherché. Ils exprimaient une violence insoutenable. Plutôt que les affronter, j'ai préféré me déplacer. Je n'ai pas rectifié les dires de Volesprit.

Lui-même s'est tourné vers le Boiteux et a secoué tristement la tête. « Non. Ce n'est pas personnel. Tu n'es plus en faveur. C'est *elle* qui a ordonné ça. »

Le Boiteux s'est raidi.

« Pourquoi tu ne l'as pas tué ? » a demandé Volesprit à Corbeau.

Assis sur le tronc du plus gros arbre abattu, son arc sur les genoux, Corbeau regardait fixement par terre. Il n'a pas répondu. « Il s'est dit que vous auriez une meilleure idée », ai-je expliqué.

Volesprit a éclaté de rire. « J'y ai réfléchi en venant. Rien ne m'a semblé convenir. Je me défile comme Corbeau. J'en ai parlé à Transformeur. Il est en route. » Il a baissé les yeux sur le Boiteux. « Tu es dans de sales draps, hein ? » Puis à moi : « On pourrait croire qu'un homme de son âge aurait acquis un peu de sagesse au fil des ans. » Il s'est tourné vers Corbeau. « Corbeau, c'est lui la récompense que t'accorde la Dame. »

Corbeau a grogné. « J'apprécie. »

J'avais déjà compris quel cadeau il allait recevoir. Mais j'étais censé en recevoir un aussi, et je n'avais rien vu qui soit susceptible de combler même de loin le moindre de mes désirs.

Volesprit m'a fait son numéro de lecture de pensée. « Le tien a changé, je crois. Il n'est pas encore arrivé. Installe-toi à ton aise, Toubib. Nous allons rester ici un bon moment. »

Je suis allé m'asseoir à côté de Corbeau. Nous n'avons pas parlé. Je n'avais rien envie de dire, et lui restait plongé dans ses pensées. Je l'ai déjà fait remarquer, on ne vit pas que de haine.

Volesprit a revérifié les liens de nos prisonniers, a tiré le châssis de son tapis dans l'ombre puis s'est perché sur le tas de pierres.

Transformeur est arrivé vingt minutes plus tard, aussi immense, affreux, sale et puant que d'habitude. Il a jeté un coup d'œil au Boiteux, s'est entretenu avec Volesprit, a grondé en direction du Boiteux une bonne trentaine de secondes, puis est remonté sur son tapis volant et a décollé comme une flèche. « Il passe l'affaire à quelqu'un d'autre lui aussi, a expliqué Volesprit. Personne ne veut assumer la responsabilité de le tuer.

— Il va la passer à qui ? » me suis-je étonné. Il ne restait plus d'ennemis jurés du Boiteux.

Volesprit a haussé les épaules et s'en est retourné au tas de pierres. Il a marmonné d'une dizaine de voix différentes, s'est refermé sur lui-même, presque ratatiné. Je crois qu'il était aussi heureux que moi d'être là.

Le temps s'est traîné en longueur. L'inclinaison des rayons du soleil s'est accentuée de plus en plus. L'un après l'autre, ils se sont éteints. J'ai fini par me demander si les soupçons de Corbeau n'étaient pas fondés. On nous cueillerait facilement après la tombée de la nuit. Les Asservis n'ont pas besoin du soleil pour voir.

J'ai regardé Corbeau. Qu'est-ce qui se passait dans sa tête ? Son visage fermé ne trahissait aucune expression. Le visage qu'il offrait quand il jouait aux cartes.

Je me suis laissé tomber de la souche et j'ai rôdé de droite et de gauche à l'exemple du Boiteux tout à l'heure. Il n'y avait rien d'autre à faire. J'ai lancé une pomme de pin sur un nœud du tronc couché que Corbeau et moi avions pris pour cachette... et le nœud s'est baissé brusquement ! J'ai foncé ventre à terre vers l'épée sanglante de Murmure mais j'ai soudain pris conscience de ce que j'avais vu.

« Qu'est-ce qui se passe ? » a demandé Volesprit alors que je m'arrêtais net.

J'ai improvisé. « Une élongation, je crois. Je voulais m'échauffer en piquant quelques pointes de vitesse, mais j'ai senti une douleur dans la jambe. » Je me suis massé le mollet droit. Volesprit a paru satisfait. J'ai jeté un coup d'œil vers le tronc sans rien voir.

Mais je savais que Silence était là. Qu'il y serait en cas de besoin.

Silence. Comment s'était-il débrouillé pour venir jusqu'ici ? Comme nous ? Connaissait-il des tours que nul ne soupçonnait ?

Après les simagrées de circonstance, j'ai rejoint Corbeau en boitillant. Par le geste, je me suis efforcé de lui faire comprendre que nous aurions de l'aide en cas de coup dur, mais le message n'est pas passé. Il était trop renfermé sur lui-même.

Il faisait nuit. Une demi-lune dans le ciel infiltrait quelques rayons argentés délicats dans la clairière. Volesprit était toujours sur le tas de pierres. Corbeau et moi sur la souche. Le derrière commençait à me faire mal. J'avais les nerfs à vif. J'étais fatigué, j'avais faim et peur. J'étais à bout, mais je n'avais pas le courage de le dire.

Corbeau est soudain sorti de sa torpeur. Il a analysé la situation. « Qu'est-ce qu'on fout là ? » a-t-il lancé.

Volesprit s'est réveillé. « On attend. Ça ne devrait plus tarder.

— On attend quoi ? » ai-je demandé. Je peux faire le brave lorsque Corbeau me soutient. Volesprit a regardé fixement de mon côté. J'ai pris conscience d'une agitation anormale dans le bosquet derrière moi, senti que Corbeau se ramassait pour agir. « On attend quoi ? ai-je répété d'une petite voix.

— C'est moi qu'on attend, docteur. » J'ai senti sur ma nuque le souffle de l'être qui venait de parler.

J'ai bondi du côté de Volesprit et ne me suis pas arrêté avant d'atteindre l'épée de Murmure. Volesprit a éclaté de rire. Je me suis demandé s'il avait remarqué que ma jambe allait mieux. J'ai jeté un coup d'œil à la souche plus petite. Rien.

Une lumière éclatante s'est déversée sur celle que je venais de quitter. Je n'ai pas vu Corbeau. Il avait disparu. J'ai empoigné l'épée de Murmure et décidé d'en flanquer un bon coup à Volesprit.

La lumière a flotté au-dessus de l'arbre géant abattu et s'est arrêtée devant Volesprit. Elle brillait trop pour qu'on la contemple longtemps. Elle illuminait toute la clairière.

Volesprit a mis un genou en terre. J'ai alors compris.

La Dame ! Cette lueur ardente, c'était la Dame. Nous attendions donc la Dame ! J'ai regardé de tous mes yeux à en avoir mal. Et j'ai aussi mis un genou en terre. J'ai offert l'épée de Murmure sur mes paumes, comme un chevalier rendant hommage à son roi. La Dame !

Était-ce là ma récompense ? La rencontrer en face ? Le je-ne-sais-quoi qui m'attirait depuis Charme m'a subjugué, m'a possédé, et l'espace d'un instant je me suis senti bêtement, follement amoureux. Mais je n'arrivais pas à la distinguer. Je voulais voir à quoi elle ressemblait.

Elle avait cette faculté que je trouvais si déroutante chez Volesprit. « Pas cette fois, Toubib, a-t-elle dit. Mais bientôt, je pense. » Elle m'a touché la main. Ses doigts m'ont brûlé comme le premier attouchement érotique de ma première maîtresse. Vous souvenez-vous de ce moment d'excitation affolante, étourdissante, bouillonnante ?

« La récompense viendra plus tard. Cette fois-ci, il t'est permis d'assister à un rite que personne n'a vu depuis cinq cents ans. » Elle s'est déplacée. « Tu ne dois pas être à l'aise. Lève-toi. »

Je me suis mis debout et j'ai reculé. Volesprit avait pris sa posture de repos militaire et regardait la lumière. Laquelle perdait de son intensité. Je pouvais la fixer sans avoir mal. Elle a dérivé autour du tas de pierres pour s'approcher de nos prisonniers, déclinant jusqu'à ce que j'arrive à distinguer une forme féminine à l'intérieur.

La Dame a longtemps contemplé le Boiteux. Le Boiteux lui a rendu son regard. Aucune émotion sur son visage. Il était au-delà de l'espoir ou du désespoir.

« Tu m'as bien servie pendant quelque temps, a dit la Dame. Et ta félonie m'a davantage aidée que gênée. Je ne suis pas dépourvue de pitié. » Elle a brillé d'un côté. Une ombre s'est estompée. Corbeau est apparu, une flèche à son arc. « Il est à toi, Corbeau. »

J'ai regardé le Boiteux. On devinait chez lui une vive émotion et un espoir étrange. Non pas celui de sauver sa vie, bien entendu, mais celui de mourir vite, simplement, sans douleur.

« Non », a dit Corbeau. Rien d'autre. Un refus catégorique.

« Dommage, Boiteux », a dit la Dame d'un ton songeur. Elle s'est cambrée et a crié quelque chose vers le ciel.

Le Boiteux s'est effondré brutalement. Le bâillon lui a volé hors de la bouche. Les liens de ses chevilles se sont rompus. Il s'est remis debout, a voulu courir et formuler un sortilège en mesure de le protéger. Il n'avait pas couvert trente pas qu'un millier de serpents ardents ont jailli de la nuit pour se jeter sur lui en grouillant.

Ils lui ont recouvert tout le corps. Ils se sont insinués dans sa bouche et son nez, ses yeux et ses oreilles. Ils sont entrés par les orifices naturels et ressortis en le rongeant par le dos, la poitrine et le ventre. Le Boiteux a hurlé. Hurlé. Hurlé. Et la même vitalité terrible qui avait aboli l'effet mortel des flèches de Corbeau l'a maintenu en vie tout au long de son châtiment.

J'ai vomi le charqui, mon unique repas de la journée.

Le Boiteux hurlait depuis longtemps et ne mourait pas. La Dame a fini par se lasser et renvoyer les serpents. Elle a tissé un cocon chuchotant autour du Boiteux et a crié une autre série de syllabes. Une gigantesque libellule luminescente est tombée du ciel nocturne, l'a happé et s'est éloignée en bourdonnant vers Charme. « De la distraction pour des années », a dit la Dame. Elle a jeté un coup d'œil à Volesprit afin de s'assurer que la leçon avait porté.

Volesprit n'avait pas bougé un muscle jusqu'ici. Il a gardé la même impassibilité.

« Toubib, a dit la Dame, ce que tu vas voir n'existe que dans quelques mémoires. La plupart de mes champions ont même oublié. »

De quoi pouvait-elle bien parler ?

Elle baissa les yeux. Murmure a eu un mouvement de recul. « Non, n'aie crainte, a dit la Dame. Tu t'es montrée une ennemie tellement exceptionnelle que je vais te récompenser. » Elle a éclaté d'un drôle de rire. « Il y a une place libre parmi les Asservis. »

Voilà. La flèche émoussée, les circonstances étranges qui avaient amené cet instant, tout est devenu clair. La Dame avait décidé que Murmure remplacerait le Boiteux.

Quand ? Quand exactement avait-elle pris cette décision ? Le Boiteux filait un mauvais coton depuis un an, essuyait humiliation sur humiliation. Était-ce elle qui les avait orchestrées ? Je me suis dit que oui. Un indice par-ci, un autre par-là, une bribe de ragot et des souvenirs épars... Volesprit était en partie dans le coup, il nous avait utilisés. Peut-être était-il déjà dans le coup lorsqu'il s'était enrôlé parmi nous. Notre route n'avait sûrement pas croisé celle de Corbeau par hasard... Ah, c'était une belle salope, cruelle, malfaisante, fourbe, calculatrice.

Mais ça, tout le monde le savait. Elle avait toujours été ainsi. Elle avait dépossédé son propre époux. Elle avait assassiné sa sœur, s'il fallait en croire Volesprit. Alors pourquoi étais-je surpris et déçu ?

J'ai jeté un coup d'œil à Volesprit. Il n'avait pas bougé, mais j'ai noté un changement subtil dans sa posture. Il était abasourdi. « Oui, lui a dit la Dame. Tu croyais que seul le Dominateur pouvait asservir. » Un rire léger. « Tu as fait erreur. Passe le mot à ceux qui songent encore à ressusciter mon mari. »

Volesprit a bougé légèrement. Je n'ai pas pu déchiffrer le sens du mouvement, mais la Dame a paru satisfaite. Elle s'est retournée vers Murmure.

Le général rebelle était plus terrifié que ne l'avait été le Boiteux. Elle allait devenir ce qu'elle haïssait le plus, et elle n'y pouvait rien.

La Damc s'est agenouillée et s'est mise à lui parler tout bas.

J'ai tout vu, mais je ne sais quand même pas ce qui s'est passé. Et je suis incapable de décrire la Dame, comme Gobelin avant moi, bien que je sois resté près d'elle toute la nuit. Peut-être même plusieurs nuits. Le temps avait basculé dans l'irréel. Nous avons perdu des jours quelque part. Mais elle, je l'ai bel et bien vue, et j'ai même assisté au rite qui transformait notre ennemie la plus dangereuse en l'une des nôtres.

Une image m'est restée avec une précision chirurgicale. Celle d'un monstrueux œil jaune. Celui-là même qui avait tant tourneboulé Gobelin. Il est venu regarder en nous, Corbeau, Murmure et moi.

Il ne m'a pas anéanti comme Gobelin. Je suis peut-être moins sensible. Ou tout bonnement plus ignorant. Mais ça n'a pas été drôle. Comme je l'ai dit, des jours ont disparu.

Cet œil n'est pas infaillible. Il a du mal avec les souvenirs les plus frais. La Dame n'a rien su de la présence de Silence.

Je n'ai gardé du reste que des lueurs de souvenirs, la plupart saturés des hurlements de Murmure. Un moment, la clairière s'est peuplée de démons dansants qui flamboyaient tous de leur malveillance intérieure. Ils se sont battus pour le privilège de chevaucher Murmure. Un autre moment, Murmure a fait face à l'œil. Un moment où, je crois, elle est morte puis ressuscitée, morte puis ressuscitée, jusqu'à devenir intime avec la mort. À d'autres moments elle a subi des tortures. Et encore un moment avec l'œil.

Les bribes que j'ai retenues laissent entendre qu'on l'a brisée, tuée, réanimée et remontée en esclave dévouée. Je me rappelle son serment d'allégeance à la Dame. Sa voix dégoulinait d'un désir veule de plaire.

Longtemps après la fin du rite, je me suis réveillé, bouleversé, hagard et terrifié. Il m'a fallu quelque temps avant de retrouver la raison. La confusion des esprits participait du système de protection de la Dame. Ce que je ne me rappelais pas ne risquait pas d'être utilisé contre elle.

Tu parles d'une récompense.

Elle était partie. Tout comme Murmure. Mais Volesprit était resté, il arpentait la clairière en marmonnant d'une dizaine de voix frénétiques. Il s'est tu à la seconde où j'ai voulu me redresser en position assise. Il m'a fixé, la tête en avant, l'air soupçonneux.

J'ai gémi, tenté de me mettre debout et suis retombé. J'ai rampé pour aller m'adosser à une des pierres. Volesprit m'a apporté un bidon. J'ai bu maladroitement. « Tu pourras manger une fois remis », a-t-il dit.

La réflexion m'a fait prendre conscience de la faim qui me tenaillait. Il s'était écoulé combien de temps ? « Qu'est-ce qui s'est passé ?

— De quoi tu te souviens ?

— Pas de grand-chose. Murmure a été asservie ?

— Elle remplace le Boiteux. La Dame l'a emmenée sur le front de l'est. Sa connaissance de l'autre camp devrait y faire des malheurs. »

J'ai essayé de me remettre les idées en place. « Je croyais que les rebelles avaient opté pour une stratégie au nord.

— C'est bien le cas. Et, dès que ton ami aura récupéré, nous devrons retourner à Seigneurie. » D'une voix douce de femme il a reconnu : « Je ne connaissais pas Murmure aussi bien que je le pensais. Elle a communiqué la nouvelle dès qu'elle a eu appris ce qui s'est passé à son camp. Pour une fois, le Cercle a réagi vite. Les rebelles se sont dispensés des habituelles querelles intestines. Ils flairent l'odeur du sang. Ils ont accepté leurs pertes et nous ont laissés nous divertir pendant qu'ils entamaient leurs manœuvres. Ils les ont tenues drôlement bien cachées. Maintenant l'armée de Trempe se dirige vers Seigneurie. Nos forces sont encore dispersées dans la forêt. Murmure a retourné le piège contre nous. »

Je ne voulais pas entendre ça. Une année de mauvaises nouvelles, c'est suffisant. Pourquoi ne pouvait-on compter sur aucun de nos stratagèmes ? « Elle s'est sacrifiée intentionnellement ?

— Non. Elle voulait nous faire cavaler autour des bois pour donner du temps au Cercle. Elle ignorait que la Dame était au courant pour le Boiteux. Je croyais la connaître, mais j'avais tort. On finira par y trouver notre bénéfice, mais il y aura de mauvais moments à passer avant que Murmure remette de l'ordre dans l'est. »

J'ai voulu me lever, mais impossible.

« Du calme, m'a-t-il conseillé. La première rencontre avec l'Œil est toujours pénible. Tu crois pouvoir manger quelque chose, maintenant ?

— Apportez-moi un de ces chevaux.

— Tu ferais bien d'y aller doucement au début.

— C'est grave ? » Je n'étais pas très sûr de ce que je demandais. Il a pensé que je parlais de la situation stratégique.

« L'armée de Trempe est plus importante que toutes celles que nous avons affrontées jusqu'ici. Et ce n'est qu'une partie des troupes en mouvement. Si Rôde-la-Nuit n'arrive pas le premier à Seigneurie, nous allons perdre la ville et le royaume. Ce qui leur donnerait l'élan pour nous chasser complètement du Nord. Nos forces à Savoir, Jeanne, Vin et ailleurs ne sont pas prêtes pour une grande campagne. Le Nord était secondaire jusqu'à aujourd'hui.

— Mais... Après tout ce qu'on a enduré ? On est plus mal en point qu'après avoir perdu Roseraie ? Merde ! Ça n'est pas juste. » J'en avais marre de battre en retraite.

« Pas d'inquiétude, Toubib. Si Seigneurie tombe, nous les arrêterons à la Marche de la Déchirure. Nous les retiendrons là pendant que Murmure cavalera dans tout le pays. Ils ne l'ignoreront pas indéfiniment. Si l'Est s'écroule, la rébellion mourra. L'Est, c'est leur point fort. » On aurait dit qu'il essayait de se convaincre lui-même. Il avait déjà connu ce genre d'hésitations durant les derniers jours de la Domination.

Je me suis enfoui la tête dans les mains. « Je croyais qu'on les avait battus à plate couture », ai-je marmonné. Bon sang, pourquoi étions-nous partis de Béryl ?

Volesprit a poussé Corbeau du bout de sa botte. Corbeau n'a pas bronché. « Allez ! a grommelé l'Asservi. On a besoin de moi à Seigneurie. Rôde-la-Nuit et moi allons finir par tenir la ville à nous seuls.

— Pourquoi vous nous avez pas laissés, si la situation est tellement désespérée ? »

Il a bafouillé, biaisé, et avant qu'il ait terminé je soupçonnais cet Asservi-là d'avoir le sens de l'honneur, le sens du devoir envers ceux qui avaient accepté sa protection. Mais il ne l'admettrait pas. Jamais. Ça ne cadrerait pas avec l'image des Asservis.

J'ai envisagé un autre périple dans les airs. J'y ai bien réfléchi. Je ne suis pas moins paresseux qu'un autre, mais je ne supportais pas l'idée de remonter sur le tapis. Pas tout de suite. Pas dans l'état où j'étais. « Je tomberais dans le vide, c'est sûr. Pas la peine que vous traîniez dans le coin. On ne sera pas prêts avant des jours. Merde, on peut repartir à pied. » J'ai songé à la forêt. La marche à pied ne m'enchantait pas non plus. « Redonnez-nous nos insignes. Ça vous permettra de nous repérer. Ensuite vous nous récupérerez si vous avez le temps. »

Il a grommelé. Nous avons encore argumenté longuement. J'ai soutenu que j'étais trop faible, que Corbeau ne vaudrait pas mieux.

Il était pressé de se mettre en route. Il s'est laissé convaincre. Il a déchargé les objets qui se trouvaient sur son tapis – il s'était rendu quelque part pendant que j'étais inconscient – et s'est installé dessus. « Je vous retrouve dans quelques jours. » Il a décollé beaucoup plus vite qu'avec Corbeau et moi à bord. Puis il a disparu. Je me suis traîné jusqu'aux objets qu'il avait abandonnés.

« Espèce de salopard », ai-je gloussé. Il avait élevé des objections pour la frime. Il avait laissé de quoi manger, nos armes personnelles restées à Seigneurie, et des bricoles dont nous pourrions avoir besoin pour survivre. Pas un mauvais patron, pour un Asservi. « Hé ! Silence ! Où t'es, merde ? »

Silence s'est amené tranquillement dans la clairière. Il m'a regardé, a regardé Corbeau, les provisions, et n'a rien dit. Évidemment. Il s'appelle Silence.

Il avait l'air plutôt vidé. « Pas assez dormi ? » ai-je demandé. Il a opiné. « T'as vu ce qui s'est passé ici ? » Il a encore opiné. « J'espère que tu t'en souviens mieux que moi. » Il a fait non de la tête. Merde. Ça restera un mystère dans les Annales.

Curieuse façon de discuter, quand un interlocuteur parle et que l'autre remue la tête. Transmettre des renseignements s'avère passablement difficile. Je devrais étudier le langage gestuel que Corbeau a appris de Chérie. Silence est le deuxième meilleur ami de la fillette. Ce serait intéressant d'épier en douce leurs conversations.

« On va voir ce qu'on peut faire pour Corbeau », ai-je proposé.

Il dormait d'un sommeil d'homme épuisé. Il n'a émergé que des heures plus tard. J'en ai profité pour interroger Silence.

C'est le capitaine qui l'avait envoyé. Il était venu à cheval. En fait, il était déjà en route lorsque Corbeau et moi avions été convoqués pour notre entrevue avec Volesprit. Il avait chevauché sans relâche, nuit et jour. Il était arrivé à la clairière peu avant que je le repère.

Je lui ai demandé comment il avait su où se rendre, certain que le capitaine avait soutiré assez de renseignements à Volesprit pour le diriger – un coup bien dans le style du capitaine. Silence a reconnu qu'il ignorait notre destination précise avant que nous arrivions. Il nous avait suivis à la trace grâce à l'amulette que Gobelin m'avait donnée.

Astucieux petit Gobelin. Il n'avait rien révélé de ses intentions. Une bonne chose, d'ailleurs. L'œil s'en serait aperçu si j'avais été au courant. « Tu crois que tu aurais pu faire quelque chose si on avait vraiment eu besoin d'aide ? » ai-je demandé.

Silence a souri, haussé les épaules, s'est approché dignement du tas de pierres et s'est assis. Il en avait assez du jeu des questions. De toute la Compagnie, c'est lui qui se soucie le moins de l'image qu'il offrira dans les Annales. Il se fiche qu'on l'aime ou qu'on le déteste, se fiche d'où il vient et où il va. Je me demande parfois s'il se soucie d'être vivant ou mort, et ce qui le pousse à rester. Il doit éprouver un certain attachement envers la Compagnie.

Corbeau a enfin repris connaissance. Nous nous sommes occupés de lui, lui avons donné à manger et enfin, tout crottés, nous avons récupéré les chevaux de Murmure et du Boiteux avant de nous mettre en route vers Seigneurie. Nous avons voyagé sans enthousiasme, conscients qu'un autre champ de bataille nous attendait, un autre pays de morts sur pied.

Nous n'avons pas pu approcher de la ville. Les rebelles de Trempe l'assiégeaient ; ils l'avaient entourée de retranchements et enfermée dans un double fossé. Un nuage noir sinistre masquait la cité proprement dite. Des éclairs terribles couraient en bordure du nuage et combattaient la puissance des Dix-huit. Trempe n'était pas venu seul.

Le Cercle avait l'air décidé à venger Murmure.

« Volesprit et Rôde-la-Nuit n'y vont pas de main morte, a fait observer Corbeau après un échange particulièrement violent. Je propose d'aller au sud et d'attendre. Si les nôtres abandonnent Seigneurie, nous les rejoindrons quand ils fuiront vers le Pays du Vent. » Son visage s'est tordu affreusement. Cette perspective ne l'enchantait pas. Il connaissait le Pays du Vent.

Nous avons donc filé vers le sud où nous avons rejoint d'autres traînards. Nous avons passé douze jours à nous cacher et attendre. Corbeau a regroupé les traînards en un semblant d'unité militaire. J'ai consacré mon temps à écrire et à penser à Murmure, à me demander à quel point elle allait influer sur la situation dans l'Est. Les rares échos que j'ai eus de Seigneurie m'ont convaincu qu'elle restait notre seul espoir véritable.

D'après la rumeur, les rebelles étaient aussi pressants sur d'autres fronts. La Dame avait, paraissait-il, dû rappeler le Pendu et Craque-les-Os de l'est afin de renforcer la résistance. Un autre bruit courait : Transformeur aurait été tué au combat à Seigle.

Je m'inquiétais pour la Compagnie. Nos frères étaient entrés dans Seigneurie avant l'arrivée de Trempe.

Aucun homme ne tombe sans que je raconte son histoire. Comment puis-je le faire d'une distance de trente kilomètres ? Combien de détails seront perdus dans les récits oraux que je devrai collecter après les faits ? Combien d'hommes tomberont sans que leur mort soit célébrée ?

Mais, surtout, je passais mon temps à penser au Boiteux et à la Dame. Et à me ronger les sangs.

Je ne crois pas que j'écrirai d'autres saynètes romanesques et charmantes à propos de notre employeur. Je l'ai côtoyée de trop près. Je ne suis plus amoureux.

Je suis hanté. Hanté par les cris du Boiteux. Hanté par le rire de la Dame. Hanté par l'impression que nous servons la cause de quelque chose qui mériterait d'être rayé de la surface de la terre. Hanté par la conviction que ceux qui veulent l'élimination de la Dame valent un peu mieux qu'elle.

Hanté par la conscience claire qu'au bout du compte le mal triomphe toujours.

Oh, bon sang. Ça se gâte. Un méchant nuage noir survole lentement les collines vers le nord-est. Tout le monde court dans tous les sens pour empoigner des armes et seller des chevaux. Corbeau me braille de me remuer le cul...

5

TREMPE

Le vent hurlait et nous soufflait dans le dos des bourrasques de poussière et de sable. Nous battions en retraite à reculons, et les rafales abrasives trouvaient le moindre interstice dans nos armures et nos vêtements pour former avec la sueur une bouillie malodorante et salée. L'air était chaud et sec. Il aspirait en un rien de temps l'humidité de la bouillie malodorante pour ne laisser que des croûtes desséchées. Nous avions tous les lèvres fendues et gonflées, la langue comme un oreiller moisi s'empâtant sur les grains de sable qui nous tapissaient les muqueuses.

Tempête s'était emballée. Nous souffrions presque autant que les rebelles. On n'y voyait rien à dix pas. Je distinguais à peine les hommes à ma droite et à ma gauche, et seulement deux types de l'arrière-garde qui marchaient devant moi à reculons. Savoir que nos ennemis étaient forcés de nous suivre face au vent ne me remontait guère le moral.

Les hommes de l'autre rang se sont soudain dispersés en tripotant leurs arcs. Des choses de grande taille sont apparues indistinctement dans les tourbillons de poussière ; des ombres de capes tournoyaient autour d'eux et battaient l'air comme des ailes immenses.

J'ai bandé mon arc et tiré une flèche, certain qu'elle se perdrait dans la nature.

Et pourtant non. Un homme à cheval a jeté les mains en l'air. Sa monture a volté pour détaler dans le sens du vent à la poursuite de congénères privés de cavaliers.

Ils nous talonnaient, nous harcelaient, s'efforçaient de nous cueillir avant que nous ne sortions du Pays du Vent pour gagner la Marche de la Déchirure, plus facile à défendre. Ils voulaient nous voir tous étendus morts et détroussés sous le soleil implacable du désert.

Un pas en arrière. Puis un autre. Quelle fichue lenteur ! Mais nous n'avions pas le choix. Pas question de leur tourner le dos, ils s'abattraient sur nous. Il fallait leur faire payer chaque approche, décourager complètement leur ardeur.

Le sort jeté par Tempête était notre meilleure protection. Le Pays du Vent est déjà sauvage et rude en temps normal, plat, dénudé, sec et inhabité, une contrée où les tempêtes de sable sont monnaie courante. Mais on n'en avait jamais vu de semblable, capable de s'acharner heure après heure, jour après jour, ne fléchissant que durant la nuit. Nulle créature n'avait sa place au Pays du Vent. Voilà ce qui gardait la Compagnie en vie.

Nous étions trois mille désormais à nous retirer devant la marée inexorable qui avait submergé Seigneurie. Notre petite fraternité, en refusant de se disperser, était désormais le noyau auquel les fugitifs du désastre s'étaient rattachés après que le capitaine avait forcé les lignes des assiégeants. Nous étions devenus le cerveau et le nerf de ce semblant d'armée en fuite. La Dame elle-même avait transmis l'ordre à tous les officiers impériaux de s'en remettre au capitaine. Seule la Compagnie avait remporté des succès notables durant la campagne du Nord.

Quelqu'un est sorti de la poussière et des mugissements du vent dans mon dos et m'a tapé sur l'épaule. J'ai pivoté d'un bloc. Ce n'était pas encore l'heure de la relève.

Corbeau m'a fait face. La capitaine avait deviné où j'étais.

Toute la tête de Corbeau était emmaillotée de chiffons. J'ai plissé les yeux, une main levée pour faire écran à la morsure du sable. Il a hurlé quelque chose comme : « La kata va ta va. » J'ai secoué la tête. Il a pointé le doigt derrière moi, m'a empoigné et crié à l'oreille : « Le capitaine veut te voir. »

Comme de juste. J'ai opiné du chef, lui ai tendu mon arc et mes flèches, puis me suis courbé dans le vent et le sable. Nous manquions d'armes. Les flèches que je venais de lui confier étaient celles des rebelles glanées après qu'elles avaient jailli en vibrant de la brume couleur d'ocre.

Péniblement, j'ai marché, marché, marché. Le sable me crépitait sur le crâne tandis que je progressais, le menton rentré, plié en deux, les yeux plissés. Je ne tenais pas à retourner auprès du capitaine. Il n'allait rien me dire que j'avais envie d'entendre.

Un gros buisson m'a foncé dessus en tournoyant et bondissant. Il a failli me culbuter. J'ai éclaté de rire. Nous avions Transformeur avec nous. Les rebelles perdraient beaucoup de flèches lorsque ça atteindrait leurs lignes. Ils étaient dix ou quinze fois plus nombreux que nous, mais ça ne diminuait en rien leur crainte des Asservis.

À force de lutter pas à pas contre les assauts des bourrasques, j'ai fini par croire que j'étais allé trop loin ou que j'avais perdu le nord. C'était toujours pareil. J'avais décidé de renoncer lorsqu'elle est apparue, l'île de paix miraculeuse. J'y ai pénétré et l'absence soudaine de vent m'a fait tituber. Mes oreilles rugissaient dans leur refus de croire au silence.

Trente chariots roulaient en formation serrée dans la bulle de calme plat, roue contre roue. La plupart transportaient de pleins chargements de blessés. Un millier d'hommes entouraient les chariots et crapahutaient obstinément vers le sud. Ils gardaient les yeux baissés à terre et redoutaient le moment où il leur faudrait prendre la relève à l'arrière-garde. On n'entendait aucune conversation, aucun échange de mots d'esprit. Ils avaient vu trop de retraites. Ils suivaient le capitaine uniquement parce qu'il leur avait promis une chance de s'en sortir.

« Toubib ! Par ici ! » Le lieutenant m'a fait signe depuis l'extrême flanc droit de la formation.

Le capitaine avait l'air d'un ours naturellement bourru réveillé prématurément de son hibernation. Les cheveux gris de ses tempes se tortillaient tandis qu'il mâchait ses mots avant de les cracher. Il avait les traits tirés. Les yeux comme deux trous noirs. La voix terriblement lasse. « Je croyais t'avoir dit de rester dans le coin.

— C'était mon tour...

— Toi, tu ne prends pas de tours, Toubib. Voyons si je peux te l'expliquer avec des mots assez simples pour toi. On a trois mille hommes. Les rebelles sont sans arrêt sur notre dos. Tout ce dont on dispose, c'est un sorcier foireux et un vrai docteur pour s'occuper de tout ce monde-là. Qu'un-Œil dépense la moitié de son énergie à maintenir ce dôme de calme. Il ne reste donc plus que toi pour assurer les soins. Ce qui veut dire que tu ne risques pas ta vie à l'arrière-garde. Pas sans raison valable. »

J'ai fixé le vide au-dessus de son épaule gauche et fait la grimace au spectacle du sable qui tourbillonnait autour de la zone protégée.

« Je me fais bien comprendre, Toubib ? C'est clair ? J'apprécie ton dévouement aux Annales, ton envie de te trouver au cœur de l'action, mais... »

J'ai hoché la tête, jeté un coup d'œil aux chariots et à leurs tristes cargaisons. Tant de blessés, et je pouvais si peu pour eux. Le capitaine ne voyait pas le sentiment d'impuissance que j'en éprouvais. Tout ce que je pouvais faire, c'était les recoudre, prier et soulager les mourants jusqu'à leur dernier souffle, après quoi nous les déchargions afin de faire de la place aux suivants.

Trop d'hommes mouraient que j'aurais pu sauver si j'avais eu du temps, des assistants compétents et une salle d'opération correcte. Pourquoi étais-je allé au front ? Parce que je pouvais y être utile. Je pouvais rendre les coups à nos bourreaux.

« Toubib, a grogné le capitaine, j'ai l'impression que tu n'écoutes pas.

— Si, capitaine. Compris, capitaine. Je reste ici et je me consacre à ma couture.

— Ne fais pas une tête pareille. » Il m'a touché l'épaule. « D'après Volesprit, nous allons arriver à la Marche de la Déchirure demain. Après, on fera ce qu'on veut tous. Écraser le pif de Trempe. »

Trempe était devenu le général en chef des rebelles. « Est-ce qu'il a dit comment on va s'y prendre, à un contre un milliard ? »

Le capitaine s'est rembruni. Il s'est livré à sa petite danse d'ours qui traîne des pieds tandis qu'il me débitait une réponse rassurante.

Trois mille hommes épuisés, sur les genoux, repousser la horde ivre de victoire de Trempe ? Aucune chance. Même avec l'aide de trois des Dix Asservis.

« Ben voyons, ai-je ricané.

— Ça n'est pas ton rayon de toute façon, hein ? Volesprit ne passe pas derrière toi pour critiquer ta façon d'opérer, pas vrai ? Alors pourquoi contester la haute stratégie ? »

J'ai souri. « La loi morale de toute armée, capitaine. La troupe a le privilège de contester la santé d'esprit et la compétence de ses chefs. C'est le mortier qui maintient la cohésion d'une armée. »

Le capitaine m'a toisé du haut de sa stature plus réduite mais plus large et de sous des sourcils broussailleux. « Ça maintient sa cohésion, hein ? Et tu sais ce qui la fait bouger ?

— Quoi donc ?

— Des types comme moi qui bottent le cul de types comme toi quand ils se mettent à philosopher. Tu me suis ?

— Je crois qu'oui, capitaine. » Je suis parti récupérer ma trousse dans le chariot où je l'avais planquée et me suis mis au travail. Il y avait peu de nouveaux blessés.

Les prétentions des rebelles s'effritaient sous les assauts incessants de Tempête.

Je traînassais en attendant qu'on m'appelle lorsque j'ai aperçu Elmo qui sortait en bondissant de la tourmente. Je ne l'avais pas vu depuis des jours. Il est entré dans le rang à côté du capitaine. Je me suis approché nonchalamment.

« ... nous contournent par la droite à toute vitesse, disait-il. Z'essayent peut-être d'arriver à la Marche les premiers. » Il m'a lancé un coup d'œil, a levé la main pour me saluer. La main tremblait. Il était blême de fatigue. Comme le capitaine, il n'avait pas eu beaucoup de repos depuis notre entrée dans le Pays du Vent.

« Prends une compagnie de réserve. Attaque-les sur le flanc, a répliqué le capitaine. Frappe dur et tiens bon. Ils ne vont pas s'attendre à ça. Ça va les secouer. Ils vont se demander ce qu'on mijote.

— Oui, mon capitaine. » Elmo s'est tourné pour partir.

« Elmo ?

— Mon capitaine ?

— Fais attention, là-bas. Économise tes forces. On va continuer d'avancer cette nuit. »

Les yeux d'Elmo en disaient long sur le supplice qu'on lui imposait. Mais il n'a pas discuté les ordres. C'est un bon soldat. Et, comme moi, il savait qu'ils venaient d'au-dessus du capitaine. Peut-être de la Tour elle-même.

Jusqu'ici, la nuit apportait une trêve tacite. Les rigueurs de la journée ôtaient l'envie aux deux armées de faire inutilement un pas de plus après le coucher du soleil. Il n'y avait pas d'affrontements nocturnes.

Même ces heures de répit, quand la tempête était en sommeil, ne suffisaient pas à empêcher les armées de se crever le cul à marcher. À présent nos grands seigneurs exigeaient un effort supplémentaire dans l'espoir de s'assurer un quelconque avantage tactique. Arriver à la Marche pendant la nuit, se retrancher et forcer les rebelles à venir à nous au sortir de la tempête perpétuelle. Ça se tenait. Mais ça sentait la manœuvre ordonnée par un général en chambre à cinq cents kilomètres à l'arrière des combats.

« Tu as entendu ? m'a demandé le capitaine.

— Ouais. Ça m'a l'air idiot.

— Je suis d'accord avec les Asservis, Toubib. Le trajet sera plus facile pour nous et plus dur pour les rebelles. Tu es à jour dans ton boulot ?

— Oui.

— Alors tâche de te tenir à l'écart. Grimpe dans un chariot. Dors un peu. »

Je suis parti au hasard en maudissant la malchance qui nous avait privés de la plupart de nos montures. Bons dieux, on en avait marre de marcher.

Je n'ai pas suivi le conseil pourtant judicieux du capitaine. J'étais trop tendu pour me reposer. La perspective d'une marche de nuit m'avait ébranlé.

Je me suis baladé ici et là à la recherche de vieux amis. La Compagnie s'était disséminée parmi le reste de la troupe comme relais de l'autorité du capitaine. Je n'avais pas revu certains gars depuis Seigneurie. J'ignorais s'ils étaient encore en vie.

Je n'ai retrouvé que Gobelin, Qu'un-Œil et Silence. Cette fois-là, Gobelin et Qu'un-Œil n'étaient pas plus expansifs que Silence. Voilà qui en disait long sur le moral.

Ils marchaient obstinément en traînant la semelle, les yeux braqués sur la terre desséchée ; de temps en temps, mais rarement, ils faisaient un geste ou marmonnaient un mot afin de maintenir la cohésion de notre bulle de tranquillité. J'ai traîné la semelle avec eux. Finalement, j'ai essayé de briser la glace avec un : « Salut. »

Gobelin a grogné. Qu'un-Œil m'a fixé quelques secondes d'un regard mauvais. Silence ne m'a pas prêté attention.

« Le capitaine a dit qu'on allait marcher toute la nuit », leur ai-je appris. Il fallait que j'en rende d'autres aussi malheureux que moi.

Les yeux de Gobelin m'ont demandé ce qui me prenait de raconter un mensonge pareil. Qu'un-Œil a marmotté le vague désir de changer le salaud en crapaud.

« Le salaud en question, c'est Volesprit », ai-je répliqué d'un ton suffisant.

Il m'a lancé un autre regard mauvais. « Je vais peut-être m'exercer sur toi, Toubib. »

Qu'un-Œil n'aimait pas la marche de nuit, aussi Gobelin a-t-il aussitôt reconnu le génie de l'homme qui avait lancé l'idée. Mais son enthousiasme manquait de chaleur, alors Qu'un-Œil ne s'est pas fatigué à mordre à l'hameçon.

Je me suis dit que j'allais faire un autre essai. « Les gars, vous m'avez l'air aussi grognons que moi. »

Aucune réaction. Pas même une tête qui se tourne. « Comme vous voulez. » J'ai moi aussi baissé la tête, mis un pied devant l'autre, vidé mon esprit.

On est venu me chercher pour que je m'occupe des blessés d'Elmo. Il y en avait une douzaine, c'était tout pour la journée. Les rebelles avaient renoncé à l'idée de vaincre ou de mourir.

La nuit tombait vite sous la tempête. Nous avons vaqué à nos occupations comme d'habitude. Nous avons pris quelque distance avec les rebelles, attendu que la tempête se calme, établi un camp et allumé des feux avec toutes les broussailles qu'on pouvait récupérer. Mais, cette fois, il ne s'est agi que d'un repos de courte durée, jusqu'à ce que les étoiles se lèvent. Elles nous ont contemplés d'un scintillement moqueur, l'air de dire que tant de sueur et de sang ne représentaient rien au long regard du temps. Ce que nous faisions, nul ne s'en souviendrait dans mille ans.

De semblables réflexions nous gangrenaient tous. Plus aucun idéal, plus aucune soif de gloire ne nous animait. Nous avions seulement envie d'aller n'importe où, de nous coucher et d'oublier la guerre.

La guerre ne nous oubliait pas, elle. Dès qu'il a estimé que les rebelles nous croyaient bien installés dans notre camp, le capitaine a relancé la marche, cette fois en une colonne informe qui serpentait lentement à travers la lande éclairée par la lune.

Les heures passaient et nous avions l'impression de n'arriver nulle part. Le paysage ne changeait jamais. Je jetais de temps en temps un coup d'œil en arrière, histoire de vérifier la tourmente renforcée que Tempête lançait contre le camp rebelle. Les éclairs fusaient et dansaient dans cette tourmente-là. Une tourmente plus violente que tout ce que l'ennemi avait affronté jusqu'ici.

La Marche de la Déchirure, noyée dans l'ombre, s'est matérialisée si lentement que j'ai compris au bout d'une heure seulement qu'il ne s'agissait pas d'un amoncellement de nuages bas à l'horizon. Les étoiles ont commencé à décliner et l'orient à s'éclaircir avant que le terrain ne se mette à s'élever.

La Marche de la Déchirure est une chaîne montagneuse sauvage et dentelée, quasiment infranchissable, sauf par l'unique col escarpé qui donne son nom à la cordillère. Le terrain s'élève peu à peu jusqu'à buter soudain contre des falaises et des plateaux immenses de grès rouge qui s'étendent de chaque côté sur des centaines de kilomètres. Dans la lumière du matin, on aurait dit les remparts effrités d'une forteresse de géant.

La colonne a zigzagué dans une gorge obstruée d'éboulis, puis s'est arrêtée le temps de dégager une piste pour les chariots. Je me suis hissé au sommet d'un promontoire d'où j'ai observé la tempête. Elle avançait vers nous.

Passerions-nous avant l'arrivée de Trempe ?

Le bouchon, dû à une chute de pierres récente, ne s'étendait que sur quatre cents mètres. Au-delà se poursuivait la route qu'empruntaient les caravanes avant que la guerre ait interrompu les échanges commerciaux.

J'ai refait face à la tempête. Trempe ne perdait pas de temps. La colère lui donnait des ailes, j'imagine. Il n'allait pas nous lâcher. Nous avions tué son beau-frère et manigancé l'asservissement de sa cousine...

Un mouvement à l'ouest m'a attiré l'œil. Toute une rangée d'affreux cumulus orageux se dirigeaient vers Trempe, grondant et se querellant entre eux. Un nuage en forme d'entonnoir s'est détaché en tournant sur lui-même et a filé comme une flèche vers la tempête de sable. Les Asservis ne rigolent pas.

Trempe était têtu. Rien ne l'arrêtait.

« Ho ! Toubib ! a crié quelqu'un. Amène-toi ! »

J'ai regardé en bas. Les chariots avaient passé le plus dur. L'heure de partir.

Là-bas sur la plaine, les cumulus ont expédié un autre nuage en entonnoir. J'ai presque plaint les hommes de Trempe.

Peu de temps après mon retour dans la colonne, la terre a vibré. La falaise sur laquelle j'avais grimpé a tremblé, gémi et basculé pour s'étaler en travers de la route. Un autre petit cadeau pour Trempe.

Nous avons fait halte peu avant la tombée de la nuit. Enfin un pays décent ! De vrais arbres. Un ruisseau qui gargouillait. Ceux à qui il restait encore un peu de forces ont entrepris de s'installer ou de cuisiner. Les autres se sont écroulés sur place. Le capitaine a laissé tout le monde tranquille. Le meilleur remède pour l'instant, c'était tout bonnement de se reposer comme on voulait.

J'ai dormi comme la souche de l'expression.

Qu'un-Œil m'a réveillé dès potron-minet. « Au boulot, a-t-il dit. Le capitaine veut qu'on aménage un hôpital. » Il a grimacé. Il a déjà une figure de pruneau en temps ordinaire. « Paraît que Charme nous envoie de l'aide. »

J'ai grogné, gémi, juré et me suis levé. J'avais tous les muscles raides. Les os me faisaient mal. « La prochaine fois qu'on passe dans un bled civilisé avec des tavernes, rappelle-moi de boire au succès de la paix éternelle, ai-je grommelé. Qu'un-Œil, je suis prêt à prendre ma retraite.

— Tu te crois le seul ? Mais c'est toi l'annaliste, Toubib. Tu nous rebats sans arrêt les oreilles avec la tradition. Tu le sais, t'as que deux façons de t'éclipser avant la fin de notre contrat. Mort ou les pieds devant. Bouffe un morceau et au boulot. J'ai mieux à foutre que jouer les bonnes d'enfants.

— On est de bonne humeur ce matin, pas vrai ?

— La vie est belle. » Il a continué de râler pendant que je remettais un semblant d'ordre dans ma tenue.

Le camp s'animait. Les hommes mangeaient et se nettoyaient de la saleté du désert. Ils juraient, s'agitaient et rouspétaient. Certains même se parlaient. La guérison était en bonne voie.

Les sergents et les officiers étaient allés inspecter la configuration de la pente, en quête des meilleurs points de défense. C'était donc ici que les Asservis voulaient prendre position.

Un bon poste. C'était la partie du col qui donnait son nom à la Marche, une élévation de quatre cents mètres surplombant un dédale de gorges. La vieille route serpentait à flanc de montagne en une multitude d'épingles à cheveux, si bien qu'elle rappelait de loin l'escalier de guingois d'un géant.

Qu'un-Œil et moi avons réquisitionné une dizaine d'hommes et commencé à déménager les blessés vers un bosquet au calme, bien au-dessus du futur champ de bataille. Nous avons passé une heure à les installer comme il faut et à nous préparer pour notre travail à venir. « C'est quoi, ça ? » a soudain demandé Qu'un-Œil.

J'ai tendu l'oreille. Le vacarme des préparatifs s'était tu. « Il se passe quelque chose, ai-je dit.

— T'es un génie, a-t-il répliqué. Sans doute l'aide qu'on nous envoie de Charme.

— On va jeter un coup d'œil. » Je suis sorti d'un pas lourd du bosquet pour descendre vers le quartier général du capitaine. J'ai aperçu les nouveaux arrivants dès l'instant où j'ai quitté le couvert des arbres.

J'estimais leur nombre à un millier, pour la moitié des soldats de la garde personnelle de la Dame en uniformes éclatants, et pour le reste des charretiers, apparemment. La caravane de chariots et de bétail était plus intéressante que les renforts. « Ce soir, festin », ai-je lancé à Qu'un-Œil qui me suivait. Il a parcouru les chariots des yeux et souri. Les sourires de pur plaisir ne sont chez lui qu'un brin plus courants que les fameuses dents de la poule. Ils méritent incontestablement qu'on les note dans les présentes Annales.

Avec le bataillon de gardes était venu l'Asservi qu'on appelle le Pendu. Il était incroyablement grand et maigre. Il avait la tête tordue d'un côté. Le cou enflé et violacé suite à la morsure d'un nœud coulant. Le visage figé dans l'expression boursouflée du gars qui s'est fait étrangler. J'imagine qu'il devait avoir un mal de chien à parler.

C'était le cinquième Asservi que je voyais, après Volesprit, le Boiteux, Transformeur et Murmure. J'avais raté Rôde-la-Nuit à Seigneurie et n'avais pas encore rencontré Tempête malgré sa présence proche. Le Pendu était différent. Les autres se masquaient le crâne et la figure. À l'exception de Murmure, ils avaient passé un temps fou dans la terre. La tombe ne les avait pas arrangés.

Volesprit et Transformeur étaient venus accueillir le Pendu. Le capitaine n'était pas loin, il leur tournait le dos pour écouter le chef des gardes de la Dame. Je me suis approché en douce dans l'espoir de surprendre des bribes de conversation.

Le chef des gardes l'avait mauvaise de devoir se mettre à la disposition du capitaine. Aucun soldat régulier n'aime recevoir des ordres d'un mercenaire d'outre-mer fraîchement arrivé.

Je me suis glissé plus près des Asservis. Et me suis aperçu que je ne comprenais pas un traître mot de leur conversation. Ils parlaient en telleKure, une langue qui avait disparu avec la chute de la Domination.

Une main a touché la mienne, tout doucement. Étonné, j'ai baissé la tête vers les grands yeux bruns de Chérie que je n'avais pas vue depuis des jours.

Elle a fait des mouvements rapides avec les doigts. J'avais commencé à apprendre ses signes. Elle voulait me montrer quelque chose.

Elle m'a conduit à la tente de Corbeau, pas loin de celle du capitaine. Elle s'est précipitée dedans puis est ressortie avec une poupée en bois. On sentait de l'amour dans la facture de l'objet. Je n'imaginais pas les heures que Corbeau avait dû y passer. Je n'imaginais pas où il les avait trouvées.

Chérie a ralenti le mouvement de ses doigts afin de me permettre de suivre plus facilement. Je n'étais pas encore très habile. Elle m'a dit que Corbeau avait fabriqué la poupée, comme je l'avais deviné, et que maintenant il lui taillait une garde-robe. Pour elle, c'était un trésor. Au souvenir du village où nous l'avions trouvée, je n'ai pas douté qu'il s'agissait là du plus beau jouet qu'elle avait jamais reçu.

Un objet révélateur quand on connaît Corbeau, qui donne l'impression d'un homme amer, froid et taciturne, dont le couteau ne semble servir qu'un but sinistre.

Chérie et moi avons discuté un moment. Ses pensées sont délicieusement simples, contraste rafraîchissant dans un monde peuplé d'intrigants sournois, menteurs, imprévisibles.

Une main m'a serré l'épaule, à la fois irritée et sympathique. « Le capitaine te cherche, Toubib. » Les yeux sombres de Corbeau ont brillé comme de l'obsidienne sous un croissant de lune. Il a fait comme s'il ne voyait pas la poupée. Il aime bien ça, jouer au dur, me suis-je aperçu.

« Bien », ai-je dit en faisant des au revoir de la main. Ça me plaisait d'apprendre auprès de Chérie. Et ça lui plaisait, à elle, de m'apprendre. Je crois que ça lui donnait un sentiment d'importance. Le capitaine songeait imposer à tout le monde d'apprendre son langage par signes. Un appoint précieux à nos signaux de bataille traditionnels mais inadaptés.

Le capitaine m'a jeté un regard noir à mon arrivée, mais m'a épargné un sermon. « Les assistants et le matériel qui te manquent sont là-bas. Montre-leur où s'installer.

— Oui, capitaine. »

Le poids de la responsabilité lui mettait les nerfs en boule. Il n'avait jamais eu autant d'hommes sous son commandement ni fait face à des conditions si défavorables. On lui imposait des ordres extravagants, et un avenir incertain l'attendait. Il en était au point où l'on s'attendait presque à ce qu'il nous sacrifie pour gagner du temps.

Dans la Compagnie, nous ne sommes pas des combattants enragés. Mais la ruse ne permettait pas de tenir la Marche de la Déchirure. La fin était venue, à ce qu'il semblait.

Nul ne chantera des chansons en notre mémoire. Nous sommes la dernière des compagnies franches de Khatovar. Nos traditions et nos souvenirs ne vivent que dans les présentes Annales. Nous sommes les seuls à porter notre deuil.

C'est la Compagnie contre le monde entier. Il en a été et il en sera toujours ainsi.

L'aide que me fournissait la Dame consistait en deux chirurgiens d'ambulance qualifiés et une douzaine de jeunes recrues plus ou moins expérimentées, ainsi qu'en deux chariots pleins à ras bord de matériel médical. Je lui en étais reconnaissant. Maintenant, j'avais une chance de sauver quelques hommes.

J'ai conduit les nouveaux arrivants à mon bosquet, leur ai expliqué comment je travaillais et les ai lâchés sur mes patients. Après m'être assuré qu'ils n'étaient pas complètement incompétents, je leur ai confié l'hôpital et suis parti.

Je ne tenais pas en place. Ce qui arrivait à la Compagnie ne me plaisait pas. Elle se retrouvait avec trop de nouvelles recrues et trop de responsabilités. Disparue, l'intimité d'autrefois. À une époque, je voyais chacun des hommes tous les jours. Il y en avait, aujourd'hui, que je n'avais pas revus depuis avant la débâcle de Seigneurie. J'ignorais s'ils étaient vivants, morts ou prisonniers. J'avais la peur quasi obsessionnelle qu'on ait perdu des hommes et qu'on les oublie.

La Compagnie, c'est notre famille. C'est la fraternité qui la fait marcher. Ces temps-ci, au milieu de toutes ces têtes nouvelles du Nord, la force motrice qui unit la Compagnie se réduit à un effort désespéré de nos frères pour retrouver l'intimité d'antan. Un effort qui marque tous les visages.

J'ai rejoint un poste d'observation avancé qui surplombait la chute du ruisseau dans les gorges. Loin, très loin en dessous de la brume s'étalait un petit étang miroitant. Un mince filet d'eau s'en échappait et courait vers le Pays du Vent. Il n'achèverait pas son voyage. J'ai fouillé des yeux les rangées de tours et de buttes de grès. Les cumulus hérissés d'éclairs sur leur pourtour grondaient et pilonnaient les bad lands ; ils me rappelaient que les ennuis approchaient.

Trempe arrivait malgré la colère de Tempête. Le contact avec nous se ferait le lendemain, à mon avis. Je me demandais à quel point la tourmente l'avait touché. Sûrement pas assez.

J'ai repéré un malabar brun qui descendait d'une démarche traînante la route en lacets. Transformeur, qui s'en allait infliger ses terreurs hors du commun. Il pouvait pénétrer dans le camp des rebelles en se faisant passer pour l'un d'eux, pratiquer une magie empoisonnée au-dessus de leurs chaudrons ou saturer leur eau potable de maladies. Il pouvait devenir l'ombre dans le noir que tout le monde redoute, prendre les hommes un à un et n'en laisser que des restes estropiés afin de semer la panique parmi les vivants. Je l'enviais malgré le dégoût qu'il m'inspirait.

Les étoiles scintillaient au-dessus du feu de camp. Il brûlait doucement tandis que certains d'entre nous, les vétérans, jouions au tonk. Je gagnais d'une courte tête. « Je me retire pendant que je mène, ai-je dit. Quelqu'un veut ma place ? » J'ai déplié mes jambes endolories puis me suis éloigné pour m'installer contre une souche et contempler le ciel. Les étoiles m'ont paru joyeuses et amicales.

L'atmosphère était fraîche et immobile. Le camp silencieux. Les grillons et les oiseaux nocturnes chantaient leurs chants réconfortants. Le monde était en paix. Difficile de croire qu'un tel site serait bientôt le théâtre d'une bataille. Je me suis tortillé jusqu'à trouver une position confortable et j'ai cherché des yeux des étoiles filantes. J'étais décidé à goûter l'instant présent. Je n'en connaîtrais peut-être plus jamais de tel.

Le feu a crachoté et crépité. Quelqu'un s'est découvert assez d'énergie pour y ajouter un peu de bois. Il s'est embrasé, a dégagé une fumée sentant le pin dans ma direction, projeté des ombres dansantes sur les visages attentifs des joueurs de cartes. Qu'un-Œil avait les lèvres pincées parce qu'il perdait. La bouche de grenouille de Gobelin s'étirait en un sourire inconscient. Silence restait impénétrable, fidèle à lui-même. Elmo réfléchissait dur et fronçait les sourcils tandis qu'il se livrait à des calculs de probabilités. Jovial était plus revêche qu'à l'ordinaire. La vue de Jovial me soulageait. J'avais craint qu'il ne soit mort à Seigneurie.

Un unique météore de rien du tout a traversé le ciel. J'ai renoncé à le scruter davantage et j'ai fermé les yeux pour écouter battre mon cœur. *Trempe arrive. Trempe arrive*, disait-il. Il battait plus fort qu'un tambour, imitait le pas cadencé de légions en marche

Corbeau s'est installé près de moi. « Calme, ce soir, a-t-il fait remarquer.

— Le calme avant la tempête, ai-je répliqué. Qu'est-ce qui se mijote chez les puissants ?

— Ça discute ferme. Le capitaine, Volesprit et le nouveau laissent japper les autres. Ils les laissent décharger leur bile. Qui gagne ?

— Gobelin.

— Qu'un-Œil ne distribue pas les cartes du dessous du paquet ?

— On l'a jamais pris sur le fait.

— J'ai entendu, a grogné Qu'un-Œil. Un de ces jours, Corbeau...

— Je sais. Clac. Je suis un prince transformé en grenouille. Toubib, tu es monté sur la colline depuis la tombée de la nuit ?

— Non. Pourquoi ?

— Quelque chose de curieux vers l'est. Comme une comète. »

Mon cœur a sursauté. J'ai effectué un calcul rapide. « Tu as sûrement raison. Elle doit revenir. » Je me suis levé. Lui aussi. Nous avons gravi la colline.

Tous les événements importants dans la saga de la Dame et de son époux ont eu une comète pour présage. D'innombrables prophètes rebelles ont prédit sa chute pendant qu'une comète passerait dans le ciel. Mais leur prophétie la plus dangereuse parle d'une enfant qui réincarnera la Rose Blanche. Le Cercle dépense beaucoup d'énergie à essayer de localiser la gamine.

Corbeau m'a conduit sur une hauteur d'où nous apercevions les étoiles très basses à l'est. Pas de doute, quelque chose qui ressemblait à un fer de lance argenté traversait le ciel au loin. Je l'ai observé longtemps avant de faire remarquer : « On dirait que ça se dirige vers Charme.

— C'est aussi mon impression. » Corbeau est resté un moment silencieux. « Je ne crois pas beaucoup aux prophéties, Toubib. Ça ressemble trop à de la superstition. Mais ce truc-là me rend nerveux.

— Ces prophéties, tu les as entendues toute ta vie. Ce serait étonnant que ça te laisse indifférent. »

Il a grogné, mécontent. « Le Pendu nous a donné des nouvelles de l'est. Murmure a pris Rouille.

— Une bonne nouvelle, ça, une bonne nouvelle, ai-je raillé lourdement.

— Elle a pris Rouille et, en plus, elle a encerclé l'armée de Babiole. L'été prochain, tout l'Est sera entre nos mains. »

Nous nous sommes tournés vers la passe. Quelques unités avancées de Trempe arrivaient en bas des lacets. Tempête avait interrompu son long assaut afin de se préparer avant que l'ennemi tente de percer nos lignes.

« Alors c'est sur nous que ça retombe, ai-je chuchoté. Faut qu'on les arrête ici, sinon tout est fichu à cause d'une attaque en douce par-derrière.

— Peut-être. Mais la Dame sera toujours là, même si on échoue. Les rebelles ne l'ont pas encore affrontée directement. Et ils le savent tous, jusqu'au dernier. Chaque kilomètre qui les rapproche de la Tour accroît leur terreur. Et cette terreur suffira à les vaincre, à moins qu'ils trouvent la gamine de la prophétie.

— Peut-être. » Nous avons regardé la comète. Elle était encore très, très loin, on la devinait à peine. Elle allait rester dans le ciel un bon moment. De grandes batailles seraient livrées avant qu'elle disparaisse.

J'ai grimacé. « T'aurais peut-être pas dû me montrer ça. Maintenant, je vais en rêver, de cette connerie. »

Il m'a lancé un de ses rares sourires éclatants. « Rêve de notre victoire », m'a-t-il suggéré.

Je me suis mis à réfléchir tout haut. « On a l'avantage du terrain. Trempe est obligé de faire grimper quatre cents mètres de lacets à ses hommes. Des proies faciles quand ils arriveront ici.

— Tu dis ça pour te rassurer, Toubib. Moi, je vais me pieuter. Bonne chance pour demain.

— Toi aussi », ai-je répliqué. Il serait au plus fort de la mêlée. Le capitaine l'avait désigné pour commander un bataillon de soldats de métier vétérans. Ils tiendraient un flanc et arroseraient la route de volées de flèches.

J'ai rêvé, mais pas comme je m'y attendais. Une lueur dorée tremblotante est arrivée, qui s'est mise à planer au-dessus de moi, luisante comme des amas d'étoiles lointaines. Je ne savais pas vraiment si je dormais ou non, et je continue de me poser la question. J'appelle ça un rêve parce que je trouve le terme plus rassurant. Je n'aime pas me dire que la Dame s'intéressait autant à moi.

C'était ma faute. Toutes ces romances écrites sur elle avaient fini par monter en graine sur le terrain fertile de mon imagination. Quelle audace, mon rêve ! La Dame en personne enverrait-elle son esprit réconforter un crétin de soldat las de la guerre et secrètement paniqué ? En quel honneur, au nom du ciel ?

La lueur est donc arrivée, a plané sur moi et m'a tenu des propos rassurants derrière lesquels je sentais des accents amusés. *Oublie tes craintes, mon ami fidèle. La Marche de la Déchirure n'est pas le verrou de l'Empire. Elle peut être forcée sans dommage pour nous. Quoi qu'il advienne, mes fidèles ne courent aucun danger. La Marche n'est qu'un jalon sur la route des rebelles vers l'anéantissement.*

Elle m'en a dit davantage, toujours dans un registre étonnamment personnel. Elle me renvoyait mes fantasmes les plus fous. À la fin, l'espace d'un instant, un visage a jeté un coup d'œil furtif depuis la lueur dorée. Le visage féminin le plus beau que j'avais jamais vu. Hélas, je ne m'en souviens plus maintenant.

Le lendemain matin, j'ai raconté mon rêve à Qu'un-Œil tandis que je houspillais mon hôpital pour le réveiller. Il m'a regardé, puis il a haussé les épaules. « Trop d'imagination, Toubib. » Il était préoccupé, impatient de finir ses corvées médicales et de se sauver. Il déteste ce boulot-là.

Une fois mon travail à jour, j'ai traîné jusqu'au campement principal, la tête cotonneuse et l'humeur massacrante. L'air sec et froid de la montagne était moins vivifiant qu'il aurait fallu.

J'ai trouvé l'humeur des hommes aussi guillerette que la mienne. Plus bas, les forces de Trempe se déplaçaient.

Ce qui concourt à la victoire, c'est l'intime conviction, même quand la situation paraît désespérée, qu'une route vers le succès va s'ouvrir. Cette certitude soutenait la Compagnie durant la débâcle de Seigneurie. Nous avions toujours trouvé moyen d'en flanquer un bon coup dans les gencives des rebelles, même pendant que les armées de la Dame battaient en retraite. Aujourd'hui, hélas... la certitude commençait à chanceler.

Le Forsberg. Roseraie. Seigneurie, et une douzaine de revers moindres. Ce qui concourt à la défaite, c'est le non-espoir de victoire. La crainte secrète nous hantait que, malgré les avantages évidents du terrain et du soutien des Asservis, quelque chose clocherait.

Il s'agissait peut-être d'un coup monté. Le capitaine était peut-être derrière tout ça, voire Volesprit. Ou alors, ça nous venait naturellement, comme c'était arrivé une fois...

Qu'un-Œil était descendu derrière moi. Grognon, bougon, il grommelait tout seul et cherchait la bagarre. Sa route a croisé celle de Gobelin.

Gobelin le flemmard sortait tout juste de son couchage. Il se lavait dans une cuvette d'eau. C'est une petite peste d'une propreté méticuleuse. Qu'un-Œil l'a repéré et a vu l'occasion de passer sa mauvaise humeur sur quelqu'un. Il a marmonné un chapelet de mots bizarres et s'est lancé dans une drôle de gigue qui tenait à la fois du ballet et de la danse de guerre primitive.

L'eau de Gobelin s'est changée.

J'en ai senti l'odeur à douze pas. Elle avait viré au marron malsain. Des mollards verts écœurants flottaient à la surface. Elle donnait l'impression d'être croupie.

Gobelin s'est redressé d'un air extrêmement digne et s'est retourné. Il a regardé son collègue au rictus mauvais plusieurs secondes dans l'œil. Puis il a incliné la tête en guise de salut. Lorsqu'il l'a relevée, un sourire de grenouille lui fendait la figure jusqu'aux deux oreilles. Il a ouvert la bouche et poussé le hurlement le plus stupéfiant, le plus affreux que j'ai jamais entendu.

C'était reparti, et tant pis pour l'inconscient qui se trouverait sur leur route. Des ombres se sont répandues autour de Qu'un-Œil, se sont tortillées par terre comme un millier de serpents impatients. Des fantômes ont alors rampé de sous les rochers, sauté du haut des arbres, bondi hors des buissons et se sont mis à danser. Ils ont poussé des cris, des hurlements et des ricanements, et ils ont chassé les ombres serpentines de Qu'un-Œil.

Les fantômes mesuraient à peine soixante-dix centimètres et rappelaient beaucoup des Qu'un-Œil demi-portion à la figure deux fois plus laide et au derrière de babouin femelle en chaleur. Ce qu'ils ont fait aux ombres de serpents capturées, la décence m'interdit de le consigner.

Qu'un-Œil, déjoué, a sauté en l'air. Il a juré, braillé, la bouche écumante. Pour nous, les vétérans, qui avions déjà assisté à ces batailles de cinglés, Gobelin avait visiblement tendu une embuscade, dans l'attente que son collègue ouvre les hostilités.

Mais cette fois-là, Qu'un-Œil avait plus d'une flèche dans son carquois.

Il a renvoyé les serpents. Les rochers, les buissons et les arbres qui avaient vomi les créatures de Gobelin ont alors craché des bousiers gigantesques d'un vert brillant. Les gros insectes ont sauté sur les elfes de Gobelin, les ont renversés et ont entrepris de les rouler vers le bord de la falaise.

Il va sans dire, tous les cris et braillements des deux sorciers ont attiré des badauds. Des cascades de rires ont fusé des vétérans habitués depuis longtemps à leur duel sempiternel. Les nouveaux ont suivi l'exemple, une fois qu'ils ont compris qu'il ne s'agissait pas d'un débordement de magie démente.

Les fantômes aux derrières rouges de Gobelin se sont fait pousser des racines pour éviter qu'on les renverse. Ils se sont transformés en gigantesques plantes carnivores aux gueules bavantes telles qu'on en voit dans les jungles de nos cauchemars les plus terrifiants. *Clic-clac-crac*, tout au long de la pente des mâchoires végétales se sont refermées pour broyer des carapaces. L'impression qu'on ressent quand on écrase un gros cancrelat, une impression qui glace la moelle épinière et fait grincer des dents, a dévalé le flanc de la montagne, grossie mille fois, déclenchant une vague de frissons. L'espace d'un instant, même Qu'un-Œil est resté figé.

J'ai regardé autour de moi. Le capitaine était venu assister au spectacle. Il a laissé apparaître un sourire satisfait. Un vrai trésor, ce sourire, plus rare que des œufs d'oiseau roc. Ses compagnons, officiers de métier et capitaines des gardes, avaient l'air ahuris.

Quelqu'un s'est placé à côté de moi, tout près, comme un ami intime. J'ai jeté un coup d'œil en coin et me suis retrouvé épaule contre épaule avec Volesprit. Ou plutôt coude contre épaule. L'Asservi n'est pas très grand.

« Amusant, non ? » a-t-il commenté d'une voix parmi les milliers à sa disposition.

J'ai approuvé nerveusement de la tête.

Qu'un-Œil a frémi de partout, a fait un autre grand bond, a gémi et hurlé, puis est retombé pour gigoter des bras et des jambes en tous sens, comme atteint du haut mal.

Les bousiers survivants se sont rassemblés à toute vitesse, *bing-bang*, *clic-clac*, en deux tas furibonds, claquant méchamment des mandibules, se frottant les uns contre les autres dans un bruit chitineux. Des vrilles de brouillard brun sont montées des tas grouillants, ont formé d'épais cordons qui se sont tortillés puis rejoints pour tresser un rideau, lequel dissimulait les insectes frénétiques. Le brouillard s'est condensé en gouttelettes qui ont bondi et rebondi par terre de plus en plus haut à chaque fois. Puis elles ne sont plus redescendues mais ont dérivé au gré du vent, et des germes leur ont poussé qui sont devenus des doigts noueux.

Ce que nous avions là, c'étaient des répliques des paluches calleuses de Qu'un-Œil grossies cent fois. Ces mains ont commencé leur cueillette dans le jardin monstrueux de Gobelin, ont arraché ses plantes par la racine et lié leurs tiges ensemble par des nœuds marins aussi élégants que savants afin de former une natte de plus en plus longue.

« Ils ont plus de talent qu'on ne croit, a noté Volesprit. Mais ils le gâchent dans des bêtises.

— Pas sûr », lui ai-je fait comprendre du geste. Leur numéro avait un effet tonifiant sur le moral. Pris d'une bouffée de cette audace qui m'anime de temps en temps, j'ai suggéré : « Ça, c'est une sorcellerie que tout le monde comprend, rien à voir avec la magie tyrannique et cruelle des Asservis. »

Le morion noir de Volesprit s'est tourné vers moi quelques secondes. J'imaginais des feux qui brûlaient derrière les fentes étroites des yeux. Puis un gloussement de fille s'en est échappé. « Tu as raison. Nous sommes trop pénétrés du désespoir, des idées noires, du malheur et de la terreur dont nous contaminons des armées entières. On oublie vite l'éventail d'émotions qu'offre la vie. »

Curieux, ça, me suis-je dit. Voilà un Asservi affligé d'un défaut dans la cuirasse, un Volesprit qui écarte un des voiles masquant sa nature profonde. L'annaliste en moi a flairé l'odeur d'une histoire et s'est mis à donner de la voix.

Volesprit s'est écarté d'un pas comme s'il lisait mes pensées. « Tu as vu une apparition la nuit dernière ? »

La voix du chien annaliste s'est tue au milieu d'un aboiement. « J'ai fait un drôle de rêve. Sur la Dame. »

Volesprit a lâché un gloussement comme un grondement sourd et grave. Ce perpétuel changement de voix a de quoi ébranler les plus solides. Moi, ça m'a mis sur la défensive. Ses manières amicales aussi m'inquiétaient.

« Je crois que tu es dans ses petits papiers, Toubib. Tu as un je ne sais quoi qui excite son imagination, comme elle a excité la tienne. Qu'est-ce qu'elle voulait te dire ? »

Quelque chose au fond de moi m'a soufflé de me méfier. La question de Volesprit était cordiale et spontanée, mais une intensité perceptible par-dessous me disait qu'elle n'était pas si fortuite que ça.

« Seulement des paroles rassurantes, ai-je répliqué. Comme quoi la Marche de la Déchirure n'est pas cruciale dans ses projets. Mais c'était un rêve, sans plus.

— Bien sûr. » Il avait l'air satisfait. « Un rêve, sans plus. » Mais il se servait de sa voix féminine réservée aux discussions sérieuses.

Les hommes poussaient des *ho* et des *ha*. Je me suis retourné pour voir où en était la compétition.

L'écheveau de sarracénies de Gobelin s'était métamorphosé en une gigantesque méduse de la taille d'un navire de guerre aérien. Les mains brunes, enchevêtrées dans ses tentacules, essayaient de se libérer en les déchirant. Et au-dessus de la paroi de la falaise, en observation, flottait un visage rose, barbu, auréolé de cheveux orange emmêlés. Un œil était à demi fermé, l'air endormi, par une balafre livide. J'ai froncé les sourcils, désorienté. « C'est quoi, ça ? » Je savais que Gobelin et Qu'un-Œil n'étaient pour rien là-dedans, et je me suis demandé si Silence ne s'était pas mis de la partie, rien que pour leur faire honte devant tout le monde.

Volesprit a lâché un bruit qui était une imitation honorable du couinement d'un oiseau à l'agonie. « Trempe », a-t-il dit avant de pivoter face au capitaine pour brailler. « Aux armes ! Ils arrivent ! »

En quelques secondes, les hommes ont foncé vers leurs postes. Les dernières traces du combat entre Gobelin et Qu'un-Œil n'étaient plus que des lambeaux brumeux qui flottaient au vent et filaient vers la figure ricanante de Trempe pour lui infliger une éruption d'acné répugnante là où ils la touchaient. Une jolie pichenette, me suis-je dit, mais ne le traitez pas à la légère, les gars. Il ne rigole pas, lui.

En réponse à notre bousculade s'est mis à monter un concert de trompes et de grondements de tambours dont l'écho s'est répercuté dans les gorges comme un coup de tonnerre au loin.

Les rebelles nous ont asticotés toute la journée, mais ce n'était manifestement pas sérieux, ils donnaient de petits coups au nid de frelons pour observer la réaction. Ils avaient parfaitement conscience de la difficulté à prendre la Marche d'assaut.

Ce qui laissait présager que Trempe gardait un mauvais tour dans sa manche.

Mais, dans l'ensemble, les escarmouches remontaient le moral. Les hommes commençaient à se dire qu'ils avaient une chance de tenir.

Malgré la comète qui parcourait les étoiles, et malgré la galaxie de feux de camp qui mouchetaient le flanc de montagne en dessous, la nuit démentait mon sentiment que la Marche était la clé de voûte de la guerre. J'étais assis sur un promontoire qui surplombait l'ennemi, les genoux remontés sous le menton, et je songeais aux dernières nouvelles de l'est. Murmure assiégeait maintenant Gelée, après avoir réduit à néant l'armée de Babiole, puis vaincu Phalène et Guingois au milieu des menhirs parlants de la plaine de la Peur. La déroute des rebelles dans l'Est avait l'air plus sévère que la nôtre dans le Nord.

Nous risquions de connaître pire encore ici. Phalène, Guingois et Lambin avaient rejoint Trempe. D'autres membres des Dix-huit se trouvaient aussi en bas, pas encore identifiés. Nos ennemis flairaient le sang.

Je n'ai jamais vu d'aurore boréale, mais nous en aurions eu un aperçu, paraît-il, si nous avions tenu Aviron et Donne assez longtemps pour y passer l'hiver. Les histoires qu'on m'a rapportées sur ces phénomènes lumineux à la fois doux et éclatants m'incitent à les comparer à ce qui prenait forme au-dessus des gorges, tandis que les feux des rebelles mouraient peu à peu. De longues, longues et fines banderoles de lumière délicate montaient en se tortillant vers les étoiles, miroitantes et ondulantes comme des algues dans un faible courant. Une palette magnifique de roses, verts, jaunes et bleus tendres. Une expression m'est venue aussitôt à l'esprit. Un nom ancien. Les Guerres Pastel.

La Compagnie avait participé aux Guerres Pastel, il y avait très, très longtemps. J'ai essayé de me remémorer ce que disaient les Annales sur ces conflits. Je n'ai pas tout retrouvé, mais quand même suffisamment pour prendre peur. Je me suis dirigé en hâte vers le secteur des officiers pour y chercher Volesprit.

Je l'ai trouvé et lui ai raconté ce que je me rappelais. Il m'a remercié de mon intérêt mais a prétendu bien connaître les Guerres Pastel et la clique rebelle qui envoyait ces lumières. Inutile de nous inquiéter. Cette attaque était prévue, et le Pendu était ici pour la faire avorter.

« Déniche-toi un siège quelque part, Toubib. Gobelin et Qu'un-Œil ont fait leur numéro. C'est maintenant au tour des Dix. » Il respirait une confiance à la fois solide et malveillante, j'en ai donc déduit que les rebelles étaient tombés dans une chausse-trape des Asservis.

J'ai suivi son conseil et me suis risqué à regagner mon poste d'observation solitaire. En cours de route, j'ai traversé un campement réveillé par le spectacle de plus en plus grandiose. Un murmure de crainte a couru de-ci de-là, a monté avant de retomber comme la rumeur d'un ressac au loin.

Les serpentins colorés étaient à présent plus vigoureux, et leurs mouvements saccadés évoquaient une volonté contrariée. Volesprit avait peut-être raison. Le phénomène se limiterait peut-être à un spectacle tape-à-l'œil pour les troupes.

J'ai repris place à mon perchoir. Le fond de la gorge ne scintillait plus. C'était une mer d'encre en dessous, que n'adoucissait plus du tout la lueur des serpentins frémissants. Mais si on n'y voyait goutte, on entendait en revanche drôlement bien. La région bénéficiait d'une acoustique remarquable.

Trempe s'était mis en branle. Seule la marche de son armée entière pouvait engendrer autant de tintements et de ferraillements.

Trempe et ses partisans étaient eux aussi confiants.

Un ruban de lumière vert tendre a monté dans la nuit et voleté paresseusement comme un serpentin de papier dans un courant d'air ascendant. Il a perdu de son éclat à mesure qu'il s'élevait pour se désintégrer en étincelles agonisantes à haute altitude.

Qui l'avait détaché, comme coupé d'un coup de ciseaux ? me suis-je demandé. Trempe ou le Pendu ? Était-ce bon ou mauvais signe ?

C'était un combat subtil, quasiment impossible à suivre. Comme le spectacle du duel d'escrimeurs de haut niveau. On n'y comprend rien à moins d'être un expert soi-même. En comparaison, Gobelin et Qu'un-Œil s'y étaient pris comme deux barbares armés d'épées à double tranchant.

Peu à peu, l'aurore colorée s'est éteinte. Le Pendu devait en être responsable. Les banderoles lumineuses déracinées ne nous ont fait aucun mal.

Le raffut en dessous s'est rapproché.

Où était Tempête ? Nous n'avions pas entendu parler d'elle depuis belle lurette. Le moment paraissait idéal pour gratifier les rebelles de conditions atmosphériques exécrables.

Volesprit aussi avait l'air de tirer au flanc. Depuis tout le temps que nous étions au service de la Dame, nous ne l'avions jamais rien vu accomplir de vraiment spectaculaire. Était-il moins puissant que le prétendait sa réputation, ou se réservait-il pour un cas extrême que lui seul prévoyait ?

Il se passait du nouveau en dessous. Sur les parois de la gorge commençaient à luire des bandes et des points d'un rouge très, très profond, à peine visibles au premier regard. Le rouge est devenu plus vif. Les taches se sont mises à suinter et goutter, et alors seulement j'ai remarqué un courant d'air chaud qui remontait la paroi de la falaise.

« Grands dieux », ai-je murmuré, abasourdi. C'était là un exploit digne de ce que j'attendais des Asservis.

La pierre s'est mise à gronder et rugir tandis que de la roche en fusion s'écoulait et laissait le flanc de la montagne complètement miné. Des cris ont monté d'en dessous, des cris de désespérés qui voient arriver la mort et ne peuvent rien faire pour l'arrêter ou lui échapper. Les rebelles se faisaient écraser et cuire.

Ils étaient dans le chaudron de la sorcière, pas de doute, mais un détail me mettait quand même mal à l'aise. Je trouvais qu'il n'y avait pas beaucoup de cris pour une armée aussi importante que celle de Trempe.

Par endroits, la roche chauffait tellement qu'elle prenait feu. La gorge a évacué un courant d'air violent. Le vent a hurlé par-dessus le martèlement des rochers qui tombaient. La lumière est devenue assez puissante pour révéler des unités rebelles qui gravissaient les lacets.

Trop peu nombreuses, les unités, me suis-je dit... Une silhouette solitaire sur un autre affleurement m'a attiré l'œil. Un des Asservis, mais j'avais du mal à distinguer lequel dans la clarté incertaine et changeante. Il hochait la tête tout seul tandis qu'il observait les efforts de l'ennemi.

Rougeurs, fusions, chutes et feux se sont répandus ; bientôt tout le panorama se veinait d'écarlate et se crevassait de mares bouillonnantes.

Une goutte d'humidité m'est tombée sur la joue. J'ai levé la tête, étonné, et une autre grosse goutte m'a claqué sur l'arête du nez.

Les étoiles avaient disparu. Les ventres spongieux de nuages gris boursouflés filaient dans le ciel, presque à portée de main, brutalement teintés par l'enfer en contrebas.

Les ventres des nuages se sont ouverts au-dessus de la gorge. Je me trouvais à la limite du déluge et sa force a failli me faire tomber à genoux. Plus loin, c'était la folie.

La pluie s'est abattue sur la roche en fusion. Le rugissement de la vapeur était assourdissant. Elle a fusé, bariolée, vers le ciel. Le peu que j'ai senti, alors que je me retournais pour fuir, était assez chaud pour rougir la peau à nu.

Pauvres rebelles imbéciles, me suis-je dit. Cuits à la vapeur comme des homards...

Je m'étais plaint de n'avoir rien vu de spectaculaire de la part des Asservis, mais plus maintenant. J'avais du mal à garder mon dîner tandis que je songeais aux calculs froids et cruels qui avaient présidé à l'élaboration d'une chose pareille.

Je souffrais d'un de ces cas de conscience que connaît tout mercenaire et que peu de gens comprennent en dehors de la profession. Mon travail, c'est de vaincre les ennemis de mon employeur. D'ordinaire par tous les moyens possibles. Et les dieux savent que la Compagnie a servi des scélérats malfaisants. Mais quelque chose nous déplaisait dans ce qui se passait plus bas. Après coup, je crois que nous l'avons tous senti. Ça nous venait peut-être d'un malencontreux esprit de solidarité avec des collègues qui mouraient sans une chance de se défendre.

Oui, nous avons le sens de l'honneur dans la Compagnie.

Le rugissement du déluge et de la vapeur s'est atténué. J'ai pris le risque de revenir à mon poste stratégique. En dehors de petits secteurs, la gorge baignait dans le noir. J'ai cherché des yeux l'Asservi aperçu plus tôt. Parti.

Dans le ciel, la comète est sortie de derrière les derniers nuages, déparant la nuit d'un tout petit sourire moqueur. Sa queue formait nettement un coude. Plus loin, sur l'horizon en dents de scie, une lune a pointé prudemment son nez pour examiner le paysage torturé.

Des trompes ont retenti dans cette direction, des accents de panique clairement audibles dans leurs mugissements métalliques. Elles ont précédé des bruits désordonnés de bataille au loin, un tumulte qui a vite grandi. Le combat avait l'air acharné et confus. J'ai pris le chemin de mon hôpital de fortune, certain d'avoir bientôt du pain sur la planche. Pour une quelconque raison, je n'étais pas particulièrement étonné ni contrarié.

Des messagers sont passés en coup de vent, filant comme l'éclair d'un air décidé. Le capitaine avait su y faire avec les traînards. Il leur avait redonné le sens de l'ordre et de la discipline.

Quelque chose a fusé au-dessus des têtes. Un homme assis sur un rectangle sombre a piqué sur fond de lune, puis viré en direction du tumulte. Volesprit sur son tapis volant.

Une bulle d'un violet intense s'est embrasée autour de lui. Son tapis a été violemment secoué, a plané de guingois sur une cinquantaine de mètres. La lumière a faibli, s'est resserrée sur lui et s'est évanouie en me laissant des taches devant les yeux. J'ai haussé les épaules et continué de gravir la colline d'un pas lourd.

Les premiers blessés étaient arrivés avant moi à l'hôpital. D'une certaine façon, ça me faisait plaisir.

C'était signe d'efficacité et de robuste sang-froid face à l'ennemi. Le capitaine avait accompli des miracles.

Le cliquetis des compagnies manœuvrant dans l'obscurité a confirmé mon soupçon qu'il ne s'agissait pas d'une banale attaque lancée pour nous embêter par des hommes qui s'aventuraient rarement dans le noir. (La nuit appartient à la Dame.) Je ne sais comment, on nous avait contournés.

« Merde, l'était temps que tu pointes ta sale gueule, a grogné Qu'un-Œil. Là-bas. Chirurgie. J'ai commencé à faire installer de l'éclairage. »

Je me suis lavé les mains avant de me mettre à l'ouvrage. Les auxiliaires de la Dame m'ont rejoint et s'y sont collés héroïquement. Pour la première fois depuis le début de ce contrat, j'ai eu l'impression de faire du bien aux blessés.

Mais il en arrivait sans cesse. Le fracas des armes continuait de croître. Il a vite paru évident que l'attaque rebelle dans la gorge n'avait été qu'une diversion. Tout le spectacle auquel j'avais assisté n'avait à peu près servi à rien.

L'aube colorait le ciel lorsque j'ai levé les yeux et découvert devant moi un Volesprit en loques. Il donnait l'impression d'avoir été rôti à feu doux et arrosé d'un liquide bleu verdâtre désagréable. Il répandait une odeur de fumée.

« Commence à charger tes chariots, Toubib, m'a-t-il dit de sa voix sèche de femme. Le capitaine t'envoie une dizaine d'hommes en renfort. »

Tous les chariots, y compris ceux montés du sud, stationnaient au-dessus de mon hôpital de verdure. J'ai jeté un coup d'œil de leur côté. Un grand type mince au cou tordu pressait les conducteurs à atteler les chevaux. « La bataille tourne au vinaigre ? ai-je demandé. Vous ont pris par surprise, hein ? »

Volesprit a ignoré ma dernière réflexion. « Nous avons atteint la plupart de nos objectifs. Il nous reste une seule tâche à terminer. » La voix qu'il avait choisie était profonde, sonore et mesurée, une voix d'orateur. « Le combat peut basculer d'un côté ou de l'autre. Il est trop tôt pour se prononcer. Votre capitaine a donné du cœur à cette racaille. Mais si tu veux éviter d'être pris dans la défaite, évacue tes patients en vitesse. »

Quelques chariots descendaient déjà vers nous en grinçant. J'ai haussé les épaules, passé la consigne et trouvé le blessé suivant qui attendait mes soins. Tandis que je travaillais, j'ai demandé à Volesprit : « Si l'issue est incertaine, vous ne devriez pas être là-bas à cogner sur les rebelles ?

— J'obéis aux ordres de la Dame, Toubib. Nous avons presque atteint nos objectifs. Lambin et Phalène sont éliminés. Guingois est grièvement blessé. Transformeur a réussi sa supercherie. Il ne reste plus qu'à priver les rebelles de leur général. »

J'étais déconcerté. Des pensées divergentes se sont frayées un chemin jusqu'à ma langue et se sont trahies. « Mais pourquoi on les écrabouille pas sur place ? » et « Cette campagne du Nord a durement touché le Cercle. D'abord Fureteur, puis Murmure. Maintenant Lambin et Phalène.

— Et bientôt Guingois et Trempe. Oui. Ils nous battent régulièrement, et à chaque fois ça leur coûte le meilleur de leur force. » Volesprit a regardé plus bas, vers une petite compagnie qui venait dans notre direction. Corbeau la conduisait. Volesprit s'est tourné vers le parc des chariots. Le Pendu a cessé de gesticuler pour prendre la pose, celle de l'homme qui écoute.

Volesprit s'est soudain remis à parler. « Murmure a percé les murs de Gelée. Rôdeur a franchi les menhirs perfides de la plaine de la Peur et s'approche des faubourgs de Choc. L'Anonyme est maintenant dans la plaine et se dirige vers Granges. On raconte que

Colis s'est suicidé hier soir en Ade pour éviter d'être capturé par Craque-les-Os. Notre situation est loin d'être aussi désespérée qu'il y paraît, Toubib. »

Ben voyons, me suis-je dit. Ça, c'est dans l'Est. Nous, c'est ici que nous sommes. Je ne pouvais pas m'extasier sur des victoires remportées à l'autre bout du monde. Ici, les rebelles nous écrasaient, et s'ils réussissaient leur percée vers Charme, rien de ce qui s'était passé dans l'Est n'aurait d'importance.

Corbeau a fait arrêter son groupe et s'est approché seul de moi. « Qu'est-ce que tu veux qu'ils fassent ? »

J'ai présumé que le capitaine l'avait envoyé, j'étais donc certain qu'il avait ordonné la retraite. Il ne voulait pas être le pion de Volesprit. « Chargez ceux qu'on a soignés dans les chariots. » Les conducteurs se rangeaient en bon ordre. « Renvoyez une bonne dizaine de blessés capables de marcher avec chaque chariot. Qu'un-Œil, les autres et moi, on va continuer de couper et de coudre. Quoi ? »

Corbeau avait une drôle de lueur dans l'œil. Je n'aimais pas ça. Il a jeté un regard à Volesprit. J'ai fait de même.

« Je ne lui ai pas encore dit, a fait Volesprit.

— Pas encore dit quoi ? » Je savais que ça n'allait pas me plaire quand je l'entendrais. Je flairais leur nervosité. Elle empestait la mauvaise nouvelle.

Corbeau a souri. Non pas d'un sourire heureux, mais d'une espèce de rictus horrible. « Toi et moi, on est encore désignés, Toubib.

— Quoi ? Allons ! Pas encore ! » J'avais toujours la tremblote quand je repensais à ma participation dans l'élimination du Boiteux et de Murmure.

« Tu as de l'expérience en la matière », a dit Volesprit.

Je continuais de secouer la tête.

« Faut que j'y aille, a grogné Corbeau, et toi aussi, Toubib. Et puis tu vas vouloir noter ça dans les Annales, comment tu as bousillé plus de membres des Dix-huit qu'aucun des Asservis.

— Conneries. Vous me prenez pour quoi ? Un chasseur de primes ? Non. Je suis médecin, moi. Les Annales et le combat, c'est secondaire.

— Ce gars-là, a dit Corbeau à Volesprit, le capitaine a dû le ramener de force du front quand on traversait le Pays du Vent. » Il avait les yeux plissés, les joues tendues. Il ne tenait pas à y aller non plus. Histoire de se consoler, il m'adressait des reproches.

« Tu n'as pas le choix, Toubib, a dit Volesprit d'une voix d'enfant. La Dame t'a désigné. » Il a voulu atténuer ma contrariété en ajoutant : « Elle récompense bien ceux qui la contentent. Et tu lui as tapé dans l'œil. »

Je me suis maudit de ma sentimentalité passée. Ce Toubib-là, qui était venu dans le Nord, tellement obnubilé par la mystérieuse Dame, c'était un autre homme. Un freluquet, gonflé de toute l'ignorance imbécile de la jeunesse. Ouais. Parfois on se ment à soi-même pour continuer d'avancer.

« Nous n'y allons pas seuls cette fois, Toubib, m'a dit Volesprit. Cou-tordu, Transformeur et Tempête vont nous aider.

— Il vous faut toute la bande pour rétamer un seul saligaud, hein ? » ai-je commenté d'un ton aigre.

Volesprit n'a pas mordu à l'hameçon. Comme d'habitude. « Le tapis est là-bas. Allez chercher vos armes et rejoignez-moi. » Il s'est éloigné à grandes enjambées.

J'ai passé mon courroux sur mes auxiliaires, très injustement. Finalement, au moment où Qu'un-Œil allait exploser, Corbeau m'a fait remarquer : « Joue pas au con, Toubib. Faut le faire, alors on le fait. »

Je me suis donc excusé auprès de tout le monde et suis parti d'un pas furieux rejoindre Volesprit.

« Montez », a-t-il dit en nous désignant nos places. Corbeau et moi avons repris les mêmes qu'au voyage précédent. Il nous a tendu des bouts de corde. « Attachez-vous comme il faut. Ça risque de secouer. Je ne tiens pas à vous voir tomber. Et gardez un couteau à portée de main pour vous libérer le moment venu. » Mon cœur s'est emballé. À vrai dire, j'étais excité à l'idée de voler encore. Certains instants de mon premier trajet aérien m'obsédaient encore par leur beauté et par le plaisir qu'ils m'avaient donné. On éprouve un sentiment merveilleux de liberté là-haut, dans la fraîcheur du vent, parmi les aigles.

Même Volesprit s'est attaché. Mauvais signe. « Prêts ? » Sans attendre la réponse, il s'est mis à marmonner. Le tapis a frémi puis s'est élevé en douceur, aussi léger qu'un duvet poussé par la brise.

Nous avons dépassé la cime des arbres. L'armature de bois m'est entrée dans le derrière. Mon cœur s'est soulevé. L'air me fouettait de toutes parts. Mon chapeau s'est envolé. J'ai voulu le rattraper et l'ai raté. Le tapis s'est penché dangereusement. Je me suis retrouvé bouche bée devant une terre en dessous qui s'éloignait rapidement. Corbeau m'a empoigné. Si nous n'avions pas été attachés, nous serions tous les deux passés par-dessus bord.

Nous avons survolé les gorges, lesquelles ressemblaient à un labyrinthe dément vues d'en haut. La masse des rebelles rappelait une armée de fourmis en marche.

J'ai fait des yeux un tour d'horizon du ciel, une merveille vu sous cet angle. Aucun aigle ne tournoyait. Seulement des vautours. Volesprit a foncé à travers une volée d'entre eux et les a dispersés.

Un autre tapis s'est élevé, est passé près de nous et s'est éloigné pour n'être plus qu'un grain de poussière au loin. Il transportait le Pendu et deux impériaux lourdement armés.

« Où est Tempête ? » ai-je demandé.

Volesprit a tendu le bras. J'ai plissé les yeux et distingué un point sur le fond de ciel bleu au-dessus du désert.

Nous avons plané jusqu'à ce que je me demande s'il allait se passer quelque chose. Observer l'avance des rebelles perdait vite de son charme. Ils progressaient trop vite.

« Tenez-vous prêts », a lancé Volesprit par-dessus son épaule.

J'ai saisi mes cordes en prévision d'une manœuvre éprouvante pour les nerfs.

« Maintenant. »

Le tapis est tombé comme une pierre. Nous ne le sentions plus sous nos fesses. Nous avons piqué, piqué, interminablement. Le vent hurlait à nos oreilles. La terre roulait, louvoyait et montait vers nous à toute allure. Les grains de poussière au loin qu'étaient Tempête et le Pendu piquaient eux aussi. Ils sont devenus plus distincts à mesure que nos plongeons obliques nous rapprochaient les uns des autres.

Nous sommes passés en flèche au-dessus de nos frères qui se battaient pour contenir la marée rebelle. Nous avons continué de descendre, mais selon un angle moins raide. Nous tanguions, zigzaguions, faisions des queues de poisson afin d'éviter la collision avec des tours de grès érodées selon des formes extravagantes. J'aurais pu en toucher certaines à notre passage en trombe.

Une petite prairie est apparue devant nous. Notre vitesse s'est réduite terriblement, jusqu'à ce que nous planions sur place. « Il est là », a chuchoté Volesprit. Nous avons avancé de quelques mètres et jeté un coup d'œil de derrière un pilier de grès.

La prairie jadis verte avait été labourée par le passage des hommes et des chevaux. Une dizaine de chariots et leurs conducteurs étaient restés là. Volesprit a juré tout bas.

Une ombre a jailli d'entre les aiguilles rocheuses à notre gauche. Un éclair ! Un coup de tonnerre a secoué la gorge. Des mottes de terre ont fusé en l'air. Des hommes ont crié, ils ont titubé de-ci de-là, se sont précipités vers leurs armes.

Une autre ombre a foncé sur la prairie, venant d'une autre direction. J'ignore ce que le Pendu a fait, mais les rebelles ont commencé à s'étreindre la gorge et à suffoquer.

Un grand type s'est débarrassé de la magie d'une secousse pour se diriger vers un immense cheval noir attaché à un piquet dans la partie basse de la prairie. Volesprit a fait atterrir notre tapis en vitesse. Le contact de l'armature avec le sol a été brutal. « Descendez ! » a-t-il grondé tandis que nous rebondissions. Il a lui-même empoigné une épée.

Corbeau et moi sommes descendus tant bien que mal et avons suivi Volesprit, les jambes flageolantes. L'Asservi a fondu sur les conducteurs asphyxiés et s'est déchaîné, la lame dégoulinante de sang. Corbeau et moi avons pris part au massacre, avec moins d'enthousiasme, j'espère.

« Qu'est-ce que vous foutez ici ? tempêtait Volesprit contre ses victimes. Il devait être tout seul. »

Les autres tapis sont revenus et se sont posés plus près du fuyard. Les Asservis et leurs acolytes l'ont poursuivi sur des jambes mal assurées. Il a sauté en selle et tranché la corde du piquet d'un méchant coup d'épée. Je regardais, les yeux écarquillés. Je ne m'étais pas attendu à trouver Trempe aussi intimidant. Il était vraiment aussi affreux que l'apparition surgie durant le combat de Gobelin avec Qu'un-Œil.

Volesprit a fauché le dernier conducteur rebelle. « Venez ! » a-t-il ordonné sèchement. Nous l'avons suivi alors qu'il bondissait vers Trempe. Je me suis demandé pourquoi nous n'avions pas assez de bon sens pour rester en arrière.

Le général rebelle a cessé de fuir. Il a étendu raide un des impériaux qui avait distancé tout le monde, a lâché un grand éclat de rire puis hurlé quelque chose d'inintelligible. L'air a crépité en prévision d'une sorcellerie imminente.

Une lumière violette a éclaté autour des trois Asservis, plus intense que celle qui avait touché Volesprit durant la nuit. Elle les a arrêtés net. Il s'agissait là d'une sorcellerie puissante. Elle leur mobilisait toute leur énergie. Trempe a tourné son attention vers nous.

Le deuxième impérial est arrivé à sa hauteur. La grande épée du général s'est abattue et a traversé la garde du soldat. Le cheval s'est avancé tranquillement sous les coups d'éperons du cavalier et a enjambé prudemment l'homme à terre. Trempe a regardé les Asservis, maudit l'animal et fait des moulinets de sa lame.

Le cheval n'a pas avancé plus vite. Trempe lui a frappé sauvagement le cou puis a hurlé. Il n'arrivait plus à dégager sa main de la crinière. Son cri de rage s'est mué en cri de désespoir. Il a dirigé son épée vers sa monture, n'a pas pu lui faire de mal et a aussitôt jeté l'arme vers les Asservis. La lumière violette qui les entourait avait commencé à faiblir.

Corbeau était à deux pas de Trempe, et moi à trois derrière lui. Les hommes de Tempête étaient tout aussi près, ils s'approchaient par l'autre côté.

Corbeau a porté un puissant coup de taille vers le haut. La pointe de son épée a percuté le ventre du général rebelle... et a rebondi. Une cotte de mailles ? Le poing massif de Trempe a volé et s'est écrasé sur la tempe de Corbeau. Lequel a fait un pas en titubant et s'est affaissé.

Sans réfléchir, j'ai changé de cible et abattu mon épée sur la main de Trempe. Nous avons hurlé tous les deux lorsque le fer a mordu dans l'os et qu'un sang écarlate a jailli.

J'ai bondi par-dessus Corbeau, me suis arrêté et retourné. Les soldats de Tempête harcelaient Trempe de leurs coups. Il avait la bouche ouverte. Son visage se tordait sous l'effort de concentration pour oublier la douleur tandis qu'il se servait de ses pouvoirs dans l'espoir de sauver sa peau. Les Asservis ne participaient pas à l'assaut pour le moment. Le rebelle se défendait contre trois hommes ordinaires. Mais ce n'est que plus tard que nous nous en sommes aperçus.

Je ne voyais que le coursier de Trempe. L'animal s'estompait... Non. Il ne s'estompait pas. Il se modifiait.

J'ai gloussé. Le grand général rebelle montait Transformeur.

Mes gloussements se sont mués en rire dément.

Mon petit accès d'hilarité m'a coûté l'occasion de participer à la mise à mort d'un champion. Les deux soldats de Tempête ont taillé Trempe en pièces pendant que Transformeur le retenait et l'étouffait. Le temps que je me ressaisisse, ce n'était plus que de la viande froide.

Le Pendu aussi a manqué le dénouement. Il était trop occupé à mourir. La grande épée lancée par Trempe enfoncée dans son crâne. Volesprit et Tempête se sont dirigés vers lui.

Transformeur a terminé sa métamorphose par une grande et grosse créature nue, sale et puante qui, malgré la station verticale sur ses postérieurs, n'avait pas plus l'air humaine que la bête dont il avait pris l'aspect plus tôt. Il a balancé des coups de pieds dans les restes de Trempe et frémi de bonheur, comme si sa farce mortelle avait été la blague du siècle.

Puis il a vu le Pendu. Des frissons lui ont couru sur le lard. Il s'est hâté vers les autres Asservis, les lèvres écumantes de propos incohérents.

Cou-tordu a réussi à dégager l'épée de son crâne. Il a voulu dire quelque chose, mais peine perdue. Tempête et Volesprit n'ont rien fait pour l'aider.

J'ai regardé Tempête. C'était vraiment une toute petite femme. Je me suis agenouillé pour tâter le pouls de Corbeau. Pas plus grande qu'une gamine.

Comment une fille aussi petite pouvait-elle déclencher une fureur aussi terrible ?

Transformeur s'est approché de ses collègues en traînant les pieds, les muscles noués par la colère sous la graisse de ses épaules velues. Il s'est arrêté devant Volesprit et Tempête, l'air tendu. Ils ne se sont rien dit, mais j'ai eu l'impression qu'ils décidaient du sort du Pendu.

Transformeur voulait l'aider. Pas les autres.

Curieux. Transformeur est l'allié de Volesprit. Pourquoi cette opposition soudaine ?

Pourquoi encourir ainsi la colère de la Dame ? Ça ne lui plairait pas que le Pendu trépasse.

Le pouls de Corbeau battait faiblement lorsque je lui ai d'abord touché la gorge, mais il reprenait des forces. J'ai respiré un peu mieux.

Les soldats de Tempête se sont dirigés doucement vers les Asservis, les yeux fixés sur le dos infâme de Transformeur.

Volesprit a échangé un regard avec Tempête. La femme a hoché la tête. Volesprit a virevolté. Les fentes de son masque ont flamboyé d'un rouge de lave.

Soudain, plus de Volesprit. Mais un nuage de ténèbres de plus de trois mètres de haut et quatre de large, noir comme l'intérieur d'un sac de charbon, plus épais que le plus dense des brouillards. Le nuage a bondi, plus vif qu'une attaque de vipère. Il y a eu un couinement étonné de souris, suivi d'un silence sinistre, persistant. Après les hurlements et le fracas des armes, je trouvais le calme dangereusement inquiétant.

J'ai secoué violemment Corbeau. Il n'a pas répondu.

Transformeur et Tempête, debout au-dessus du Pendu, me regardaient fixement. Je voulais crier, courir, m'enfouir dans la terre pour me cacher. J'étais un mage capable de lire dans leurs pensées. J'en savais trop.

La terreur m'a pétrifié.

Le nuage de poussier a disparu aussi vite qu'il était apparu. Volesprit se tenait entre les soldats. Les deux hommes se sont lentement affaissés avec la dignité de vieux pins majestueux.

Du pouce, j'ai forcé un œil de Corbeau à s'ouvrir. Il a gémi. Il a papilloté des paupières et j'ai aperçu brièvement une pupille. Dilatée. Commotion cérébrale. Merde !...

Volesprit a regardé ses associés dans le crime. Puis, lentement, il s'est tourné vers moi.

Les trois Asservis se sont rapprochés. Derrière eux, le Pendu continuait de mourir. Avec beaucoup de bruit. Mais je ne l'entendais pas. Je me suis levé, les genoux flasques, et j'ai fait face à mon sort.

Ça ne peux pas finir comme ça, me suis-je dit. Ce n'est pas juste...

Tous les trois, immobiles, me regardaient.

Je leur ai rendu leur regard. Que faire d'autre ?

Brave Toubib. Assez de cran, enfin, pour regarder la mort dans les yeux.

« Tu n'as rien vu, hein ? » m'a fait Volesprit d'une voix douce. Des lézards glacés m'ont ondulé jusqu'en bas de l'épine dorsale. Sa voix, c'était celle d'un soldat qui avait taillé Trempe en pièces.

J'ai fait non de la tête.

« Tu étais trop occupé à te battre contre Trempe, et ensuite à soigner Corbeau. »

J'ai opiné faiblement. J'avais les articulations des genoux en compote. Sinon j'aurais filé en vitesse. Ce qui aurait été idiot, mais tant pis. « Installe Corbeau sur le tapis de Tempête », m'a dit Volesprit. Il a tendu le doigt.

En le pressant du coude, en lui chuchotant des encouragements, en le cajolant, j'ai aidé Corbeau à marcher. Il n'avait pas la moindre idée d'où il se trouvait ni de ce qu'il faisait. Mais il m'a laissé le guider.

J'étais inquiet. Je ne voyais chez lui aucun dégât évident, pourtant il ne se comportait pas normalement. « Emmenez-le directement à mon hôpital », ai-je dit. Je n'ai pas pu regarder Tempête dans les yeux ni donner à mes paroles le ton que je voulais. On aurait cru entendre une supplication.

Volesprit m'a enjoint de regagner son tapis. Je m'y suis rendu avec tout l'enthousiasme du cochon qu'on mène à l'abattoir. Il s'amusait peut-être. Une chute du haut de son engin serait un remède définitif aux doutes qu'il nourrissait sur ma capacité à garder le silence.

Il m'a suivi, a jeté son épée ensanglantée à bord, s'est installé. Le tapis s'est élevé et s'est dirigé à vitesse réduite vers la grande bagarre de la Marche.

J'ai jeté un regard en arrière aux formes immobiles dans le pré, tenaillé par des sentiments instinctifs de honte. Ce n'était pas juste... mais qu'est-ce que j'aurais pu faire ?

Quelque chose de doré, quelque chose comme une nébuleuse pâle dans le cercle lointain du ciel nocturne, a bougé dans l'ombre portée d'une des tours de grès.

Mon cœur a failli s'arrêter net.

Le capitaine a entraîné l'armée rebelle privée de chef et de plus en plus démoralisée dans un piège. Un grand massacre s'est ensuivi. Un manque d'effectifs et un épuisement extrême ont empêché la Compagnie de précipiter l'ennemi du haut de la montagne. La suffisance des Asservis ne nous a pas aidés non plus. Un seul bataillon frais, un seul assaut magique nous aurait donné la victoire.

J'ai soigné Corbeau en cours de route, après l'avoir installé dans le dernier chariot en partance vers le sud. Il allait rester bizarre et distant plusieurs jours. Du coup, il me revenait de m'occuper de Chérie. La gamine était un bon dérivatif au découragement que m'inspirait cette nouvelle retraite.

C'était peut-être de cette façon qu'elle avait remercié Corbeau de sa générosité.

« C'est la dernière fois qu'on se replie », a promis le capitaine. Il ne voulait pas qualifier la manœuvre de retraite, mais il n'avait pas le culot de parler de progression vers l'arrière, d'action rétrograde et autre charabia. Il n'a rien dit du fait que le prochain repli signifierait que tout était fini. La chute de Charme sonnerait le glas de l'Empire de la Dame. Ce qui mettrait probablement un terme aux présentes Annales et conclurait l'histoire de la Compagnie.

Repose en paix, toi, la dernière des fraternités guerrières. Tu étais mon foyer et ma famille...

Nous avons reçu des nouvelles qu'on nous avait jusque-là cachées à la Marche de la Déchirure. Des vagues d'autres armées rebelles arrivaient du nord par des routes plus à l'ouest de notre ligne de retraite. La liste des villes tombées était longue et décourageante, même en tenant compte de l'exagération de nos informateurs. Les soldats vaincus surestiment toujours la force de l'ennemi. Une façon d'apaiser les esprits qui se croient inférieurs.

Alors que je descendais avec Elmo la longue pente

douce orientée sud vers les terres arables fertiles au nord de Charme, j'ai suggéré : « Un de ces quatre, quand il y aura pas d'Asservi dans le coin, tu pourrais souffler au capitaine que la Compagnie ferait peut-être bien de prendre ses distances avec Volesprit. »

Il m'a regardé bizarrement. Comme tous mes anciens copains depuis quelque temps. Depuis la défaite de Trempe, j'étais de mauvaise humeur, buté et renfermé. Je n'étais pas non plus un boute-en-train en temps normal, remarquez. J'étais sous pression et ça me sapait le moral. Je me privais de mon exutoire habituel, les Annales, de peur que Volesprit tombe sur ce que j'aurais écrit.

« Ce serait mieux si on ne nous assimilait pas trop à lui, ai-je ajouté.

— S'est passé quoi, là-bas ? » Tout le monde connaissait maintenant l'histoire dans les grandes lignes. Trempe tué. Le Pendu mort. Corbeau et moi les seuls soldats rescapés. Tout le monde avait une soif de détails insatiable.

« Je peux pas te le dire. Mais parles-en au capitaine. Quand il n'y aura pas d'Asservis dans le coin. »

Elmo a réfléchi pour arriver à une conclusion assez juste. « D'accord, Toubib. Vais faire ça. Fais gaffe. »

Et comment, que j'allais faire gaffe. Si le Destin me le permettait.

C'est ce jour-là qu'on nous a parlé de nouvelles victoires dans l'Est. Les redoutes ennemies tombaient aussi vite que les armées de la Dame pouvaient avancer.

Ce jour-là aussi, nous avons appris que les quatre armées rebelles du nord et de l'ouest avaient fait halte pour se reposer, recruter et se réorganiser avant de lancer un assaut sur Charme. Rien ne se dressait entre elles et la Tour. Enfin, rien sauf la Compagnie noire et son contingent d'hommes épuisés.

La grande comète file dans le ciel, mauvais présage d'importants revers de fortune.

La fin est proche.

Nous battons quand même en retraite, vers notre rendez-vous ultime avec le Destin.

Je dois rapporter un dernier incident dans l'épisode de notre rencontre avec Trempe. Il s'est produit trois jours au nord de la Tour : un autre rêve comme celui qui m'avait visité en haut de la Marche. Le même rêve doré, qui n'en était peut-être pas un, m'a promis : *« Mes fidèles ne doivent pas avoir peur. »* Une fois encore, il m'a laissé entrevoir fugitivement ce visage à provoquer un arrêt du cœur. Puis il a disparu, et la peur est revenue, nullement atténuée.

Les jours ont passé. Les kilomètres ont défilé. La grande masse affreuse de la Tour se dressait à l'horizon. Et la comète brillait de plus en plus dans le ciel nocturne.

6

LA DAME

Le pays a lentement viré au vert argenté. L'aube a répandu des plumes cramoisies sur la ville fortifiée. Des éclairs d'or ont piqueté ses remparts là où les rayons du soleil tombaient sur la rosée. La brume a commencé à s'insinuer dans les creux. Des trompettes ont sonné le premier quart du jour.

Le lieutenant s'est mis une main en visière, a plissé les yeux. Il a poussé un grognement de dégoût et jeté un regard à Qu'un-Œil. Le petit homme noir a hoché la tête. « C'est l'heure, Gobelin », a lancé le lieutenant par-dessus son épaule.

Des hommes ont bougé, derrière dans la forêt. Gobelin s'est agenouillé près de moi, a scruté les terres cultivées devant nous. Lui et quatre autres étaient habillés en citadines de basse condition, un châle sur la tête. Ils portaient des jarres en poterie qui se balançaient aux deux bouts de palanches en bois et avaient dissimulé leurs armes sous leurs vêtements.

« Allez-y. La porte est ouverte », a dit le lieutenant. Ils ont descendu la colline en suivant la lisière de la forêt.

« Putain, ça fait du bien de recommencer ce genre de truc », ai-je déclaré.

Le lieutenant a souri. Ça ne lui était guère arrivé depuis notre départ de Béryl.

Plus bas, les cinq fausses femmes se faufilaient dans l'ombre vers la source en bordure de la route qui menait à la ville. Plusieurs citadines puisaient déjà de l'eau, courbées en deux.

À notre avis, nos hommes ne rencontreraient aucune difficulté jusqu'aux gardes postés à la porte. La ville regorgeait d'étrangers, de réfugiés et de filles à soldats rebelles. La garnison était réduite et négligente. Les rebelles n'avaient aucune raison de s'attendre à une attaque de la Dame si loin de Charme. La ville n'offrait aucun intérêt dans l'ensemble du conflit.

Sauf que deux des Dix-huit, informés de la stratégie rebelle, y étaient cantonnés.

Nous étions tapis dans cette forêt depuis trois jours, en observation. Plume et Trajet, récemment admis dans le Cercle, passaient là leur lune de miel avant d'aller dans le Sud participer à l'assaut contre Charme.

Trois jours. Trois jours sans feu, à se geler pendant les nuits glaciales, à manger de la viande séchée à tous les repas. Trois jours à en baver. Et nous n'avions pas eu si bon moral depuis des années. « Je crois qu'on va réussir notre coup », ai-je commenté.

Le lieutenant a fait un geste. Plusieurs hommes ont suivi les travestis à pas de loup.

« Celui qui a goupillé ça savait ce qu'il faisait », a lancé Qu'un-Œil. Il était tout excité.

Comme nous tous. Nous avions enfin l'occasion d'exercer nos talents. Cinquante jours durant, nous avions effectué des tâches purement physiques, nous avions préparé Charme avant l'assaut rebelle, et cinquante nuits durant nous nous étions fait de la bile au sujet de la bataille à venir.

Cinq autres hommes sont descendus en catimini.

« Voilà un groupe de femmes qui sort », a dit Qu'un-Œil. La tension est montée.

Des femmes ont défilé vers la source. La procession durerait toute la journée, à moins qu'on ne l'interrompe. Il n'existait pas de source intra-muros.

Mon ventre s'est noué. Nos agents commençaient à monter vers la ville. « Tenez-vous prêts, a dit le lieutenant.

— Échauffez-vous », ai-je conseillé. L'exercice permet d'évacuer le trop-plein d'énergie.

Peu importe depuis combien de temps on sert dans l'armée, la peur monte toujours à l'approche de l'affrontement. On redoute toujours que la chance finisse par tourner. Chaque fois qu'il va au combat, Qu'un-Œil est sûr que le sort a coché son nom sur la liste.

Nos agents ont échangé des saluts de faussets avec les femmes de la ville. Ils sont arrivés à la porte sans avoir été découverts. Un seul milicien la gardait, un cordonnier occupé à planter des clous de cuivre dans le talon d'une botte. Sa hallebarde se trouvait à plusieurs pas de lui.

Gobelin est ressorti en gambadant. Il a claqué des mains au-dessus de sa tête. Un *bang* a retenti dans toute la campagne environnante. Il a baissé les bras à hauteur d'épaules, paumes en l'air. Un arc-en-ciel s'est formé entre les deux.

« Faut toujours qu'il en rajoute », a grommelé Qu'un-Œil. Gobelin a dansé la gigue.

La patrouille a bondi en avant. Les femmes à la source ont poussé des cris et se sont dispersées. Des loups dans une bergerie, me suis-je dit. Nous avons couru à fond de train. Mon sac me martelait les reins. Au bout de deux cents mètres je trébuchais sur mon arc. Des jeunots ont commencé à me dépasser.

Je suis arrivé à la porte, incapable de faire du mal à une grand-mère. Heureusement pour moi, les grands-mères tiraient au flanc. Les hommes ont envahi la ville. Il n'y a pas eu de résistance.

Le groupe dont je faisais partie et qui devait cueillir Plume et Trajet a filé vers la toute petite citadelle. Elle n'était pas mieux défendue. Le lieutenant et moi avons suivi Qu'un-Œil, Silence et Gobelin à l'intérieur.

Nous n'avons rencontré aucune opposition jusqu'au niveau supérieur. Là, chose incroyable, les jeunes mariés dormaient toujours enlacés. Qu'un-Œil a balayé leurs gardes d'une illusion terrifiante. Gobelin et Silence ont mis en pièces la porte du nid d'amour.

Nous nous sommes engouffrés dans la chambre. Même mal réveillés, stupéfaits et effrayés, les deux rebelles ne manquaient pas de fougue. Ils ont malmené plusieurs d'entre nous avant de se retrouver la bouche bâillonnée et les poignets ligotés.

« On doit vous ramener en vie, leur a dit le lieutenant. Ça veut pas dire qu'on peut pas vous taper dessus. Suivez-nous sans histoires, faites ce qu'on vous dit, et tout ira bien. » Je m'attendais à moitié à ce qu'il ricane, se tortille le bout de la moustache et conclue sur un rire diabolique. Il faisait le pitre, il jouait le rôle du méchant que les rebelles tiennent à nous voir endosser.

Plume et Trajet nous donneraient tout le fil à retordre dont ils seraient capables. Ils savaient que la Dame ne nous avait pas envoyés les chercher pour prendre le thé.

À mi-chemin du territoire ami. Allongés sur le ventre en haut d'une colline, nous examinions un campement ennemi. « Important, ai-je dit. Vingt-cinq, trente mille hommes. » C'était un des six camps identiques établis le long d'un arc au nord et à l'ouest de Charme.

« Ils restent drôlement longtemps les fesses sur leur chaise, ils ont des ennuis », a fait remarquer le lieutenant.

Ils auraient dû attaquer aussitôt après la Marche de la Déchirure. Mais depuis la perte de Trempe, Guingois, Phalène et Lambin, les capitaines subalternes se querellaient à propos du commandement suprême. L'offensive rebelle marquait le pas. La Dame avait retrouvé l'équilibre.

Ses patrouilles harcelaient désormais les fourrageurs, exterminaient les collaborateurs, effectuaient des reconnaissances, détruisaient tout ce qui pouvait servir à l'ennemi. Malgré leur forte supériorité numérique, les rebelles se retrouveraient sur la défensive. Psychologiquement, chaque nouveau jour au camp sapait leur dynamisme.

Deux mois plus tôt, nous avions le moral plus bas qu'un cul de serpent. À présent il reprenait du poil de la bête. Si nous nous en tirions, il remonterait en flèche. Notre coup étendrait le mouvement rebelle pour le compte.

Si nous nous en tirions.

Nous étions allongés, immobiles, sur une pente calcaire abrupte parmi les lichens et les feuilles mortes. Le ruisseau en contrebas gloussait comme pour se moquer de notre position incommode. Des ombres d'arbres dénudés nous mouchetaient. Des sortilèges mineurs de Qu'un-Œil et de ses collègues nous camouflaient un peu plus. L'odeur de la trouille et des chevaux en sueur me titillait les narines. De la route au-dessus nous arrivaient les voix de cavaliers rebelles. Je ne comprenais pas leur langue. Mais ils se disputaient.

Jonchée de feuilles et de brindilles non dérangées, la route nous avait donné l'impression qu'aucune patrouille n'y était passée. La fatigue avait émoussé notre vigilance. Nous avions décidé de la suivre. Puis, au détour d'un virage, nous étions tombés sur une patrouille adverse qui se trouvait de l'autre côté du pré vallonné dans le creux duquel coulait le ruisseau en dessous de nous.

L'ennemi maudissait notre disparition. Des cavaliers ont mis pied à terre et uriné vers le cours d'eau...

Plume s'est mise à se débattre.

Merde ! ai-je crié intérieurement. Merde ! Merde ! Je le savais !

Les rebelles ont jacassé et se sont alignés au bord de la route.

J'ai flanqué un coup de poing dans la tempe de la femme. Gobelin lui a balancé un gnon de l'autre côté. Silence, l'esprit toujours vif, a gigoté de ses doigts souples comme des tentacules au ras de sa poitrine et tracé l'entrelacs d'un sortilège.

Des broussailles ont bougé. Un vieux blaireau bien gras a dévalé la berge en se dandinant et traversé le ruisseau avant de disparaître dans un bouquet touffu de peupliers.

En jurant, les rebelles ont jeté des cailloux. Les projectiles ont claqué comme des poteries qu'on laisse choir tandis qu'ils rebondissaient sur les rochers qui tapissaient le lit du ruisseau. Les soldats ont marché de long en large d'un pas rageur en se répétant entre eux que nous devions être tout près. Nous n'avions pas pu aller très loin à pied. La logique risquait de réduire à néant le beau travail de nos sorciers.

J'étais en proie à cette peur qui fait claquer les genoux, trembler les mains et vide les boyaux. Elle s'était installée peu à peu, au fil des occasions trop nombreuses où nous nous en étions tirés de justesse. La superstition me disait que la chance n'allait pas durer.

Voilà ce qui restait du moral regonflé que je viens d'évoquer. La peur irraisonnée en révélait toute l'illusion. Sous le vernis, je gardais l'esprit défaitiste ramené de la Marche de la Déchirure. Ma guerre était terminée et perdue. Tout ce que je voulais, c'était prendre la fuite.

Trajet montrait lui aussi des signes d'agitation. Je lui ai jeté un regard venimeux. Il s'est calmé.

Une brise a soulevé les feuilles mortes. La sueur qui me couvrait s'est refroidie. Et ma peur par la même occasion.

La patrouille s'est remise en selle. Sans cesser de se poser des questions, les rebelles sont repartis sur la route. Je les ai vus apparaître là où le chemin faisait une boucle vers l'est avec la gorge.

Ils portaient des tabards écarlates par-dessus de bonnes cottes de mailles. Leurs casques et leurs armes étaient d'excellente facture. Les rebelles devenaient prospères. Au début, ce n'était qu'une populace armée d'outils.

« On aurait pu se les faire, a dit quelqu'un.

— Des conneries ! a craché le lieutenant. En ce moment, ils ne sont pas sûrs de ce qu'ils ont vu. Si on s'était battus, ils sauraient. »

Mieux valait éviter de renseigner les rebelles si près de chez nous. On n'aurait pas eu assez d'espace pour manœuvrer.

L'homme qui avait parlé était un des traînards récoltés au cours de notre longue retraite. « Collègue, y a une chose qu'il faut que t'apprennes si tu veux rester avec nous. Tu te bats quand tu peux pas faire autrement. Nous aussi, on aurait eu des blessés, tu sais. »

Il a grogné.

« On ne les voit plus, a dit le lieutenant. Allons-y. »

Il a fait le point, s'est dirigé vers les collines aux

contours accidentés de l'autre côté du pré. J'ai gémi. Encore du crapahutage.

Chacun de mes muscles me faisait déjà mal. L'épuisement menaçait d'avoir raison de moi. L'homme n'est pas fait pour marcher de l'aube au crépuscule avec trente kilos sur le dos.

« T'as réfléchi drôlement vite, là-bas », ai-je dit à Silence.

Il a accepté le compliment d'un haussement d'épaules, sans un mot. Comme toujours.

Un cri à l'arrière. « Ils reviennent. »

Nous nous sommes étalés sur le flanc d'une colline herbeuse. La Tour se dressait au-dessus de l'horizon, plein sud. Le cube basaltique impressionnait même à quinze kilomètres de distance, incongru dans le décor. Logiquement, on s'attendait à un paysage de désert brûlant, ou au mieux à une terre gelée dans un hiver perpétuel. Au lieu de ça, on découvrait de vastes pâturages verts, des collines aux pentes douces dont de petites fermes parsemaient les flancs exposés au sud. Des arbres bordaient les ruisseaux lents et encaissés qui serpentaient entre elles.

Plus près de la Tour, le pays était moins champêtre mais ne rappelait en aucun cas les ténèbres dont les propagandistes rebelles entouraient la forteresse de la Dame. Pas de soufre ni de plaines stériles et accidentées. Pas de créatures monstrueuses et malfaisantes à se pavaner sur des os humains éparpillés. Pas de nuages noirs à rouler et gronder sans cesse dans le ciel.

« Pas de patrouille en vue, a dit le lieutenant. Toubib, Qu'un-Œil, à vous de jouer. »

J'ai cordé mon arc. Gobelin a fourni trois flèches qu'il avait préparées. Chacune portait une boule bleue malléable à sa pointe. Qu'un-Œil en a saupoudré une de poussière grise et me l'a passée. J'ai visé le soleil et tiré.

Un feu bleu trop intense pour le regard s'est embrasé puis a plongé dans la vallée. J'ai tiré la seconde flèche, puis la troisième. Les boules de feu sont descendues tout droit, comme des colonnes ; elles avaient l'air de planer plutôt que de tomber à pic.

« Maintenant, on attend, a couiné Gobelin avant de s'aplatir dans les herbes hautes.

— Et on espère que les copains vont vite rappliquer. » Tous les rebelles du coin viendraient sûrement enquêter sur le signal. Il fallait pourtant qu'on appelle à l'aide. Impossible de franchir le cordon des troupes ennemies sans se faire repérer.

« Couchez-vous ! » a ordonné sèchement le lieutenant. L'herbe était assez haute pour dissimuler un corps à plat ventre. « Troisième escouade. Montez la garde. »

Des hommes ont ronchonné et prétendu que c'était le tour d'une autre escouade. Mais ils ont pris leur poste avec le minimum de récriminations habituelles. Ils étaient d'humeur joyeuse. N'avions-nous pas semé les autres imbéciles, là-bas dans les collines ? Qu'est-ce qui pourrait nous arrêter maintenant ?

Je me suis fait un oreiller de mon sac et j'ai regardé des cumulus comme des montagnes défiler au-dessus de nous en légions imposantes. Une journée magnifique, vivifiante, quasi printanière.

Mon regard est tombé sur la Tour. Mon humeur s'est assombrie. Nous allions reprendre notre marche. La capture de Plume et de Trajet allait inciter les rebelles à passer à l'action. Ils allaient livrer des secrets, ces deux-là. Impossible de dissimuler quoi que ce soit ou de mentir quand la Dame posait une question.

J'ai entendu un bruissement, tourné la tête et me suis trouvé nez à nez avec un serpent. Il avait un visage humain. J'ai voulu hurler... puis j'ai reconnu le sourire idiot.

Qu'un-Œil. Sa sale gueule en miniature, mais avec les deux yeux et sans chapeau avachi sur le crâne. Le serpent a ricané, cligné de l'œil et m'a glissé sur la poitrine.

« Les voilà qui remettent ça », ai-je murmuré, et je me suis assis pour regarder.

Il y a eu soudain un violent remue-ménage dans l'herbe. Plus loin, Gobelin a surgi, la figure fendue d'un sourire de faux-cul. D'autres bruissements dans l'herbe. Des animaux gros comme des lapins sont passés en bande devant moi, des morceaux de serpents dans leurs gueules sanglantes hérissées de dents comme des aiguilles. Des mangoustes maison, me suis-je dit.

Gobelin avait encore gagné son compère de vitesse.

Qu'un-Œil a poussé un cri et bondi en jurant. Son chapeau lui a tourné sur la tête. De la fumée lui est sortie à flots des narines. Lorsqu'il a hurlé, du feu lui rugissait dans la bouche.

Gobelin faisait des cabrioles comme un cannibale juste avant qu'on serve le cochon à deux pattes. Il a décrit des cercles de ses index. Des anneaux orange pâle ont miroité en l'air. Il les a projetés d'une chiquenaude vers Qu'un-Œil. Ils sont retombés autour du petit homme noir. Gobelin a aboyé comme un phoque. Les anneaux se sont resserrés.

Qu'un-Œil a émis des bruits étranges et aboli les anneaux. Il a fait des deux mains le geste de jeter quelque chose. Des boules brunes ont filé comme l'éclair vers Gobelin. Elles ont explosé en lâchant un nuage de papillons qui ont cherché ses yeux. Le sorcier a fait un bond en arrière et détalé dans l'herbe comme une souris fuyant une chouette, avant de réapparaître pour lancer un contre-sortilège.

Des fleurs ont surgi du néant. Chacune avait une bouche. Chaque bouche s'enorgueillissait de défenses de morse. Les fleurs ont embroché de leurs défenses les ailes des papillons puis dévoré les corps des insectes d'un air suffisant. Gobelin s'est écroulé de rire.

Qu'un-Œil a craché un chapelet d'obscénités en un ruban bleu qui s'échappait de ses lèvres. Des lettres argentées proclamaient ce qu'il pensait de son collègue.

« Ça suffit ! a tonné le lieutenant, lent à réagir. Pas besoin de nous faire remarquer.

— Trop tard, lieutenant, a dit quelqu'un. Regardez là-bas. »

Des soldats venaient dans notre direction. Des soldats vêtus de rouge, la Rose Blanche en blason sur leurs tabards. Nous avons plongé dans l'herbe comme des écureuils dans leurs trous.

Des jacassements ont parcouru le flanc de la colline. La plupart menaçaient Qu'un-Œil des pires calamités. Les autres reprochaient à Gobelin d'avoir aussi trahi notre position par ses feux d'artifice.

Des trompettes ont retenti. Les rebelles se sont dispersés pour monter à l'assaut de notre colline.

L'air torturé a gémi. Une ombre est passée en flèche au-dessus de la colline, a ondulé au milieu de l'herbe fouettée par le vent. « Asservi », ai-je murmuré, et je me suis dressé juste à temps pour voir un tapis volant virer dans la vallée. « Volesprit ? » Impossible d'être sûr. À cette distance, ç'aurait pu être n'importe lequel.

Le tapis a plongé dans un tir nourri de flèches. Un brouillard verdâtre l'a enveloppé, a formé une traîne derrière lui et m'a rappelé, l'espace d'un instant, la comète qui planait sur le monde. La brume verdâtre s'est éparpillée et divisée en petits bouts comme des filaments. Quelques-uns, poussés par le vent, ont flotté vers nous.

J'ai levé la tête. La comète pendait au-dessus de l'horizon comme le cimeterre fantôme d'un dieu. Elle était depuis si longtemps dans le ciel qu'on n'y faisait presque plus attention. Je me suis demandé si les rebelles montraient autant d'indifférence. Pour eux, c'était un des présages majeurs d'une victoire imminente.

Des hommes ont crié. Le tapis avait longé la ligne rebelle et flottait à présent comme un duvet juste hors de portée des archers. Les filaments verdâtres étaient tellement dispersés qu'on les distinguait à peine. Les cris provenaient de rebelles qu'ils avaient touchés. Des blessures vertes effroyables s'ouvraient au moindre contact.

Un de ces filaments paraissait vouloir venir de notre côté.

Le lieutenant l'a vu. « On dégage d'ici, les gars. Au cas où. » Il a tendu le doigt perpendiculairement au vent. Le filament devrait se déplacer de côté pour nous rattraper.

Nous avons crapahuté sur peut-être trois cents mètres. En se tortillant, le filament a rampé dans le ciel, toujours vers nous. Il nous poursuivait bel et bien. L'Asservi regardait avec une vive attention, il ignorait les rebelles.

« Il veut nous tuer, le salaud ! » ai-je explosé. La terreur m'a tourné les jambes en gélatine. Pourquoi un Asservi voudrait-il faire de nous les victimes d'un accident ?

Si c'était bien Volesprit... Mais Volesprit, c'était notre mentor. Notre patron. Nous portions ses insignes. Il ne ferait pas ça...

Le tapis s'est mis en branle si soudainement et si violemment que son passager a failli en tomber. Il a foncé vers le bois le plus proche puis disparu. Le filament a perdu de son énergie, de l'altitude, et s'est évanoui dans l'herbe.

« C'est quoi, ce truc ?

— Merde alors ! »

J'ai pivoté. Une ombre immense venait vers nous, de plus en plus grande, tandis qu'un tapis gigantesque descendait. Des visages ont regardé par-dessus bord. Nous nous sommes pétrifiés, hérissés d'armes prêtes à frapper.

« Le Hurleur », ai-je dit. Supposition confirmée par un cri comme celui d'un loup hurlant à la lune.

Le tapis a atterri. « Montez, espèces d'imbéciles. Allez. Magnez-vous. »

J'ai ri, mes angoisses se dissipaient. Ça, c'était le capitaine. Il gesticulait comme un ours excité au bord droit du tapis. D'autres frères l'accompagnaient. J'ai jeté mon sac à bord et accepté la main qu'on me tendait pour monter. « Corbeau. Tu te pointes juste à temps, ce coup-ci.

— Tu vas regretter qu'on ne vous ait pas laissés vous dépatouiller.

— Hein ?

— Le capitaine va te mettre au courant. »

Le dernier homme a grimpé sur le tapis. Le capitaine a jeté un regard mauvais à Plume et Trajet, puis s'est promené parmi nous afin de répartir tout le monde uniformément. À l'arrière du tapis, immobile, à l'écart, se tenait assise une silhouette de la taille d'un enfant dissimulée sous des couches de gaze indigo. Elle hurlait à intervalles irréguliers.

J'ai frissonné. « De quoi tu parles ?

— Le capitaine va te mettre au courant, a-t-il répété.

— Bon. Comment va Chérie ?

— Va bien. » Loquace, le Corbeau.

Le capitaine s'est installé près de moi. « Mauvaise nouvelle, Toubib.

— Ouais ? » J'ai sollicité mon ironie légendaire. « Tournez pas autour du pot. Je peux encaisser.

— Un dur, a commenté Corbeau.

— Tout juste. Je me tape des clous au petit-déjeuner. Je flanque des peignées à mains nues aux chats sauvages. »

Le capitaine a secoué la tête. « Perds pas ton sens de l'humour, surtout. La Dame veut te voir. Personnellement. »

Mon estomac a dégringolé par terre, c'est-à-dire deux cents mètres plus bas. « Oh, merde, ai-je murmuré. Oh, putain.

— Ouais.

— Qu'est-ce que j'ai fait ?

— Tu dois mieux le savoir que moi. »

Mon cerveau a cavalé comme un troupeau de souris poursuivies par un chat. En quelques secondes j'étais en nage.

« Ça ne doit pas être bien grave, a fait remarquer Corbeau. Elle était presque polie. »

Le capitaine a hoché la tête. « C'était une requête.

— C'est ça.

— Si elle avait une dent contre toi, elle t'aurait déjà fait disparaître. »

Je ne me sentais pas rassuré.

« Tu as écrit une romance de trop, m'a reproché le capitaine. Maintenant, elle aussi en pince pour toi. »

Ils n'oublient jamais, ne me lâchent jamais. Ça faisait des mois que je n'avais pas écrit la moindre saynète. « Qu'est-ce qu'elle me veut ?

— Elle n'a rien dit. »

Le silence a régné le reste du trajet. Assis près de moi, ils s'efforçaient de me rassurer en vertu de la traditionnelle solidarité de la Compagnie. Alors que nous approchions de notre camp, le capitaine a pourtant annoncé : « Elle nous a dit de compléter nos effectifs jusqu'à la barre des mille. Nous pourrons enrôler des volontaires parmi les hommes que nous avons ramenés du Nord.

— Bonne nouvelle, ça, bonne nouvelle. » Une bonne raison de se réjouir. Pour la première fois en deux siècles nous allions nous accroître. Beaucoup de traînards ne demanderaient pas mieux que de changer leur serment aux Asservis pour un autre à la Compagnie. Nous étions bien vus. Nous avions du prestige. Et, en tant que mercenaires, nous avions plus de liberté d'action que quiconque au service de la Dame.

Je n'arrivais pourtant pas à m'enthousiasmer. La Dame m'attendait.

Le tapis s'est posé. Des frères ont fait cercle, impatients de savoir comment nous avions opéré. Des mensonges et des menaces pour rire ont fusé.

« Tu restes à bord, Toubib, a dit le capitaine. Gobelin, Silence, Qu'un-Œil, vous aussi. » Il a désigné les prisonniers. « Vous allez livrer la marchandise. »

Alors que les hommes se laissaient glisser pardessus bord, Chérie est arrivée en jaillissant d'un bond de la cohue. Corbeau a braillé dans sa direction, mais elle ne pouvait pas entendre, bien sûr. Elle a grimpé sur le tapis en tenant la poupée que Corbeau avait taillée. Une poupée joliment vêtue d'habits aux détails miniatures parfaits. Elle me l'a tendue et s'est mise à parler à toute vitesse avec les doigts.

Corbeau a encore braillé. J'ai essayé d'interrompre la gamine, mais elle tenait à me parler de la garde-robe de sa poupée. Certains auraient pu la croire demeurée en la voyant s'exciter ainsi sur de telles bêtises à son âge. Elle ne l'était pas. Elle avait l'esprit vif. Elle savait ce qu'elle faisait en montant sur le tapis. Elle cherchait une occasion de voler.

« Petite, ai-je dit à la fois tout haut et par signes. Faut que tu descendes. On va... »

Corbeau a poussé un cri d'indignation lorsque le Hurleur a décollé. Qu'un-Œil, Gobelin et Silence lui ont tous lancé un regard noir. Il a hurlé. Le tapis a continué de s'élever.

« Assieds-toi », ai-je ordonné à Chérie. Elle a obéi, pas très loin de Plume. Elle a oublié la poupée pour en savoir davantage sur notre aventure. Je lui ai raconté. Ça m'a tenu occupé. Elle a passé plus de temps à regarder par-dessus bord qu'à me prêter attention, et pourtant rien ne lui a échappé. Mon histoire terminée, elle a posé sur Plume et Trajet un regard adulte de pitié. Elle se moquait de mon rendez-vous avec la Dame, mais elle m'a quand même quitté en me serrant dans ses bras, comme pour me rassurer.

Le tapis du Hurleur s'est éloigné du sommet de la Tour. J'ai fait au revoir d'une main piteuse. Chérie m'a envoyé un baiser. Gobelin s'est tapoté la poitrine. J'ai touché l'amulette qu'il m'avait donnée à Seigneurie. Ça m'a un peu réconforté.

Des gardes impériaux ont attaché Plume et Trajet sur des litières. « Et moi ? ai-je demandé d'une voix tremblante.

— Attendez ici », m'a dit un capitaine. Il est resté lorsque les autres sont partis. Il a voulu bavarder, mais je n'étais pas d'humeur.

Je me suis approché tranquillement du parapet et j'ai regardé au loin le vaste chantier où s'activaient les armées de la Dame.

À l'époque de la construction de la Tour, on avait importé d'immenses billettes de basalte. On les avait taillées sur place, puis empilées et amalgamées pour former ce cube de pierre gigantesque. On avait laissé les déchets – fragments, blocs cassés durant la taille, billettes inutilisables, excédent – éparpillés autour de l'édifice en un vaste fouillis inextricable plus efficace que n'importe quelles douves. Ça s'étendait sur près de deux kilomètres.

Au nord, cependant, une dépression en part de tarte restait nette de décombres. C'était la seule voie d'accès à la Tour. Dans ce secteur, les forces de la Dame se préparaient à l'assaut des rebelles.

Aucun des soldats ne croyait que son labeur allait influer sur l'issue de la bataille. La comète était dans le ciel. Mais tous travaillaient parce que c'était un dérivatif à l'angoisse.

La part de tarte montait de chaque côté jusqu'au fouillis de rocaille. Une palissade de rondins traversait la base du triangle. Nos camps se trouvaient derrière. Encore derrière se profilait un fossé profond de dix mètres et autant de large. Cent mètres plus près de la Tour, il y avait un autre fossé, et encore cent mètres plus près un troisième qu'on était toujours en train de creuser.

On avait transporté la terre déblayée vers l'édifice et on l'avait déversée derrière un mur de soutènement en rondins de quatre mètres qui traversait la part de tarte. De cette hauteur, nos hommes balanceraient des projectiles sur un ennemi qui affronterait notre infanterie au ras du sol.

Cent mètres plus loin se dressait un second mur de soutènement qui fournissait un autre poste de quatre mètres de haut. La Dame comptait déployer ses troupes en trois armées distinctes, une à chaque niveau, et forcer les rebelles à livrer trois batailles à la suite.

Une pyramide de terre était en construction à une cinquantaine de mètres derrière le dernier mur de retenue. Elle culminait déjà à vingt mètres et ses pentes descendaient à trente-cinq degrés.

Partout régnait une netteté obsessionnelle. La plaine, parfois rabotée d'un ou deux mètres, était aussi plate qu'un dessus de table. On l'avait plantée d'herbe. Grâce à nos bêtes qui la broutaient, elle ressemblait à une pelouse bien entretenue. Des routes empierrées couraient ici et là, et malheur à l'homme qui s'en écartait sans ordre.

En dessous, au niveau central, des archers réglaient leur tir sur le terrain entre les tranchées les plus proches. Pendant ce temps, leurs officiers rectifiaient la position de supports d'où ils lâchaient leurs flèches.

Sur le remblai supérieur, des gardes de la Dame s'activaient autour de balistes, calculaient les angles de tir et leurs chances de tenir la position, ajustaient leurs machines sur des cibles de plus en plus distantes. Des charrettes chargées de munitions attendaient près de chaque pièce.

Comme l'herbe et les routes soignées, ces préparatifs trahissaient une obsession de l'ordre.

Au niveau inférieur, des ouvriers avaient commencé à démolir des portions étroites du mur de soutènement. Surprenant.

J'ai aperçu un tapis qui arrivait et me suis tourné pour regarder. Il s'est posé sur le toit. Quatre soldats ont débarqué, ankylosés, tremblants, brûlés par le vent. Un caporal les a emmenés.

Les armées de l'Est faisaient marche pour nous rejoindre, espéraient-elles sans vraiment y croire, avant l'assaut rebelle. Les Asservis volaient jour et nuit afin de ramener tous les effectifs qu'ils pouvaient.

Des cris ont fusé en dessous. Je me suis retourné pour voir... J'ai levé un bras. *Bang !* L'impact m'a propulsé à plusieurs pas de là comme une toupie. Le garde qui me servait de guide a braillé quelque chose. Le toit de la Tour est monté à ma rencontre. Des hommes ont crié et couru vers moi.

J'ai roulé à terre, voulu me relever et glissé dans une traînée de sang. Du sang ! Mon sang ! Il giclait de la face interne de mon avant-bras gauche. J'ai fixé la blessure d'un œil éteint, incrédule. C'était quoi, ça, merde ?

« Allongez-vous, m'a ordonné le capitaine des gardes. Allez. » Il m'a flanqué une bonne claque. « Vite ! Dites-moi quoi faire.

— Garrot, ai-je croassé. Attachez quelque chose autour. Empêchez le sang de couler. »

Il a arraché d'un coup sec sa ceinture. Bien, il réfléchissait vite. Difficile de trouver mieux comme garrot. J'ai voulu m'asseoir pour le conseiller pendant l'opération.

« Maintenez-le allongé, a-t-il dit à plusieurs spectateurs. Foster. Qu'est-ce qui s'est passé ?

— Une des balistes est tombée du gradin supérieur. Et le coup est parti tout seul. Tout le monde court partout comme des poulets.

— C'était pas un accident, ai-je soufflé. On voulait me tuer. » L'esprit brumeux, je ne pensais qu'à un filament verdâtre avançant contre le vent. « Pourquoi ?

— Dites-le-moi et nous le saurons tous les deux, l'ami. Vous autres, trouvez-moi une civière. » Il a resserré la ceinture d'un cran. « Ça va aller, mon vieux. On vous emmène voir un guérisseur dans une minute.

— Artère sectionnée, ai-je dit. Pas facile. » Mes oreilles bourdonnaient. Le monde commençait à tourner lentement et à se refroidir. État de choc. Combien de sang avais-je perdu ? Le capitaine avait fait vite. Largement le temps. Si le guérisseur n'était pas un boucher...

Le capitaine a attrapé un caporal. « Va voir ce qui s'est passé en bas. Ne te fais pas raconter de salades. »

La civière est arrivée. On m'y a installé, on m'a soulevé, et je me suis évanoui. Je me suis réveillé dans un petit cabinet, entre les mains d'un sorcier autant que d'un chirurgien. « Je n'aurais pas fait aussi bien, l'ai-je félicité une fois son travail terminé.

— Souffrez ?

— Non.

— Z'allez avoir un mal de chien d'ici peu.

— Je sais. » Combien de fois avais-je dit la même chose ?

Le capitaine des gardes est arrivé. « Ça va ?

— Terminé », a répliqué le chirurgien. Puis à moi : « Pas de travail. Pas d'activité. Pas de femmes. Vous connaissez la marche à suivre.

— Oui. Le bras en écharpe ? »

Il a hoché la tête. « On va aussi vous l'attacher le long du corps pour quelques jours. »

Le capitaine était nerveux. « Trouvé ce qui s'est passé ? lui ai-je demandé.

— Pas vraiment. Les servants de la baliste n'ont pas pu donner d'explication. Elle leur a échappé, ils ne savent pas comment. Vous avez peut-être eu de la chance. » Je me suis alors rappelé mes paroles : on voulait me tuer.

J'ai touché l'amulette que m'avait donnée Gobelin. « Peut-être.

— Je n'aime pas ça, a-t-il dit, mais faut que je vous conduise à l'entrevue. »

La trouille. « Pour quoi faire ?

— Vous devez mieux le savoir que moi.

— Mais non. » J'avais une vague idée, mais je l'avais chassée de mon esprit.

On aurait dit qu'il y avait deux tours, l'une recouvrant l'autre. L'externe était le siège de l'Empire, où résidaient les fonctionnaires de la Dame. L'interne, aussi intimidante pour lesdits fonctionnaires que l'ensemble vu du dehors pour nous, occupait un tiers du volume total et n'avait qu'une seule et unique entrée. Peu de gens la franchissaient.

La porte était ouverte à mon arrivée. Il n'y avait pas de gardes. À quoi bon ? j'imagine. La peur aurait dû me nouer davantage, mais j'étais trop hébété.

« J'attends ici », a dit le capitaine. Il m'avait installé dans un fauteuil roulant qu'il a poussé pour me faire passer le seuil. J'ai continué sur ma lancée, les yeux fermés et le cœur battant la chamade.

La porte s'est refermée dans un claquement feutré. Le fauteuil a roulé longtemps, en tournant plusieurs fois. Je ne sais pas ce qui le faisait avancer. Je ne voulais pas regarder. Puis il s'est arrêté. J'ai attendu. Rien ne s'est produit. La curiosité l'a emporté. J'ai cligné des yeux.

Depuis la Tour, Elle regarde vers le nord. Ses mains délicates sont jointes devant Elle. Une brise légère filtre par sa fenêtre. Le souffle d'air agite ses cheveux soyeux couleur de nuit. Des larmes comme des diamants scintillent sur la courbe gracieuse de ses joues.

Mes propres mots, écrits plus d'un an plus tôt, me sont revenus. C'était l'exacte représentation de ma saynète, dans les moindres détails. Des détails que j'avais imaginés mais jamais couchés sur le papier. Comme si on m'avait arraché cet instant imaginaire du cerveau pour lui insuffler la vie.

Je n'y ai pas cru une seconde, bien sûr. J'étais dans les entrailles de la Tour. Il n'y avait pas de fenêtres dans cet édifice sinistre.

Elle s'est retournée. Et j'ai vu ce que tout homme voit en rêve. La perfection. Nul besoin pour elle de parler pour que je reconnaisse sa voix, sa scansion, sa reprise de respiration entre les phrases. Nul besoin pour elle de bouger pour que je reconnaisse ses manières, sa démarche, son habitude curieuse de monter la main à sa gorge quand elle riait. Je la connaissais depuis l'adolescence.

En quelques secondes, j'ai compris ce que les histoires anciennes entendaient par sa présence écrasante. Le Dominateur lui-même avait dû vaciller sous son souffle brûlant.

Elle m'a ébranlé mais non balayé. Si une moitié de moi-même mourait de désir, l'autre se rappelait mes années passées auprès de Gobelin et de Qu'un-Œil. Là où il y a sorcellerie, rien n'est ce qu'il paraît. Tout est beau, oui, mais sans consistance.

Elle m'a examiné aussi soigneusement que je l'examinais. « Nous nous retrouvons », a-t-elle dit enfin. La voix était tout ce que j'attendais et même davantage. Elle avait aussi de l'humour.

« Eh oui, ai-je croassé.

— Tu as peur.

— Évidemment. » Un fou aurait peut-être nié la chose. Peut-être.

« Tu es blessé. » Elle s'est rapprochée comme en flottant. J'ai hoché la tête, mon cœur s'est emballé. « Je ne t'imposerais pas cela si ce n'était pas important. »

J'ai à nouveau hoché la tête, trop tremblant pour parler, totalement désorienté. C'était la Dame, l'éternelle canaille, l'Ombre vivante. C'était la veuve noire au cœur de la toile des ténèbres, une demi-déesse du mal. Qu'y avait-il d'assez important pour qu'elle prête attention à des êtres comme moi ?

Une fois encore me sont venus des soupçons que je refusais de m'avouer. Mes occasions de tête-à-tête avec des sommités se comptaient sur les doigts de la main.

« Quelqu'un a essayé de te tuer. Qui ?

— Je ne sais pas. » Un Asservi en vol. Un filament verdâtre.

« Pourquoi ?

— Je ne sais pas.

— Si, tu sais. Même si tu crois le contraire. » Dans sa voix parfaite perçaient des pointes de silex.

J'étais venu en m'attendant au pire, m'étais fait prendre au rêve, j'avais laissé tomber mes défenses.

L'air a bourdonné. Une lueur citron est apparue autour d'elle. La Dame s'est approchée, elle est devenue brumeuse – en dehors de son visage et de la couleur jaune. Le visage a grossi, immense, l'expression concentrée, et s'est rapproché encore en piqué. L'univers s'est empli de jaune. Je ne voyais rien d'autre que l'œil...

L'Œil ! Je me souvenais de l'Œil dans la forêt de la Nuée. J'ai voulu me protéger la figure du bras. Je ne pouvais pas bouger. Je crois que j'ai crié. Putain. Je sais que j'ai crié.

On m'a posé des questions que je n'entendais pas. Des réponses m'ont défilé dans la tête, des arcs-en-ciel de pensées, comme des gouttelettes d'huile sur de l'eau calme et cristalline. Je n'avais plus de secrets.

Aucun secret. Aucune pensée que j'avais jamais eue n'était plus dissimulée.

La terreur a grouillé en moi comme un nœud de serpents craintifs. J'avais écrit des saynètes idiotes, c'est vrai, mais j'avais aussi mes doutes et mes dégoûts. Une âme aussi noire qu'elle m'éliminerait pour mes pensées séditieuses...

Faux. Elle était à l'abri derrière les murs solides de sa malveillance. Elle n'avait pas besoin de réprimer les questions, les doutes et les craintes de ses laquais. Elle se moquait de nos consciences et de nos moralités.

Il ne s'agissait pas d'une répétition de notre rencontre dans la forêt. Je ne perdais pas la mémoire. Je n'entendais tout bonnement pas ses questions. Elles étaient peut-être induites par mes réponses sur mes contacts avec les Asservis.

Elle cherchait ce que j'avais commencé à soupçonner à la Marche de la Déchirure. J'avais trébuché dans le piège le plus mortel qui se soit jamais refermé. Les Asservis en étaient une mâchoire, la Dame l'autre.

Le noir. Puis le réveil.

Depuis la Tour, elle regarde vers le nord... Des larmes comme des diamants scintillent sur ses joues.

Une parcelle de Toubib n'était pas intimidée. « C'est là que je suis entré en jeu. »

Elle m'a fait face et a souri. Elle s'est approchée et m'a touché des doigts les plus doux qu'une femme ait jamais possédés.

Toute peur s'est évanouie.

Les ténèbres se sont refermées à nouveau.

Les murs du couloir défilaient de chaque côté lorsque j'ai repris connaissance. Le capitaine des gardes me poussait. « Comment ça va ? » m'a-t-il demandé.

J'ai fait le point. « Pas trop mal. Vous m'emmenez où, maintenant ?

— À la porte d'entrée. Elle a dit de vous relâcher. »

Comme ça ? Hmm. J'ai touché ma blessure. Guérie. J'ai secoué la tête. Des choses pareilles, ça ne m'arrivait jamais.

Je me suis arrêté sur les lieux où s'était produit l'incident de la baliste. Il n'y avait rien à voir ni personne à questionner. Je suis descendu au niveau central et me suis approché d'une des équipes de terrassiers. Ils avaient l'ordre d'installer un abri de quatre mètres de large sur six de profondeur. Ils ignoraient pourquoi.

J'ai parcouru des yeux le mur de soutènement sur toute sa longueur. Une douzaine d'autres sites identiques étaient en chantier.

Les hommes m'ont regardé avec insistance lorsque j'ai pénétré en boitant dans le camp. Des questions qu'ils ne pouvaient pas poser, des inquiétudes qu'ils ne pouvaient pas exprimer leur sont restées dans la gorge. Seule Chérie a refusé de jouer au jeu habituel. Elle m'a pressé la main et m'a fait un grand sourire. Ses doigts menus ont dansé.

Elle m'a abreuvé des questions que le machisme interdisait aux hommes de poser. « Moins vite », lui ai-je dit. Je n'étais pas encore assez compétent pour suivre tous ses signes. Mais sa joie se comprenait d'elle-même. J'arborais un grand sourire lorsque j'ai pris conscience d'une présence devant moi. J'ai levé la tête. Corbeau.

« Le capitaine veut te voir », a-t-il dit. Il avait l'air décontracté.

« M'étonne pas. » J'ai fait au revoir par signes et me suis dirigé tranquillement vers le quartier général. Il n'y avait pas urgence. Plus aucun mortel ne pouvait m'intimider désormais.

J'ai jeté un regard en arrière. Corbeau entourait d'un bras de propriétaire l'épaule de Chérie, l'air perplexe.

Le capitaine n'était pas comme d'habitude. Il s'est passé de ses grognements traditionnels. Qu'un-Œil était avec lui, personne d'autre, et lui aussi ne s'intéressait qu'au boulot.

« On a des ennuis ? a demandé le capitaine.

— Comment ça ?

— Ce qui s'est passé dans les collines. Pas un accident, hein ? La Dame te convoque, et une demi-heure après un Asservi tombe dingo. Et puis ton accident à la Tour. Tu es salement amoché et personne ne peut rien expliquer.

— Logiquement, y a un rapport, a fait remarquer Qu'un-Œil.

— Hier, on nous a dit que tu étais mourant, a ajouté le capitaine. Aujourd'hui, te voici en pleine forme. Sorcellerie ?

— Hier ? » Du temps avait encore disparu. J'ai écarté le rabat de la tente et contemplé la Tour. « Une autre nuit envolée.

— C'était vraiment un accident ? a demandé Qu'un-Œil.

— Non, ce n'était pas accidentel. » La Dame n'y avait pas cru.

« Capitaine, ça colle.

— Quelqu'un a essayé de poignarder Corbeau pendant la nuit. Chérie l'a mis en fuite.

— Corbeau ? Chérie ?

— Quelque chose a réveillé la gamine. Elle a balancé un coup de poupée dans la tête du type. Et le type s'est sauvé.

— Bizarre.

— Ça oui, a renchéri Qu'un-Œil. Comment ça se fait que Corbeau a dormi comme une souche et qu'une gamine sourde s'est réveillée ? Corbeau entendrait marcher un moucheron. Ça sent la sorcellerie. Une sorcellerie louche. La gamine aurait pas dû se réveiller. »

Le capitaine s'est lancé. « Corbeau. Toi. L'Asservi. La Dame. Des tentatives de meurtre. Une entrevue dans la Tour. Tu as la réponse. Alors crache. »

Ma réticence était visible.

« Tu as dit à Elmo qu'il fallait nous dissocier de Volesprit. Comment ça se fait ? Volesprit nous traite bien. Qu'est-ce qui s'est passé quand vous avez éliminé Trempe ? Raconte-le partout et ça ne servira plus à rien de te tuer. »

Un bon argument. Seulement, j'aime bien être sûr avant d'ouvrir ma grande gueule. « Je crois qu'on trame un complot contre la Dame. Volesprit et Tempête sont peut-être dans le coup. » J'ai donné les détails de la défaite de Trempe et de la capture de Murmure. « Ç'a vraiment contrarié Transformeur qu'ils aient laissé mourir le Pendu. À mon avis, le

Boiteux n'était pas impliqué. Il s'est fait piéger et manipuler en beauté. Tout comme la Dame. Peut-être que le Boiteux et le Pendu étaient ses vrais partisans. »

Qu'un-Œil avait l'air songeur. « T'es sûr que Volesprit est dans le coup ?

— Je suis sûr de rien. Je m'étonne plus de rien. Depuis Béryl, j'ai l'impression qu'il se sert de nous. »

Le capitaine a hoché la tête. « Sûrement. J'ai dit à Qu'un-Œil de te bricoler une amulette qui te préviendra si un des Asservis s'approche de trop près. Ça ne peut pas faire de mal. Mais, à mon avis, on ne t'embêtera plus. Les rebelles arrivent. Pour tout le monde, c'est ce qui passe en premier. »

Une suite de réflexions logiques a soudain abouti à une conclusion. Les données étaient là, depuis le début, dans ma tête. Il fallait juste un petit coup de pouce pour qu'elles tombent en place. « Je crois savoir de quoi il retourne. Vu que la Dame est une usurpatrice.

— Un des cagoulés veut lui faire ce qu'elle a fait à son homme ? a demandé Qu'un-Œil.

— Non. Ils veulent ramener le Dominateur.

— Hein ?

— Il est toujours dans le Nord, en terre. La Dame l'a seulement empêché de revenir quand le sorcier Bomanz lui a ouvert la voie. Il a peut-être des contacts avec des Asservis qui lui sont restés fidèles. Bomanz a prouvé qu'on pouvait communiquer avec les enterrés du pays du Tumulus. Il pourrait même diriger certains membres du Cercle. Trempe était un aussi grand salaud que n'importe quel Asservi. »

Qu'un-Œil a réfléchi puis a prophétisé. « La bataille sera perdue. La Dame renversée. Ses Asservis loyaux matés et ses troupes dévouées écrasées. Mais elles entraîneront dans la mort les éléments les plus idéalistes des rebelles, ce qui signifiera la défaite de la Rose Blanche. »

J'ai hoché la tête. « La comète est dans le ciel, mais les rebelles attendent toujours de trouver leur mystérieuse gamine.

— Ouais. T'es sûrement dans le vrai quand tu dis que le Dominateur doit influencer le Cercle. Ouais.

— Et dans le chaos qui s'ensuivra, pendant qu'ils se chamailleront pour le butin, le diable jaillira de sa boîte, ai-je ajouté.

— Et nous, dans tout ça ? a demandé le capitaine.

— La question, ai-je répliqué, c'est : comment est-ce qu'on s'en sort ? »

Les tapis volants bourdonnaient au-dessus de la Tour comme des mouches sur un cadavre. Les armées de Murmure, du Hurleur, de l'Anonyme, de Craque-les-Os et de Croquelune se trouvaient à huit ou douze jours de marche et convergeaient vers nous. Les troupes de l'Est affluaient par les airs.

Par la porte dans la palissade allaient et venaient en permanence des escouades qui harcelaient l'ennemi. Les rebelles avaient rapproché leurs camps à moins de dix kilomètres de la Tour. Certaines troupes de la Compagnie lançaient de temps en temps des raids nocturnes, avec le soutien de Gobelin, Qu'un-Œil et Silence, mais c'était se donner du mal pour pas grand-chose. La supériorité numérique des rebelles était bien trop forte pour qu'un coup de main produise un effet notable. Je me demandais pourquoi la Dame tenait à ce qu'on les excite ainsi.

Le chantier était terminé. Les obstacles installés. Les traquenards en place. Il n'y avait plus grand-chose d'autre à faire qu'attendre.

Six jours s'étaient écoulés depuis notre retour avec Plume et Trajet. J'avais pensé que leur capture inciterait les rebelles à lancer l'attaque, mais ils ne se décidaient toujours pas. D'après Qu'un-Œil, ils espéraient trouver leur Rose Blanche à la dernière minute.

Il ne restait plus qu'à procéder au tirage au sort. Trois Asservis, auxquels on aurait attribué des armées, défendraient chaque niveau. Le bruit courait que la Dame en personne commanderait des troupes en position sur la pyramide.

Personne ne voulait aller en première ligne. Quel que soit le déroulement du combat, ces troupes-là souffriraient méchamment. D'où la loterie.

Corbeau et moi n'avions plus subi d'attentats. Notre adversaire brouillait les pistes d'une autre façon. Trop tard pour nous liquider, d'ailleurs. J'avais vu la Dame.

Les événements ont pris un tour nouveau. Bientôt les hommes qui revenaient d'escarmouches ont eu l'air plus amochés, plus désespérés. L'ennemi déplaçait à nouveau ses camps.

Un messager s'est présenté au capitaine. Lequel a rassemblé les officiers. « Ç'a commencé. La Dame a convoqué les Asservis à la loterie. » Il avait une drôle d'expression. Surtout d'étonnement. « Nous, nous avons des ordres particuliers. De la Dame en personne. »

Chuchotis-murmures-gémissements-grognements, tout le monde secoué. Elle nous refilait le sale boulot. Je me suis vu tenir la première ligne contre les troupes d'élite rebelles.

« Nous devons lever le camp et nous rassembler sur la pyramide. » Une centaine de questions ont bourdonné comme des frelons. « Elle nous veut comme gardes du corps.

— Sa garde personnelle ne va pas apprécier », ai-je fait observer. Elle ne nous aimait pas, de toute façon, depuis qu'elle avait dû se plier aux ordres du capitaine à la Marche de la Déchirure.

« Tu crois qu'ils vont lui donner du fil à retordre, Toubib ? Messieurs, c'est ce que demande le patron. Alors on y va. Si vous voulez en discuter, faites-le pendant que vous levez le camp. Sans que les hommes entendent. »

Pour la troupe, c'était une grande nouvelle. Non seulement nous resterions à l'arrière des combats les plus durs, mais nous serions aux premières loges pour nous replier dans la Tour.

Étais-je vraiment si sûr que notre sort était réglé ? Est-ce que mon négativisme reflétait un sentiment général ? Était-ce une armée déjà vaincue avant le premier engagement ?

La comète traversait le firmament.

En réfléchissant au phénomène pendant que nous déménagions au milieu d'animaux qu'on menait dans la Tour, j'ai compris pourquoi les rebelles avaient pris leur temps. Ils avaient espéré trouver leur Rose Blanche au dernier moment, évidemment. Et ils avaient attendu que la comète prenne un aspect plus favorable, qu'elle soit au plus près.

J'ai grommelé tout seul.

Corbeau, qui marchait péniblement à côté de moi, chargé de son attirail et d'un ballot appartenant à Chérie, a grogné : « Hein ?

— Ils ont pas encore trouvé leur gamine miracle. Ils ont pas tous les atouts de leur côté. »

Il m'a regardé curieusement, presque avec méfiance. Puis : « Pas encore trouvé, a-t-il dit. Pas encore. »

Une grande clameur s'est élevée lorsque la cavalerie rebelle a lancé des javelots aux sentinelles sur la palissade. Corbeau n'a pas regardé en arrière. Ce n'était qu'un coup de sonde.

Nous avions une vue imprenable depuis la pyramide, mais il y avait du monde là-haut. « J'espère qu'on va pas rester coincés ici longtemps, ai-je dit. Ça va être coton de soigner les blessés. »

Les rebelles s'étaient rapprochés à moins d'un kilomètre de nos défenses. Ils ne formaient plus qu'un seul camp. Les escarmouches se succédaient à la palissade. Le gros de nos troupes avait pris position sur les gradins.

Les forces du premier niveau se composaient des troupes qui avaient servi dans le Nord, grossies des garnisons des villes abandonnées aux rebelles. En tout neuf mille hommes, formant trois divisions. Le niveau central avait été attribué à Tempête. Si la décision m'avait appartenu, je l'aurais placée sur la pyramide à lancer des cyclones.

Les ailes étaient sous le commandement de Croquelune et de Craque-les-Os, deux Asservis que je n'avais jamais vus.

Six mille hommes occupaient le deuxième niveau, eux aussi répartis en trois divisions. Pour la plupart des archers des armées de l'Est. Des durs, beaucoup plus assurés que les hommes devant eux. Leurs commandants, de gauche à droite, étaient : l'Anonyme ou l'Homme sans nom, le Hurleur et Rôde-la-Nuit. On les avait approvisionnés d'innombrables râteliers de flèches. Je me suis demandé comment ils se débrouilleraient si l'ennemi enfonçait la première ligne.

La garde affectée aux balistes occupait le troisième gradin. Murmure à gauche, à la tête de mille cinq cents vétérans de son armée de l'Est, et Transformeur à droite avec mille hommes de l'Ouest et du Sud. Au milieu, sous la pyramide, Volesprit commandait la garde et les alliés des Cités Précieuses. Ses troupes se montaient à deux mille cinq cents hommes.

Et sur la pyramide se trouvait la Compagnie noire, forte de mille soldats, les bannières éclatantes, les étendards hardis et les armes à portée de main.

Bon. En gros vingt et un mille hommes contre plus de dix fois ce nombre. Les chiffres ne veulent pas forcément dire grand-chose. Les Annales rapportent maintes occasions où la Compagnie a vaincu contre plus forte partie. Mais pas dans les mêmes circonstances. Cette fois-ci, la situation était trop statique. Pas de place pour battre en retraite, pour manœuvrer, et il était hors de question d'avancer.

Les rebelles sont passés aux choses sérieuses. Les défenseurs de la palissade se sont retirés rapidement en démontant les travées permettant de franchir les trois tranchées. Les rebelles ne les ont pas poursuivis. Ils ont préféré commencer à démolir la palissade.

« M'ont l'air aussi méthodiques que la Dame, ai-je dit à Elmo.

— Ouaip. Ils vont se servir des madriers pour traverser les tranchées. »

Il se trompait, mais il ne le saurait pas tout de suite.

« Encore une semaine avant que les armées de l'Est arrivent », ai-je marmonné au coucher du soleil en lançant un regard en arrière à la masse gigantesque et sombre de la Tour. La Dame n'était pas sortie voir la première empoignade.

« Plutôt neuf ou dix jours, a rectifié Elmo. Vont vouloir arriver tous ensemble.

— Ouais. J'aurais dû y penser. »

Nous avons mangé de la viande séchée et dormi par terre. Et le lendemain matin nous nous sommes levés au son tonitruant des trompettes rebelles.

Les formations ennemies s'étendaient à perte de vue. Une rangée de mantelets s'est mise en branle. Des mantelets bâtis avec le bois d'œuvre récupéré sur notre palissade. Ils ont formé un mur mobile en travers de la part de tarte. Les lourdes balistes ont tiré avec des claquements sourds. De gros trébuchets ont expédié des pierres et des boules de feu. Sans causer de gros dommages.

Des sapeurs rebelles ont entrepris de ponter la première tranchée en se servant de madriers ramenés de leurs camps. Les fondations se composaient de poutres gigantesques, longues de quinze mètres, insensibles aux projectiles. Ils ont dû recourir à des grues pour les mettre en place. Ils se sont exposés pendant qu'ils assemblaient et manœuvraient leurs engins. Les machines bien réglées de la garde leur ont coûté cher.

Là où s'était dressée la palissade, les rebelles du génie montaient des tours sur roues depuis lesquelles des archers pouvaient tirer, ainsi que des rampes, elles aussi sur roues, qu'ils approcheraient du premier gradin. Des charpentiers fabriquaient des échelles. Je n'ai pas vu d'artillerie. J'imagine qu'ils comptaient nous déborder une fois les tranchées traversées.

Le lieutenant s'y connaissait en travaux de siège. Je suis allé le voir. « Ils vont les approcher comment, les tours et les rampes ?

— Ils vont combler les fossés. »

Il avait raison. Dès la première tranchée pontée et les premiers mantelets passés sont apparus des charrettes et des chariots chargés de terre et de cailloux. Conducteurs et bêtes ont été pilonnés. Plus d'un cadavre a participé au comblement.

Les sapeurs se sont avancés jusqu'à la deuxième tranchée et ont assemblé leurs grues. Le Cercle ne leur a pas affecté de soutien armé. Tempête a dépêché des archers au bord du dernier fossé. Les balistes de la garde ont expédié une pluie de projectiles. Les sapeurs ont essuyé de lourdes pertes. Le commandement ennemi a tout bonnement envoyé davantage d'hommes.

Les rebelles ont commencé à faire passer des mantelets sur la deuxième tranchée une heure avant midi.

Des charrettes et des chariots transportant le remblai ont franchi la première.

Les sapeurs se sont heurtés à un tir meurtrier lorsqu'ils se sont avancés afin de ponter l'ultime fossé. Les archers du deuxième degré ont décoché leurs flèches en chandelle. Elles sont retombées presque à pic. Les trébuchets ont changé de cibles et réduit les mantelets en petit bois et cure-dents. Mais les rebelles continuaient d'affluer. Sur le flanc de Croquelune, ils ont réussi à poser une série de poutres en travers du fossé.

Croquelune est passé à l'attaque et a traversé avec une troupe d'élite. Son assaut était si violent qu'il a repoussé les sapeurs au-delà de la deuxième tranchée. Il a détruit leur matériel et relancé l'attaque. Le commandement rebelle a fait alors monter une puissante colonne de fantassins. Croquelune a décroché en laissant en ruines les ponts de la deuxième tranchée.

Persévérants, les rebelles ont rebâti leurs ponts puis atteint le dernier fossé. Cette fois des soldats protégeaient leurs ouvriers. Les archers isolés de Tempête ont battu en retraite.

Les flèches pleuvaient depuis le second gradin comme les flocons d'une chute de neige hivernale, drues et sans relâche. Impressionnant, le carnage. Les troupes rebelles sont tombées en masse dans la tourmente. Un océan de blessés s'est retiré. À la dernière tranchée, les sapeurs ont décidé de rester à l'abri de leurs mantelets en priant pour que la garde ne les réduise pas en miettes.

Voilà où en était la situation lorsque le soleil s'est couché en allongeant les ombres sur le champ ensanglanté. À mon avis, les rebelles avaient perdu dix mille hommes sans nous faire entrer dans la bataille.

Au cours de cette journée, ni les Asservis ni le Cercle n'ont donné libre cours à leurs pouvoirs. Et la Dame ne s'est pas aventurée hors de la Tour.

Un jour de moins à attendre les armées de l'Est.

Les hostilités ont cessé une fois le soleil couché. Nous avons mangé. Les rebelles ont amené une autre équipe pour travailler sur les tranchées. Les nouveaux arrivants se sont mis à la tâche avec l'enthousiasme qu'avaient perdu leurs prédécesseurs. La stratégie était évidente. Ils enverraient à tour de rôle des troupes fraîches et nous épuiseraient.

La nuit, c'était l'heure des Asservis. Leur passivité a pris fin.

Au début, je n'ai pas vu grand-chose, difficile donc de dire avec certitude qui a fait quoi. Transformeur, j'imagine, a changé de forme avant de passer en territoire ennemi.

Les étoiles ont commencé à s'estomper derrière des nuages menaçants qui surgissaient à toute vitesse. Un vent froid a balayé le pays. La bise s'est levée, elle a hurlé. La chevauchaient une horde de créatures aux ailes de cuir, des serpents volants longs comme le bras. Leurs sifflements ont éclipsé le tumulte de la tempête. Le tonnerre a claqué, la foudre a battu la campagne et planté ses dards dans les ouvrages ennemis. Les éclairs ont révélé la progression pesante de géants venant des déblais de rocaille. Ils ont lancé de gros rochers comme des enfants des ballons. L'un d'eux a ramassé un madrier de pont et s'en est servi comme d'une massue à deux mains pour écraser les tours de siège et les rampes. Dans la lumière trompeuse, ils ressemblaient à des monstres de pierre, à des gravats basaltiques bricolés en une parodie grotesque, gargantuesque, de forme humaine.

La terre a frémi. Des parcelles de plaine ont lui d'un vert bilieux. Des vers de trois mètres d'un orange éclatant veiné de sang ont sinué dans les rangs ennemis. Les cieux se sont ouverts pour déverser pluie et soufre brûlant.

La nuit a craché d'autres horreurs. Des grenouilles tueuses. Des insectes meurtriers. Un début de lueur de magma comme nous en avions vu à la Marche de la Déchirure. Et tout ça en l'espace de quelques minutes. Dès que le Cercle a répliqué, les terreurs se sont atténuées, mais certaines ont demandé des heures avant d'être neutralisées. Ils n'ont jamais pris l'offensive. Les Asservis étaient trop forts.

À minuit, tout était tranquille. Les rebelles avaient cessé toute activité en dehors du remblaiement de la tranchée extérieure. L'orage avait tourné à la pluie battante. Laquelle menait la vie dure aux rebelles mais ne leur faisait pas de mal. Je me suis étendu à force de contorsions parmi mes compagnons et me suis endormi en me réjouissant que notre petit coin du monde soit au sec.

L'aube. Première vision de l'œuvre des Asservis. La mort partout. Des cadavres horriblement mutilés. Les rebelles se sont échinés à nettoyer jusqu'à midi. Puis ils ont repris leurs assauts sur les tranchées.

Le capitaine a reçu un message de la Tour. Il nous a réunis. « À ce qu'on raconte, nous avons perdu Transformeur la nuit dernière. » Il m'a lancé un regard qui se voulait lourd de sens. « Dans des circonstances douteuses. On nous demande de rester en alerte. Plus précisément à toi, Qu'un-Œil. Et à vous, Gobelin et Silence. Si vous voyez quelque chose de louche, vous poussez une gueulante vers la Tour. Compris ? »

Ils ont opiné.

Transformeur éliminé. Ça n'avait pas dû être facile. « Les rebelles ont perdu quelqu'un d'important ? ai-je demandé.

— Moustache. Cordeur. Tamarask. Mais ils sont remplaçables. Pas Transformeur. »

Des rumeurs circulaient. La mort des membres du Cercle, on la devait à une bête comme un chat, si puissante et si vive que même les pouvoirs de ses victimes restaient inefficaces. Plusieurs dizaines de hauts fonctionnaires rebelles avaient aussi trouvé la mort.

Les hommes se souvenaient d'une bête semblable à Béryl. Les murmures sont allés bon train. Volesprit avait amené le forvalaka à bord du bateau. S'en servait-il contre les rebelles ?

À mon avis, non. L'attaque était bien dans le style de Transformeur. Il adorait se glisser dans les camps ennemis...

Qu'un-Œil allait et venait d'un air songeur, tellement plongé dans ses pensées qu'il se cognait partout. Un moment donné, il s'est arrêté pour balancer le poing dans un jambon accroché près des tentes-cuisines nouvellement dressées.

Il avait compris. Comment Volesprit pouvait envoyer le forvalaka dans le Bastion massacrer toute la maisonnée du syndic et finir par contrôler la ville par le truchement d'une marionnette, sans recourir aux ressources éparpillées de la Dame. Volesprit et Transformeur étaient alors comme les deux doigts de la main, non ?

Il avait compris qui avait tué son frère... trop tard pour se venger.

Il a continué d'aller et venir et de cogner sur le jambon plusieurs fois au cours de la journée.

J'ai rejoint Corbeau et Chérie plus tard. Ils regardaient les combats. Je me suis intéressé aux troupes de Transformeur. On avait remplacé son étendard.
« Corbeau. C'est pas la bannière de Jalena ?

— Si. » Il a craché.

« Pas un mauvais bougre, Transformeur. Pour un Asservi.

— Aucun ne l'est. Pour des Asservis. Tant qu'on ne les gêne pas. » Il a encore craché puis regardé la Tour. « Qu'est-ce qui se passe, Toubib ?

— Hein ? » Il était toujours aussi aimable depuis notre retour du champ.

« À quoi ça rime, cette histoire ? Pourquoi est-ce qu'elle s'y prend comme ça ? »

Je n'étais pas sûr de ce qu'il me demandait. « Aucune idée. Elle ne me fait pas ses confidences. »

Il a froncé les sourcils. « Non ? » Comme s'il ne me croyait pas ! Puis il a haussé les épaules. « Ce serait intéressant de savoir.

— Sûrement. » J'ai observé Chérie. Les combats l'intriguaient au plus haut point. Elle a posé à Corbeau une avalanche de questions. Des questions nullement naïves. Mais de celles qu'on s'attendrait à entendre dans la bouche d'un jeune général, d'un prince, de quelqu'un destiné à prendre un commandement.

« Elle devrait pas être ailleurs, quelque part à l'abri ? ai-je demandé. Je veux dire...

— Où ça ? a répliqué Corbeau. Où pourrait-elle être plus à l'abri qu'avec moi ? » Sa voix était dure, ses yeux plissés et méfiants. Surpris, j'ai laissé tomber.

Était-il jaloux parce que j'étais devenu l'ami de Chérie ? Je ne sais pas. Tout ce qui concerne Corbeau est étrange.

Des portions de la tranchée la plus éloignée avaient disparu. Ici et là, on avait comblé et damé celle du milieu. Les rebelles avaient avancé leurs tours et leurs rampes rescapées jusqu'à la limite de portée de notre artillerie. De nouvelles tours étaient en construction. On voyait de nouveaux mantelets partout. Des hommes se blottissaient derrière chacun d'eux.

Au mépris d'un tir implacable, les sapeurs rebelles ont ponté la dernière tranchée. Des contre-attaques répétées les ralentissaient, mais ils continuaient d'affluer. Ils ont terminé leur huitième pont vers trois heures de l'après-midi.

D'impressionnantes formations d'infanterie se sont ébranlées. Elles ont grouillé sur les ponts et se sont jetées contre nos rafales de flèches. Les fantassins ont atteint notre première ligne en désordre, se sont abattus comme la grêle pour mourir contre un mur de lances, d'épées et de boucliers. Les corps se sont entassés. Nos archers étaient en passe de remplir les fossés autour des ponts. Et les rebelles arrivaient toujours.

J'ai reconnu quelques bannières aperçues à Roseraie et Seigneurie. Les unités d'élite entraient dans la danse.

Elles ont traversé les ponts, se sont mises en ligne sur plusieurs rangs, ont avancé en bon ordre et porté tous leurs efforts sur notre centre. Derrière se formait une deuxième ligne plus puissante, plus large et sur davantage de rangs. Une fois tout le monde en place, les officiers ont fait avancer leurs hommes de quelques pas et s'accroupir derrière leurs boucliers.

Les sapeurs ont à leur tour traversé avec des mantelets et se sont joints à eux en une espèce de palissade. Notre artillerie lourde s'est concentrée là-dessus. Derrière le fossé, des hordes couraient se regrouper en des points précis.

Les hommes de la première ligne de défense étaient peut-être les moins sûrs (j'ai dans l'idée que le tirage au sort était truqué), mais ils ont repoussé l'élite rebelle. La prouesse ne leur a gagné qu'un bref répit. Le régiment suivant est passé à l'attaque.

Notre ligne a accusé le coup. Elle aurait complètement cédé si les hommes avaient pu s'échapper quelque part. Ils avaient l'habitude de fuir. Mais, là, ils étaient piégés, sans aucune chance de remonter le mur de soutènement.

La vague rebelle a reflué. De son côté, Croquelune a contre-attaqué et mis en déroute l'ennemi devant lui. Il a détruit la plupart des mantelets et menacé un court instant les ponts. Son agressivité m'impressionnait.

Il était tard. La Dame n'était pas sortie. Je suppose qu'elle n'avait pas douté que nous tiendrions. L'ennemi a lancé un dernier assaut, une vague humaine qui a failli d'un cheveu submerger les nôtres. En quelques points, les rebelles ont atteint le mur de soutènement et tenté de l'escalader ou de le démanteler. Mais nos hommes ont tenu bon. La pluie incessante de flèches a brisé la détermination de l'ennemi.

Qui s'est retiré. Des unités fraîches ont pris le relais derrière les mantelets. Une trêve s'est installée. Le terrain appartenait aux sapeurs ennemis.

« Six jours, ai-je dit sans m'adresser à personne. Je crois pas qu'on pourra tenir. »

La première ligne ne survivrait pas au lendemain. La horde emporterait le second niveau d'assaut. Nos archers faisaient des ravages dans leur discipline, mais je doutais de leur efficacité au corps à corps. Et puis, une fois contraints au combat rapproché, ils ne pourraient plus malmener les attaquants. Et les tours rebelles leur rendraient la monnaie de leur pièce.

Nous avions creusé une tranchée étroite au sommet de la pyramide, à l'arrière. Elle nous servait de latrines.

Le capitaine m'a surpris dans une posture peu élégante. « Ils ont besoin de toi au niveau inférieur, Toubib. Prends Qu'un-Œil et ton équipe.

— Quoi ?

— T'es médecin, non ?

— Oh. » Que j'étais bête. J'aurais dû savoir que je ne pourrais pas demeurer observateur.

Le reste de la Compagnie a quitté aussi la pyramide afin d'accomplir d'autres tâches.

Nous sommes descendus sans encombre, malgré un trafic intense sur les rampes provisoires. Des hommes du niveau supérieur et du sommet de la pyramide apportaient des munitions aux archers (la Dame avait dû amasser des flèches depuis des siècles) et remontaient les morts et les blessés.

« Le bon moment pour nous sauter dessus, ai-je dit à Qu'un-Œil. Suffirait de grimper les rampes en vitesse.

— Sont trop occupés à faire comme nous. »

Nous sommes passés à moins de dix pas de Volesprit. J'ai levé la main dans une tentative de salut. Il a fait de même après un moment d'hésitation. Il m'a paru étonné.

Nous sommes descendus, et descendus encore, jusque dans le territoire de Tempête.

C'était l'enfer tout en bas. Comme tout champ de bataille après les combats, mais je n'avais jamais rien vu de tel. Des corps gisaient partout. Entre autres un grand nombre de rebelles que nos hommes n'avaient pas eu la force d'achever. Même les troupes du sommet les écartaient à coups de bottes afin de pouvoir ramasser nos soldats. À quarante pas de là, des rebelles qu'on faisait semblant de ne pas voir récupéraient leurs propres blessés en ignorant les nôtres. « C'est comme dans les anciennes Annales, ai-je dit à Qu'un-Œil. Peut-être la bataille d'Entaille.

— Entaille, c'était pas aussi sanglant.

— Mouais. » Il y était, lui. Pas tout jeune, le sorcier.

J'ai trouvé un officier à qui j'ai demandé où nous pourrions ouvrir notre cabinet. Nous rendrions drôlement service à Craque-les-Os, a-t-il suggéré.

En chemin, nous sommes passés, mal à l'aise, près de Tempête. L'amulette de Qu'un-Œil m'a brûlé le poignet.

« Une amie à toi ? a demandé Qu'un-Œil d'un ton moqueur.

— Quoi ?

— La vieille carne t'a jeté un de ces regards ! »

J'ai frissonné. Le filament verdâtre. L'Asservi volant. Ç'aurait pu être Tempête.

Craque-les-Os était grand, plus grand que Transformeur, deux mètres quarante et trois cents kilos de muscles d'acier malfaisants. Si fort qu'il en devenait grotesque. Il avait la bouche comme une gueule de crocodile et on le soupçonnait d'avoir jadis dévoré ses ennemis. Certains vieux récits l'appelaient aussi Broie-les-Os, à cause de sa force.

Alors que je le regardais, un de ses lieutenants nous a dit de nous rendre à l'extrême flanc droit, où les combats avaient été si légers qu'on n'y avait encore affecté aucune équipe médicale.

Nous avons repéré le chef de bataillon responsable. « Installez-vous là, nous a-t-il dit. Je vais vous faire amener les hommes. » Il avait l'air aigri.

Un membre de son état-major nous a expliqué. « Ce matin, il commandait une compagnie. Les officiers ont dégusté, aujourd'hui. » Quand on a de lourdes pertes parmi les officiers, c'est qu'ils mènent l'attaque à la tête de leurs troupes pour empêcher la débandade.

Qu'un-Œil et moi avons entamé notre rafistolage. « Je croyais que ç'avait été tranquille, ici.

— Tranquille, vite dit. » Il nous a jeté un regard mauvais : ça nous allait bien de parler de tranquillité quand on avait passé la journée à se prélasser sur la pyramide.

La médecine à la lueur des torches, c'est une franche partie de rigolade. À nous tous, nous avons soigné plusieurs centaines d'hommes. Chaque fois que je faisais une pause, le temps d'effacer la douleur et la raideur de mes mains et de mes épaules, je jetais un coup d'œil au ciel, perplexe. Je m'attendais à ce que les Asservis répètent leur nuit de folie.

Craque-les-Os est entré sans se presser dans notre salle d'opération de fortune, torse nu, sans masque, l'air d'un lutteur hors normes. Il n'a rien dit. Nous avons tâché de l'ignorer. Ses petits yeux porcins sont restés impénétrables pendant qu'il observait.

Qu'un-Œil et moi travaillions sur le même homme, chacun à un bout. Le sorcier s'est soudain arrêté, sa tête s'est relevée comme celle d'un cheval surpris. Son œil s'est écarquillé. Il a regardé follement autour de lui. « Qu'est-ce qu'il y a ? ai-je demandé.

— Je... Bizarre. C'est parti. Une seconde, j'ai... Tant pis. »

Je l'ai surveillé en douce. Il avait peur. Plus que ne le justifiait la présence de l'Asservi. Comme si un danger le menaçait personnellement. J'ai jeté un regard à Craque-les-Os. Lui aussi regardait Qu'un-Œil.

Le sorcier a remis ça un peu plus tard, alors que nous nous occupions de patients différents. J'ai levé la tête. Derrière lui, à hauteur de ceinture, j'ai vu luire des yeux. Un frisson m'a couru le long de l'échine.

Qu'un-Œil a scruté les ténèbres, de plus en plus nerveux. Une fois les soins de son blessé terminés, il s'est nettoyé les mains et s'est dirigé nonchalamment vers Craque-les-Os.

Un animal a crié. Une forme sombre a bondi dans le cercle de lumière, vers moi. « Forvalaka ! » ai-je suffoqué, et je me suis écarté d'un coup. La bête est passée au-dessus de moi, et une griffe m'a déchiré le justaucorps.

Craque-les-Os est arrivé au point d'impact de l'homme-panthère en même temps que lui. Qu'un-Œil a jeté un sortilège qui m'a aveuglé, ainsi que le forvalaka et tous ceux qui regardaient. J'ai entendu rugir la bête. Sa colère s'est muée en douleur atroce. La vue m'est revenue. Craque-les-Os serrait le monstre dans une étreinte mortelle : son bras droit lui écrasait la trachée, le gauche les côtes. La bête battait vainement des griffes. On lui prêtait la force d'une douzaine de léopards ordinaires. Entre les bras de Craque-les-Os, elle était impuissante. L'Asservi s'est mis à rire avant de lui arracher un morceau de l'épaule gauche avec les dents.

Qu'un-Œil s'est approché de moi en vacillant. « On aurait dû avoir ce gars-là avec nous à Béryl », ai-je dit. Ma voix chevrotait.

Qu'un-Œil était tellement effrayé qu'il en avait des haut-le-cœur. Il ne riait pas. Je n'étais pas d'humeur à plaisanter non plus, à vrai dire. Tout juste à faire de l'ironie par réflexe. De l'humour macabre.

Des trompettes ont empli la nuit de leurs clameurs. Des hommes ont couru à leurs postes. Le cliquetis des armes l'a emporté sur l'étranglement du forvalaka.

Qu'un-Œil m'a saisi le bras. « Faut se tirer d'ici, a-t-il dit. Viens. »

J'étais fasciné par la lutte de Craque-les-Os et du forvalaka. La panthère essayait de changer de forme. Elle avait l'air vaguement féminine.

« Viens ! » Qu'un-Œil a juré abominablement. « Cette saloperie en avait après toi, tu sais. Quelqu'un l'a envoyée. Taillons-nous avant qu'elle se sauve. »

La bête avait une énergie sans limite, malgré la force et la sauvagerie prodigieuses de Craque-les-Os. L'Asservi lui avait bousillé l'épaule à coups de dents.

Qu'un-Œil avait raison. De l'autre côté, les rebelles s'énervaient. Les combats risquaient de reprendre. Il était temps de mettre les bouts, pour l'une et l'autre raison. J'ai empoigné ma trousse et filé.

Nous avons croisé Tempête puis Volesprit qui revenaient. J'ai adressé à chacun un salut moqueur, poussé par je ne sais quelle envie imbécile de fanfaronner. L'un d'eux, j'en étais sûr, avait lancé l'animal contre moi. Aucun n'a répondu.

La réaction ne s'est pas déclarée avant que je me retrouve en sécurité au sommet de la pyramide, au sein de la Compagnie, sans rien d'autre à faire que songer à ce qui aurait pu arriver. Je me suis alors mis à trembler si fort que Qu'un-Œil m'a administré une de mes potions soporifiques.

J'ai reçu une visite en rêve. Une vieille amie, désormais. Lueur d'or et visage magnifique. Comme précédemment : *Mes fidèles n'ont rien à craindre.*

Un soupçon de lumière pointait à l'orient lorsque la drogue a cessé d'agir. Je me suis réveillé moins effrayé, mais pas très sûr de moi. Trois tentatives. Quiconque tenait à me tuer trouverait un moyen. Quoi qu'en dise la Dame.

Qu'un-Œil est apparu presque aussitôt. « Tu vas bien ?

— Ouais. Au poil.

— T'as raté un sacré spectacle. »

J'ai haussé un sourcil.

« Le Cercle et les Asservis ont remis ça après que t'as tourné de l'œil. Ça vient juste de s'arrêter. Pas vraiment du gâteau cette fois. Craque-les-Os et Tempête en ont pris un coup. On dirait qu'ils se sont fait ça l'un à l'autre. Viens là. Je veux te montrer quelque chose. »

En grommelant je l'ai suivi. « Les rebelles ont souffert ?

— On entend des versions différentes. Mais des tas de versions. Y en a au moins quatre qu'ont morflé. » Il s'est arrêté au bord de la pyramide et a fait un geste théâtral.

« Quoi ?

— T'es aveugle ? J'ai qu'un œil et je vois mieux que toi ?

— Mets-moi sur la voie.

— Cherche une crucifixion.

— Oh. » Avec cet indice, je n'ai pas eu de mal à trouver la croix plantée près du poste de commandement de Tempête. « D'accord. Et alors ?

— C'est ton copain. Le forvalaka.

— Mon copain ?

— Le nôtre ? » Une expression délicieusement mauvaise lui est passée sur la figure. « Fin d'une longue histoire, Toubib. Et qui me plaît. N'importe comment, celui qu'a tué Tam-tam a trouvé une fin affreuse, et j'ai vécu assez longtemps pour voir ça.

— Ouais. » À notre gauche, Corbeau et Chérie regardaient avancer les rebelles. Leurs doigts s'agitaient à toute vitesse. Ils se trouvaient trop loin pour que je comprenne grand-chose. C'était comme surprendre des bribes de conversation dans une langue dont on n'a que de vagues notions. Du baragouin. « Qu'est-ce qu'il a, Corbeau, depuis quelque temps ?

— Comment ça ?

— Il ne supporte plus personne en dehors de Chérie. S'approche même plus du capitaine. Pas joué une seule fois aux cartes depuis qu'on a ramené Plume et Trajet. Fait la gueule dès qu'on veut être gentil avec Chérie. S'est passé quelque chose pendant qu'on était partis ? »

Qu'un-Œil a haussé les épaules. « J'étais avec toi, Toubib. Tu te souviens ? Personne a rien dit. Mais maintenant que t'en parles, ouais, il est bizarre. » Il a gloussé. « Encore plus qu'avant. »

J'ai observé ce que préparaient les rebelles. Ils m'ont paru sans entrain et désorganisés. Malgré ça, et malgré la violence de la nuit, ils avaient terminé de combler les deux tranchées les plus éloignées. Leurs efforts sur la plus proche leur valaient de pouvoir traverser en une demi-douzaine de points.

Nos forces du second et troisième niveau m'avaient l'air clairsemées. J'ai demandé pourquoi.

« La Dame a ordonné d'envoyer des gars au premier niveau. Surtout des gars du haut. »

Principalement de la division de Volesprit, me suis-je aperçu. Son équipe semblait maigrelette. « Tu crois qu'ils vont faire une percée aujourd'hui ? »

Qu'un-Œil a haussé les épaules. « S'ils continuent de s'entêter. Mais regarde. Sont moins pressés. Ils ont compris qu'on allait leur donner du fil à retordre. Ils commencent à se poser des questions sur nous. Ils se rappellent l'autre mocheté dans la Tour. Elle a pas encore montré son nez. Peut-être qu'ils commencent à se faire de la bile. »

Moi, je me disais qu'il fallait davantage l'attribuer aux pertes subies par le Cercle qu'à une inquiétude grandissante parmi les soldats. L'état-major rebelle devait avoir une organisation chaotique. Une armée ne vaut pas cher quand nul ne sait qui commande.

Pourtant, quatre heures après le lever du jour, ils se sont mis à mourir pour leur cause. Notre ligne du centre a rassemblé tout son courage. Le Hurleur et l'Anonyme avaient remplacé Tempête et Craque-les-Os, laissant le second niveau à Rôde-la-Nuit.

Le combat tournait au procédé. La horde s'est jetée de l'avant dans la tempête de flèches, a traversé les ponts, s'est cachée derrière les mantelets puis les a débordés pour se ruer sur notre première ligne. Il en arrivait sans cesse, un flot continuel. Des centaines tombaient avant d'atteindre leurs ennemis. Beaucoup de ceux qui y parvenaient ne se battaient qu'un bref instant, puis se retiraient, aidaient parfois des camarades blessés mais la plupart du temps filaient se mettre en sûreté. La situation échappait à leurs officiers.

La ligne renforcée a donc tenu plus longtemps et plus résolument que je l'avais escompté. Néanmoins, le poids du nombre et de la fatigue accumulée a fini par se faire sentir. Des brèches sont apparues. Des troupes ennemies ont atteint le mur de soutènement. Les Asservis ont lancé des contre-attaques dont la plupart, faute d'un élan suffisant, n'ont pas abouti. Ici et là, des soldats velléitaires essayaient de fuir au niveau supérieur. Rôde-la-Nuit a réparti des escouades le long du bord. Elles ont repoussé les fuyards.

Pourtant, les rebelles flairaient désormais la victoire. Ils ont retrouvé de l'ardeur.

Au loin, les tours et les rampes se sont mises en branle. Elles progressaient pesamment, quelques mètres à la minute. Une tour a basculé en arrivant sur le remblai mal tassé de la tranchée la plus éloignée. Elle a écrasé une rampe et plusieurs dizaines d'hommes. Les engins restants ont continué d'avancer. La garde a réorienté ses armes lourdes et projeté des boules incendiaires.

Une tour a pris feu. Puis une seconde. Une rampe s'est arrêtée, en flammes. Mais les autres engins ont continué de rouler avec constance et ont atteint la deuxième tranchée.

Les balistes légères ont à leur tour changé d'objectifs et harcelé la multitude qui tractait les engins.

À la tranchée la plus proche, les sapeurs comblaient et tassaient toujours. Et tombaient sous les coups de nos archers. Je ne pouvais que les admirer. C'étaient les plus braves de nos ennemis.

La cote des rebelles était dans sa courbe ascendante. Ils ont oublié leur piètre départ pour retrouver leur férocité première. Nos unités du premier niveau se sont fractionnées en noyaux de plus en plus petits, tournoyants et virevoltants. Les hommes que Rôde-la-Nuit avait éparpillés afin d'empêcher les nôtres de fuir combattaient à présent des rebelles téméraires qui grimpaient avec peine le mur de soutènement. En un point, les troupes ennemies ont dégagé des rondins et tenté de creuser un chemin pour monter.

On était au milieu de l'après-midi. Les rebelles bénéficiaient encore de plusieurs heures de jour. La tremblote m'a pris.

Qu'un-Œil, que je n'avais pas vu depuis le début de l'attaque, m'a rejoint une fois de plus. « Des nouvelles de la Tour, a-t-il dit. Ils ont perdu six membres du Cercle la nuit dernière. Ça veut dire qu'il n'en reste peut-être plus que huit là-bas. Sans doute aucun de ceux qui faisaient partie du Cercle la première fois qu'on est allés dans le Nord.

— Pas étonnant qu'ils aient démarré lentement. »

Il a observé les combats. « Pas fameux, hein ?

— Pas vraiment.

— C'est pour ça qu'elle sort, m'est avis. » Je me suis retourné. « Ouais. Elle s'amène. En personne. »

Froid. Froid-froid-froid. J'ignore pourquoi. Puis j'ai entendu le capitaine beugler, et le lieutenant, Candi, Elmo, Corbeau et je ne sais trop qui, tous brailler pour qu'on se mette en formation. Fini de tirer au cul. Je me suis réfugié dans mon dispensaire (un bouquet de tentes à l'arrière), malheureusement sous le vent des latrines. « Une petite inspection, ai-je dit à Qu'un-Œil. Pour voir si tout marche au poil. »

La Dame est arrivée à cheval et a gravi la rampe à proximité de l'entrée de la Tour. Elle montait un animal conditionné pour le rôle. Il était gigantesque et fougueux, un rouan luisant qui ressemblait à l'idée que se fait un artiste de la perfection équine. Elle était vêtue avec grande élégance : brocart rouge et or, écharpes blanches, bijoux d'or et d'argent, quelques touches de noir. Une dame fortunée comme on pourrait en croiser dans les rues d'Opale. Ses cheveux plus noirs que la minuit cascadaient longuement de sous un tricorne très chic de dentelle blanche, derrière lequel pendaient des plumes d'autruche, blanches aussi. Une résille de perles le maintenait en place. On lui aurait donné vingt ans tout au plus. Elle est passée dans une bulle de silence. Les hommes restaient bouche bée. Nulle part je n'ai vu le moindre soupçon de peur.

Les compagnons de la Dame se conformaient davantage à son image de marque. Moyennement grands, tous emmaillotés de noir, le visage masqué derrière une gaze noire, montés sur des chevaux noirs harnachés et sellés de cuir noir, ils ressemblaient à l'idée qu'on se fait des Asservis. L'un tenait une longue lance noire à pointe d'acier noire, l'autre un grand cor d'argent. Ils chevauchaient de chaque côté de la Dame, à une distance stricte d'un mètre derrière elle.

Elle m'a honoré d'un doux sourire en passant. Ses yeux pétillaient d'humour, comme une invite...

« Elle t'aime encore », a raillé Qu'un-Œil.

J'ai frissonné. « J'en ai bien peur. »

Elle a traversé la Compagnie, tout droit vers le capitaine auquel elle a parlé pendant trente secondes. Il n'a manifesté aucune émotion, même face cette antique incarnation du Mal. Rien ne l'ébranle quand il affiche son masque de fer de commandant.

Elmo s'est approché en jouant des coudes. « Comment va, mon pote ? » ai-je demandé. Je ne l'avais pas vu depuis des jours.

« Elle te veut. »

J'ai dit quelque chose comme *gloups*. Malin, comme répartie.

« Je te comprends. Trop c'est trop. Mais qu'est-ce que tu peux y faire ? Trouve-toi un cheval.

— Un cheval ? Pourquoi ? Où ça ?

— Je fais que transmettre un message, Toubib. Me demande pas... Quand on parle du loup. »

Un jeune soldat aux couleurs du Hurleur a émergé de l'arrière de la pyramide. Il conduisait une file de chevaux. Elmo s'est dirigé vers lui au petit trot. Après quelques mots échangés, il m'a fait signe de venir. À contrecœur, je l'ai rejoint. « Tu choisis, Toubib. »

J'ai opté pour une jument alezane à la ligne élégante, à l'air docile, et je l'ai enfourchée d'un bond. Agréable de se retrouver en selle. Ça faisait longtemps. « Souhaite-moi bonne chance, Elmo. » Ma voix se voulait désinvolte. On aurait dit un grincement.

« D'accord. » Puis, tandis que je m'éloignais : « Ça t'apprendra à écrire des conneries.

— Faut que j'arrête, hein ? » Tout en avançant, je me suis demandé, l'espace d'un instant, à quel point l'art agit sur la vie. Étais-je vraiment le responsable de ce qui m'arrivait ?

La Dame n'a pas tourné la tête lorsque je me suis approché. Elle a fait un petit geste. Le cavalier à sa droite s'est éclipsé pour me céder la place. J'ai saisi l'allusion, arrêté mon cheval et me suis intéressé au panorama au lieu de la regarder, elle. J'ai senti son amusement.

La situation avait empiré durant mes quelques minutes d'absence. Les soldats rebelles avaient pris pied en plusieurs points sur le second degré. Sur le premier, nos formations étaient en pièces. Le Hurleur s'était laissé fléchir et avait demandé à ses hommes d'aider leurs collègues du dessous à grimper le mur de soutènement. Les troupes de Murmure, au troisième niveau, se servaient de leurs arcs pour la première fois.

Les rampes d'assaut étaient presque parvenues au fossé le plus proche. Les grandes tours avaient fait halte. Plus de la moitié étaient hors service. Des archers hérissaient les restantes mais, trop loin, ne nous causaient pas de dégâts. Le ciel soit remercié de ses petites faveurs.

Les Asservis du premier niveau utilisaient leurs pouvoirs, mais ils se trouvaient si menacés qu'ils n'avaient guère l'occasion de les exercer efficacement.

« Je voulais que tu voies cela, annaliste, a dit la Dame.

— Hein ? » Encore une perle du bel esprit de la Compagnie.

« Ce qui va se passer. Pour que ce soit fidèlement consigné au moins une fois. »

Je lui ai lancé un coup d'œil furtif. Elle affichait un petit sourire taquin. J'ai reporté mon attention sur la bataille. L'effet qu'elle me produisait, en restant là au milieu de ce déchaînement de fin du monde, était plus effrayant que la perspective d'une mort au combat. Je n'ai plus l'âge de m'enfiévrer comme un jeunot en rut de quinze ans.

La Dame a claqué des doigts.

Le cavalier à sa gauche a levé le cor d'argent, écarté la gaze de son visage afin de porter l'instrument à ses lèvres. Plume ! Mon regard s'est tourné vers la Dame. Elle m'a fait un clin d'œil.

Asservis. Plume et Trajet étaient des Asservis, comme Murmure avant eux. Ce qu'ils possédaient de vigueur et de pouvoir était désormais à la disposition de la Dame... Mon esprit a joué autour de cette idée. Quelles conclusions en tirer ? Les anciens Asservis disparus, des nouveaux qui prenaient leur place...

Le cor a retenti, une note douce, comme un ange appelant les armées des cieux. Une note sans grande puissance mais qui résonnait de tous côtés, comme si elle venait du firmament lui-même. La bataille s'est arrêtée d'un coup. Tous les yeux se sont tournés vers la pyramide.

La Dame a encore claqué des doigts. L'autre cavalier (Trajet, à mon avis) a levé sa lance bien haut et laissé tomber la pointe.

Le premier mur de soutènement a explosé en une douzaine d'endroits. Des barrissements bestiaux ont empli le silence. Avant même de les voir jaillir, j'ai compris. J'ai éclaté de rire. « Des éléphants ! » Je n'avais pas vu d'éléphants de guerre depuis ma première année dans la Compagnie. « Où avez-vous trouvé des éléphants ? »

Les yeux de la Dame ont pétillé. Elle n'a pas répondu.

La réponse était évidente. D'outre-mer. De chez ses alliés dans les Cités Précieuses. Comment les avait-elle fait venir sans qu'on les repère et les avait-elle tenus cachés ? tout le mystère était là.

Quelle surprise délicieuse que de sauter sur les rebelles à l'instant de leur triomphe assuré. Personne dans la région n'avait jamais vu d'éléphants de guerre ni ne savait à plus forte raison comment les combattre.

Les grands pachydermes gris ont foncé dans la horde ennemie. Les cornacs s'amusaient beaucoup, chargeaient d'un côté puis de l'autre, écrasaient les rebelles par dizaines, leur réduisaient le moral à néant. Ils ont démoli les mantelets. Ils ont traversé pesamment les ponts et poursuivi les tours de siège pour les renverser une à une.

Les bêtes étaient au nombre de vingt-quatre, deux par cachette. Un blindage les protégeait et leurs maîtres étaient recouverts de métal, pourtant une lance ou une flèche vagabonde trouvait ici et là une faille, abattait l'homme ou piquait assez l'animal pour le mettre en fureur. Les éléphants privés de leur cornac perdaient tout intérêt au combat. Les pachydermes bles-sés devenaient fous. Ils causaient davantage de dégâts que les autres.

La Dame a une nouvelle fois fait un geste. Une nouvelle fois, Trajet a donné un signal. Les troupes en dessous ont baissé les rampes dont nous nous étions servis pour descendre du matériel et remonter les blessés. Les troupes du troisième niveau, à l'exception de la garde, les ont dévalées, se sont alignées puis ont donné l'assaut vers le chaos. Vu les effectifs respectifs, l'entreprise paraissait insensée.

Mais vu le brusque revirement de fortune, le moral comptait davantage.

Murmure à l'aile gauche, Volesprit au centre, le vieux et gros seigneur Jalena à l'aile droite. Roulements de tambours. Ils ont progressé inexorablement, uniquement ralentis par le désagrément de massacrer la multitude paniquée. Les rebelles avaient peur de rester sur place, mais aussi de fuir vers les éléphants déchaînés entre leur camp et eux. Ils se défendaient mollement.

Terrain nettoyé jusqu'au premier fossé. Croquelune, le Hurleur et l'Anonyme remettent vite leurs rescapés en rangs, les injurient et les menacent pour les forcer à repartir de l'avant et incendier tous les ouvrages de l'ennemi.

Le flot des attaquants déboule vers le deuxième fossé, submerge et contourne les tours et les rampes abandonnées sans s'arrêter, suit la piste sanglante des éléphants. Puis des feux s'élèvent parmi les machines à mesure qu'arrivent les hommes du premier niveau. Direction : le fossé inférieur. Tout le terrain couvert d'ennemis morts. Des morts en masse, je n'en ai encore jamais vu autant d'un coup.

Les membres du Cercle, ou ce qu'il en restait, ont fini par se ressaisir assez pour exercer leurs pouvoirs contre les bêtes. Ils ont obtenu quelques résultats avant que les Asservis les neutralisent. Ensuite tout a reposé sur les épaules des combattants.

Comme toujours, les rebelles avaient l'avantage du nombre. Un à un, les éléphants sont tombés. Les soldats ennemis s'entassaient devant la ligne de front. Nous n'avions pas de réserves. Des troupes fraîches arrivaient continuellement des camps rebelles, sans entrain mais suffisamment fortes pour stopper notre progression. Une retraite devenait nécessaire.

La Dame en a donné le signal par l'entremise de Trajet.

« Très bien. Oui, très bien », ai-je marmonné tandis que nos hommes regagnaient leurs positions et s'effondraient, épuisés. La nuit approchait. Nous avions tenu un jour de plus. « Mais, et après ? Ces crétins ne vont pas abandonner tant que la comète reste dans le ciel. Et on a tiré notre dernière flèche. »

La Dame a souri. « Consigne ce que tu as vu, annaliste. » Flanquée de ses compagnons, elle est repartie.

« Je vais en faire quoi, de ce canasson ? » ai-je grommelé.

Des pouvoirs se sont livrés bataille cette nuit-là, mais j'ai raté le spectacle. Je ne sais pas pour qui le désastre a été le plus grand. Nous avons perdu Croquelune, l'Anonyme et Rôde-la-Nuit. Seul Rôde-la-Nuit est tombé sous les coups de l'ennemi. Les autres ont été victimes des dissensions intestines des Asservis.

Un messager est arrivé moins d'une heure après le coucher du soleil. J'avais fait manger mon équipe et je la préparais à descendre. Elmo a encore joué les intermédiaires. « La Tour, Toubib. Ta petite copine veut te voir. Amène ton arc. »

Il y a des limites à la peur, même quand il s'agit de la Dame. Résigné, j'ai demandé : « Pourquoi un arc ? »

Il a haussé les épaules.

« Et des flèches ?

— Rien dit là-dessus. Pas malin, je trouve.

— T'as sans doute raison. Qu'un-Œil, tu t'occupes de tout. »

À quelque chose malheur est bon. Au moins, je n'emploierais pas ma nuit à amputer des membres, à recoudre des entailles et à rassurer les jeunes qui, je le savais, ne passeraient pas la semaine. Combattre auprès des Asservis donne aux soldats une meilleure chance de survivre à leurs blessures mais n'empêche pas la gangrène et la péritonite de lever leur tribut.

Descente de la longue rampe vers la porte sombre. La Tour se dressait comme si elle sortait tout droit d'un mythe, flottant dans la lumière argentée de la comète. Le Cercle avait-il fait une gaffe ? Avait-il trop attendu ? La comète n'était-elle plus un présage favorable dès lors qu'elle commençait à décliner ?

À quelle distance se trouvaient les armées de l'Est ? Trop loin. Mais notre stratégie ne prévoyait apparemment pas de gagner du temps. Sinon, nous nous serions réfugiés en bon ordre dans la Tour et aurions scellé la porte. Non ?

J'ai hésité. Une répugnance normale. J'ai touché l'amulette que Gobelin m'avait donnée jadis, et celle de Qu'un-Œil, plus récente. Maigre réconfort. J'ai jeté un regard à la pyramide, cru voir une silhouette trapue au sommet. Le capitaine ? J'ai levé la main. La silhouette a répondu. Ragaillardi, je me suis retourné.

La porte ressemblait à la gueule de la nuit, mais dès le premier pas je me suis retrouvé dans un large couloir éclairé. Il empestait les chevaux et le bétail qu'on y avait fait passer une éternité plus tôt.

Un soldat m'attendait. « C'est vous, Toubib ? » J'ai hoché la tête. « Suivez-moi. » Ce n'était pas un garde mais un jeune fantassin de l'armée du Hurleur. Il avait l'air ahuri. Ici et là, j'en ai vu d'autres de son acabit. Ça m'a frappé. Le Hurleur avait passé ses nuits à amener des troupes pendant que les autres Asservis se battaient contre le Cercle et entre eux. Aucun de ces hommes ne s'était montré sur le champ de bataille.

Combien y en avait-il ? Quelles surprises la Tour réservait-elle ?

Je suis entré dans la Tour intérieure par le portail que j'avais franchi la fois précédente. Le soldat s'est arrêté là où s'était arrêté le capitaine des gardes. Il m'a souhaité bonne chance d'une voix blanche et chevrotante. J'ai couiné un remerciement.

Elle ne s'est pas livrée à ses tours habituels. Du moins, à rien de spectaculaire. Et je n'ai pas endossé mon rôle de freluquet qui ne pense qu'à ça. C'était du sérieux.

Elle m'a fait asseoir à une table de bois sombre, mon arc posé devant moi. « J'ai un problème », a-t-elle dit.

Je me suis contenté de la regarder.

« Les rumeurs vont bon train dehors, n'est-ce pas ? Sur ce qui s'est passé parmi les Asservis ? »

J'ai hoché la tête. « Rien à voir avec le Boiteux qui a mal tourné. Les Asservis s'entre-tuent. Les hommes refusent d'être pris dans le tir croisé.

— Mon époux n'est pas mort. Tu le sais. C'est lui, derrière tout ça. Il s'est réveillé. Tout doucement, mais assez pour avoir pris contact avec certains membres du Cercle. Assez pour avoir ému les femmes parmi les Asservis. Elles feront n'importe quoi pour lui. Les salopes. Je les surveille d'aussi près que je peux, mais je ne suis pas infaillible. Elles agissent impunément. Cette bataille... elle n'est pas ce qu'elle paraît. Cette armée, le Cercle l'a conduite ici sous l'influence de mon époux. Les imbéciles. Ils se sont crus en mesure de se servir de lui, de me vaincre et de s'emparer du pouvoir pour leur compte. Il n'en reste plus un seul à présent, tous tués, mais ce qu'ils ont mis en branle continue sur sa lancée. Je ne combats pas la Rose Blanche, annaliste – quoique je pourrais aussi en retirer une victoire sur cette sottise. Je combats l'ancien marchand d'esclaves, le Dominateur. Et si je perds, je perds le monde. »

Une rusée. Elle ne jouait pas la belle en détresse. Elle jouait la femme qui traite d'égale à égal, et par là s'attirait plus sûrement ma sympathie. Elle savait que je connaissais le Dominateur comme n'importe qui encore de ce monde. Que je devais le craindre bien plus qu'elle, car qui craint une femme davantage qu'un homme ?

« Je te connais, annaliste. J'ai mis ton âme à nu et j'ai regardé à l'intérieur. Tu combats pour moi parce que ta compagnie a pris un engagement qu'elle tiendra jusqu'au bout – parce que ses principaux responsables trouvent qu'on a entaché son honneur à Béryl. Et cela même si la plupart d'entre vous pensent servir le Mal.

» Le Mal est relatif, annaliste. On ne peut pas lui mettre d'étiquette. On ne peut ni le toucher, ni le goûter, ni l'entailler avec une épée. Le Mal dépend de quel côté on se trouve, de quel côté on pointe son doigt accusateur. Le côté où vous vous trouvez aujourd'hui, à cause de votre serment, c'est contre le Dominateur. Pour vous, c'est lui le Mal. »

Elle a marché un moment de long en large, s'attendant peut-être à une réponse. Je n'en ai pas donné. Elle avait résumé ma propre philosophie.

« Ce mal a essayé par trois fois de te tuer, médecin. Deux fois par peur de ce que tu savais, et une par peur de ton avenir. »

Cette dernière phrase m'a réveillé. « Mon avenir ?

— Les Asservis entrevoient parfois l'avenir. Cette conversation était peut-être prévue. »

J'étais désorienté. Je restais là, immobile, l'air idiot.

Elle a quitté un moment la pièce, est revenue avec un carquois de flèches qu'elle a renversées sur la table. Elles étaient noires et lourdes, à pointes d'argent, marquées de lettres presque invisibles. Pendant que je les examinais, elle a pris mon arc, l'a échangé contre un autre de même poids et de même traction. Un arc magnifiquement assorti aux flèches. Trop pour qu'on s'en serve comme d'une arme.

« Garde-les avec toi, m'a-t-elle dit. Toujours.

— Faudra que je m'en serve ?

— Possible. La question sera réglée demain, dans un sens ou dans l'autre. Les rebelles ont été malmenés mais leurs réserves en hommes restent considérables. Ma stratégie peut ne pas réussir. Si j'échoue, mon époux gagne. Non pas les rebelles ni la Rose Blanche, mais le Dominateur, la bête immonde qui s'agite dans son tombeau... »

J'ai évité son regard, examiné les armes, me suis demandé ce que j'étais censé dire et ne pas entendre, ce que j'étais censé faire de ces armes de mort, et si je pourrais le faire le moment venu.

Elle lisait dans mes pensées. « Tu sauras à ce moment-là. Et tu feras ce que tu estimes juste. »

J'ai alors levé la tête, les sourcils froncés, avec espoir... Oui, avec espoir, même sachant ce qu'elle était. Mes idiots de compagnons d'armes avaient peut-être raison.

Elle a souri, a tendu une main trop parfaite, m'a serré les doigts...

J'ai perdu le fil. Je crois. Je ne me rappelle rien de ce qui s'est passé. Mais la tête m'a tourné l'espace d'une seconde, et lorsque ça s'est arrêté elle me tenait toujours la main et souriait. « Il faut y aller, soldat, a-t-elle dit. Repose-toi bien. »

Je me suis mis debout comme un zombi et dirigé d'un pas traînant vers la porte. J'avais la nette impression d'avoir raté quelque chose. Je n'ai pas regardé en arrière. Impossible.

Je me suis enfoncé dans la nuit au sortir de la Tour et j'ai aussitôt su que j'avais encore perdu un certain laps de temps. Les étoiles s'étaient déplacées dans le ciel. La comète était basse. Que je me repose bien ? Les heures pour me reposer étaient à peu près écoulées.

Tout était calme dehors, et il faisait frais. Les grillons stridulaient. Les grillons. Qui croirait ça ? J'ai baissé les yeux sur l'arme qu'elle m'avait donnée. Quand l'avais-je cordée ? Pourquoi est-ce que j'y encochais une flèche ? Je ne me rappelais pas les avoir prises sur la table... L'espace d'un instant effrayant, j'ai cru ne pas avoir toute ma tête. Le chant des grillons m'a ramené à la réalité.

J'ai regardé la pyramide. Quelqu'un, au sommet, observait. J'ai levé la main. On m'a répondu. Elmo, à sa façon de bouger. Ce brave vieil Elmo.

Deux heures avant l'aube. Je pouvais piquer un petit roupillon si je ne traînais pas.

J'avais gravi le quart de la rampe lorsque j'ai ressenti une drôle d'impression. À mi-rampe, j'ai compris de quoi il s'agissait. L'amulette de Qu'un-Œil ! Le poignet me brûlait... Asservi ! Danger !

Un nuage de ténèbres s'est dressé dans la nuit, depuis une imperfection dans le flanc de la pyramide. Il s'est déployé comme une voile de bateau, tout plat, et s'est dirigé vers moi. J'ai répliqué de la seule façon à ma disposition. Par une flèche.

Mon trait a déchiré le rideau de ténèbres. Et un long gémissement m'a enveloppé, de surprise plus que de rage, de désespoir plus que de douleur. Le rideau de ténèbres s'est déchiqueté. Quelque chose à forme humaine a détalé en travers de la pente. Je l'ai regardé partir sans même penser à tirer une seconde flèche pourtant déjà encochée. Abasourdi, j'ai repris mon ascension.

« Qu'est-ce qui s'est passé ? a demandé Elmo lorsque j'ai pris pied au sommet.

— Sais pas, ai-je répondu. Franchement, j'ai pas la moindre idée de ce qui s'est passé cette nuit. »

Il m'a jaugé d'un coup d'œil. « Tu m'as pas l'air bien solide. Prends un peu de repos.

— J'en ai besoin, ai-je reconnu. Passe le mot au capitaine. D'après elle, c'est demain le grand jour. On gagne ou on perd. » Ça ne l'avancerait pas à grand-chose. Mais je me disais qu'il aimerait savoir.

« Ouais. T'ont fait quelque chose là-dedans ?

— Je ne sais pas. Je ne crois pas. »

Il voulait discuter davantage malgré sa recommandation d'aller me reposer. Je l'ai repoussé en douceur, suis entré dans une de mes tentes de soins et me suis pelotonné dans un petit coin comme un animal blessé qui se retranche dans sa tanière. J'avais été touché d'une façon ou d'une autre, même si j'ignorais par quoi. Il me fallait du temps pour me remettre. Sans doute plus qu'on ne m'en laisserait.

Ils ont envoyé Gobelin me réveiller. Il m'a trouvé de mon humeur charmante coutumière du matin, menaçant de guerre à outrance le premier inconscient assez bête pour troubler mes rêves. Remarquez, ils méritaient d'être troublés, mes rêves. Des rêves ignobles. Je faisais des horreurs innommables avec deux fillettes qui ne devaient pas avoir plus de douze ans et finissaient par aimer ça. Écœurant, ces ombres qui se tapissent dans l'esprit.

Aussi révoltants qu'étaient mes rêves, je ne voulais pas me lever. Mon couchage était d'une chaleur douillette.

« Tu veux que je me fâche ? a dit Gobelin. Écoute, Toubib. Ta petite copine sort. Le capitaine veut que tu la voies.

— Ouais. Bien sûr. » J'ai attrapé mes bottes d'une main, écarté le rabat de la tente de l'autre. « Putain, il est quelle heure ? ai-je grondé. On dirait que le jour est levé depuis un bon bout de temps.

— C'est ça. D'après Elmo, t'avais besoin de repos. Il a dit que t'en avais vu de rudes la nuit dernière. »

J'ai grogné, me suis ressaisi en vitesse. J'ai voulu faire ma toilette, mais Gobelin m'en a dissuadé. « Passe ton attirail de guerre. Les rebelles s'amènent. »

J'ai entendu des tambours au loin. L'ennemi ne s'en était pas servi jusqu'à présent. J'ai voulu savoir pourquoi.

Gobelin a haussé les épaules. Il avait l'air pâle. J'imagine qu'il était au courant de mon message au capitaine. On gagne ou on perd. Aujourd'hui. « Ils se sont élu un nouveau conseil. » Il a commencé à jacasser comme lorsqu'on a peur, à me raconter la nuit de querelle des Asservis, à me détailler les dégâts subis par les rebelles. Je n'ai rien entendu de réjouissant. Il m'a aidé à revêtir le peu d'armure que je possédais. Je n'avais rien porté d'autre qu'une cotte de mailles depuis les combats autour de Roseraie. J'ai ramassé les armes que m'avait données la Dame et suis sorti dans la lumière d'une des plus belles matinées que j'avais jamais vues.

« Un putain de jour pour mourir, ai-je dit.

— Ouais.

— Elle sera là quand ? » Le capitaine voudrait tout le monde à son poste quand elle arriverait. Il aimait donner l'image de l'ordre et de l'efficacité.

« Quand elle s'amènera. On a juste reçu un message disant qu'elle allait sortir.

— Mouais. » J'ai inspecté le sommet de la pyramide. Les hommes s'affairaient, se préparaient au combat. Personne n'avait l'air de se presser. « Je vais faire un tour. »

Gobelin n'a rien dit. Il s'est contenté de me suivre, sa figure blême plissée par l'inquiétude. Ses yeux bougeaient sans arrêt, observaient tout. Vu la position de ses épaules et sa démarche prudente, j'ai deviné qu'il avait un sortilège prêt à l'emploi. Au bout d'un moment, comme il ne me lâchait pas d'une semelle, j'ai compris qu'il me tenait lieu de garde du corps.

J'étais à la fois ravi et peiné. Ravi parce qu'on se souciait de ma santé, peiné parce que ma situation n'était pas brillante. J'ai baissé les yeux sur mes mains. Inconsciemment, j'avais cordé mon arc et encoché une flèche. Une partie de moi-même restait aussi en alerte maximum.

Tout le monde regardait mes armes, mais nul ne posait de questions. J'imagine que les histoires devaient courir bon train. Curieux que mes compagnons ne m'aient pas coincé pour vérifier.

Les rebelles ont déployé leurs forces soigneusement, méthodiquement, hors de portée de nos armes. Leur nouveau commandant, quel qu'il soit, avait rétabli la discipline. Et fabriqué toute une armada de nouvelles machines durant la nuit.

Nos forces avaient abandonné le niveau inférieur. N'y restait plus qu'une croix sur laquelle se contorsionnait une silhouette... qui se contorsionnait encore. Après tout ce qu'il avait enduré, y compris se faire clouer sur la croix, le forvalaka vivait toujours !

On avait déplacé les troupes. Les archers occupaient le troisième niveau à présent, Murmure ayant pris le commandement de l'ensemble du degré. Les alliés, les rescapés du premier niveau, les forces de Volesprit et tout ce qui s'ensuit, se trouvaient au second. Volesprit avait le centre, le seigneur Jalena l'aile droite et le Hurleur la gauche. On avait fait un effort pour réparer le mur de soutènement, mais il restait dans un état lamentable. Un obstacle bien fragile.

Qu'un-Œil nous a rejoints. « Vous connaissez la dernière, les gars ? »

J'ai levé un sourcil interrogateur.

« Ils prétendent avoir trouvé leur gamine, la Rose Blanche. »

Après réflexion, j'ai répondu : « M'étonnerait.

— Sûr. D'après la Tour, c'est pas la bonne. Une ruse pour chauffer les troupes.

— Je crois aussi. Surpris qu'ils n'y aient pas pensé plus tôt.

— Quand on parle du loup », a couiné Gobelin. Il a pointé le doigt.

Il a fallu que je cherche un moment avant de repérer la lueur douce qui avançait le long des allées entre les divisions ennemies. Elle enveloppait un enfant sur un grand cheval blanc ; il portait un étendard rouge blasonné d'une rose blanche.

« Même pas une bonne mise en scène, s'est plaint Qu'un-Œil. C'est le type sur le cheval bai qui fait la lumière. »

Mes intestins s'étaient noués à l'idée qu'il s'agissait peut-être de la vraie Rose Blanche, après tout. J'ai baissé les yeux sur mes mains en me demandant si cet enfant était la cible que la Dame avait en tête. Mais non. Je n'éprouvais aucune envie impulsive de tirer une flèche dans cette direction. D'ailleurs, je n'aurais pas couvert la moitié de la distance.

J'ai entr'aperçu Corbeau et Chérie sur l'autre bord de la pyramide, les doigts en effervescence. Je me suis dirigé vers eux.

Corbeau nous a repérés à vingt pas. Il a jeté un coup d'œil à mes armes. Son visage s'est crispé. Un couteau lui est apparu dans la main. Il s'est mis à se curer les ongles.

J'ai trébuché, tant j'étais surpris. Le coup du couteau, c'était un tic. Ça ne le prenait que dans les moments de grande tension. Pourquoi avec moi ? Je n'étais pas un ennemi.

Je me suis coincé arc et flèches sous le bras gauche et j'ai salué Chérie. Elle m'a fait un grand sourire et serré aussitôt dans ses bras. Elle, elle n'avait rien contre moi. Elle m'a demandé à voir l'arc. Je l'ai laissée regarder mais sans me séparer de l'arme. Je ne pouvais pas.

Corbeau était aussi agité que s'il avait le derrière sur une plaque de fourneau.

« Qu'est-ce que t'as, bordel ? lui ai-je demandé. Tu nous traites comme si on avait tous la peste. » Sa conduite était blessante. Nous étions passés par les mêmes merdiers, Corbeau et moi. Il n'avait pas lieu de m'en vouloir.

Sa bouche s'est serrée pour n'être plus qu'un trait. Il se curait tellement les ongles qu'il n'allait pas tarder à se faire mal.

« Alors ?

— Fous-moi la paix, Toubib. »

De la main droite, je grattais le dos de Chérie qui s'appuyait contre moi. La gauche s'est crispée sur mon arc. Mes phalanges ont viré couleur de vieille glace. J'étais prêt à cogner. Sans la dague, j'avais mes chances. Un dur, le salaud, mais j'ai eu quelques années pour m'endurcir moi-même.

Chérie ne se rendait certainement pas compte de la tension entre nous.

Gobelin s'est interposé. Il a fait face à Corbeau, l'attitude aussi agressive que la mienne. « T'as un problème, Corbeau. Je crois qu'on devrait peut-être en causer au capitaine. »

Corbeau était surpris. Il a compris, l'espace d'un instant, qu'il se faisait des ennemis. C'est sacrément dur de mettre Gobelin en rogne. Vraiment en rogne, pas comme quand il se chamaille avec Qu'un-Œil.

Quelque chose s'est éteint au fond des yeux de Corbeau. Il a montré mon arc. « Galant de la Dame », m'a-t-il accusé.

J'étais plus abasourdi qu'en colère. « C'est faux, ai-je protesté. Et puis quand bien même ? »

Il se trémoussait. Il jetait sans cesse des regards à Chérie, appuyée contre moi. Il voulait qu'elle s'écarte mais ne trouvait pas les mots pour le demander.

« D'abord tu passes ton temps à lécher les bottes de Volesprit. Maintenant celles de la Dame. À quoi tu joues, Toubib ? Qui tu mènes en bateau ?

— Quoi ? » Seule la présence de Chérie m'empêchait de lui sauter dessus.

« Ça suffit, a dit Gobelin d'une voix dure, sans la moindre trace de couinement. Je suis votre supérieur. À tous les deux. Et vous allez m'écouter. Là. Tout de suite. On va aller voir le capitaine et mettre cette histoire au clair. Ou alors on résilie ton adhésion à la Compagnie, Corbeau. Toubib a raison. Depuis quelque temps, t'es un vrai connard. On a pas besoin de ça. On a assez de soucis avec eux. » Il a pointé un doigt vers les rebelles.

Les rebelles ont répondu à coups de trompettes.

Annulée, la causette avec le capitaine.

Il était clair qu'il y avait un nouveau chef. Les divisions ennemies avançaient en formations serrées, lentement, leurs boucliers impeccablement disposés selon le système de la tortue, sur lesquels la plupart de nos flèches rebondissaient. Murmure s'est vite adaptée : elle a concentré le tir des gardes sur une formation à la fois, fait attendre les archers le temps que l'artillerie lourde disloque la tortue. Efficace, mais pas assez.

Les tours et rampes de siège progressaient en grondant aussi vite que les hommes pouvaient les tracter. La garde faisait de son mieux mais n'éliminait qu'un petit nombre de rebelles. Murmure se trouvait devant un dilemme. Elle devait choisir entre plusieurs cibles. Elle a décidé de se fixer sur la destruction des tortues.

Les tours sont venues plus près cette fois. Les archers rebelles étaient en mesure d'atteindre nos hommes. Ce qui voulait dire que nos archers à nous pouvaient aussi atteindre les leurs, et nos archers étaient meilleurs tireurs.

Les rebelles ont franchi le fossé le plus proche en essuyant un tir nourri de projectiles depuis les deux niveaux d'un coup. Ce n'est qu'une fois arrivés au mur de soutènement qu'ils ont rompu les rangs et se sont répandus vers les points faibles où ils n'ont pas rencontré beaucoup de succès. Ils ont alors attaqué partout en même temps. Leurs rampes étaient lentes à venir. Des hommes munis d'échelles se sont rués en avant.

Les Asservis ne restaient pas les bras croisés. Ils jetaient tout ce qu'ils pouvaient. Les sorciers rebelles les combattaient de toutes leurs forces et, malgré les dommages subis, parvenaient la plupart du temps à les neutraliser. Murmure n'était pas du nombre. Elle avait trop à faire.

La Dame et ses compagnons sont arrivés. Une fois de plus elle m'a appelé. Je me suis hissé péniblement en selle et l'ai rejointe, mon arc sur les genoux.

L'ennemi affluait en permanence. De temps en temps, je jetais un coup d'œil à la Dame. Elle restait comme une reine de glace, dépourvue de la moindre expression.

Les rebelles prenaient pied peu à peu. Ils ont abattu des pans entiers du mur de soutènement. Des hommes armés de pelles ont répandu de la terre à la ronde afin d'aménager des rampes naturelles. Les rampes de bois continuaient d'avancer mais n'étaient pas près d'arriver.

Il restait une oasis de paix au loin, une seule, autour du forvalaka crucifié. Les assaillants passaient au large.

Les troupes du seigneur Jalena ont commencé à céder. On a senti qu'elles menaçaient de s'effondrer avant même qu'elles tournent les yeux vers le mur de soutènement derrière elles.

La Dame a fait un geste. Trajet a éperonné son cheval et descendu le flanc de la pyramide. Il est passé derrière les hommes de Murmure, a traversé leurs rangs, s'est posté en bordure du troisième niveau, derrière la division de Jalena. Il a levé sa lance. Elle a jeté un éclat vif. Pourquoi ? je l'ignore, mais les troupes de Jalena ont repris courage, retrouvé de la vigueur et repoussé peu à peu les rebelles.

La Dame a fait un geste à gauche. Plume a dévalé la pente en casse-cou, en sonnant du cor. Sa sonnerie argentine a submergé le beuglement des trompettes rebelles. Elle a traversé les troupes du troisième niveau et fait sauter son cheval du mur. La chute aurait tué tous les chevaux que je connais. Le sien s'est reçu lourdement, a repris son équilibre, s'est cabré puis a poussé un hennissement de triomphe tandis que Plume soufflait dans son instrument. Comme à droite, les troupes ont retrouvé courage et commencé à repousser l'ennemi.

Une petite forme indigo a escaladé le mur et cavalé vers l'arrière en longeant la base de la pyramide. Elle a couru sans s'arrêter jusqu'à la Tour. Le Hurleur. J'ai froncé les sourcils, intrigué. L'avait-on relevé ?

Au centre, désormais le cœur de la bataille, Volesprit luttait vaillamment pour ne pas reculer.

J'ai entendu du bruit. D'un coup d'œil, j'ai vu que le capitaine avait rappliqué de l'autre côté de la Dame. Il était à cheval. J'ai regardé derrière moi. On avait amené un grand nombre de montures. J'ai fixé en bas de la longue descente à pic l'exiguïté du troisième niveau. Elle n'envisageait pas une charge de cavalerie tout de même ?

Plume et Trajet étaient un excellent remède, mais pas encore assez. Ils n'ont redynamisé la résistance que jusqu'à l'arrivée des rampes rebelles.

Le niveau a cédé. Plus lentement que je n'aurais cru, mais il a cédé. Pas plus de mille hommes en ont réchappé. J'ai regardé la Dame. Son visage restait de glace, pourtant je ne la sentais pas mécontente.

Murmure faisait pleuvoir des nuées de flèches sur la multitude en dessous. Les gardes tiraient de leurs balistes à bout portant.

Une ombre a parcouru la pyramide. J'ai levé la tête. Le tapis du Hurleur a survolé l'ennemi. Des hommes se tenaient accroupis au bord et lâchaient des boules grosses comme des citrouilles. Lesquelles dégringolaient au milieu des rebelles sans effet notable. Le tapis se dirigeait lentement vers le camp ennemi en déversant ces projectiles inutiles.

Il a fallu une heure aux rebelles pour établir de solides têtes de ponts sur le troisième niveau, puis encore une heure pour amener suffisamment d'hommes et intensifier l'assaut. Murmure, Volesprit, Plume et Trajet leur menaient la vie dure, impitoyables. Des troupes fraîches escaladaient les tas de leurs camarades afin d'atteindre le sommet.

Le Hurleur est allé lâcher ses boules sur le camp ennemi. À mon avis, il ne restait plus personne là-bas. Ils étaient tous dans la part de tarte où ils attendaient leur tour de nous tomber dessus.

La fausse Rose Blanche luisait sur son cheval du côté de la deuxième tranchée, entourée du nouveau conseil rebelle. Ils ne bougeaient pas, comme figés, et réagissaient seulement quand un Asservi recourait à ses pouvoirs. Mais ils n'avaient rien tenté contre le Hurleur. On les aurait dit impuissants.

J'ai regardé du côté du capitaine qui préparait quelque chose... Il alignait des cavaliers au bord de la pyramide. Nous allions bel et bien lancer une attaque sur cette pente ! Quelle ineptie !

Une voix dans ma tête m'a rappelé : *Mes fidèles n'ont rien à craindre*. Je me suis tourné vers la Dame. Elle m'a dévisagé froidement, royalement. Je me suis à nouveau intéressé à la bataille. Nos troupes avaient délaissé leurs arcs et abandonné les armes lourdes. Elles rassemblaient leurs forces. Dans la plaine, toute la horde avançait. Mais d'un pas lent, indécis, aurait-on dit. En un pareil moment, elle aurait dû se ruer à fond de train, nous submerger, se précipiter en rugissant dans la Tour avant qu'on ait le temps de refermer la porte...

Le Hurleur est revenu en grondant du camp ennemi, au moins dix fois plus vite qu'à cheval. J'ai regardé le grand tapis nous survoler, encore incapable de refréner ma crainte et mon respect. L'espace d'un instant, il a masqué la comète, puis poursuivi sa route en direction de la Tour. Un hurlement étrange est tombé en ondoyant, différent de tous ceux que j'avais entendu le Hurleur pousser jusque-là. Le tapis a légèrement piqué du nez, il a essayé de ralentir, il est allé percuter la Tour un peu en dessous du sommet.

« Par tous les dieux, ai-je murmuré en regardant l'engin se chiffonner et les passagers faire une chute de cent cinquante mètres. Par tous les dieux. » Puis le Hurleur est mort ou a perdu conscience. Le tapis à son tour s'est mis à tomber.

J'ai tourné les yeux vers la Dame qui avait elle aussi observé l'accident. Son expression n'a pas changé d'un poil. D'une voix basse que moi seul pouvais entendre elle a dit : « Tu vas te servir de l'arc. »

J'ai frissonné. En un éclair des images me sont passées par la tête, une centaine, trop rapides pour que je les identifie. Je bandais l'arc, semblait-il...

Elle était en colère. Une colère si grande que sa vue seule m'a ébranlé, et pourtant je savais qu'elle n'était pas dirigée contre moi. Pas difficile d'en deviner l'objet. La mort du Hurleur n'était pas due à une action ennemie. Un seul Asservi pouvait avoir fait le coup. Volesprit. Notre ancien mentor. Celui qui s'était servi de nous dans maintes entreprises.

La Dame a murmuré quelque chose. Je ne suis pas sûr d'avoir bien entendu. Ça ressemblait à : « Je lui ai donné sa chance.

— Nous, on y est pour rien, ai-je chuchoté.

— Viens. » Elle a pressé des genoux les flancs de son cheval. L'animal a franchi le bord de la pyramide. J'ai lancé un regard désespéré au capitaine et j'ai suivi la Dame.

Elle a dévalé la pente aussi vite que Plume. Ma monture avait l'air décidée à ne pas se laisser distancer.

Nous avons piqué vers un îlot d'hommes hurlants. En son centre, des filaments verdâtres montaient en bouillonnant d'une fontaine et se répandaient au gré du vent pour s'en prendre aux rebelles comme aux nôtres. La Dame n'a pas dévié de sa trajectoire.

Volesprit prenait déjà la fuite. Amis et ennemis s'écartaient en hâte de son chemin. La mort l'accompagnait. Il a foncé vers Trajet, a bondi, l'a désarçonné d'un coup de poing pour enfourcher son cheval qu'il a fait sauter au deuxième niveau, a traversé péniblement les troupes rebelles, est descendu dans la plaine et a filé à bride abattue.

La Dame, cheveux noirs au vent, a suivi la voie qu'il avait ouverte. Je suis resté dans son sillage, complètement désemparé mais incapable de faire autrement. Nous avons rejoint la plaine trois cents mètres derrière Volesprit. La Dame a éperonné sa monture. La mienne a suivi. J'étais sûr que l'une ou l'autre, voire les deux, allaient trébucher sur des cadavres ou du matériel abandonné. Pourtant elles avaient le sabot aussi sûr que des chevaux sur un champ de courses, celle de Volesprit de même.

L'Asservi a foncé tout droit vers le camp ennemi qu'il a traversé. Nous l'avons imité. Au-delà, en rase campagne, nous avons commencé à gagner du terrain. Ces chevaux-là, tous les trois, étaient aussi infatigables que des machines. Les kilomètres défilaient. Nous gagnions cinquante mètres à chacun. Je serrais mon arc et me cramponnais à la jument brune. Je n'ai jamais eu de religion, mais à cet instant j'étais tenté de prier.

Elle était aussi implacable que la mort, ma Dame. Je plaignais Volesprit lorsqu'elle lui mettrait la main dessus.

Volesprit filait le long d'une route qui serpentait à travers une des vallées à l'ouest de Charme. Nous n'étions pas loin de la colline en haut de laquelle nous nous étions reposés et avions rencontré le filament verdâtre. Je me suis rappelé à travers quoi nous avions chevauché à Charme. Une fontaine de ce truc-là, et ça ne nous avait pas touchés.

Qu'est-ce qui se passait là-bas ? Était-ce un plan pour laisser nos gens à la merci des rebelles ? Il était devenu clair, vers la fin, que la stratégie de la Dame visait une destruction maximale. Elle voulait que ne survive dans chaque camp qu'une petite minorité. Elle faisait le ménage. Il ne lui restait plus qu'un seul ennemi parmi les Asservis. Volesprit. Volesprit qui s'était montré presque aimable avec moi. Qui m'avait sauvé la vie au moins une fois, à la Marche de la Déchirure, alors que Tempête nous aurait tués, Corbeau et moi. Volesprit, le seul Asservi à me parler comme à un homme, à me raconter un peu l'ancien temps, à répondre à mon insatiable curiosité...

Qu'est-ce que je fichais ici, bon sang, à galoper à bride abattue avec la Dame, à poursuivre une chose capable de m'engloutir sans sourciller ?

Volesprit a contourné le flanc d'une colline et, lorsque nous avons négocié le même obstacle quelques secondes plus tard, il avait disparu.

La Dame a ralenti l'allure, tourné lentement la tête, puis tiré sur ses rênes d'un coup sec et volté vers les bois qui descendaient en pente douce jusqu'au bord de la route. Elle a fait halte aux premiers arbres. Ma monture s'est arrêtée près de la sienne.

La Dame a sauté à terre. J'ai fait de même, sans réfléchir. Le temps que je retrouve mon aplomb, son cheval s'écroulait et le mien était mort, debout sur des jambes raides. L'un et l'autre avaient des brûlures noires grosses comme le poing à la gorge.

La Dame a tendu le doigt puis elle est partie en avant. Ramassé, une flèche encochée, je l'ai rejointe. Je marchais prudemment, sans bruit, en me faufilant dans les broussailles comme un renard.

Elle a marqué un temps, s'est accroupie, a pointé le doigt. J'ai regardé dans la direction de son bras. *Clic*, *clic*, deux secondes d'images rapides. Elles se sont arrêtées. J'ai vu une silhouette, peut-être à vingt pas, le dos tourné, agenouillée, qui s'activait sur quelque chose. L'heure n'était plus aux questions morales que je m'étais posées à cheval. Cette créature avait attenté plusieurs fois à ma vie. Ma flèche a volé avant que je me rende compte de ce que je faisais.

En plein dans la tête. La silhouette a piqué en avant. Je suis resté un instant bouche bée puis j'ai lâché un long soupir. Facile comme tout...

La Dame a fait trois pas rapides, les sourcils froncés. Un bruissement vif à notre droite. Quelque chose agitait les broussailles. Elle s'est retournée brusquement pour courir vers la rase campagne en me donnant une claque sur le bras au passage.

En un instant nous étions sur la route. J'avais encoché une autre flèche. Le bras de la Dame s'est levé, s'est tendu dans une direction... Une forme vaguement carrée s'est glissée hors des bois à cinquante mètres. Une silhouette assise dessus a fait le geste de nous jeter quelque chose. J'ai titubé sous l'impact du coup d'origine invisible. J'avais l'impression d'avoir devant les yeux des toiles d'araignée qui me brouillaient la vue. J'ai confusément senti la Dame faire un geste à son tour. Les toiles d'araignée ont disparu. Pas de bobo, me semblait-il. Elle a pointé le doigt alors que le tapis s'élevait et s'éloignait.

J'ai bandé mon arc et tiré, mais sans espoir : ma flèche n'atteindrait jamais une cible en mouvement à une telle distance.

Elle ne l'a effectivement pas atteinte, mais seulement parce que le tapis a fait une embardée violente et plongé au dernier moment. Mon trait est passé en sifflant à quelques doigts derrière la tête du passager.

La Dame a fait quelque chose. J'ai entendu un bourdonnement. Du néant a surgi une libellule géante comme celle que j'avais vue dans la forêt de la Nuée. Elle a foncé vers le tapis et l'a percuté. Le tapis a tourné sur lui-même, a ballotté, cahoté. Son occupant a basculé dans le vide, il est tombé à pic dans un cri de désespoir. J'ai lâché une autre flèche à l'instant où il s'écrasait par terre. Il s'est contorsionné un moment puis n'a plus bougé. Et nous sommes arrivés sur lui.

La Dame a arraché le morion noir de notre victime. Et a juré. Tout bas, fermement, elle a juré comme un vieux sergent.

« Quoi ? » ai-je fini par demander. L'homme était tout ce qu'il y avait de mort, j'étais satisfait.

« Ce n'est pas elle. » La Dame a pivoté, face au bois. Son visage est resté pâle quelques secondes. Puis elle s'est retournée vers le tapis qui flottait au vent. Elle a eu un mouvement sec de la tête vers le bois. « Va voir si c'est une femme. Et si le cheval est là-bas. » Elle s'est mise à faire signe d'approcher au tapis de Volesprit.

Je uis parti, le cerveau en ébullition. Volesprit était une femme, hein ? Et rusée. Qui s'attendait à se faire poursuivre jusqu'ici, par la Dame en personne.

Ma peur s'est accrue alors que je me glissais dans le bois, lentement, silencieusement. Volesprit avait roulé tout le monde, et beaucoup plus habilement que même la Dame ne l'avait prévu. J'allais avoir droit à quoi, maintenant ? On s'en était si souvent pris à ma vie... N'était-ce pas le bon moment pour mettre fin à l'éventuelle menace que je représentais ?

Mais il ne s'est rien passé. Sauf que je me suis approché à pas de loup du cadavre dans le bois. J'ai arraché un morion noir et découvert un beau jeune homme en dessous. La peur, la colère et le dépit m'ont submergé. J'ai flanqué un coup de pied au corps étendu. Ça m'a fait du bien de cogner dans un macchabée.

La crise n'a pas duré. J'ai parcouru du regard le camp où avaient attendu les faux Volesprit. Ils y avaient longtemps bivouaqué et ils auraient pu rester encore un bon moment. Ils avaient des réserves pour un mois.

Un gros paquet m'a attiré l'œil. J'ai coupé les ficelles qui l'attachaient et jeté un coup d'œil dedans. Des papiers. Un ballot qui devait bien peser ses quarante kilos. J'ai cédé à la curiosité.

J'ai inspecté en hâte les environs sans rien voir d'inquiétant et fouillé un peu plus profond. J'ai tout de suite compris sur quoi j'avais mis la main. Une partie du magot que nous avions déterré dans la forêt de la Nuée.

Qu'est-ce que ça fichait ici ? Je croyais que Volesprit avait remis ces papiers à la Dame. Et voilà ! Machination et contre-machination. Peut-être en avait-il effectivement remis un peu. Et peut-être en conservait-il d'autres dont il pensait pouvoir se servir plus tard. Peut-être l'avions-nous talonné de si près qu'il n'avait pas eu le temps de les ramasser...

Peut-être allait-il revenir. J'ai à nouveau regardé autour de moi, à nouveau la peur au ventre.

Rien ne bougeait.

Où était-il ?

Où était-*elle*, me suis-je rappelé. Volesprit était du genre féminin.

J'ai fureté à droite à gauche, en quête d'une preuve du départ de l'Asservie, et j'ai bientôt découvert des traces de sabots qui s'enfonçaient plus profond dans le bois. À quelques pas du camp elles rejoignaient une piste étroite. Je me suis accroupi pour inspecter l'enfilade d'un pan de forêt à travers des grains de poussière dorés qui flottaient dans les rayons du soleil. J'ai essayé de m'encourager pour continuer.

Viens, m'a demandé une voix dans ma tête. *Viens.*

La Dame. Soulagé de ne pas devoir suivre la piste, j'ai fait demi-tour. « C'était un homme, ai-je dit en m'approchant de la Dame.

— C'est bien ce qui me semblait. » Elle avait la main sur le tapis qui planait à cinquante centimètres du sol. « Monte. »

J'ai dégluti et me suis exécuté. C'était comme grimper à bord d'un bateau quand on n'a pas pied. J'ai failli retomber deux fois. Alors qu'elle montait à son tour, j'ai dit à la Dame : « Il... *elle*... est restée à cheval et a continué par la piste dans les bois.

— Dans quelle direction ?

— Le sud. »

Le tapis s'est élevé rapidement. Les chevaux morts ont rapetissé en dessous de nous. Nous avons commencé à dériver par-dessus le bois. Mon ventre me travaillait comme si j'avais bu plusieurs litres de vin la veille au soir.

La Dame a juré à voix basse. « La salope, a-t-elle lâché plus fort. Elle nous a tous roulés. Mon mari inclus. »

Je n'ai rien dit. Je me demandais s'il fallait ou non parler des papiers. Ça l'intéresserait sûrement. Mais ça m'intéressait aussi, et si j'en parlais maintenant je n'aurais jamais la chance d'y mettre le nez.

« Je parie que c'est ce qu'elle a fait. Elle s'est débarrassée des autres Asservis en feignant d'être de leur complot. Ensuite, mon tour serait venu. Puis elle aurait laissé le Dominateur sous terre. Elle aurait tout eu pour elle seule, elle aurait donc pu l'empêcher de sortir. Il ne peut pas s'échapper sans aide extérieure. » Elle réfléchissait tout haut, elle ne me parlait pas vraiment. « Je n'ai pas vu l'évidence. Ou je n'ai pas voulu la voir. C'était là, sous mes yeux, depuis le début. Rusée, la salope. Je la ferai brûler vive pour ça. »

Nous avons commencé à chuter. J'ai manqué perdre le maigre contenu de mon estomac. Nous sommes tombés dans une vallée plus encaissée que la plupart dans la région, et pourtant les collines de chaque côté ne dépassaient pas les soixante mètres. Nous avons ralenti.

Nous avons suivi la vallée en vol plané sur près de deux kilomètres, puis remonté la pente jusqu'à flotter près d'un affleurement de roche sédimentaire. Nous avons alors voltigé à ras de la pierre. Un vent froid et piquant s'est levé. Mes mains se sont engourdies. Nous étions loin de la Tour, dans une région où l'hiver régnait en maître. Je frissonnais sans arrêt.

« Accroche-toi », ai-je obtenu pour seul avertissement.

Le tapis s'est rué en avant. À quelques centaines de mètres de nous, une silhouette se couchait sur l'encolure d'un cheval au triple galop. La Dame a fait descendre le tapis et nous avons continué de foncer au ras du sol.

Volesprit nous a vus. Elle a levé la main dans un geste de protection. Nous étions sur elle. J'ai lâché ma flèche.

Le tapis a remonté soudain en me claquant contre les jambes lorsque la Dame lui a fait reprendre de l'altitude afin de dépasser le cheval et son cavalier. Il n'en a pas repris assez. L'impact l'a fait embarder. Des éléments du châssis se sont fendus et brisés. Nous avons pirouetté. Je me suis accroché frénétiquement tandis que le ciel et la terre me virevoltaient autour. Nouveau choc au moment de l'atterrissage et nouvelles pirouettes tandis que nous chavirions à n'en plus finir. Je me suis jeté hors de l'engin.

Debout en un instant, les jambes flageolantes, j'ai encoché une flèche à la va-vite. Le cheval de Volesprit gisait, un antérieur brisé. Volesprit était à côté, à quatre pattes, étourdie. Une pointe de flèche d'argent lui sortait de la taille, l'air de m'accuser.

J'ai tiré ma flèche. Puis une autre, et une autre. Je me souvenais de la vitalité incroyable dont le Boiteux avait fait preuve dans la forêt de la Nuée, après que Corbeau l'avait abattu d'un trait doté du pouvoir de son vrai nom. Toujours transi de peur, j'ai dégainé l'épée une fois lâchée ma dernière flèche. J'ai chargé. Je ne sais pas comment j'avais pu garder mon arme durant toutes ces péripéties. Arrivé près de l'Asservie, j'ai levé bien haut ma lame et frappé d'un méchant coup de taille à deux mains. Le coup le plus violent, le plus terrible que j'ai jamais porté. La tête de Volesprit a roulé. Le masque protecteur du morion s'est brusquement ouvert. Un visage de femme m'a contemplé, les yeux accusateurs. Une femme d'apparence presque identique à celle que j'avais accompagnée jusqu'ici.

Son regard m'a fixé. Ses lèvres ont essayé de former des mots. Je restais comme pétrifié, dans une confusion totale. Et la vie s'est échappée de l'Asservie avant que j'aie compris le message qu'elle voulait me transmettre.

Cet instant, j'allais me le repasser mille fois en pensée dans l'espoir de lire sur ces lèvres agonisantes.

La Dame s'est glissée près de moi en traînant la jambe. L'habitude m'a poussé à me retourner, à m'agenouiller... « Elle est cassée, a-t-elle dit. Ça ne fait rien. Ça peut attendre. » Elle avait le souffle court, rapide. Un instant, j'ai cru que c'était à cause de la douleur. Puis j'ai vu qu'elle regardait la tête. Un petit rire nerveux l'a secouée.

J'ai à mon tour observé ce visage qui lui ressemblait tant, avant de revenir au sien. Elle m'a posé la main sur l'épaule et m'a permis de la soulager d'une partie de son poids. Je me suis levé avec précaution et l'ai entourée de mon bras. « Je ne l'ai jamais aimée, cette salope, a-t-elle dit. Même quand nous étions petites... » Elle m'a lancé un coup d'œil fatigué puis s'est tue. Toute vie a quitté son visage. Elle est une fois de plus redevenue la dame de glace.

S'il existait en moi la moindre mystérieuse lueur d'amour, ainsi que m'en accusaient mes compagnons, elle a brillé pour la dernière fois. J'ai vu clairement ce que cherchaient à détruire les rebelles – les rebelles fidèles à la vraie Rose Blanche, et non les marionnettes du monstre qui avait créé cette femme et voulait maintenant l'éliminer afin de répandre à nouveau sa propre terreur sur le monde. À cet instant j'aurais avec plaisir déposé sa tête à côté de celle de sa sœur.

La deuxième fois, s'il fallait en croire Volesprit. La deuxième sœur. Après ça, il n'y avait plus d'allégeance qui tienne.

Il y a des limites à la chance, au pouvoir, à l'envie téméraire de se rebiffer. Je n'avais pas le courage de continuer sur ma lancée. Plus tard peut-être. Le capitaine avait commis une erreur en se mettant au service de Volesprit. Étais-je vraiment le mieux placé pour le convaincre de reprendre sa liberté sous prétexte que notre contrat s'achevait avec la mort de l'Asservie ?

J'en doutais. Ça nous coûterait une bataille, pour le moins. Surtout si, comme je le soupçonnais, il avait aidé le syndic de Béryl à franchir le pas. L'existence de la Compagnie ne semblait pas franchement en péril, en supposant que nous réchappions à la bataille. Le capitaine n'admettrait pas une autre trahison. De son point de vue, ce serait le pire des maux dans l'actuel conflit de principes moraux.

Y avait-il encore une Compagnie ? L'absence de la Dame et la mienne n'avait pas mis fin à la bataille de Charme. Que s'était-il passé pendant que nous foncions à la poursuite d'une Asservie renégate ?

À la position du soleil, je me suis aperçu avec surprise qu'un peu plus d'une heure seulement s'était écoulée.

La Dame s'est aussi rappelé Charme. « Le tapis, médecin, a-t-elle dit. Nous ferions mieux de rentrer. »

Je l'ai aidée à clopiner jusqu'à l'épave du tapis de Volesprit. C'était pratiquement une ruine, mais elle a jugé qu'il devait fonctionner. Je l'ai installée à bord, j'ai récupéré l'arc qu'elle m'avait donné, me suis assis devant elle. Elle a murmuré. En grinçant, le tapis s'est élevé. Comme siège, j'avais connu autrement plus stable.

Assis, les yeux fermés, je m'interrogeais tandis que la Dame tournait autour du point de chute de Volesprit. Je ne savais plus que penser. Je ne croyais pas au Mal en tant que force active, il n'était à mon sens qu'une affaire de point de vue, pourtant j'avais été le témoin de suffisamment d'événements pour remettre en question ma philosophie. La Dame n'était peut-être pas le Mal incarné, mais elle s'en approchait tellement que ça ne faisait guère de différence.

Nous nous sommes dirigés cahin-caha vers la Tour. Lorsque j'ai rouvert les yeux, j'ai vu le grand bloc sombre s'incliner à l'horizon et grossir peu à peu. Je ne voulais pas y retourner.

Nous avons survolé le terrain rocailleux à l'ouest de Charme, à une trentaine de mètres d'altitude. Nous avancions quasiment au pas. La Dame devait se concentrer intensément pour maintenir le tapis en vol. J'étais terrifié à l'idée que l'engin descende ou pousse son dernier soupir au-dessus de l'armée rebelle. Je me suis penché et j'ai détaillé le chaos dans l'espoir de trouver où nous écraser sans dommage.

C'est comme ça que j'ai aperçu la gamine.

Nous avions fait les trois quarts du chemin. J'ai vu quelque chose bouger. « Hé ? » Chérie a levé la tête vers nous en se protégeant les yeux. Une main a jailli de l'ombre et l'a ramenée dans sa cachette.

J'ai jeté un regard à la Dame. Elle n'avait rien remarqué. Trop occupée à tenir l'air.

Qu'est-ce qui se passait ? Les rebelles avaient-ils repoussé la Compagnie dans les rochers ? Pourquoi ne voyais-je personne d'autre ?

Péniblement, la Dame a petit à petit repris de l'altitude. La part de tarte s'est étendue devant moi.

Un paysage de cauchemar. Des dizaines de milliers de rebelles morts le jonchaient. La plupart abattus en formation. Les gradins disparaissaient sous les cadavres des deux camps. Une bannière de la Rose Blanche au bout d'une hampe de guingois clapotait au sommet de la pyramide. Je n'ai vu personne bouger nulle part. Le silence régnait sur la contrée, en dehors du murmure d'un vent du nord glacial.

La Dame a perdu un instant le contrôle de l'engin. Nous avons plongé. Elle a redressé le tapis à l'instant où nous allions nous écraser.

Rien ne bougeait en dehors des bannières que le vent agitait. Le champ de bataille avait l'air sorti tout droit de l'imagination d'un artiste dément. Les cadavres rebelles de la couche supérieure donnaient l'impression d'être morts dans des souffrances horribles. Leur nombre était incalculable.

Nous nous sommes élevés au-dessus de la pyramide. La mort l'entourait jusqu'à la Tour. La porte de la Tour était ouverte. Des corps rebelles gisaient dans l'ombre du seuil.

Ils avaient réussi à entrer.

Il n'y avait qu'une poignée de cadavres au sommet de la pyramide, des rebelles uniquement. Mes compagnons avaient dû se réfugier dans la Tour.

Ils devaient toujours se battre dans ses couloirs tortueux. La bâtisse était trop vaste pour qu'on l'investisse rapidement. J'ai tendu l'oreille mais n'ai rien perçu.

Le sommet de la Tour nous dominait de cent mètres. Nous ne pouvions pas monter davantage... Une silhouette est apparue en haut et nous a fait signe de venir. Une silhouette de petite taille vêtue de brun. J'ai ouvert la bouche toute grande. Je ne me rappelais qu'un seul Asservi qui s'habillait de brun. La silhouette a gagné un emplacement sensiblement meilleur pour nous recevoir, en boitant, sans cesser de nous faire signe. Le tapis s'est élevé. Encore cinquante mètres. Vingt. J'ai embrassé derrière moi le panorama de mort. Un quart de million d'hommes ? Un chiffre inconcevable. Trop phénoménal pour avoir le moindre sens. Même à l'apogée du Dominateur, les batailles n'approchaient jamais une telle démesure...

J'ai jeté un coup d'œil à la Dame. Elle avait tout manigancé. Elle serait désormais la maîtresse absolue du monde – si la Tour réchappait à l'affrontement qui se livrait dans ses entrailles. Qui pourrait s'opposer à elle ? Les hommes de tout un continent gisaient morts...

Une demi-douzaine de rebelles sont sortis par la porte. Ils ont lâché des flèches sur nous. Quelques-unes seulement sont arrivées en tremblotant à hauteur du tapis. Les soldats ont renoncé à tirer, ils ont attendu. Ils nous savaient en difficulté.

Vingt mètres. Dix. La Dame avait du mal, même avec l'aide du Boiteux. J'ai frissonné dans le vent, ce qui a failli nous faire rebondir de la Tour. Je me suis souvenu du plongeon interminable du Hurleur. Nous nous trouvions à la même altitude.

Un coup d'œil à la plaine m'a permis de voir le forvalaka. Il pendait, avachi, sur sa croix, mais je savais qu'il vivait toujours.

Des hommes ont rejoint le Boiteux. Certains portaient des cordes, d'autres des lances ou de longues perches. Nous montions de plus en plus lentement. Ça devenait un jeu ridicule de tension : le salut presque à portée de main, mais toujours fuyant.

Une corde m'est tombée sur les genoux. « Attache-la autour d'elle, m'a crié un sergent de la garde.

— Et moi, connard ? » Je me suis déplacé à la vitesse de croissance d'un rocher, par peur de perturber la stabilité du tapis. J'étais tenté de faire un semblant de nœud qui céderait à la première traction. Je n'aimais plus beaucoup la Dame. Le monde se porterait mieux sans elle. Volesprit était une intrigante meurtrière dont les ambitions avaient envoyé des centaines d'individus à la mort. Elle méritait son sort. Que dire alors de sa sœur qui en avait précipité des milliers dans le sommeil éternel ?

Une deuxième corde est descendue. Je me suis attaché. Nous étions à un mètre cinquante du sommet, incapables d'aller plus haut. Les hommes au bout des cordes les ont raidies. Le tapis s'est rapproché contre la Tour. On nous a tendu des perches. J'en ai empoigné une.

Le tapis est tombé à pic.

L'espace d'une seconde, j'ai cru que je tombais aussi. Puis on m'a hissé.

Les combats faisaient rage en bas, nous a-t-on dit. Le Boiteux m'a complètement ignoré et s'est empressé de rejoindre le théâtre de l'action. Moi, je me suis contenté de m'affaler au sommet de la Tour, heureux d'être indemne. J'ai même fait un petit somme. Je me suis réveillé, seul avec le vent du nord et une comète affaiblie à l'horizon. Je suis descendu assister à la phase finale du grand projet de la Dame.

Elle avait remporté la victoire. Pas un rebelle sur cent n'en avait réchappé ; les rares survivants avaient déserté très tôt.

Le Hurleur avait répandu la maladie avec les globes qu'il lâchait. L'épidémie avait atteint son stade critique peu après que la Dame et moi nous étions lancés à la poursuite de Volesprit. Les sorciers rebelles n'avaient pas pu la contenir de manière significative. D'où les andains de cadavres.

Malgré tout, nombre d'ennemis s'étaient avérés partiellement ou complètement immunisés, et tous les nôtres n'avaient pu échapper à la contamination. Les rebelles avaient pris le gradin supérieur.

Le plan prévoyait dans ce cas une contre-attaque de la Compagnie. Le Boiteux, réintégré, devait la soutenir avec des hommes en poste dans la Tour. Mais la Dame n'était pas là pour ordonner la charge. En son absence, Murmure avait décrété une retraite dans l'édifice.

L'intérieur de la Tour renfermait une série de pièges mortels qu'actionnaient non seulement les hommes de l'Est du Hurleur mais aussi les blessés ramenés les nuits précédentes et soignés par les pouvoirs de la Dame.

Tout était terminé depuis longtemps lorsque j'ai enfilé le dédale qui menait à mes compagnons. Quand j'ai retrouvé leurs traces, j'ai appris que j'avais des heures de retard. Ils avaient quitté la Tour avec l'ordre de mettre en place un cordon de sentinelles là où s'était dressée la palissade.

Je suis arrivé au rez-de-chaussée bien après la tombée de la nuit. J'étais épuisé. Je n'aspirais qu'à la paix, au calme, disons un poste dans une garnison de petite ville... Mon cerveau avait du mal à fonctionner. J'avais des choses à faire, des arguments à défendre, un combat à mener contre le capitaine. Il refuserait de rompre un autre contrat. Il existe deux sortes de morts : la physique et la morale. Mes compagnons étaient davantage sensibles à la seconde. Ils ne me comprendraient pas. Elmo, Corbeau, Qu'un-Œil, Gobelin... j'aurais l'impression de leur parler dans une autre langue. Pourtant, pouvais-je les condamner ? C'étaient mes frères, mes amis, ma famille, et ils se conformaient à leur éthique en la circonstance. L'ampleur de la tâche m'a écrasé. Je devais les convaincre de se plier à une obligation supérieure.

Le sang séché craquait sous moi tandis que j'enjambais des cadavres et tirais des chevaux que j'avais libérés des écuries de la Dame. Pourquoi en avais-je amené plusieurs ? mystère, en dehors d'une vague intuition qu'ils pourraient être utiles. J'avais pris celui que montait Plume parce que ça ne me disait rien de marcher.

Je me suis arrêté pour observer la comète. Elle avait l'air exsangue. « Pas cette fois, hein ? lui ai-je demandé. Peux pas dire que ça me désole. » Petit rire forcé. Comment pourrais-je me désoler ? Si l'heure de la victoire avait réellement sonné pour les rebelles, comme ils l'avaient cru, je serais mort.

Je me suis encore arrêté à deux reprises avant d'arriver au camp. À la première, j'ai entendu jurer tout bas tandis que je descendais les débris du mur de soutènement inférieur. Je me suis approché et j'ai découvert Qu'un-Œil assis sous le forvalaka crucifié. Il parlait sans discontinuer à mi-voix dans une langue incompréhensible. Il était tellement concentré qu'il ne m'a pas entendu venir. Pas plus qu'il ne m'a entendu repartir une minute après, positivement écœuré.

Qu'un-Œil faisait payer la mort de son frère Tam-tam. Le connaissant, il allait s'arranger pour que ça dure des jours.

J'ai fait une nouvelle halte là où la fausse Rose Blanche avait regardé la bataille. Elle s'y trouvait toujours, si jeune et on ne peut plus morte. Ses amis sorciers avaient rendu sa mort plus pénible en voulant la sauver de la maladie du Hurleur.

« Tant pis. » J'ai jeté un regard en arrière à la Tour, à la comète. La Dame avait gagné...

Était-ce bien sûr ? Qu'avait-elle réellement accompli ? L'élimination du parti rebelle ? Mais il était devenu l'instrument de son mari, lequel était un mal autrement plus redoutable. C'est lui qui avait perdu cette bataille, nous étions au moins trois à le savoir : lui, elle et moi. Nous lui avions coupé l'herbe sous le pied. En outre, l'idéal rebelle avait subi l'épreuve du feu purificateur et fortifiant. Dans une génération...

Je ne suis pas croyant. Je ne conçois pas que des dieux puissent s'intéresser le moins du monde aux pitreries insipides de l'humanité. Logiquement, je veux dire, des êtres de cet ordre ne s'y intéresseraient pas. Mais peut-être existe-t-il une force aspirant au bien, née de l'union de nos esprits inconscients, et qui devient une puissance indépendante plus grande que la somme de ses composants. Peut-être, étant immatérielle, n'est-elle pas tributaire du temps. Peut-être voit-elle dans l'espace comme dans le temps et déplace-t-elle des pions, si bien que la supposée victoire d'aujourd'hui se révèle la pierre angulaire de la défaite de demain.

La fatigue devait me déranger le cerveau. Pendant quelques secondes, j'ai cru voir l'avenir, cru voir le triomphe de la Dame se retourner comme un serpent et causer sa perte au prochain passage de la comète. Cru voir une véritable Rose Blanche porter son étendard à la Tour, la voir en compagnie de ses champions aussi clairement que si je me trouvais moi-même sur place ce jour-là...

J'ai chancelé sur mon cheval, le cheval de Plume, accablé, terrifié. Car s'il s'agissait d'une vision réelle, je m'y trouverais. Auquel cas, je connaissais la Rose Blanche. Et ce depuis un an. C'était mon amie. Et je ne l'avais pas prise en compte à cause d'un handicap...

J'ai pressé les chevaux en direction du camp. Lorsque la sentinelle m'a fait sa sommation, j'avais retrouvé assez de scepticisme pour ne plus attacher d'importance à cette vision. J'en avais trop enduré en une seule journée. Les types dans mon genre ne deviennent pas des prophètes. Surtout quand ils sont dans le mauvais camp.

Le premier visage familier que j'ai vu, c'est celui d'Elmo. « Bon dieu, tu m'as l'air dans un sale état, a-t-il dit. T'es blessé ? »

Je n'ai rien pu faire d'autre qu'un non de la tête. Il m'a tiré à bas de mon cheval, m'a emmené quelque part ailleurs, et c'est tout ce que je me rappelle des heures qui ont suivi. Sauf que mes rêves ont été aussi décousus et hors du temps que la vision. Ils ne m'ont pas plu du tout. Et je n'ai pas pu leur échapper.

Mais l'esprit a de la ressource. J'ai réussi à oublier les rêves à la seconde où je me suis réveillé.

7

LA ROSE

La discussion avec le capitaine a fait rage pendant deux heures. Il ne cédait pas. Il rejetait mes arguments, les juridiques comme les moraux. Au fil des minutes sont entrés dans la danse tous ceux qui venaient voir le capitaine pour des questions de service. Au moment où je me suis vraiment mis en rogne, la plupart des piliers de la Compagnie étaient présents : le lieutenant, Gobelin, Silence, Elmo, Candi et plusieurs nouveaux officiers recrutés sur place à Charme. Le peu d'appui que j'ai trouvé m'est arrivé de ceux auxquels je ne m'attendais pas. Silence m'a soutenu. Ainsi que deux des nouveaux officiers.

Je suis sorti d'un pas furieux. Silence et Gobelin m'ont suivi. J'étais dans une colère noire, quoique nullement surpris par la réaction de mes compagnons. Le parti rebelle battu, quelles raisons pouvaient les pousser à la défection ? Ils allaient maintenant se vautrer comme cochons dans l'eau grasse. Le Bien, le Mal... des questions ridicules. Qui s'y intéressait, au fond ?

Il était encore tôt, le lendemain de la bataille. Je n'avais pas bien dormi et débordais d'énergie. J'ai marché à grands pas vigoureux afin de la dépenser.

Gobelin a attendu le bon moment et s'est mis sur mon chemin après que je me suis assagi. Silence observait non loin de là. « On peut causer ? a demandé Gobelin.

— J'ai déjà causé. Personne n'écoute.

— Tu raisonnes trop. Viens donc t'asseoir là. » Là, c'était un tas de matériel à côté d'un feu de camp où quelques hommes cuisinaient pendant que d'autres jouaient au tonk. La clique habituelle. Ils m'ont regardé du coin de l'œil et ont haussé les épaules. Ils avaient tous l'air soucieux. Comme s'ils s'inquiétaient pour ma santé mentale.

J'imagine que si certains d'entre eux, un an plus tôt, s'étaient conduits comme moi, j'aurais eu la même réaction. C'étaient un désarroi et une inquiétude sincères que motivait l'intérêt pour un camarade.

Leur esprit borné m'exaspérait, pourtant je ne pouvais pas leur en vouloir indéfiniment, car en me dépêchant Gobelin ils prouvaient qu'ils cherchaient à comprendre.

La partie a continué, d'abord tranquille et morose, puis de plus en plus animée à mesure que s'échangeaient des potins sur le déroulement de la bataille.

« Qu'est-ce qui s'est passé hier, Toubib ? a demandé Gobelin.

— Je te l'ai dit.

— Et si tu recommençais ? a-t-il suggéré gentiment. Avec plus de détails. » Je savais ce qu'il faisait. Une petite thérapie mentale à laquelle il voulait me soumettre, partant du principe qu'un séjour prolongé auprès de la Dame m'avait troublé l'esprit. Il avait raison. Ça m'avait troublé l'esprit. Mais aussi ouvert les yeux, et je me suis efforcé de le convaincre tandis que je racontais à nouveau ma journée en faisant appel aux talents que j'ai développés à force de gribouiller les présentes Annales et en espérant le convaincre que, contrairement à tout le monde, j'agissais selon la raison et la morale.

« T'as vu ce qu'il a fait quand ces gars d'Aviron ont voulu suivre le capitaine ? » a demandé un des joueurs de cartes. Ils papotaient sur le compte de Corbeau. Je l'avais oublié, celui-là. J'ai dressé l'oreille et les ai écoutés raconter plusieurs de ses hauts faits aussi mélodramatiques que fougueux. À les entendre, il avait sauvé chacun des membres de la Compagnie au moins une fois.

« Où il est ? » a demandé quelqu'un.

Concert de têtes branlant de gauche à droite. « L'a dû se faire tuer, a suggéré un autre. Le capitaine a envoyé un détachement rechercher nos morts. Je pense qu'on le verra mis en terre cet après-midi.

— Qu'est-ce qu'cst arrivé à la gamine ? »

Elmo a grogné. « Trouvez-le et vous la trouverez aussi.

— En parlant de la gamine, vous avez vu ce qui s'est passé quand ils ont voulu démolir la deuxième section avec une espèce de sortilège terrible ? Un truc bizarre. La gamine a fait comme si de rien n'était. Tout le monde s'est écroulé comme une masse. Elle, elle a juste eu l'air étonnée et elle a secoué Corbeau. Il s'est relevé aussitôt, vlan, et il s'est remis à ferrailler. Elle a secoué tous les autres et les a réveillés. Comme si la magie lui faisait pas d'effet, quoi.

— C'est peut-être parce qu'elle est sourde, a dit un autre. La magie c'est peut-être du son.

— Ah, va savoir ! Dommage qu'elle y soit restée, quand même. Je m'étais habitué à l'avoir dans nos pattes.

— Corbeau pareil. L'était bien utile pour empêcher Qu'un-Œil de tricher. » Ils se sont tous mis à rire.

J'ai regardé Silence qui écoutait en douce ma conversation avec Gobelin. J'ai fait non de la tête. Il a haussé un sourcil. Je me suis servi du langage par signes de Chérie pour le rassurer : *Ils ne sont pas morts.* Lui aussi aimait bien Chérie.

Il s'est levé, s'est approché derrière Gobelin, m'a fait un mouvement sec de la tête. Il voulait me voir seul. Je me suis extrait du tas de matériel pour le suivre.

J'ai expliqué que j'avais vu Chérie au retour de mon expédition avec la Dame, que je soupçonnais Corbeau de déserter par la seule route laissée d'après lui sans surveillance. Silence a froncé les sourcils et voulu savoir pourquoi.

« Je donne ma langue au chat. Tu sais comment il est depuis quelque temps. » Je n'ai pas parlé de ma vision ni de mes rêves, tout ça me paraissait fantastique à présent. « Il en a peut-être eu marre de nous. »

Silence a eu un sourire, l'air de dire qu'il n'en croyait pas un mot. Il m'a fait comprendre par signes : *Je veux savoir pourquoi. Tu es au courant de quoi ?* Il se figurait que j'en savais plus long que tout le monde sur Corbeau et Chérie parce que j'étais toujours à l'affût de détails personnels à noter dans les Annales.

« J'en sais pas plus que toi. Il était plus souvent avec le capitaine et Saumure qu'avec d'autres. »

Il a réfléchi dix secondes, puis a refait des signes : *Selle deux chevaux. Non, quatre, avec des provisions. Ça risque de prendre plusieurs jours. Je vais aller poser des questions.* Sa décision ne souffrait pas de discussion.

Ça me convenait parfaitement. L'idée m'était venue de faire un tour à cheval pendant que je parlais à Gobelin. Je l'avais abandonnée parce que je ne voyais aucun moyen de retrouver la piste de Corbeau.

Je me suis rendu au piquet où Elmo avait attaché les chevaux la veille au soir. Quatre bêtes. Un instant, j'ai médité sur l'existence possible d'une force supérieure qui nous dirigeait. J'ai embobiné deux hommes pour qu'ils me sellent les montures pendant que j'allais resquiller des vivres à Saumure. Pas facile à embobiner, lui. Il lui fallait l'autorisation personnelle du capitaine. Nous avons passé un marché : il aurait droit à une mention spéciale dans les Annales.

Silence m'a rejoint à la fin de la négociation. Une fois les provisions arrimées sur les chevaux, j'ai demandé : « Tu as appris quelque chose ? »

Il m'a signifié : *Seulement que le capitaine sait quelque chose qu'il ne veut pas partager. Je crois que ça concerne davantage Chérie que Corbeau.*

J'ai grogné. Ça recommençait... Le capitaine avait-il eu la même idée que moi ? Ce matin, pendant que nous discutions ? Hmm. Il avait l'esprit tortueux...

J'ai l'impression que Corbeau s'est tiré sans l'autorisation du capitaine, mais avec sa bénédiction. Tu as interrogé Saumure ?

« Je croyais que tu allais le faire. »

Il a secoué la tête. Il n'avait pas eu le temps.

« Vas-y maintenant. J'ai encore quelques affaires à rassembler. » Je me suis rendu en hâte à la tente-hôpital, me suis harnaché de mes armes et j'ai ressorti un cadeau que je gardais pour l'anniversaire de Chérie. Puis j'ai recherché Elmo et lui ai dit que j'avais besoin de prélever sur ma part du magot piqué à Roseraie.

« Combien ?

— Le plus possible. »

Il m'a regardé longuement, durement, puis a renoncé à me poser des questions. Nous sommes allés sous sa tente compter tranquillement l'argent. Les hommes ne savaient rien de ce butin. Le secret était resté avec ceux qui avaient suivi Fureteur à Roseraie. Certains de nos compagnons, pourtant, se demandaient comment Qu'un-Œil arrivait à toujours payer ses dettes de jeu alors qu'il ne gagnait jamais et ne trouvait plus le temps de se livrer à son marché noir habituel.

Elmo m'a emboîté le pas lorsque je suis sorti de sa tente. Nous avons trouvé Silence déjà en selle, les chevaux prêts à partir. « On va faire un petit tour, hein ? a demandé Elmo.

— Ouais. » J'ai accroché l'arc de la Dame à ma selle puis enfourché ma monture.

Elmo nous a dévisagés, les yeux plissés. « Bonne chance », nous a-t-il lancé. Il s'est retourné et s'est éloigné. J'ai regardé Silence.

Il m'a informé par signes : *Saumure prétend ne pas être au courant lui non plus. Je l'ai coincé, j'ai réussi à lui faire avouer qu'il avait donné hier des rations supplémentaires à Corbeau avant le début des combats. Il sait quelque chose, lui aussi.*

Ben merde. Tout le monde avait l'air de se perdre en conjectures. Tandis que Silence prenait la tête, j'ai repensé à l'affrontement de la matinée et cherché les indices d'une embrouille. J'en ai trouvé quelques-uns. Gobelin et Elmo avaient eux aussi des soupçons.

Impossible d'éviter la traversée du camp rebelle. Dommage. J'aurais vraiment préféré passer ailleurs. Les mouches et la puanteur l'avaient envahi. Lorsque je l'avais survolé avec la Dame, il nous avait paru désert. Erreur. Nous n'avions tout bonnement vu personne. Les blessés ennemis et les prostituées s'y trouvaient. Le Hurleur avait aussi lâché ses globes sur eux.

J'avais bien choisi nos montures. Outre celle de Plume, j'en avais pris d'autres de la même espèce infatigable. Silence a imposé une allure soutenue, fuyant tout contact avec moi jusqu'au moment où, alors que nous descendions en hâte la bordure extérieure du secteur rocailleux, il a ramené son cheval au pas et m'a fait signe d'examiner les alentours. Il voulait connaître la ligne de vol que la Dame avait suivie pour s'approcher de la Tour.

Je lui ai dit qu'à mon avis nous étions passés à un kilomètre et demi plus au sud de notre position actuelle. Il m'a confié les chevaux de réserve, s'est rapproché petit à petit des rochers puis a progressé lentement en inspectant soigneusement le terrain. Je ne lui ai pas prêté grande attention. Il était plus capable que moi de trouver des traces.

Celles-là, j'aurais quand même pu les voir. Silence a soudain levé la main puis indiqué le sol. Ils avaient quitté le secteur rocailleux à peu près là où la Dame et moi avions franchi sa limite, mais dans l'autre sens. « L'essaye de gagner du temps, brouille pas sa piste », ai-je deviné.

Silence a hoché la tête, regardé vers l'ouest. Par signes, il m'a posé des questions sur les routes.

La principale grand-route nord-sud passe à cinq kilomètres à l'ouest de la Tour. Celle que nous avions prise vers le Forsberg. Nous avons supposé qu'il se dirigerait d'abord par là. Même par les temps qui couraient, il y aurait assez de circulation pour dissimuler le passage d'un homme et d'une enfant. À des yeux ordinaires. Silence croyait pouvoir suivre la piste.

« Souviens-toi, il est chez lui ici, ai-je dit. Il connaît le pays mieux que nous. »

Silence a hoché distraitement la tête, imperturbable. J'ai jeté un coup d'œil au soleil. Peut-être encore deux heures de jour. Je me suis demandé quelle avance ils avaient sur nous.

Nous avons gagné la grand-route. Silence l'a étudiée un instant, a fait quelques pas vers le sud, hoché la tête tout seul. Du geste, il m'a demandé de le rejoindre puis a éperonné sa monture.

Nous avons ainsi repris notre chasse sur nos chevaux infatigables, sans relâche, des heures durant, après le coucher du soleil, tout au long de la nuit et le lendemain, en direction de la mer, jusqu'à nous retrouver loin devant nos proies. Les pauses étaient rares. J'avais mal partout. Cette poursuite arrivait trop tôt après mon escapade avec la Dame.

Nous avons fait halte là où la route serrait le pied d'une col-line boisée. Silence a indiqué un espace dégarni qui offrait un poste d'observation idéal. J'ai opiné. Nous avons bifurqué et grimpé.

Je me suis occupé des chevaux et me suis écroulé. « Je me fais trop vieux pour ça », ai-je dit, et me suis endormi aussitôt.

Silence m'a réveillé au crépuscule. « Ils arrivent ? » ai-je demandé.

Il a répondu non de la tête, m'a expliqué par signes qu'il ne les attendait pas avant le lendemain mais que je devais quand même garder l'œil ouvert, au cas où Corbeau voyagerait de nuit.

J'ai donc attendu, assis sous la lumière blafarde de la comète, enveloppé dans une couverture, frissonnant dans le vent d'hiver, heure après heure, seul avec des pensées dont je me serais bien passé. Je n'ai rien vu d'autre qu'une paire de chevreuils mâles qui quittaient le bois pour les terres cultivées où ils espéraient trouver un meilleur fourrage.

Silence m'a relevé deux heures avant l'aube. Quelle joie, oh, quelle joie. À présent je pouvais m'allonger, frissonner et brasser des pensées dont je me serais bien passé. Mais j'ai dû finir par m'endormir parce qu'il faisait jour lorsque Silence m'a pressé l'épaule.

« Ils arrivent ? »

Il a hoché la tête.

Je me suis levé, me suis frotté les yeux du dos de la main et j'ai regardé la route. Pas de doute, deux silhouettes venaient vers le sud, l'une plus grande que l'autre. Mais à cette distance il aurait pu s'agir de n'importe quel adulte et n'importe quel enfant. Nous avons vite remballé nos affaires et préparé les chevaux, puis avons descendu la colline. Silence voulait attendre un peu plus loin, dans le virage. Il m'a demandé de me placer en bord de route derrière eux, au cas où. On ne savait jamais avec Corbeau.

Il est parti. J'ai attendu, toujours frissonnant, me sentant très seul. Les voyageurs ont franchi le sommet d'une côte. Oui. Corbeau et Chérie. Ils marchaient d'un pas vif, mais Corbeau n'avait pas l'air inquiet, certain de n'être pas poursuivi. Ils sont passés devant moi. J'ai attendu une minute, me suis glissé hors du bois et les ai suivis autour du pied de la colline.

Silence, à cheval, occupait le milieu de la route, légèrement penché en avant, l'air famélique, méchant, sinistre. Corbeau s'était arrêté à cinquante mètres de lui et avait sorti sa lame. Il tenait Chérie derrière lui.

Elle s'est aperçue de mon arrivée, m'a souri et fait bonjour de la main. Je lui ai rendu son sourire malgré la tension.

Corbeau a pivoté. Un grondement lui a retroussé les lèvres. La colère, voire la haine, lui a enflammé les yeux. J'ai fait halte hors de portée de ses couteaux. Il ne donnait pas l'impression de vouloir discuter.

Nous sommes tous restés sans bouger plusieurs minutes durant. Personne n'avait envie de parler le premier. J'ai regardé Silence. Il a haussé les épaules. Il avait atteint son but.

C'est la curiosité qui m'avait amené ici. Elle était en partie satisfaite. Ils étaient en vie et en fuite. Seule leur motivation me restait obscure.

À ma grande surprise, Corbeau a cédé le premier. « Qu'est-ce que tu fiches là, Toubib ? » Je l'avais cru plus têtu qu'un caillou.

« Je te cherchais.

— Pourquoi ?

— Par curiosité. Silence et moi, on s'intéresse à Chérie. On s'inquiétait. »

Il a froncé les sourcils. Il ne s'attendait pas à ça.

« Tu vois, elle va bien.

— Ouais. On le dirait. Et toi ?

— On ne le dirait pas ? »

J'ai lancé un coup d'œil à Silence. Il n'avait rien à dire. « On se demande, Corbeau. On se demande. »

Il était sur la défensive. « Ça veut dire quoi, merde ?

— Un gars fait la gueule aux copains. Les traite comme de la merde. Ensuite il déserte. Y a de quoi se poser assez de questions pour qu'on ait envie de savoir ce qui se passe.

— Le capitaine sait que vous êtes là ? »

J'ai jeté un autre coup d'œil à Silence. Il a opiné. « Ouais. Tu veux nous mettre au courant, mon vieux ? Silence, le capitaine, Saumure, Elmo, Gobelin, moi... on a bien une idée...

— N'essaye pas de m'arrêter, Toubib.

— Pourquoi tu cherches tout le temps la bagarre ? Qui parle de t'arrêter ? Si on avait voulu t'arrêter, tu ne serais pas là. Tu ne serais jamais parti de la Tour. »

Il était étonné.

« Ils ont vu le coup venir, Saumure et le Vieux. Ils t'ont laissé filer. On est quelques-uns qui aimerions bien savoir pourquoi. Enfin, je veux dire, on croit savoir, et si c'est ce qu'on pense, alors t'as au moins ma bénédiction. Et celle de Silence. Et celle de tous ceux qui ne t'ont pas retenu, à mon avis. »

Corbeau a froncé les sourcils. Il savait à quoi je faisais allusion mais n'arrivait pas à comprendre. Il n'était pas un vieux de la vieille de la Compagnie, ça rendait l'échange difficile.

« Je t'explique, ai-je repris. Pour Silence et moi, on va te porter mort au combat. Avec Chérie. Personne a besoin de savoir que c'est faux. Mais, tu vois, c'est comme si tu quittais la famille. On te veut pas de mal, d'accord, mais ta manière de faire, c'est un peu vexant pour nous. On a voté pour t'accepter dans la Compagnie. T'en as bavé tout comme nous. Tu...

Pense aux coups durs dont on s'est sortis ensemble, toi et moi. Et tu nous traites comme de la merde. Ç'a du mal à passer. »

Il a compris.

« Des fois, a-t-il dit, il arrive un truc tellement important qu'on ne peut pas se confier même aux meilleurs amis. Ça risquerait de vous détruire tous.

— C'est bien ce que je me disais. Hé ! Doucement. »

Silence était descendu de cheval et avait entamé une discussion avec Chérie. Elle avait l'air inconsciente de la tension entre ses amis. Elle racontait à Silence ce qu'ils avaient fait et où ils allaient.

« Tu trouves ça malin ? ai-je demandé. Opale ? Y a deux ou trois choses que tu dois savoir, alors. Et d'une, la Dame a gagné. Tu t'en doutes, j'imagine. T'as senti la victoire arriver, sinon tu ne te serais pas tiré. Bon. Plus important. Le Boiteux est revenu. Elle ne l'a pas liquidé. Elle l'a fait rentrer dans le rang, et maintenant c'est son premier larbin. »

Corbeau a pâli. C'était la première fois, autant que je m'en souvenais, que je le voyais franchement effrayé. Il n'avait pas peur pour lui. Il se considérait comme un mort ambulant, un homme qui n'avait rien à perdre. Mais maintenant il avait Chérie, et une cause. Il lui fallait rester en vie.

« Ouais. Le Boiteux. Silence et moi, on a longuement réfléchi à tout ça. » À la vérité, je venais juste d'y penser. Je me disais que ça passerait mieux s'il croyait que c'était le fruit d'une longue réflexion. « D'après nous, la Dame va piger tôt ou tard. Elle voudra réagir. Si elle fait le rapport avec toi, tu vas avoir le Boiteux aux trousses. Il te connaît. Il commencera par chercher dans tes repaires favoris, il se dira que tu vas contacter d'anciens amis. T'as des amis qui pourraient te cacher du Boiteux ? »

Corbeau a soupiré, a eu l'air de rapetisser. Il a rangé sa lame. « C'est ce que je comptais faire. Je pensais faire la traversée jusqu'à Béryl et nous cacher là-bas.

— Techniquement, Béryl est seulement l'alliée de la Dame, mais sa parole fait loi là-bas. Faut que t'ailles quelque part où on a jamais entendu parler d'elle.

— Où ça ?

— Je ne suis pas du coin, moi. » Il me paraissait assez calme à présent, je suis donc descendu de cheval. Il m'a regardé d'un œil las puis s'est détendu. « Je sais en gros ce que je voulais savoir, ai-je dit. Silence ? »

Silence a hoché la tête et poursuivi sa conversation avec Chérie.

J'ai sorti le sac d'argent de mon couchage et l'ai jeté à Corbeau. « T'as laissé ta part de la prise de Roseraie. » J'ai amené les chevaux de réserve. « Vous iriez plus vite à cheval. »

Corbeau luttait contre lui-même, essayait de dire merci, incapable de faire tomber les barrières qu'il avait dressées autour de l'homme qu'il était intérieurement. « J'imagine qu'on pourrait aller vers...

— Je veux pas savoir. J'ai déjà eu affaire à l'Œil deux fois. Elle n'a qu'une idée en tête, qu'on raconte sa version des faits pour la postérité. Elle ne tient pas à paraître à son avantage, elle veut juste la vérité. Elle sait bien que l'histoire se récrit toute seule. Elle ne veut pas que ça lui arrive. Et c'est moi le gars qu'elle a choisi comme scribouillard.

— Tire-toi, Toubib. Viens avec nous. Et Silence aussi. Venez avec nous. »

La nuit avait été longue, une nuit de solitude. J'y avais beaucoup réfléchi. « Peux pas, Corbeau. Le capitaine doit continuer ce qu'il a commencé, même si ça lui déplaît. La Compagnie doit rester. Je fais partie de la Compagnie. Je suis trop vieux pour partir de ce qui est chez moi. On va se battre pour la même chose, toi et moi, mais je ferai ma part de boulot en restant avec la famille.

— Allons, Toubib. Une bande d'assassins mercenaires...

— Holà ! Mollo. » Ma voix s'est durcie plus que je n'aurais voulu. Il s'est arrêté. « Tu te rappelles la nuit à Seigneurie, avant qu'on coure après Murmure ? lui ai-je demandé. Quand j'ai lu un passage des Annales ? Ce que t'as dit ? »

Il n'a répondu qu'au bout d'un moment. « Oui. Que tu m'avais fait sentir ce que ça voulait dire, appartenir à la Compagnie noire. D'accord. Peut-être que j'ai du mal à comprendre, mais je l'ai réellement senti.

— Merci. » J'ai sorti un autre paquet de mon couchage. Pour Chérie celui-là. « T'as fait un brin de causette avec Silence, hein ? J'ai là un cadeau d'anniversaire. »

Silence m'a regardé un instant puis a hoché la tête. Je me suis retourné pour cacher un tant soit peu mes larmes. Puis, après avoir fait mes adieux à la fillette et savouré le plaisir que lui donnait mon piètre cadeau, je me suis écarté au bord de la route où j'ai pleuré un bref instant sans bruit. Silence et Corbeau ont joué les aveugles.

Chérie allait me manquer. Et j'allais passer le reste de mes jours à craindre pour les siens. Elle était adorable, parfaite, toujours heureuse. Le drame du village où nous l'avions trouvée, c'était du passé. Mais l'avenir recelait l'ennemi le plus terrible qu'on pouvait imaginer. Aucun de nous ne voulait ça pour elle.

Je me suis redressé, j'ai essuyé les traces de larmes et pris Corbeau à part. « Je ne sais rien de tes projets. Je ne veux rien en savoir. Mais à tout hasard. Quand la Dame et moi on a rattrapé Volesprit l'autre jour, il avait tout un paquet de ces papiers qu'on a déterrés au camp de Murmure. Il les a jamais remis à la Dame. Elle ignore leur existence. » Je lui ai dit où les trouver.

« Je vais faire un tour de ce côté-là dans une quinzaine. S'ils y sont toujours, je regarderai déjà ce que je peux dénicher dedans. »

Il m'a dévisagé d'un air calme, impassible. Il songeait que mon arrêt de mort était signé si je devais à nouveau affronter l'Œil. Mais il n'a rien dit.

« Merci, Toubib. Si jamais je passe dans le coin, je mettrai le nez dedans.

— Ouais. T'es prêt à partir, Silence ? »

Silence a hoché la tête.

« Chérie, viens là. » Je l'ai serrée contre moi, fort et longtemps. « Faut être gentille avec Corbeau. » J'ai détaché l'amulette que m'avait donnée Qu'un-Œil, la lui ai nouée au poignet. « Avec ça elle saura si un Asservi qui lui veut du mal rôde dans les parages, ai-je expliqué à Corbeau. Me demande pas comment, mais ça marche. Coup de bol.

— Ouais. » Il est resté là, à nous regarder remonter en selle, toujours décontenancé. Il a levé une main timide, l'a laissée retomber.

« On rentre », ai-je dit à Silence. Et nous sommes partis.

Ni lui ni moi n'avons regardé en arrière.

Cette rencontre n'avait jamais eu lieu. Après tout, Corbeau et son orpheline n'étaient-ils pas morts aux portes de Charme ?

Retour à la Compagnie. Au boulot. Aux années qui défilent. Aux présentes Annales. À la peur.

Trente-sept ans avant le prochain passage de la comète. La vision est forcément mensongère. Je ne vivrai jamais aussi longtemps. Si ?

TABLE

7371

Composition PCA à Rezé
Achevé d'imprimer en France (La Flèche)
par CPI Brodard et Taupin
le 2 juin 2010. 58185
EAN 9782290330586
1er dépôt légal dans la collection : octobre 2004

Éditions J'ai lu
87, quai Panhard-et-Levassor, 75013 Paris
Diffusion France et étranger : Flammarion